古代小说研究论丛

王子成　秦　川◎著

安徽师范大学出版社

ANHUI NORMAL UNIVERSITY PRESS

·芜湖·

U0125101

图书在版编目(CIP)数据

古代小说研究论丛 / 王子成, 秦川著. — 芜湖 :安徽师范大学出版社, 2023. 7
ISBN 978-7-5676-6212-4

Ⅰ.①古… Ⅱ.①王… ②秦… Ⅲ.①古典小说—小说研究—中国—文集 Ⅳ.①
I207.41-53

中国国家版本馆CIP数据核字(2023)第091339号

古代小说研究论丛

王子成　秦　川◎著

责任编辑:胡志恒　　　　　　　责任校对:李克非

装帧设计:张　玲　　　　　　　责任印制:桑国磊

出版发行:安徽师范大学出版社

　　　　芜湖市北京东路1号安徽师范大学赭山校区　　　邮政编码:241000

网　　址:http://www.ahnupress.com

发 行 部:0553-3883578　5910327　5910310(传真)

印　　刷:江苏凤凰数码印务有限公司

版　　次:2023年7月第1版

印　　次:2023年7月第1次印刷

规　　格:700 mm × 1 000 mm　　　1/16

印　　张:21.25

字　　数:306千字

书　　号:ISBN 978-7-5676-6212-4

定　　价:68.00元

凡发现图书有质量问题,请与我社联系(联系电话:0553-5910315)

前　言

　　《古代小说研究论丛》系百花洲文艺出版社出版的《文言小说研究论丛》之姊妹篇。本著虽为两人学术论文的合集，但绝大部分是王子成博士的文章，而笔者的文章在此著中所占比例不足三分之一，因这些内容与王子成博士的研究关联甚密，合在一起便形成一个整体，故此附于其中。本著虽名曰《论丛》，实际上都有其学术系统性，不当以普通的论文集视之。

　　本著中的四个板块，宏观上说，皆为古代小说与传统文化方面的研究，且涉及的学科领域也比较广泛，诸如文学、哲学、史学、社会学、教育学、政治学、地理学等。具体说来，古代小说与"江右文化"、古代小说与社会风习、《红楼梦》传播及其相关研究三个板块，其中大多数篇幅分别为江西省社联立项的三个课题的核心成果以及王子成博士论文中的内容，而"古代小说之文化史意义钩沉"纯系王子成的博士学位论文和博士后研究报告中关于文化史讨论的内容，所以说这四个板块内部都具有明显的学术系统性，而板块与板块之间也有着一定的学术关联。这也是笔者要特地强调本著"不当以普通的论文集视之"的缘故。

　　习近平总书记在党的二十大报告中强调传承和弘扬中华优秀传统文化的重要性，本著的出版正是乘此东风，践行党的二十大报告的精神，为研究和弘扬中华优秀传统文化尽一份学者之责任。

　　笔者于此还特别想要表达的是：优秀的中国古代小说作品，不仅在涉及的诸多学科领域，有着丰富的文化史价值；而且自古至今一直积极地发挥着劝善惩恶、净化人心的社会功能。这里所说的社会功能，是包括了古代小说作品中的政治性、社会性、人民性、时代性在内的"社会"概念，而作为综合反映社会生活的优势文学体裁——古代小说（包括文言笔记和白话小说等），既能充分体现文学作品的审美价值，同时又能从多维度反映社会生活的方方面面，全方位体现小说的社会功能。因此说优秀的中国古代小说作品的价值和生命力，就在于它把丰富的文化意涵赋予较为通俗的文学形式之中，来积极地对世道人心产生积极的影响。

本著从不同角度、不同侧面发掘中国古典小说中的"社会功能"，以弘扬真善美，批判假丑恶，以期给读者以多方面的启示和艺术上的陶冶，进而为当今的小说研究和小说创作提供有益的借鉴。

秦川

于 2022 年 11 月 27 日

目 录

古代小说研究论丛

壹／古代小说之文化史意义钩沉

古代小说与佛经文艺的双向互动
及其社会时代意义

王子成

古典小说的发展历经了两大转折：第一次大转折是在唐代，表现为唐传奇的兴盛，其内容由纪实开始掺杂虚构；第二次大转折是由南宋到元末，表现为小说与其相近的文艺形式互相结合、相互促进发展。在这两大发展阶段中，小说皆与佛教文化在中国的接受和传播有着密切的关系。

一、古典小说对佛经文艺的接受及其相互影响

论及古典小说的繁荣与发展，是一个横跨文史哲等多学科的综合性学术大课题。要深入讨论这个问题，不仅要立足于不同时代的文学思想对该时期的小说作品进行分析与归纳，还需要结合宗教学、社会学、心理学等多学科对当时受众与小说之间的互相影响关系进行深入讨论。在这些错综复杂的历史线索与思想文化的碰撞中，古典小说与佛经文艺的双向互动关系是小说发展史中至关重要的一环，其接受与传播既有内容上的，也有形式上的。内容主要体现为劝惩教化，而形式则主要体现在故事的结构与叙事模式上。

（一）隋唐时期佛教寺院的"俗讲"，对此后古典小说以及表演文艺在结构和叙事模式上产生着明显的影响

隋唐时期，在官方的推动下印度大小乘佛典得以被全面系统地翻译出来，佛教才真正意义上在中华土地上得以广泛传播。这一时期除了佛经作为佛教文化的具体传播媒介以外，佛教寺院面向平民大众的"俗讲"活动也迎来了全盛期。

俗讲有别于传统的宫廷文艺形式，是以普罗大众为对象的一种宗教类通俗说唱文艺。根据当代学人对敦煌出土相关文献的梳理，可知当时俗讲所利用的文本，诸如佛教的押座文，佛陀修道故事，佛经故事，以及说唱类内容或对话体的历史故事、民间传说和一些短文等，已经涉及不少的文学体裁。除志怪、志人小说外，还包括诗赋、词、偈、传、论等文体，这都反映出当时的各类文艺形式皆与佛经文学有了交融的客观事实。

兹所及"押座文"和"解座文"，是指佛教僧侣为了宣传、普及佛经教义，在讲经的开头和结尾分别唱诵的内容形式。"押"通作"压"，"座"指四座听众，所以押座文是佛教俗讲文本开头类似引子、楔子的部分，具体则指开讲之前唱诵经文的"嗢拖南"（梵文音译，华言总颂、概要、总持偈）。主讲僧以此引摄听众，且有隐括全经主题并引出下文之功效，相当于曲艺表演之前的"开篇""定场诗"。其流程为：唱诵押座文—开题—讲解或唱诵经文—唱诵解座文。

中华书局出版的《敦煌变文校注》就收录了被斯坦因盗走的编号2240的四种押座文，即《维摩经押座文》《三身押座文》《八相押座文》《温室经讲唱押座文》。这些押座文均以七言或八言韵文写成，在文末部分均有"都将经题唱将来"或"经题名字唱将来""经题名目唱将来""经题名字唱来"之类的句子。另有缘起文一种，与押座文作用略同，唯较其篇幅更长而已。以《八相押座文》为例，因原文较长，笔者仅引用其中的一部分：

> 始从兜率降人间，先向王宫示生相。九龙齐嗢香和水，争

浴莲花叶上身。

圣主摩耶往后园，频（嫔）妃彩女走（奏）乐喧。鱼透碧波堪赏玩，无忧花色最宜观。

无忧花树叶敷荣，夫人彼中缓步行。举手或攀枝余叶，释迦圣主袖中生。

释迦慈父降生来，还从右胁出身胎。九龙洒水早（澡）是被，千轮足下有瑞莲。

阿斯陀仙启大王，太子瑞应□（极）贞祥。不是寻常等闲事，必作个菩提大法王。

前生与殿下结良缘，贱妾如今岂敢专。是日耶输再三请，太子当时脱指环。

长成不恋世荣华，厌患深宫为太子。舍却金轮七宝位，夜半逾城愿出家。

六年苦行在山中，鸟兽同居为伴侣。长饥不食真修饭，麻麦将来便短终。

得证菩提树下身，降伏众魔成正觉。鹫领峰头放毫相，鹿苑初度五俱轮。

先开有教益群情，次说空宗令悟解。后向灵山谈妙法，益今利后不思议。

今晨拟说此甚深经，唯愿慈悲来至此，听众闻经愿罪消灭。

……

西方还有白银台，四众听法心总开。愿闻法者合掌著，都讲经题唱将来。①

这一段押座文从佛陀从兜率天降神入母胎这一情节开始讲起，以高度归纳的韵文形式完整地介绍了佛陀出生、长大、离家修道的故事提纲。这种文艺表现形式，在佛经中很常见。佛经中佛陀在讲述一段经文后，常常会以"嗢拖南"的形式唱诵前面经文的大意，在汉文佛经中则以韵文方式翻译，称为"偈"，如《瑜伽师地论》等经论中常在开篇就以"嗢拖

---

①黄征、张涌泉 校注：《敦煌变文校注》，中华书局1997年版，第1139—1140页。

南"来总持下文内容。所以俗讲的押座文这一形式，是直接来自印度佛教文化的。

然而，讲经师在结束时会再唱诵一段"解座文"，《续高僧传》卷二九中就有法师"经讫下座，自为解座，梵讫花乐方歇"①的记述。兹以《敦煌变文校注》中所收录的一段解座文为例，原文引录如下：

先开有教益群情，此说空宗令悟解。后向雪山谈妙法，益今利后不思议。

忽然众集雨天花，毫光远照东方界。弥勒共文殊亲问答，因兹众会得闻经。

二深先昌敬群情，秋子上群偏领解。扇拂糟糠令避席，开是（示）悟入说真宗。

至者因喻晓深宗，说彼如来同长者。火宅门前化诸子，到来齐上大牛车。

四大声闻悟一乘，例皆之心生信解。还似世人无福德，忽因长者付家财。

一云使雨润万苗，三草闲花皆结实。五性三乘闻妙法，随根受道谷（各）修行。

为彼当来付佛时，国土因缘多名字。十号圆明皆具足，庄严世界地琉璃。

过去东方万八千，久远大通智胜佛。我等须更（如）听法众，早闻如（妙）理结因缘。

三周化利患周圆，三根总受如来法。五百高明齐得记，还与亲友示衣珠。

受学无学亦同愁，上中下品皆蒙记。正法像法经多劫，地平如掌宝庄严。

譬如凿井向高源，见彼土干知水远。湿土如渥知近水，净水持取大乘经。

① [唐]释道宣：《续高僧传》，卷二九"读诵篇第八"《隋益州召提寺释慧恭传》，中华书局2014年版，第1174页。

适来和尚说其真，修行弟子莫因巡（循）。各自念佛归舍
去，来迟莫遣阿婆嗔。①

可见解座文与押座文类似，也是用韵文书写的经文总纲。解座文不仅旨
在归纳全经的大意，同时还通过宣扬佛法的"益今利后不思议"来敦劝
听众努力修行，并吸引听众下次继续来听经受益。当然，押座文也起到
了类似的作用，如上引押座文中的"今晨拟说此甚深经，唯愿慈悲来至
此，听众闻经愿罪消灭"就非常明显。

此外，敦煌文献中除了讲述佛经故事的"俗讲"外，还有大量讲述
历史故事或民间传说的文本，其标题多为"文"或"变文"，如《舜子至
孝变文》《伍子胥变文》《秋胡变文》《王昭君变文》《韩擒虎话本》《唐太
宗入冥记》等。这些文本的内容已不再局限于佛教经典，但同样属于
"俗讲"的范畴，可以看作是"俗讲"对这些民间故事、传说的整理和改
编，为后世戏曲及市人小说的发展起到了承前启后的重要作用。这可视
为佛教文艺对古典小说产生影响的早期现象。

到了宋代，随着社会经济的发展，城市文化的繁荣，市民阶层对各
种文化生活的需求也越来越广泛，于是出现了勾栏瓦肆里说唱文艺的空
前兴盛。据《东京梦华录》记载，宋代百戏中可以明确为说唱文艺的至
少有悬丝傀儡、讲史、小说、诸宫调、商谜、说三分、说五代史、叫果
子、合生等②，其中讲史、小说、合生又属宋代说话四家的范畴（另外一
种是讲经，即讲述佛经故事）。前述唐代的俗讲、变文已言及佛教影响小
说戏曲，而宋代的小说曲艺则可视为曲艺小说传播佛教文化。先从形式
上看，无论是市人小说还是诸宫调等曲艺形式，都是开篇有引子（小说
里叫入话，戏曲里叫楔子，但也有的小说的"入话"亦被称为"楔
子"），结尾有收场诗，与唐代僧人俗讲、变文的形式一脉相承，发展到
后来元杂剧中的"楔子"，与俗讲、变文开头的定场诗一样，其渊源亦可
上溯到僧人讲唱佛经故事。从内容上看，说话"四家"中的讲经，就是

①黄征、张涌泉 校注：《敦煌变文校注》，中华书局1997年版，第1191页。
②[宋]孟元老：《东京梦华录》卷五"京瓦伎艺"条，中华书局1982年版，第132—133页。

典型的通过说书方式来传播佛教经典及其相关故事，而其他名目的内容皆程度不同地体现佛教教义中的劝惩教化思想。诸如此类的形式或内容，既可看作是戏曲小说对佛教文化的接受，同时也可视为戏曲小说对佛教文化的传播。兹从"市人小说"、章回小说中举例以证明之。

以《清平山堂话本》中的《刎颈鸳鸯会》为例，其"入话"如下：

眼意心期卒未休，暗中终拟约秦楼。光阴负我难相偶，情绪牵人不自由。

遥夜定怜香蔽膝，闷时应弄玉搔头。樱桃花谢梨花发，肠断青春两处愁。

丈夫只手把吴钩，欲斩万人头；如何铁石打成心性，却为花柔？君看项籍并刘季，一以使人愁；只因撞着虞姬戚氏，豪杰都休。

上诗词、各一首，单说着"情""色"二字。此二字，乃一体一用也。故色绚于目，情感于心；情色相生，心目相视。虽亘古迄今，仁人君子，弗能忘之。晋人有云："情之所钟，正在我辈。"慧远曰："顺觉如磁石遇针，不觉合为一处。无情之物尚尔，何况我终日在情里做活计那？"

如今（则）[只]管说这"情""色"二字则甚？

且说个临淮武公业，于咸通中，任河南府功曹参军。爱妾曰非烟，姓步氏，容止纤丽，弱不胜绮罗；善秦声，好诗弄笔。公业甚嬖之。比邻乃天水赵氏（弟）[第]也，亦衣缨之族。其子赵象，端秀有文学。忽一日，于南垣隙中窥见非烟，而神气俱丧，废食思之，遂厚赂公业之阍人，以情告之。阍有难色，后为赂所动，令妻伺非烟（闻）[闲]处，具言象意。非烟闻之，但含笑而不答。

阍媪尽以语象。象发狂心荡，不知所如，乃取薛涛笺，题一绝于上。……①

故事的主体，正文部分（略），其结尾云：

在座看官，要备细，请看叙大略，漫听秋山一本《刎颈鸳鸯会》。又调《南乡子》一阕于后。

奉劳歌伴，再和前声：

见抛砖，意暗猜；入门来，魂已惊。举青锋过处丧多情，到今朝你心还未省！送了他三条性命，果冤冤相报有神明。

词曰：

春云怨啼鹃，玉损香消事可怜。一时风流伤白刃，冤。冤。惆怅劳魂赴九泉。抵死苦留连，想是前生有业缘。景色依然人已散，天！天！千古多情月自圆。

正所谓：

当时不解恩成怨，今日方知色是空。[1]

显然，其结构是三段式：以诗词开头，内容是用比喻手法引入下文正题；末以诗词作结，概括总结整篇小说的意旨；中间是正文部分（故事的全部内容），而"如今则管说这'情''色'二字则甚？且说个临淮武公业，于咸通中任河南府功曹参军。……"是过渡，其中"如今则管说这'情''色'二字则甚？"是承上，而"且说个临淮武公业"是启下。

可见，这样的叙事结构与僧人讲经时所用"俗讲"的叙事结构模式相似，其以诗词起、诗词结的形式也与俗讲中的押座文和解座文一脉相承。这既反映了佛教文化及其传播方式对明代小说叙事结构的影响，也体现出明代小说对佛教文化的接受与传播。

不过，到了元杂剧一本四折外加一楔子的叙事结构，已打破了常见的三段式结构，只因承了僧人俗讲的"押座文"或市人小说的"入话"形式。但再发展到明清的短篇小说、章回小说，基本上又回到俗讲和市人小说的结构套路，当然也有例外，除不受故套、独树一帜的《红楼梦》外，清初的小说《鸳鸯针》一部四回开头外加一楔子，与元杂剧一本四折一楔子类似；而明代施耐庵的《水浒传》也是正文前又有一楔子。至于明清市人小说和章回小说常见的三段式叙事模式，兹以《三言》和章

①［明］洪楩：《清平山堂话本》，《中国古典小说普及文库》，岳麓书社2019年版，第94—95页。

回体小说《三国演义》为例。我们先看看《警世通言》第一卷《俞伯牙摔琴谢知音》的结构和叙事模式吧。

开头的入话云：

浪说曾分鲍叔金，谁人辨得伯牙琴！

干今交道好如鬼，湖海空悬一片心。

古来论文情至厚，莫如管鲍。管是管夷吾，鲍是鲍叔牙。他两个同为商贾，得利均分。时管夷吾多取其利，叔牙不以为贪，知其贫也；后来管夷吾被囚，叔牙脱之，荐为齐相。这样朋友，才是个真正相知。这相知有几样名色：恩德相结者，谓之知己；腹心相照者，谓之知心；声气相求者，谓之知音，总来叫做相知。今日听在下说一桩俞伯牙的故事。列位看官们，要听者，洗耳而听；不要听者，各随尊便。正是：

知音说与知音听，不是知音不与谈。①

进入正文：

话说春秋战国时，……②

结尾的诗赞云：

这回书，题做《俞伯牙摔琴谢知音》。后人有诗赞云：

势利交怀势利心，斯文谁复念知音！

伯牙不作钟期逝，千古令人说破琴。③

可见，"三言"中的短篇小说依然是诗起诗结的三段式叙述方式。开头的入话，是由入话诗+诗解+押座词构成；中间是正文（故事的主体）；最后是"诗赞"，即以诗歌的形式对通篇小说的总结和赞颂。其中，入话诗后的散体文，是对入话诗的解释，故简称"诗解"；而"今日听在下说一桩俞伯牙的故事……知音说与知音听，不是知音不与谈"是进入正文前对现场听众或读者的强调或提醒，相当于僧人俗讲的"押座文"（故笔者直称它为押座词）；而结尾的"诗赞"，是对此回小说主旨的总结和赞颂。

①［明］冯梦龙 编撰：《警世通言》，中华书局2009年版，第1页。

②［明］冯梦龙 编撰：《警世通言》，中华书局2009年版，第1页。

③［明］冯梦龙 编撰：《警世通言》，中华书局2009年版，第8页。

我们再来看看章回小说的叙事结构模式。仅以《三国演义》第一回"宴桃园豪杰三结义 斩黄巾英雄首立功"为例：

开头是一首《临江仙》词。

> 滚滚长江东逝水，浪花淘尽英雄。是非成败转头空。青山依旧在，几度夕阳红。白发渔樵江渚上，惯看秋月春风。一壶浊酒喜相逢：古今多少事，都付笑谈中。①

进入正文：

> 话说天下大势，分久必合，合久必分：周末七国分争，并入于秦；及秦灭之后，楚、汉分争，又并入于汉；汉朝自高祖斩白蛇而起义，一统天下，后来光武中兴，传至献帝，遂分为三国。推其致乱之由，殆始于桓、灵二帝。桓帝禁锢善类，崇信宦官。及桓帝崩，灵帝即位，大将军窦武、太傅陈蕃，共相辅佐。时有宦官曹节等弄权，窦武、陈蕃谋诛之，机事不密，反为所害，中涓自此愈横。②

其结尾云：

> ……三人救了董卓回寨。卓问三人现居何职。玄德曰："白身。"卓甚轻之，不为礼。玄德出，张飞大怒曰："我等亲赴血战，救了这厮，他却如此无礼！若不杀之，难消我气！"便要提刀入帐来杀董卓。正是：人情势利古犹今，谁识英雄是白身？安得快人如翼德，尽诛世上负心人！毕竟董卓性命如何，且听下文分解。③

开头的《临江仙》词是对整部小说主要人物所作的概括和总结，相当于市人小说的入话诗；"话说天下大势，分久必合，合久必分"已进入正文，而结尾一段的最后韵语"人情势利古犹今，谁识英雄是白身？安得快人如翼德，尽诛世上负心人！"是对本回的总结。可见其叙事结构仍系三段式，仍以韵语起、韵语结。虽说是直承市人小说而来，其实亦可追

---

①［明］罗贯中：《三国演义》，人民文学出版社1979年版，第1页。

②［明］罗贯中：《三国演义》，人民文学出版社1979年版，第1页。

③［明］罗贯中：《三国演义》，人民文学出版社1979年版，第10页。

溯到僧人俗讲的结构模式。至于明清其他几部章回体小说如《西游记》《金瓶梅》《儒林外史》等，亦为三段式，皆以诗词起和诗词结。唯《儒林外史》略有不同，如第一回"说楔子敷陈大义借名流隐括全文"，既可作为此回小说来看，也可视作全书的"楔子"，以词起；中间五十四回是全书的主体；而第五十六回"神宗帝下诏旌贤刘尚书奉旨承祭"，也像第一回一样，既可作为一回小说来读，也可视为全书的结尾，亦以词结。可见，其结构与叙事模式的渊源，皆可直溯到唐代僧人的俗讲。

此外，俗讲作为一种宗教的说唱文艺形式，它对后世其他民间说唱文艺形式影响也颇为深远，兹以相声为例：

一段完整的相声是由"垫话""瓢把儿""正活""底"组成。"垫话"与俗讲中的"押座文"、小说中的"入话"类似，属于说"正活"之前的一些引话，用来吸引观众，引出下文。"瓢把儿"介于"垫话"与"正活"之间，是个入"正活"的鹊桥，起承上启下的作用。"正活"为相声的正文。而相声的"底"，则与俗讲中的"解座文"类似，所不同的是"解座文"用韵文唱诵，而相声的"底"必须是"包袱"。

由此可见，俗讲开中国通俗表演文艺之先河，与宋朝的说书伎艺，以及市人小说的发展有着直接的因果关系。随着宋朝文艺的全面发展，小说在勾栏瓦肆里进一步接触了说唱、戏剧等多般文艺形式而得到了广泛的发展。此时的小说已经从文人的书斋中走进了百姓的生活。

上面说的是形式，再从内容上说，佛教经典故事，特别是劝善惩恶的故事内容，多半就这样穿插在小说中进行流播并对社会世道人心产生着直接的影响。诸如宋代《夷坚志》《太平广记》以及明清小说中的善恶果报、因果轮回等内容的植入和相关情节的建立，显然是在对佛经文艺接受的同时，又进一步扩大佛教劝善思想影响的结果，而《西游记》则更是以小说的文体形式来传播佛道文化的代表性篇章。

（二）古典小说及其相关文艺形式直接或间接改编传播佛经故事

古典小说发展到了宋元时期，从小说内容本身，乃至于与其相关的各种文艺形式，皆深受佛教文化的影响，其中直接或间接改编自佛经故事、传说的文艺作品开始层出不穷，以元代杨景贤的《西游记》杂剧以及目连戏、傀儡戏的传播最为典型。明代以后，坊间又出现了许多宗教类小说。而《青泥莲花记》可谓是儒释道三教合一的文言小说集，其中涉及佛经或佛教方面的著作就有《楞严经》《摩登伽经》《摩邓女经》《摩登女解形中六事经》《历代三宝记》《传灯录》以及《历代佛祖通载》。有关摩登伽女与阿难的故事就是选编自佛教的《楞严经》和《摩登伽经》《摩邓女经》《摩登女解形中六事经》，还有些是关于观音菩萨度化世间迷情男子的短小故事，如《观音化倡》《锁骨菩萨》《马郎妇》中的主人公其实就是观音菩萨的化身。另外如任杜娘、王朝云、琴操、秦少游妓、柳翠、汪怜怜、汪佛奴、王宝奴等皆为先妓而后皈依佛门的女子。福建建阳刊刻的《南海观音出身修行济世传》《天妃娘妈传》《全像显法降蛇海游记传》等小说中，佛教人物作为主人公或者是小说中的重要人物登场，且这些小说皆用佛道相容、三教合一的观念，来宣传佛道的价值观。下面就上述相关作品具体讨论一下它们之间的因承互动关系。

譬如元末明初杨景贤的《西游记》杂剧，它是因承吴昌龄《西天取经》杂剧而又有所改造，后来又直接给吴承恩的《西游记》小说提供坚实的创作基础。从吴氏的《西天取经》杂剧，经杨景贤的《西游记》杂剧的改造、扩大和传播，再发展到吴承恩的章回小说《西游记》，皆以佛家人物及其相关故事为题材，其中贯穿始终的是佛家的义理和精神。

再如文言小说《青泥莲花记》与佛经《楞严经》《摩登伽经》《摩邓女经》《摩登女解形中六事经》之间的关系，我们不妨将它们做一简单的比较。

《青泥莲花记》是明代梅鼎祚选编的一部文言小说总集，其中与佛教有关的故事主要在卷一"记禅"诸条目，其中卷一（上）"记禅一"里是几篇佛经，如《摩登伽女缘起》《摩登伽经》《摩邓女经》《摩登女解形中六事经》，可见，梅鼎祚是把佛经中故事性强的内容视为小说而选入，因而这些佛教故事就随着该小说总集的出版传播而传播。其中有关阿难与摩登伽女的故事散见于《楞严经》《摩登伽经》《摩邓女经》《摩登女解形中六事经》诸经中，但由于各经所讲内容的侧重点不同，因而有关这个故事的具体内容、细节、详略皆自然有别。

《楞严经》是一部非常著名也非常重要的大经，佛陀在经文中不仅开示正法眼藏，还针对末法时代的种种修行乱相，提出了种种对治之方。尽管《楞严经》中佛陀与阿难的对话占全书的十分之七（七卷），但有关阿难与摩登伽女的故事却只有一小段，甚至没有具体的细节描写，相关情节引用如下：

> 如是我闻。一时佛在室罗筏城祇桓精舍，与大比丘众千二百五十人俱，皆是无漏大阿罗汉，佛子住持。……
>
> 时波斯匿王为其父王讳日，营斋请佛。宫掖自迎如来，广设珍馐无上妙味，兼复亲延诸大菩萨。城中复有长者、居士同时饭僧，伫佛来应。佛敕文殊分领菩萨及阿罗汉，应诸斋主。唯有阿难先受别请，远游未还。不遑僧次，既无上座及阿阇黎，途中独归。其日无供，即时，阿难执持应器，于所游城次第循乞。心中初求最后檀越以为斋主。无问净秽刹利尊姓及旃陀罗。方行等慈，不择微贱，发意圆成一切众生无量功德。
>
> 阿难已知如来世尊诃须菩提及大迦叶为阿罗汉，心不均平。钦仰如来开阐无遮，度诸疑谤。经彼城隍，徐步郭门，严整威仪，肃恭斋法。尔时，阿难因乞食次，经历淫室，遭大幻术。摩登伽女以娑毗迦罗先梵天咒，摄入淫席，淫躬抚摩，将毁戒体。
>
> 如来知彼淫术所加，斋毕旋归。王及大臣，长者、居士，俱来随佛，愿闻法要。于时，世尊顶放百宝无畏光明，光中出生千叶宝莲，有佛化身结跏趺坐，宣说神咒。敕文殊师利将咒往护。恶咒消灭，提奖阿难及摩登伽归来佛所。阿难见佛，顶

礼悲泣。恨无始来一向多闻，未全道力。殷勤启请十方如来，得成菩提妙奢摩他、三摩禅那，最初方便。于时，复有恒沙菩萨及诸十方大阿罗汉，辟支佛等，俱愿乐闻。退坐默然，承受圣旨。①

引文中涉及阿难与摩登伽女的故事仅仅五十来字，因为这本经的重点是佛陀为徒众乃至后世众生开示佛法修证的正知正见，以破邪魔外道的理论。至于阿难与摩登伽女的故事只是佛陀开讲此经的缘起，所以篇幅比较少，介绍也极其简单。而到了《摩登伽经》等诸经中，就有了大段而详细的叙描，文学性、故事性更强，扩大了佛经有关此类内容的记载。到了明代，经过《青泥莲花记》的重新整理，该故事得到更为广泛的传播，乃至到了民国年间，还被改编为京剧剧本《摩登伽女》上演。

此外，直接源自佛经的古典小说以及相关文艺，较为典型的还有目连戏。目连戏是以宗教故事"目连救母"为题材，所倡导的却是儒家的孝道，这不仅体现了佛教与儒家文化的合流，也体现了佛教与中国古典戏曲间的互促与互动。从来源上说，目连戏故事是源于《经律异相》《佛说盂兰盆经》等佛教经典，经唐、五代的变文改造，故事渐趋完整。对此，南宋孟元老《东京梦华录》则有较为详细的记载。到明万历年间，又有郑之珍《新编目连救母劝善戏文》流行于世。到了清代，目连戏的演出遍及全国，并进入宫廷。此种现象，不仅反映出戏曲与佛教的互动互促，而且也反映出佛家文化与其他多种文化思想的互动与交融。目连戏剧目，至今成为国家非物质文化遗产而受到保护。

（三）古典小说直接或间接传播佛教"放下"的哲理情怀

中国古典小说如同百科全书般包罗万象，诸如《太平广记》《夷坚志》，在被记录、整理的那一时空节点，可谓古往今来无所不包。其中不少的故事更是寄托了古人深刻的智慧，因此能够雅俗共赏、脍炙人口。

①李森 主编:《中国佛禅文化名著》,《楞严经》(节选)卷第一,延边大学出版社1995年版,第423—424页。

尤其是宋元以后，文人士大夫受到佛教禅宗思想的影响，提出了很多新的思想、学说，诸如心学思想、童心说等。于是在这特定的历史条件下，市人小说大多"寄情言事，以事达情"，描绘的是人世间的情与理，一切皆是以人为本。

可见佛教思想与古典小说"情理观"的发展有着密切的联系，而这一思想脉络在明代达到了一个新的高峰，代表人物及其思想就是冯梦龙与他的"情教观"了。这一时期的古典小说之所以具有较高的文学价值和思想高度，其劝惩教化的功能可谓功不可没。在宋元以后的不少经典名篇中，大多都宣扬了一种"因果不爽"的价值观，所谓"冤冤相报何时了"正是劝人放下过往嫌隙，正确且积极地面对人生。

所谓"放下"，源自佛教的平等观与慈悲观，也就是说要放下过往的仇恨，在成全自己的同时也成全他人，因为佛教的终极目的是要让众生皆获得终极的解脱和智慧，这就是佛陀"自觉觉他，觉行圆满"的终极意义。这在古典小说里已有非常明显的体现，如《鸳鸯针》里的徐鹏子对待他的仇家丁全、李麻子的态度、方法和处理结果，"三言"中《蒋兴哥重回珍珠衫》里的蒋兴哥不计前嫌，再度接受王三巧的事迹，都不同程度地体现了这一思想。

以《鸳鸯针》中徐鹏子的故事为例，丁全原本就是徐鹏子的仇人，他曾为一己之私，为自己功名利禄，利用科场腐败，买通相关人员打通关节，偷换徐鹏子试卷，不仅害得徐鹏子功名无望，流离失所，而且还险些丧生。其所犯罪行，原本不可宽恕，即使徐鹏子自己不记旧恨，但作为刑部主事一职也当依法处理；对于萧掌科所告丁全罪状以及李麻子所犯侵盗漕粮之罪，同样不能宽恕，当依法处理。然而作为刑部主事的徐鹏子竟将李麻子重罪轻判，当获悉李麻子家无偿还漕粮款项的能力时，还替他做说客，要他随行运官、旗甲以还钱赎罪。而丁全的案子竟故意拖到朝廷大赦之时，将其罪责全免。徐鹏子的这些行为不仅让当时的人们难以接受，就是如今的读者也难以理解，甚至与当今的法治建设相抵触。小说如此写道：

夫人道："这样恶人，怎么还把一顶纱帽与他戴，陷得我两人险作他乡之鬼。"鹏子道："我如今这样，他如今那样，我虽然流离颠沛，还有见天日时节。别人参了他，恰好撞在我手里结局，这就也是个报应了。"①

……王夫人道："这恶贼使尽奸计，害人成己，若乘机凑便，重处他一番，警戒后人，且泄我两家之恨，方称我意。"鹏子道："这也是前生孽债，将就他些也罢。他费千谋百计，弄个两榜，只望封妻荫子，耀祖光宗，享尽人间富贵，占尽天下便宜，谁知，一旦泥首阶前，灰心塞外，也就够了。若复冤冤相报，何日是了。依我的意思，觑个便还松动他些才是。"王夫人道："萧掌科的对头，你若松他，不是解已成之冤，寻未来之衅么？"鹏子道："萧掌科精明历炼，可以理恕的。我那负辜的事情，他久后自能识得。已成未来，都可以一概剪除了。"②

可见，徐鹏子是彻底放下了。后来两个罪犯及其家人想要来感谢他，被他直拒，而罪犯本人丁全和李麻子也被他的胸怀大度所感动，一齐来到徐鹏子公堂门口为他祷祝，门上人传禀进去，徐鹏子亦不以为意。像他这违反常规乃至法规的一切思想行为，实际上都是受到佛教思想影响的结果。而小说作者塑造这样的人物形象，实际上是在借这样的人物思想来表达自己的佛教情怀。下面一段文字，是作者对徐鹏子的评述，完全可以看做是作者自己的思想。请看引文：

门上人将此事（笔者按：丁全李麻子在门口祝福的事）传禀进去，他也不以为意。你看他受了多少磨难，功名被人占去，性命还要贴他。几乎连结发奶奶也将来不保，他一味以德报怨，全不记怀冤仇二字。虽是摩练学问，从艰苦中参出来的，却还是本来面目上，原带了菩提种子。③

徐鹏子一味放下，甚至以德报怨，最终老天爷并没有亏待

① [清]华阳散人 编、李昭恂 校点：《鸳鸯针》第四回，春风文艺出版社 1985 年版，第50页。
② [清]华阳散人 编、李昭恂 校点：《鸳鸯针》第四回，春风文艺出版社 1985 年版，第54—55页。
③ [清]华阳散人 编、李昭恂 校点：《鸳鸯针》第四回，春风文艺出版社 1985 年版，第57页。

他。"后来转了吏部，升了太常巡抚，累官至吏部尚书，享年九十多岁。夫人生了二子，春樱因他无心之疑，也念贫时小菜，收了做偏房，也生了一子。三子克绍书香。两个中了进士，一个中了举人，皆为名宦。这都是两夫妻宽仁积德之报也。"①这些也都符合佛家宣扬的"善有善报"的天理。

二、古典小说对佛经文艺的传播及其相互影响

说唱文艺的出现，不仅促进了唐传奇的繁荣，还对后世神魔小说的成立与发展有着深远的影响。学界目前对这一母题进行探讨的先行研究，基本集中在一些硕士、博士学位论文。在这些先行研究中，由于其探讨的具体目标及其文章的体制所限，存在的不足也就在情理之中了，诸如缺乏对小说在此阶段发展史做系统的梳理和对发展脉络做整体的探讨，而佛经对唐传奇—唐传奇对市人小说—市人小说对神魔小说的影响皆少触及。笔者认为此类问题理应得到学界有层次的专家学者们的重视和更进一步的深入探讨，然而至今未见所及，这是不应有的缺憾。

此外，对于唐传奇衰落的原因，有学者将它归结为该文体已经难以全方位、多角度反映日益复杂的社会生活。对此，笔者不能苟同。假如其衰落真的是由于"唐传奇难以全方位、多角度反映日益复杂的社会生活"，而长篇小说的出现是弥补唐传奇缺陷的一种必然结果的话，那么宋元时期的市人小说和明代短篇白话小说中，很多作品为什么都改编自唐传奇？

其实，不仅唐传奇难以全方位、多角度地反映日益复杂的社会生活，而且是任何单独的文艺作品、文艺形式也同样难以达到这样的效果，只有文、史、哲、艺多种形式与技巧结合起来合力作用，才能反映出真实的社会百态。

因此，在讨论唐传奇对神魔小说的影响时，首先必须要考虑两大因

古代小说研究论丛

018

———————————
① [清]华阳散人 编、李昭恂 校点:《鸳鸯针》第四回,春风文艺出版社1985年版,第57页。

素。其一是佛经、民间说唱文学对唐传奇的影响，其二是唐传奇对市人小说的影响。在此，笔者将重点探讨佛教文学对唐传奇及明清神魔小说的影响。

（一）唐传奇的兴盛与佛经故事的传播

传奇名篇《南柯太守传》的主人公叫做淳于棼，他每天都与友人在一株古槐树下豪饮。一天在醉倒后被友人护扶回家，梦见自己娶了大槐国国王的金枝公主，并出任"南柯太守"二十年，在此期间他还与公主生下了五男二女。后来他在与檀萝国的战争中失败，又逢金枝公主病死，不得不被国王遣发回家。主人公从梦中惊醒后发现"槐安国"和"檀萝国"竟然都是蚁穴，荣华的往事虽历历在目却不过是梵天一梦罢了。

在中国传统文化中，虽然也有对梦境的描述，比如享誉千年的"蝴蝶梦"，但庄子的梦境，不过是以梦寄托自己物我两忘的逍遥心境。而《南柯太守传》的主人公却在梦境中经历了一世荣华，又从富贵的顶点跌落谷底，颇有对统治阶层进行现实讽刺意味，同时也是在揭示世事、人生的无常。

无常的观念正是来自佛教。佛教认为世界万物皆由因缘的改变而不断变化，不可能恒久存在，所以人生是"苦""空"且"无我"的。但这种人生观并不是消极悲观主义，而是在认同万事万物皆会改变的前提下，劝诫世人放下对"自我"的执着，不要仅仅为了贪恋满足自身的欲望，去做伤害他人的事情，正所谓"诸恶莫作，众善奉行，自净其意，是诸佛教"。此外，佛教还构筑了"三界天人""六道轮回"的完整世界观体系。佛教认为人因自身前世所做的"业"的作用，而导致轮转于三界六道，在天、人、阿修罗、地狱、畜生、恶鬼中不断托生。

随着佛教传入中土之后，佛教的人生观、世界观对中国文化产生了极大的影响。《南柯太守传》的创作旨在告诫世人"功名富贵原如梦"的道理，无疑是受到佛教无常观和因果轮回思想的影响。

在唐传奇中关于梦境的描写还有沈既济的《枕中记》。《枕中记》的主人公叫卢英，是个穷困潦倒的读书人。他在邯郸旅店中遇到了道者吕翁，被授予一枕，卢英就枕入梦。此后的情节与《南柯太守记》类似，卢英在梦中享尽富贵荣华，不同的是他在梦中"年逾八十而卒"属于善终。等到他醒来，发现客店主人蒸的黄粱还没有熟，自己一生荣华不过是一场富贵大梦罢了。

《南柯太守传》与《枕中记》皆在强调世事如幻，劝诫人们不要太留恋功名富贵，迨"梦醒"（可理解为"觉悟"）后皆如云烟。这两本传奇都是借佛教的无常观来告诫世人荣华富贵皆为空的道理。

这些梦境构成了中国文学史上有名的"三梦"，即庄周的"蝴蝶梦"，卢生的"邯郸梦"（又称"黄粱梦"），淳于棼的"南柯梦"。

除了"蝴蝶梦"是源自中国本有的文化外，"邯郸梦"与"南柯梦"的故事情节中奇巧玄幻的构思，并不是形成自中国文化本有的天命观或者是传统道家超然物外、逍遥无方的形而上哲学，而是受到了佛教文化的影响。《南柯太守传》《枕中记》的出现，证明了随着佛教的传入，佛教思想在唐朝时的中国已经得到了文人士大夫的接受，他们把佛教思想作为创作传奇的一种灵感和具体的思路。他们的这种思路在《梁四公记》中体现得尤为明显。

《梁四公记》为张说所撰，今仅存残本，主要见于《太平广记》卷八一所录之《梁四公》、卷四一八所录之《五色石》与《震泽洞》①。其中，《震泽洞》是中国古代小说中最早出现描写"龙王"信仰故事的文本之一。

中国的龙王信仰，源自佛教信仰。佛教的护法"天龙八部"中，龙为其中一类。大藏经中的很多经典里皆详细介绍了龙王名称。如《妙法莲华经》记载的八大龙王：

> 有八龙王：难陀龙王、跋难陀龙王、娑伽罗龙王、和修吉龙王、德叉迦龙王、阿那婆达多龙王、摩那斯龙王、优钵罗龙

① 李鹏飞：《从〈梁四公记〉看唐前期小说创作的自觉意识》，《北京大学学报》（哲学社会科学版）2001年第2期，第67页。

王等，各与若干百千眷属俱。①

龙王可以是菩萨的化身，如《七佛八菩萨所说大陀罗尼神咒经》中难陀龙王说自己"六道和光现龙王身。虽示龙身不同其尘"②。佛教传入中国后，佛教的水神信仰与中国本土的道教信仰以及河神、海神等信仰相结合，产生了中国的龙王信仰。如中国人熟知的四海龙王，就是由道教最先提出的，最早见于唐宋间的《太上元始天尊说大雨龙王经》。唐玄宗时道教盛行，皇帝多次诏祠龙池，设坛官致祭，以祭雨师之仪祭龙王为开官方龙王信仰的先河。

《震泽洞》中龙女掌管的三珠中，最宝贵的是天帝的"如意珠"。如意珠，也叫做摩尼珠、摩尼宝珠，为梵文"Cintāmaṇi-ratna"的意译。关于如意珠，在印度龙树菩萨所做《大智度论》卷五十九有如下记述：

> 问曰：摩尼宝珠，于玻璃、金银，砗磲、玛瑙、琉璃、珊瑚、琥珀、金刚等中，是何等宝？
>
> 答曰：有人言："此宝珠从龙王脑中出，人得此珠，毒不能害，入火不能烧，有如是等功德。"有人言："是帝释所执金刚，用与阿修罗斗时，碎落阎浮提。"有人言："诸过去久远佛舍利，法既灭尽，舍利变成此珠，以益众生。"有人言："众生福德因缘故，自然有此珠。譬如罪因缘故，地狱中自然有治罪之器。"此宝名如意，无有定色，清澈轻妙，四天下物，皆悉照现。如意珠义，如先说。是宝常能出一切宝物，衣服、饮食、随意所欲，尽能与之；亦能除诸衰恼病苦等。是宝珠有二种：有天上如意宝，有人间如意宝。诸天福德厚故，珠德具足；人福德薄故，珠德不具足。是珠所著房舍、函箧之中，其处亦有威德。般若波罗蜜亦如是者，如如意宝珠，能与在家人今世富乐，随意所欲；般若波罗蜜，能与出家求道人三乘解脱乐，随意

---

① 董群释 译，星云大师 总监修：《法华经》卷一，东方出版社2018年版，第21页。

② 佚名：《七佛八菩萨所说大陀罗尼神咒经》卷三，《大正新修大藏经》第21册No.1332经，日本大正一切经刊行会1934年版，第551页。

所愿。①

经文中明确说明此珠出自龙王脑中，或者是佛舍利所变。这种宝珠不仅能让人不受水、火、毒害所侵，还能除灭人的"衰恼病苦"，并且满足人在衣食住行上的希望和要求，所以叫做如意珠，在天上和人间皆有。关于佛经中与龙珠有关的故事，最典型的就是《法华经》中龙女献出龙珠即身成佛的故事了。这一故事从某种意义上反映出佛教舍己为人的度世情怀。因为佛陀是觉悟的人，所谓"自觉觉他，觉行圆满"。龙女舍弃自己最宝贵的龙珠，是为了成佛度人。虽然《法华经》中没有描写，但结合《大智度论》的说法，可以联想出龙女从脑中取出龙珠献给佛陀，最终圆满自己自觉觉他、度众生的愿望。这种舍身成圣的慈悲和无畏正是佛教宣扬的普世情怀。

在《五色石》中，也能找到类似佛经中记载的摩尼宝珠的描写：

> 天目山人全文猛于新丰后湖观音寺西岸，获一五色石大如斗。文彩盘蹙，如有夜光。文猛以为神异，抱献之梁武。梁武喜，命置于太极殿侧。将年余，石忽光照廊庑，有声如雷。帝以为不祥，召杰公示之。对曰："此上界化生龙之石也，非人间物。若以洛水赤砺石和酒合药，煮之百余沸，柔软可食。琢以为饮食之器，令人延寿。福德之人，所应受用。有声者，龙欲取之。"帝令驰取赤石。如其法，命工琢之以为瓯，各容五斗之半，以盛御膳。香美殊常。以其余屑，置于旧处。忽有赤龙，扬须鼓鬣，掉尾入殿。拥石腾跃而去。帝遣推验。乃是普通二年，始平郡石鼓村，斗龙所竞之石。其瓯遭侯景之乱，不知所之。(出《梁四公记》)②

此处所描述的五色石，与佛经记载诸多吻合。由此可见，唐传奇《震泽洞》《五色石》的文艺创作，源自佛经故事在中国的传播。虽然唐传奇对佛经故事的接受与传播还停留在搜奇志异的阶段，但已为宋元以后市人

---

① [古印度] 龙树菩萨 造，[后秦] 鸠摩罗什 译：《大智度论》中册，第五十九卷"释舍利品第三十七"，宗教文化出版社2014年版，第1151—1152页。

② 高光 等主编：《文白对照全译太平广记》第五册，天津古籍出版社1994年版，第341—342页。

小说在思想层面的全面升华做了初步的铺垫。

（二）佛经故事对后世神魔小说的影响

古代中国社会是以农为本的宗族社会，至宋朝随着社会文化的进步、经济的繁荣，人们开始对文艺、娱乐产生相应的需求，娱乐文化产业由此变得空前繁盛（以百戏的兴盛为代表）。市人小说在这样的时代、环境中产生，形成了小说发展的一个大的里程碑。所以说市人小说的出现，标志着文言小说真正走出了传统文人的书房，进入了普通百姓的生活。而随着小说发展的通俗化，明代白话小说与长篇小说的出现就成为小说发展的必然趋势。

前文所述是从因寻果，下文将是以果论因。

神魔小说的出现是市人小说发展的结果，市人小说的形成则要追溯至唐传奇与唐代的说唱文艺。如果说唐朝变文的出现，标志着说唱艺术与文学进行了接触的话，市人小说的出现则标志着通俗文艺形式的多样化得到了正式的确立。所以在论述唐传奇与后世小说的关系时，其发展的次序及因果关系显得尤为重要。

《破魔变文》《降魔变文》《难陀出家缘起》《大目乾连冥间救母变文》等故事均出自佛教经典，如隋朝的阇那崛多译《佛本行集经》、大唐天竺三藏地婆诃罗译《方广大庄严经》（武则天作序）、竺法护译《佛说盂兰盆经》、义净三藏译《佛说入胎藏会》（见载《大宝积经》卷五十六所收）以及日本发现的《佛说目连救母经》。其中《佛本行集经》对佛陀从降神入母胎到出家修行、降魔成道乃至受帝释天祈请为人间转正法轮，以及六年中教化弟子的经历介绍得最为详实、全面，而《破魔变文》中很多对佛陀降魔成道的描写均来自此经。《降魔变文》则是源自佛经故事集《贤愚经》卷十（另见于《杂阿含经》卷二十二、《中本起经》卷下、《四分律》卷五十、《根本说一切有部毗奈耶破僧事》卷八），记述了佛弟子中"智慧第一"的舍利弗与外道六师斗法的故事。其梗概如下：

舍利弗与外道斗法，缘起于豪富须达长者建立祇园精舍一事。为了供养佛陀，须达长者意欲购买舍卫国波斯匿王太子祇陀的私人林园建立精舍。王太子告诉长者："汝若能以黄金布地，令间无空者，便当相予。"长者说到做到，用黄金铺满了林园，太子亦欲获得供养佛陀的功德、福德，对长者说："园地属卿，树木属予。我自上佛，共立精舍。"外道六师闻之，对国王说："长者须达，买祇陀园，欲为瞿昙沙门起立精舍。听我徒众与共捔术。沙门得胜，变听起立。若其不如，不得起也。"外道六师意欲用斗法的形式来阻挠，舍利弗闻之，便去与六道斗法。舍利弗先后变成金刚、狮子、白象之王、金翅鸟王、毗沙门天、风神，战胜了六师幻化的宝山、水牛、大水池、毒龙、两个黄头鬼、大树。

《降魔变文》中斗法场面的描写，实开《封神演义》《西游记》等神魔小说中神通变化及其斗法描写场景之先河，特别是在《西游记》第四十五回《三清观大圣留名 车迟国猴王显法》、第四十六回《外道弄强欺正法 心猿显圣灭诸邪》中，孙悟空跟妖道变化斗法的描写里，皆可以看到《破魔变文》《降魔变文》的影子。《难陀出家缘起》讲述的是佛陀同父异母的弟弟难陀出家的故事，见于义净三藏译《佛说入胎藏会》以及元魏三藏吉迦夜与昙曜共译的《杂宝藏经》卷第八"佛弟难陀为佛所逼出家得道缘第九十六"等经典中。而《大目乾连冥间救母变文》改编自《佛说盂兰盆经》，描写佛陀十大弟子中"神通第一""行孝第一"的目犍连借助佛力，遍历地狱超度母亲的故事。

《难陀出家缘起》与《大目乾连冥间救母变文》皆描述了地狱的恐怖景象，其中对地狱阎罗大王、狱卒等语言的刻画，以及渲染地狱诸般可怖刑罚的描写颇为生动详细，亦可视为神魔小说中有关地狱刻画的开先之作。

此外，还需提及敦煌文书S2630号的《唐太宗入冥记》。该文亦对后世神魔小说产生了很大的影响，如《西游记》中第十一回《游地府太宗还魂 进瓜果刘全续配》、第十二回《唐王秉诚修大会 观音显圣化金蝉》描写的唐僧取经的缘起与唐太宗入冥的经历，其由来直接可以追溯到这篇故事。该文口语成分较多，因此被视为当时俗讲的底本。其内容是讲述唐太宗的生魂入冥，判官崔子玉为其添寿还阳的事迹，文中对太宗、阎罗王、判官崔子玉、李淳风等人的对话做了生动细致的描写。而这则故事最早可见张鷟《朝野佥载》，亦收录于《太平广记》卷一百四十六"定数一"之中，名为《授判冥人官》，原文引录于下：

> 太宗极康豫。太史令李淳风见上，流泪无言。上问之，对曰："陛下夕当晏驾。"太宗曰："人生有命，亦何忧也！"留淳风宿。太宗至夜半，上奄然入定，见一人云："陛下暂合来，还即去也。"帝问："君是何人？"对曰："臣是生人判冥事。"太宗入见，判官问六月四日事，即令还，向见者又迎送引导出。淳风即观玄象，不许哭泣，须臾乃寤。至曙，求昨所见者，令所司与一官，逐注蜀道一丞。上怪问之。选司奏："奉近止与此官。"上亦不记，旁人悉闻，方知官皆由天也。[1]

这则笔记小说的情节与长篇章回小说《西游记》中的情节相比，显得简单得多。由此推测太宗入冥故事是在佛教说唱文艺传播的大背景下，由文人创作出来的。在通俗化、演义化的发展过程中，最终成为西游故事体系中的一个重要组成部分。

综上所述，唐朝说唱文艺的出现，与唐传奇发展以及后世的神魔小说的产生，是一条完整的发展脉络，它串联了笔记小说及相关说唱文艺。换言之，至明代中后期，以《西游记》的成书，冯梦龙对罗贯中《平妖传》的重新增改，福建建阳出版的《南海观音出身修行济世传》《天妃娘妈传》《全像显法降蛇海游记传》及"四游记"等一系列的神魔小说的出版为标志，神魔小说正式得到确立，而这些神魔小说的确立皆和古典小说与佛经文艺（包括民间说唱文艺）的相互影响、共促发展密切相关。故笔者由此得出这样的结论：古典小说的发展与佛教文化在中国的接受与传播密不可分，而古典小说对佛教文化的接受与传播，又反过来扩大了佛教文化在我国历代社会的影响。可见，古典文艺的发展与佛教文化在中国的接受与传播，是相互促进、共同发展的。

---

[1]高光 等主编：《文白对照全译太平广记》第二册，天津古籍出版社1994年版，第743页。

三、古典小说对佛经文艺接受传播的社会时代意义

俗讲这种宗教说唱形式在唐朝的兴盛，属于佛教文化在中国传播过程中所衍生出来的特殊的社会现象。其出现的特殊时代和文化背景，笔者归纳为如下三个方面：

（1）魏晋以后战乱频发导致社会玄风日盛，人们向往修仙修道而得到解脱。随着佛经得到系统翻译和广泛的传播，此期的佛教在中国开始广为民众所接受。

（2）中国以农立国形成宗族社会。宗族社会重视先人的道德传承和个人修养，正如儒家提倡的修、齐、治、平。佛教的教义兼重个性修养与济世度他，其思想与中国传统文化不谋而合。

（3）佛教的传播需要多种媒介。俗讲的兴盛正好能满足民众刚刚开始萌芽且日益增长的文艺欣赏的精神需求，因此，它的出现和兴盛，不仅使佛教的传播获得了广泛的群众基础，而且还为后世通俗说唱文艺的发展奠定了基础。

在这样的时代文化背景下，古典小说对佛经文艺的接受与传播，已经成为顺理成章的事情了。文章所言古典小说对佛经文艺的接受与传播，其实，包括两方面的情形。一是指古典小说对佛经文艺乃至佛教文化思想的接受；换言之，即指佛经文艺乃至佛教文化对古代小说所产生的影响。二是指古典小说在接受佛教文化思想之后，并进一步传播和扩大佛教文化的影响；与此同时，古典小说通过传播佛教文化，也提升了自身的文化意义和社会价值。换言之，即指古典小说在传播佛教思想、扩大佛教文化影响的同时，也扩大了其自身的影响。可见，二者之间的关系其实是一个双向互动、互促发展的关系。二者的双向互动、互促发展，具体体现在：佛教的哲理性和神圣性为古典小说戏曲的发展繁荣，提供了强大的理论支撑和丰富多彩的思维想象空间；佛教的果报和三世轮回观念，不仅能震慑人心，促其向善，而且也为小说情节的推动、叙事结

构的稳固奠定了坚实的基础。而小说戏曲的通俗性、趣味性也为佛教的中国化、普世性和平民化搭起了桥梁，其劝惩教化的内容、"放下仇恨"的胸襟、普度众生的情怀，皆为辅政辅教进一步发挥着积极的促进作用。其所产生的巨大的文学价值和积极的社会意义是非常明显的。

但必须指出：在二者互为作用，并产生积极意义的同时，也客观存在诸多负面的因素，诸如小说沿用佛经故事叙事结构的固定模式，使得小说发展逐步走向呆板僵化的套路；佛教故事的鬼神活动，虽说给小说增添神奇色彩，但也易将普通百姓引上迷信的歧途；小说一味强调道德自律、感化，强调"放下"，忽视了人性恶的一面，忽视了法制法治的重要性。这些都是阅读和研究时，必须辨析清楚的地方。但瑕不掩瑜，由于有了佛教文艺的参与和佛教文化的广泛传播，古代小说从唐传奇直至明清的六大奇书的面世，小说直达文学的峰巅，其中佛经文艺与古典小说的互促发展的贡献不可低估，像《西游记》《金瓶梅》《红楼梦》就是典型的与佛教文化密切相关的通俗文学的代表。同时，佛教文化也借助了文学作品尤其是小说戏曲的流传，得到了更为广泛的传播。

论妈祖信仰在中国古代小说中的传播及其文化史意义

王子成

引　言

自宋代开始妈祖信仰从东南沿海地区百姓朴素的海神崇拜，逐渐演变成一种遍及大江南北的民间文化习俗，并随着华人华侨的移居传播到了海外，成为中国文化的一种象征符号。比如日本横滨的中华街是当地华人的聚集区和商业区，其中就建有妈祖庙，每天闻名而来的海内外香客络绎不绝。中国人对妈祖的信仰作为一种独特的民俗文化现象，从诞生开始延续至今未曾断绝，其神格形象亦出现在不少的古代文学作品之中。如《全宋词》中收录的南宋淳熙二年（1175）进士赵师侠"诉衷情·莆中酌献白湖灵慧妃"三首，既是妈祖信仰的一种常见的传统文学表现，又折射出诗词作者对妈祖神格的虔诚信念。而洪迈《夷坚志》收录的《林夫人庙》《浮曦妃祠》两篇文言笔记，以及明代吴还初神魔小说《天妃出身济世传》、冯梦龙"三言"所收《杨八老越国奇逢》等白话小说，都是直接或间接歌咏或描写妈祖的古典小说。

中国古代文人在创作或编纂笔记或小说时，无论是故事背景的设置还是情节内容的安排，大多是基于历史典故或来源于人们的生活。故若能从跨学科、跨文化的视角来讨论妈祖民俗信仰在中国古代小说中的传播，不仅有利于加深读者群体对文学作品本身的理解，还能从多维度来透视文学作品和民俗、文化之间的关系，扩展文学受众为文化受众，对建构优秀中国传统文化体系、弘扬优秀中国传统文化做出积极且有意义的尝试。

一、妈祖信仰在官方和民间的传播

要研究妈祖的文学形象及其文化史意义，不仅需要弄清楚其人物原型的历史脉络，还需要考察其信仰形态有着怎样的发展演变历程。历史上妈祖实有其人，其人物事迹最早可见于廖鹏飞于南宋绍兴二十年庚午（1150）正月十一日所写的《圣墩祖庙重建顺济庙记》，原文见录于《白塘李氏族谱》的清代抄本之中，庄景辉在专著《海外交通史迹研究》中对这篇庙记重新进行了校对。鉴于庙记篇幅过长，兹引部分原文如下：

（前略）墩上之神，有尊而严者曰王，有皙而少者曰郎，不知始自何代，独为女神人壮者尤灵，世传通天神女也。姓林氏，湄洲屿人。初以巫祝为事，能预知人祸福，既殁，众为立庙于本屿。圣墩去屿几百里，元祐丙寅岁，墩上常有光气夜现，乡人莫知为何祥。有渔者就视，乃枯槎，置其家，翼（翌）日自还故处。当夕编（遍）梦墩旁之民曰："我湄洲神女，其枯槎实所凭，宜馆我于墩上。"父老异之，因为立庙，号曰"圣墩"。岁水旱则祷之，疠疫崇（祟）则祷之，海寇盘互（亘）则祷之，其应如响。故商舶尤借以指南，得吉卜而济，虽怒涛汹涌，舟亦无恙。宁江人洪伯通，尝泛舟以行，中途遇风，舟几覆没，伯通号呼祝之，言未脱口而风息。既还其家，高大其像，则筑一灵于旧庙西以妥之，宣和壬寅岁也。越明年癸卯，给事中路允迪使高丽，道东海，值风浪震荡，舳舻相衡（冲）者八，而覆溺者七，独公所乘舟有女神登樯竿为旋舞状，俄获安济，因

诘于众。……①

由此可知妈祖神格形象最初出现于宋代的多神祭祀中，由于其神灵有验而香火日盛，逐渐从多神合祭的民俗中独立出来，出现了专祀场所。在成书于明朝天顺五年（1461）的汉族官修地理总志《大明一统志》中，对当时供奉妈祖的庙宇情况有着较为详细的记录，详情如下：

> 《大明一统志》卷六·南京·祠庙·天妃庙：在府治西北一十五里。永乐五年建，赐名弘仁普济天妃宫，有御制碑。

> 卷十三·淮安府·寺观·灵慈宫：在山阳县清江浦，宣德间平江伯陈瑄建，少师杨士奇为记。

> 卷二十五·辽东都指挥使·祠庙·天妃庙：在金州卫旅顺口。海舟漕运多泊庙下。正统简命有司春秋致祭。又辽河东岸亦有庙。

> 卷三十九·嘉兴府·山川·苦竹山：在平湖县东南二十九里上有天妃宫。

> 卷七十七·兴化府·山川·湄洲屿：在府城东南七十里海中，与琉球国相望。出黑白石，可为碁子，上有天妃庙。

> 卷七十七·兴化府·祠庙·天妃庙：在湄洲屿。妃莆人，宋都巡检林愿之女。生而神灵，能言人祸福。没后乡人立庙于此。宣和中路允迪浮海使高丽，中流风大作，诸船皆溺，独允迪所乘舟，神降于樯，遂获安济。历代累封至天妃。本朝洪武、永乐中凡两加封号。今府城中有行祠，有司春秋祭焉。

> 卷八十二·琼州府·祠庙·天妃庙：在府城北一十里海口。昔宋莆田人林氏女，殁为神，极灵验。凡渡海者必祭卜，历代累封号天妃。

可见在明代时妈祖信仰已经随着妈祖庙的建立，遍及南京、清江、旅顺、平湖、海南琼州、莆田等地域。而古人妈祖信仰之情态，还可以通过另一则史料得到还原。清雍正版《江西通志》卷八十四"建昌府"词条下的"人物三"分条记载道：

---

① 庄景辉：《海外交通史迹研究》，厦门：厦门大学出版社1996年版，第112页。

揭稽，广昌人，永乐进士，居台官。正色立朝，介然有守。出外治，廉恕忠勤，赫然有声。海南天妃庙灵应，使者遇必祭焉。稽当考察时渡此，惟投一诗，有"若载苞苴并土物，任教沉在此沧溟"之句。仕至兵部侍郎。①

此时的妈祖信仰已然成为一种接近于宗教信仰的民间习俗，凡是渡海的商旅必要祭拜妈祖祭卜吉凶才敢出行。审视妈祖信仰从多神崇拜到独立神格的民俗变迁，这一过程深刻地体现出古人的务实精神与生活智慧，即通过祭拜多位神灵来换取实际利益，少灵验者渐渐被有灵验者取代，有灵验者又因其故事的广泛传播与庙宇在各地的建立而获取更多的信徒，妈祖这位女神就这样在朴素的民间信仰氛围中逐渐升华为独特的地域文化符号。

关于妈祖的人物原型，《上海资料研究·天后宫考略》有较为详细的介绍，笔者概述如下：宋建隆元年（960）四月初三妈祖出生于福建省莆田县，为林愿第六个女儿，唤作林默。林默小时候在对着井水照面时得一神道授之铜符，从此便有了神异的能力。有一次她通过神通感应到自己父亲和哥哥遭遇海难，最终父亲获救而哥哥却遇难了。在经过这一事件后林默心中悲哀难以释怀，在宋雍熙四年（987）重阳节升化，一共在世上活了二十七年。妈祖殁后，当地人尊崇她为神女，过往商旅遭逢海难有所祷求，屡有所验。②由此可见妈祖最开始只在莆田周边受到人们的信仰，而据李献璋的《妈祖信仰的研究》，妈祖信仰最早约于北宋元祐四年（1089）左右就传到了江浙地区，当时朝廷刚设立泉州市舶司，泉州港因此超越了明州（宁波）成为全国第二大港口，海陆交通的开拓联通使得妈祖信仰较快地传播到了船师们多聚居的宁波宁海地区。③

妈祖信仰在传播到江浙一带三十余年后，获得了来自宋廷的官方承认。北宋宣和五年（1123）朝廷派特使允迪出使高丽，由于途中遇大风

---

① [清]谢旻、陶成等纂修：《江西通志》，《四库提要著录丛书》史部第二三五册，北京出版社年版，第46页。

②《上海资料研究·风土卷》：《天后宫考略》，上海书店出版社1984年版，第517页。

③李献璋：《妈祖信仰的研究》，东京泰山文物社1979年版，第338—339页。

险些遭海难，依靠妈祖显灵救护才最终完成了皇帝派遣的使命，并顺利返航，于是徽宗皇帝亲自敕封妈祖为"南海女神"并传旨建庙赐以"顺济"庙号，是为文献可查的民间奉祀之始。宋朝皇帝曾多次对妈祖进行加封，南宋绍兴二十六年（1156）加封"灵慧夫人"称号，绍兴三十年（1160）"海寇啸聚江口，居民祷之，神见空中，起风涛烟雾，寇溃就获"，宋高宗于是再次加封妈祖为"灵惠昭应夫人"，宋孝宗淳熙年间（1174—1189）还曾为妈祖加赐"圣妃"称号。元代至元十八年（1281），海外诸番宣慰使、福建道市舶提举蒲师文上书具奏妈祖护航救生的神迹，皇帝于是册封妈祖为"护国天妃"。妈祖在明朝的洪武五年（1372）、永乐七年（1409）还曾两次被赐予"昭孝、纯正、孚济、感应圣妃""护国庇民、妙灵昭应、弘仁普济天妃"称号，又于崇祯十七年（1644）由南明弘光帝于后者基础上加封"安定慈惠"称号。清代朝廷对妈祖亦有多次册封，其中康熙二十三年（1684）年加封的"天后"称号为现在"天后宫"名称之始。此后的加封有如下列情形：

乾隆二年（1737）：福佑群生

乾隆二十二年（1757）：诚感咸孚

乾隆五十三年（1788）：显神赞顺

嘉庆五年（1800）：垂慈笃佑

道光六年（1826）：安澜利运

道光十九年（1839）：泽覃海宇①

道光二十八年（1848）：恬波宣惠

咸丰二年（1852）：导流衍庆

咸丰三年（1853）：靖洋锡祉

咸丰五年（1855）：恩周德溥、卫漕保泰

咸丰七年（1857）：振武绥疆

同治十一年（1872）：嘉佑②

---

①当时另有册封为"琉球显应"称号，但由于与"妙灵昭应"重复，而于咸丰七年开始的天后神牌中不再列入。

②《上海资料研究·风土卷》:《天后宫考略》，上海书店出版社1984年版，第518—519页。

到咸丰七年（1857）为止，写于神牌之上的天妃封号已经达到了六十八个字。同治十一年的加封经礼部核查以为"封号字数太多，转不足以昭郑重"为由，只加上"嘉佑"二字。此后的加封不再赐予封号，改为颁赐匾额如"泽被东瀛"等。可见清代是官方赐予妈祖称号最多的朝代，相关民俗文化信仰无论官方还是民间，其影响之广已然达到了历史巅峰。

如前所述，妈祖信仰的传播最初源于沿海居民的务实需求，并随着水上交通的发达而得以广泛传播。而妈祖信仰在江浙一带乃至全国的传播，京杭大运河功不可没。南宋首都临安就毗邻运河，而大运河又联通南方各沿海城镇，这些城镇通过水路将粮食和物资运往各地。宋代开始随着市民经济的兴起与文化的繁荣，运河航运交通也就变得愈来愈繁忙，水路交通的安全问题受到更多人的重视。对于通过运河进行贸易往来的商旅而言，得到官方承认的，能"护航救生"的女神妈祖也就成了最合时宜的保护神。而天妃庙在江南一带的广泛普及，则是在元代以后。元朝的南粮北运（史称"漕运"）多走海路，古语道"天下至计，莫于食。天下至险，莫于海"，在当时的历史条件下，航海贸易是非常危险的，所谓"天有不测风云"，船工的人身安全完全无法得到保障，葬身鱼腹的现象十分普遍。正如《直沽谣》所唱"北风吹儿堕黑水，始知渤溟皆墓田"，朝廷需要安抚民心，百姓也急需一位海神庇佑，于是天妃娘娘就成为最佳人选，故与漕运、通商和渔业有关的许多沿海城镇如直沽、扬州、南京、平江、周泾、泉州、福州、兴化等地皆纷纷官修天妃宫，祭祀妈祖娘娘了。

明代的航海事业极为发达，创造七下西洋壮举的三宝太监郑和曾多次宣称在海上得到"天妃神显灵应，默伽佑相"，于是明成祖朱棣不仅下令在湄州、长乐、太仓、南京以及京师北京建天妃庙宇，还在永乐十四年（1416）郑和第四次下西洋归来时亲自书写《御制弘仁普济天妃宫之碑》来盛赞天妃的功德。

除了官方设立的天后宫，民间还存在一种"乡人会馆型"天后宫。

宋代以后随着各地福建移民和商旅的增多，他们开始在客居地建立起乡人会馆。由于妈祖信仰是福建地域文化的象征，天后宫妈祖娘娘也就成了旅居他乡的福建人精神上的依托，并借助乡人会馆继续发挥其民俗信仰的功能。还需值得一提的是，福建的天后宫文化，与江西南昌西山万寿宫文化两者间可谓有异曲同工之妙。江西人于全国各地建立供奉道家真人许逊的万寿宫，作为本地商人活动的据点和乡人会馆，有句俗话叫做"有江西人在的地方就有万寿宫"，这一文化现象的形成可以从侧面折射出天后宫文化的形成，以及妈祖信仰的传播途径和过程。

二、妈祖信仰在文学中的传播

妈祖救困扶危的事迹不仅受到历代朝廷的盛誉而屡受加封，还得到文人的关注并在文学作品中被反复传颂。历史文献对于妈祖事迹的记载，重在宣扬她有求必应的神异性，而文人在描摹妈祖形象时，既突出其神通感应的灵验，又注重宣扬妈祖这一神格背后所承载的人文关怀与舍己为人的传统文化精神，以及对世人的教育。且看赵师侠"诉衷情·莆中酌献白湖灵慧妃"三首：

其一

神功圣德妙难量。灵应著莆阳。湄洲自昔仙境，宛在水中央。

孚惠爱，备祈禳。降嘉祥。云车风马，胙蠁来歆，桂酒椒浆。

其二

茫茫云海浩无边。天与水相连。舳舻万里来往，有祷必安全。

专掌握，雨旸权。属丰年。琼卮玉醴，缫此精诚，福庆绵绵。

其三

　　威灵千里护封圻。十万户归依。白湖宫殿云耸，香火尽
虔祈。

　　倾寿酒。诵声诗。谅遥知。民康物阜，雨润风滋，功与
天齐。①

白湖灵慧妃就是妈祖，赵师侠第一、二首词显然仅是对妈祖的"威灵"
"神功"的描摹与祈赞，而第三首词则笔锋一转，还原了莆阳历史上十万
户皈依妈祖、修筑妈祖宫祠并参加祭祀的盛况，同时在字里行间流露出
作者对"功与天齐"的妈祖的歌颂和赞美之情。第一首中"云车风马"
的妈祖形象宛如道家仙子般飘逸，第二首"琼卮玉醴""桂酒椒浆"的描
写更是俨然一派仙境的景象，而第三首中"白湖宫殿云耸，香火尽虔祈"
已然将妈祖推上比肩佛教观音菩萨的显位。这种文人笔下的描述，一定
程度反映出当时人们观念上对妈祖信仰的认识，特别是在随着宋朝以后
佛、道信仰的普及与交流，儒释道三家融合由此可见一斑。

　　由于诗词文体受到格律、字数、韵调的限制，难以对人物进行全面
细致的描写，这时笔记小说就显得颇具综合优势了。最早描写妈祖形象
的笔记小说是南宋洪迈《夷坚志》中的两篇，即"支景"卷九《林夫人
庙》和"支戊"卷一《浮曦妃祠》。首先请看《林夫人庙》：

　　　　兴化军境内地名海口，旧有林夫人庙，莫知何年所立，室
　　宇不甚广大，而灵异素著。凡贾客入海，必致祷祠下，求杯珓，
　　祈阴护，乃敢行，盖尝有至大洋遇恶风而遥望百拜乞怜见神出
　　现于樯竿者。里中豪民吴翁，育山林甚盛，深菱满谷。一客来
　　指某处欲买，吴许之，而需钱三千缗，客酬以三百，吴笑曰：
　　"君来求市而十分偿一，是玩我也。"无由可谐，客即去。是夕，
　　大风雨。至旦，吴氏启户，则三百千钱整叠于地。正疑骇次，
　　外人来报，昨客所议之木已大半倒折。走往视其见存者，每皮
　　上皆写林夫人三字，始悟神物所为，亟携香楮，诣庙瞻谢。见

<hr />

①［宋］赵师侠：《诉衷情·莆中酌献白湖灵慧妃三首》，《全宋词》第三册，中华书局1965年版，第
2086—2087页。

群木多有运致于庙堧者，意神欲之，遂举此山之植悉以献，仍辇原值还主庙人，助其营建之费。远近闻者纷然而来，一老眈家最富，独悭吝，只施三万，众以为太薄，请益之，弗听。及遣仆负钱出门，如重物压肩背，不能移足，惶惧悔过，立增为百万。新庙不日而成，为屋数百间，殿堂宏伟，楼阁崇丽，今甲于闽中云。①

在这篇约四百字的笔记小说中，用了近四分之一篇幅交代了妈祖的简单信息，人物身份即"林夫人"，庙宇在"兴化军海口处"，重点在于突出妈祖的有求必应，有点类似于民间的观音信仰，这与前述廖鹏飞《圣墩祖庙重建顺济庙记》中所介绍的情况基本相似。而故事另外的四分之三篇幅，则是通过两个富户捐款的故事，来侧面描写妈祖的神异。故事中两个富民对妈祖由不敬到大敬的前后不同态度的转变，增加了故事情节的冲突性与戏剧性。虽然这段情节的重点在于教育世人要有大爱之心，为富者要善于做点群众性的公益事业，但同时也把妈祖的神格形象给世俗化、功利化了，这一下现象背后实则为宋人妈祖信仰世俗化之投影。

再看另一篇《浮曦妃祠》：

> 绍熙三年，福州人郑立之，自番禺泛海还乡。舟次莆田境浮曦湾，未及出港，或人来告："有贼船六只在近洋，盍谋脱计？"于是舟师诣崇福夫人庙求救护，得三吉茭。虽喜其必无虞，然迟回不决，聚而议曰："我众力单寡，不宜以白昼显行迎祸？且安知告者非贼候逻之党乎？勿堕其计中。不若侵晓打发，出其不意，庶或可免。况神妃许我耶！"皆曰："善！"迨出港，果有六船翔集洪波间，其二已逼近。舟人窘迫，但遥瞻神祠致祷，相与被甲发矢射之。矢且尽，贼舳舻已接，一魁持长叉将跳入。忽烟雾勃起，风雨骤至，惊波驾山，对面不相睹识，全如深夜。既而开雾帖然。贼船悉向东南去，望之绝小。立之所乘者，亦漂往数十里外，了无他恐。盖神之所赐也，其灵异如

---

①［宋］洪迈：《夷坚志》第二册"支景卷九"，中华书局1981年版，第950—951页。

此，夫人今进为妃云。[①]

文中的"崇福夫人庙"即妈祖庙，也就是篇名中所及"浮曦妃祠"。这篇故事亦描绘了妈祖济困扶危的神异事迹，郑立之一行正因为有了妈祖的救护才顺利避免了海贼的侵袭，保全了众人的生命和财产安全。原文虽寥寥三百余字篇幅，且妈祖在小说故事中没有直接露面，却让读者感到处处都有妈祖的神灵存在，只要虔诚祈求就必获灵验。

有趣的是，较前文介绍的两则有关妈祖的笔记小说年代略早的《圣墩祖庙重建顺济庙记》，在故事性上却比《林夫人庙》《浮曦妃祠》要更强。故可以推测《林夫人庙》《浮曦妃祠》对妈祖故事的描绘，或多或少受到了《圣墩祖庙重建顺济庙记》等文史资料的影响。

到了明代，小说发展到了一个新的高峰，除了章回小说的体例开始完备以外，"三言二拍"等白话小说集的编纂问世可谓明末的绝响。在冯梦龙《喻世明言》中也出现了一些关于妈祖信仰的精彩描写，如卷八《杨八老越国奇逢》中关于顺济庙及其神灵冯俊有如下的一段描述：

> 却说清水闸上有顺济庙，其神姓冯名俊，钱塘人氏。年十六岁时，梦见玉帝遣天神传命割开其腹，换去五脏六腑，醒来犹觉腹痛。从幼失学，未曾知书，自此忽然开悟，无书不晓，下笔成文，又能预知将来祸福之事。忽一日，卧于家中，叫唤不起，良久方醒。自言适在东海龙王处赴宴，被他劝酒过醉。家人不信，及呕吐出来都是海错异味，目所未睹，方知真实。到三十六岁，忽对人说："玉帝命我为江涛之神，三日后，必当赴任。"至期无疾而终。是日，江中波涛大作，行舟将覆。忽见朱幡皂盖，白马红缨，簇拥一神，现形云端间，口中叱咤之声。俄顷，波恬浪息。问之土人，其形貌乃冯俊也。于是就其所居，立庙祠之，赐名顺济庙。绍定年间，累封英烈王之号。其神大有灵应。倭寇占住清水闸时，杨八老私向庙中祈祷，问答得个大吉之兆，心中暗喜。与先年一般向被掳去的，共十三人约会，

---

① [宋]洪迈：《夷坚志》第三册"支戊卷一"，中华书局1981年版，第1058页。

大兵到时，出首投降，又怕官军不分真假，拿去请功，狐疑
不决。①

这篇故事把顺济庙主神从妈祖替换为冯俊，与前述妈祖的各类记载相比，故事情节、相关细节进行了较大的改造，如史料记载妈祖27岁成仙变成冯俊36岁无疾而终，但其基本的故事内核却没有变动，即冯俊救困扶危、受到官方和民间钦敬、加封、立庙祠祀之，基本与前述妈祖的情形无异，可视为妈祖文化在文学上的改写或拓展。至此，文学上的妈祖神格已经不再是单纯的水神，而是糅合了如城隍信仰这种乡土神信仰、佛家的观音信仰于一体，而佛教、道教禳灾祈福的因素也糅杂其中，更加体现出民俗信仰实用层面的意味。

然而在古典文学作品中，明代吴还初三十二回本《天妃出身济世传》（又称为《天妃娘妈传》）可以说是对妈祖的传说事迹进行最全面细致文学描摹的白话神魔小说了。不过由于小说刻印流播不广，又屡经战火而一度成为佚书，客观上影响了该著对妈祖信仰乃至妈祖文化传播的深度和广度，直至20世纪80年代末上海古籍出版社据日本双红堂藏明刻孤本的影印本，重新由黄永年校点，命名为《天妃娘妈传》出版（上海古籍出版社1990年版），这部小说才得以再次回归中国学者的视野。吴还初是与冯梦龙共同活跃在明末的文人、小说家，他们无论思想、文化背景还是文学编创倾向皆一定程度反映出共同的时代特征，同时也有相互影响的痕迹，如冯氏的《杨八老越国奇逢》对妈祖故事的改编就是一个典型的例子。而在文学表现和创作方法上，《天妃出身济世传》的成书又明显受到了《西游记》的影响，不仅仅是类似的神魔题材，读者能在具体的情节中找到很多《西游记》孙悟空的影子，产生一种似曾相识的感觉。

通过前面的，我们可以这么认为：妈祖的文学形象是在民间信仰和传说故事的基础上，逐步进入文学家笔端的，而官方对妈祖信仰的承认和推广，又一定程度推动了妈祖传奇在各地域的传播。明代吴还初《天妃出身济世传》这部小说为妈祖故事的集大成之作，该著不仅大为扩展

---

① [明]冯梦龙：《喻世明言》，中华书局2009年版，第165—166页。

了小说的故事篇幅，这是此前的诗词、庙记、笔记小说等所未能实现的，还在人物形象塑造、性格特征描写、故事情节设置等多方面糅杂了更多的文学笔触和社会文化符号。小说中的妈祖从嫉恶如仇、济困扶危的传统女侠形象，逐步转变升华为对异族的包容、对所有生命的关怀的道德丰满的神灵。这一形象的转变体现出古人道德上追求的最高境界，即仁民爱物的情怀，这是一种无私、无边的"大爱"，而这种无私、无边的"大爱"里面却蕴藏着一种博大精深、无穷无尽的"智慧"。因此今人重新审视古人的情怀与智慧，对弘扬优秀中国传统文化，依然有着积极的社会意义。

三、从民俗到文学：妈祖形象演变及其文化史意义

妈祖信仰成为中华民族优秀地域传统文化的一种象征，已经成为学界的共识。妈祖信仰在全国的传播与推广，首先归功于宋代以后发达的水上贸易，因为妈祖娘娘一开始是作为海神受到莆田等地民众的崇拜。其次，成为水神的妈祖不仅保佑往来商船顺利通航，渔船顺利作业，还让朝廷官员在执行公务过程中切身感受到神灵的护佑，于是民间立祠祭祀，历代皇帝又不断加封褒奖，这样就让祭祀妈祖的民俗有了更广泛的社会文化基础。

当地方神信仰成为一种约定俗成的民间风俗，自然就对重视乡土文化的传统文人产生潜移默化的影响。在各种文学体裁中，小说文体兼具文学性、社会性、教育性、通俗性等综合优势，因而有关妈祖的各种传说故事便成为小说创作的重要素材。小说家在民俗故事的基础上有意识地对妈祖的人物形象进行重塑和放大，也正因为小说故事的虚构和放大，使得妈祖从人到神最终又升华为一种文化符号。但必须指出，妈祖信仰在社会民俗学与文学中有着明显的不同的展现维度。以社会民俗学的眼光审视的妈祖信仰，它之所以能在世界各华人聚集地广泛传播，除了能给当地人们带来实实在在的好处（旅游开发、文化开发等）之外，就是

或多或少、直接或间接地给信众带来无形中的心理慰藉，这仍可以看作民俗文化的务实主义特征。而文学维度中展现出的妈祖形象及其信仰模式，除却其道德伦理层面或形而上哲学层面的意涵之外，就是给读者带来精神上的愉悦和美的享受，呈现出文学艺术的感人魅力。而两者间相同的点则在于：无论是约定俗成的习惯，还是雅俗共赏的文艺，都源自民众对大自然的认知以及生活实践经验所带来的社会文化体验。

妈祖形象从民俗到文学经历了渐变的演化过程。即使是同样作为文学体裁的小说，从文言笔记到中篇章回白话小说，妈祖形象亦经历了渐变的演化过程。具体说来，民俗信仰中的妈祖形象，主要还是展现其灵验超凡的"神性"，虽然过程中带有少许的文学色彩，但背后承载的还是信众的功利思想。而小说中的妈祖形象虽超脱现实生活，但文人通过对民间故事相关神话素材的整理与选择，用文学手段来重新塑造出可与现实生活中人对话的"人物角色"，这就是把民俗信仰中的神进行人格化。而文学形象中的妈祖，又被赋予了丰富的人文关怀理念与哲学意涵，目的是要感化、教化世人从善如流。从《夷坚志》到"三言"，再到《天妃出身济世传》，这些小说皆不同程度地还原了一位人格化的妈祖。

《天妃出身济世传》作为中篇小说，书中涉及的人物不算多，情节也不算复杂，反映出来的思想形态却比较庞杂，比如儒释道的糅合以及民间思想交错互现，有时会给阅读者杂乱无序之感，但作者的创作动机和思想应该是积极且值得肯定的，即博采众家之长而形成的"大宇宙"关照、"大生命"关怀以及"全民族"和谐共存的思想观念。如开篇就提到"天地人物，并生不害，鬼神邪正，各有攸分"，这是从宇宙伦理、生命情怀的角度来认识世界，认识生命。再如书中第二十一回"黄毛公护番再寇"中林二郎规谏李将军对西番用兵当刀下留情的那段话：

> 二郎谏曰："兵以驱敌为胜，以不杀为威。昔吉甫薄伐，至于太原，诗人诵之，圣人取之，万世称之。西番之性，自五帝所不能臣，三王所不能服。即以我世祖武皇帝之威灵，东除西扫，南荡北涤，亦是为一大治之，使不复再来，亦未尝尽其种

古代小说研究论丛

类而尽歼之，使伤吾生生之德，覆载之仁。前日一战，数万番兵尽为灰烬，已为楚痛矣。明日得胜之时，小道愿将军惟驱除之使去，如逐犬羊然，勿纵兵掩杀。此将军莫大之功，即将军无量之德也。"李曰："法师之言是矣，然吾亦非以杀人为快者。但丑虏之性小留寸气必思再逞。此俗所谓斩草留根，雨滋复发者也。"二郎曰："华夷类异而性同，中国有圣人，蛮夷回心而向化。以此观之，则夷之服逆，实我之治乱有以启之矣。"①

这段宏论系以"全民族"的观念来看待西番异族。作者借林二郎之口，引用西周尹吉甫讨伐猃狁获胜即回，并未穷追不舍而获得"诗人诵之，圣人取之，万世称之"的史实，来表达自己主张用怀柔策略感化异族，以促进民族的大团结理想。正是在这种"全民族"思想观念的指导下，小说才有大汉兵将"活捉番王""放归降众"感化西番的义举，以致番王、番兵心悦诚服于中华文明。其中"兵以驱敌为胜，以不杀为威"之说，与《孙子兵法》中的"不战而屈人之兵"的军事谋略有异曲同工之妙。

但在具体情节描写、人物形象刻画时，作者是遵循人事变化规律进行创作的。如小说的核心人物妈祖，她由仙到人，再由人到神，以至或人或神的神格形象，其演进过程在小说回目上亦有体现。小说正面描写妈祖形象的共用了十三回，即第二回、第五回、第六回、第九回、第十回、第十八回、第二十回、第二十六至三十一回，前五回对妈祖的称谓是"玄真女"，中二回称"林真人"，后六回称"天妃妈"即是明证。随着妈祖由仙到人，再由人化神，其称谓不同，其地位自然不同，而其性格特点的变化也就自然而然顺着作者核心思想演进。玄真女离仙宫入凡世，是要去暴除残、除妖务尽、造福万世；当她投胎到林长者家成为超凡脱俗的林真人时，便要去实践她曾为玄真女时的济世造福理想；但到最后成为天妃妈时，她已经成为文化符号和民族精神的象征了。即使在

---

① [明]吴还初：《天妃娘妈传》，孙再民主编：《中国古典孤本小说宝库》第11卷，中央民族大学出版社2001年版，第387页。

作者正面描写她哥哥林二郎活动的回目里，如第十五至十七回、第十九回、第二十四回共五回里，让读者切实感觉到处处都有妈祖在，好似宫廷里的垂帘听政一样。像前述其兄那段包容西番异族的宏论，其实正是妈祖的思想。如当他的哥哥林二郎要护李将军讨伐西番时，真人却规劝其兄曰："第谓胜蛮之时，其杀戮不必太重。如前日尽数万之众，无存片甲，祸亦太惨矣。"这个主张正与小说开篇所谓"天地人物，并生不害"的思想观念是一致的。可见，小说中的妈祖形象及其性格特点、思想观念，实际上是作者创作思想、世界观、民族观的集中体现。

在妈祖思想观念影响下的林二郎，也是小说中的重要人物，其形象塑造亦经历了演进的过程。二郎是由人至圣，再由圣入仙。作为凡人的林二郎，初为矇昧之子，十八岁了，竟连其父所云"出门须求三益友，入户愿闻四佳声"中的"三益友""四佳声"皆不知为何；可到后来竟成了军中高参，国之良臣，东征西讨，除妖扫魔，屡立奇功。但他功成身退，当朝廷给他加封褒奖之时，他不受物奖，不要爵封，只求为其妹林真人讨得庙号加封即可。于此汉明帝赞曰："富，人之所欲也，玉帛不足以动其心。贵，人之所欲也，爵土不足以易其志。是可敬而不可臣，可爱而不可友者也。"（《天妃娘妈传》第二十五回）最后，其全家皆获得皇帝的加封，如林真人为"护国庇民天妃林氏娘娘"，林长者为"诞圣公"，安人为"育圣母"，二郎为"靖国法师、护教圣兄"。可见林二郎的一切成就，主要受益于其妹林真人的思想影响，当然其父母直接的言传身教也不无助益。换言之，作者着力刻画重要人物林二郎的形象，实则是侧面描写真人妈祖的形象，因为林二郎作为护军高参，其背后始终有个强大可靠、应时应需的身影在，那个身影就是真人妈祖。作者创作此小说，着意刻画妈祖、二郎形象，以传播妈祖信仰的目的在于教育世人积德累仁，并告诫世人只要积德累仁定有好报。小说的最终结局是让德深道长的林真人一家白日飞升，而"远迩闻之无不烝烝向善"（《天妃娘妈传》第三十二回）。可见妈祖信仰的影响极大，其教育效果也是极好的。

然而值得指出的是：妈祖形象的影响力及其信仰的传播，不仅是文学的作用力而实在是民间及历代朝廷加封的影响所致，因为有关妈祖的文学作品毕竟不多，而作为集大成之作的《天妃出身济世传》面世后就失传了。若该著自出版后没有失传，其对当时以至后世的道德教育、生命关怀、军事外交、民族团结等方面都会产生积极的影响。因为该著所深寓的文化史意义是极为丰富而深邃的，读者可以透过小说中的文学形象，读出蕴含在故事情节、人物形象性格里的中国文化的大见解、大智慧。

　　综上所述，传播妈祖信仰最佳的文学作品《天妃出身济世传》虽然在历史上没有及时发挥其应有的作用，但在改革开放的今天，该著已经受到学界的关注，其主人公妈祖也已获得重生。随着改革开放的不断深入，文化交流的日益频繁，妈祖形象及其文化史意义，不仅伴随着民俗文化从沿海地区深入内地，继而漂洋过海，走向世界；同时也随着小说研究的深入和拓展，妈祖济世扶危的优良品德和书中蕴含的大宇宙关照、大生命关怀、全民族情感，必将在当今的文化建设、文学创作中大放异彩，发挥其应有的借鉴作用。

《旌阳宫铁树镇妖》：一篇反映明朝政治的水神题材小说

王子成

　　"三言"是明末文人冯梦龙所编纂的系列短篇小说集的总称。其编纂的目的，正如《喻世明言》《警世通言》《醒世恒言》各集书名所示，多劝惩教化的内容。"三言"中，不乏深刻反映当时社会、时代的优秀作品，其中以反映因明王朝激烈内部矛盾而产生的尖锐的社会问题，以及冯梦龙为代表的正统文人，面对明末危如累卵的国家形势所抱有忧患意识为重要内容。而《旌阳宫铁树镇妖》为此类内容的篇章之一，充分体现出冯梦龙强烈的政治倾向性。本文将从以下四个方面进行论述。

一、明朝政治与《旌阳宫铁树镇妖》入话诗、收场诗之解读

　　《警世通言》卷四十之《旌阳宫铁树镇妖》，是出自江西文人"竹溪散人"邓志谟的《铁树记》。该著是一部以水神为题材的小说，主要围绕道教仙人许逊镇妖故事的情节展开叙述，以表达作者的政治态度及其思想感情。小说全文是由入话诗引入的，其诗云：

> 春到人间景色新，桃红李白柳条青。
> 香车宝马闲来往，引却东风入禁城。
> 酾剩酒、豁吟情，顿教忘却利和名。
> 豪来试说当年事，犹记旌阳伏水精。

此诗前四句，描写的是春天万物始新之气象，以及京城贵族、士大夫们在这样美好时节悠闲赏玩春色的热闹情景。然而，这种描写，与诗歌后四句所描述的水神传说以及小说主题似乎并不吻合，且小说的结尾又有如下一段预言诗作为小说的收场。现将此预言诗引录于兹：

　　　　三三两两两三三、杀尽江南一檐耽。

　　　　荷叶败时黄菊绽、大明依旧镇江山。

诗中的"荷叶"指代朱宸濠，而"黄菊"则指代正德帝朱厚照。作者借小说主人公许迅之口，用诗歌"预言"了明朝历史上"宁王之乱"的失败结局。宁王之乱，众所周知，是在正德十四年（1519）发生的皇室内乱，宁王朱宸濠企图篡夺皇位，以失败告终。故事的叙述者在此诗前面交代说："正德戊寅年间，宁府阴谋不轨，亲诣其宫"，其时正与历史上发生皇室内乱的时间相同，这种交代，增强了小说的历史感和真实感；而"宁府阴谋不轨"更带有明显的贬义色彩，这说明叙述者是站在皇室的正统立场来说的。而在诗后，作者又补充交代"后来果败。诸多灵验不可尽述"之类的话，都意在印证真君许迅预言的灵验。由此可见，无论是叙述者还是小说主人公许迅，皆站在正统皇室、君王的立场，对"宁王谋反"这种大逆不道的行为表示反感，从而体现出小说作品鲜明的政治倾向性。

　　表面上看，文末预言诗与入话诗虽然在小说结构上有着"起结"的作用，但从内容上看，两诗所蕴含的思想意义很不一致，且不能产生前后呼应的艺术效果。这种不一致现象，让笔者产生了新的疑问：入话诗中是否隐藏着其他的信息？

　　依笔者管见，这首入话诗在明朝以前的文献中并未出现，仅见于《铁树记》《旌阳宫铁树镇妖》以及东京大学双红堂文库藏冯梦龙《三教偶拈》所收录的《许真君旌阳宫斩妖传》。

　　日本学者大塚秀高认为："《三教偶拈》的刊刻年份虽然无法确定，但其中的《皇明大儒王阳明先生出身靖乱录》中所见'皇明'这一说法，此书刊刻时期当在崇祯，或者是南明时期。"①根据大塚秀高的观点，笔者认为入话诗是《铁树记》的作者邓志谟所作。同时在日本内阁文库藏萃庆堂本《许仙铁树记》的"豫章铁树记引"中，有"皇明万历癸卯春谷旦"的记述，因此这部小说应刊刻于万历三十一年（1603）无疑，而这首诗的创作也应该大约在这一时期。同时需要注意的是，冯梦龙在把《铁树记》收录到《警世通言》时，对这首诗的韵文进行了一些订正②。

笔者在前述中，认为入话诗前四句所描绘的是一幅京城贵族、士大夫们欣赏盎然春色的情景，而这种太平盛世的描绘，并不符合明末的实际。因为明朝末年社会问题日益尖锐，而统治者内部的权力斗争也日益加剧，其中最具代表性的，是晚明"三大疑案"的发生。这三大疑案分别是"梃击案""红丸案"和"移宫案"。王钟翰在《关于明末三案的原委》③一文中，叙述了明朝末年的宫廷"三大疑案"的原委。现简述如下：

"梃击案"发生在万历四十三年（1615）。万历帝欲违背"立嗣立长"之祖训，宫廷内引发了一场"国本之争"，遭到大臣和东林党的反对，万历帝不得已而册立朱常洛为太子。而梃击案的激烈而嚣张，正是一场直指太子朱常洛的政治谋杀事件。刺客虽然谋杀未遂，但牵扯出了万历宠妃郑贵妃的嫌疑。

"红丸案"的发生更为蹊跷。明光宗泰昌帝继位不到一个月时病重，服下鸿胪寺卿李可灼进献的红丸暴毙。时人怀疑是郑贵妃唆使下毒，明熹宗继位后并未深究。光宗死后，明熹宗继位年号天启。宦官魏忠贤欲趁着熹宗年幼之机，把持朝政大权，让天启帝养母李选侍居住在帝王所在的乾清宫内。都给事中杨涟、御史左光斗等，为防其干预朝事，逼迫李选侍移到仁寿殿哕鸾宫。此事件史称"移宫案"。"移宫案"发生时，

①［日］大塚秀高：《〈警世通言〉版本新考》，《日本アジア研究》第9号，《埼玉大学大学院文化科学研究科博士后期课程纪要》2012年，第15页。

②［明］邓志谟：《铁树记》上卷，《古本小说集成》第一辑第118册，上海古籍出版社1994年版，第1页。

③王钟翰：《关于明末三案的原委》，《文史知识》1984年第3期。

东林党人曾积极参与此次事件，并在朝政上产生了积极的影响。关于这一时期东林党人在政治上的活跃，《明史》卷二四三《赵南星传》中亦有"东林势盛，众正盈朝"之记述。

东林党人是明朝末年以江南士大夫为主的官僚政治集团。万历之后党争迭起，特别是在天启帝时代，东林党与宦官魏忠贤之间的党争日趋激烈。他们极力标榜"天下为公"等政治主张，同时也提倡地方分权。这些新的思潮给朝政乃至全社会都带来了新的气象。此外，明末清初的"经世致用"之学亦与东林党的主张有一脉相承之关联①。

《铁树记》和《旌阳宫铁树镇妖》正是在皇权纷争激烈，党争严峻的万历、泰昌、天启时期出版的。而这一时期，也是东林权势最盛之时。

以这样的时代背景来解读小说入话诗，笔者认为：前四句"春到人间景色新，桃红李白柳条青。香车宝马闲来往，引却东风入禁城"，是描述东林党人当时活跃的情形，而诗中的"东风"这一意象，正是指代东林学派的政治、学术思潮。也就是说，东林党人把他们的新思潮，传播到了权力的中心紫禁城。

而诗的后四句"酾剩酒、豁吟情，顿教忘却利和名。豪来试说当年事，犹记旌阳伏水精"可以做如下的解读：如果新的时代从此到来的话，那么我们就抛弃过去的一切，重新振奋起精神来高歌一曲，把世间的名与利统统忘却！我们将豪情满怀诉说着当年的往事，还犹然记得许真人降魔伏妖（镇压宁王之乱）的伟大壮举！（这意味着明朝将会永远安泰下去。）

这种解读，也许被认为是过度的解读。因为在现有文献中，能确证小说原作者，即《铁树记》的作者邓志谟与东林党人有交往的史料还不充分。尽管如此，他生活的那个时代，东林学派的思潮在文人群体中产生过广泛的影响，这是毋庸置疑的事实。至于从事于小说创作、出版的邓志谟来说，他有对学术、政治、社会问题的敏感性，也是理所当然的

---

①刘宝村：《为学、议政与救世——晚明东林党人的议政之风及其治学精神》，《江淮论坛》2004年第1期，第89—90页。

事情。同时，值得注意的是，冯梦龙曾与东林党人有着过密的私交①。冯氏注意到邓志谟《铁树记》所蕴含的价值，于是把它收进自己编纂的小说集，继而将它易名为《许真君旌阳宫斩妖传》而收入《三教偶拈》中，以之作为道教故事的典范之作，与儒释相并列。以同样的思路解读文末诗，"三三两两两三三，杀尽江南一檐耽。荷叶败时黄菊绽、大明依旧镇江山"。亦可作如下解释：反对宦官魏忠贤的东林党人层出不穷，前仆后继，杀之不尽。待到夏过秋来的时节，我们大明一定能万世安泰。

由此观之，前后二诗互相呼应，特别是文末之诗借古讽今，意在暗喻明朝皇室内部的权力斗争，具有深刻的政治含义。

二、小说背景为何设定在南昌？

如前所述，入话诗和文末诗皆深含着政治寓意，同时也反映了小说编者寄托忧思于许真君的镇妖故事，以求尽快解决当时尖锐社会矛盾的美好愿望。而许真君故事的缘起是从太白金星的预言开始的：

> 彼时老君见群臣赞贺，大展仙颜，即设宴相待。酒至半酣，忽太白金星越席言曰："众仙长知南瞻部洲江西省之事乎？江西分野，旧属豫章。其地四百年后，当有蛟蜃为妖，无人降伏，千百里之地，必化成中洋之海也。"
>
> 老君曰："吾已知之。江西四百年后，有地名曰西山，龙盘虎踞，水绕山环，当出异人，姓许名逊，可为群仙领袖，殄灭妖邪。"

太白金星预言四百年后江西豫章将要发生大洪水，而引起洪水的罪魁祸首是"蛟蜃"为妖。为了防止这一场灾祸，老君受记许逊为群仙领袖，镇妖除魔。

豫章，是南昌的旧称，也是前文提及的宁王之乱发生的地点。宁王朱宸濠在正德十四年（1519）六月举兵于南昌，意图颠覆正德帝的政权。

---

①胡小伟：《冯梦龙与东林、复社——兼与胡万川先生等商榷》，《文学遗产》1989年第3期。

在七月攻陷南康，完全占领江西后，意在直逼南京。因此他沿着长江而下，开始攻打安庆。此时，王阳明集合来自各地的勤王军队，在七月二十日一举攻占了宁王的老巢南昌。宁王得知情报后意欲夺回南昌，率部与王阳明的军队在鄱阳湖上展开激战。二十四日，背水一战的朱宸濠与王阳明的部将伍文定在南昌东北的黄家渡进行了最后的决战，结果大败，并于南昌西北的樵舍被生擒。耐人寻味的是，在小说中对许迅和蛟龙的决战场面有如下描写：

> 真君举慧眼一照，乃曰："今在江浒，化为一黄牛，卧于郡城沙碛之上。我今化为一黑牛，与之相斗，汝二人可提宝剑，潜往窥之。候其力倦，即拔剑而挥之，蛟必可诛也。"

> ……真君化成黑牛，早到沙碛之上，即与黄牛相斗。恰斗有两个时辰，甘、施二人蹑迹而至，正见二牛相斗，黄牛力倦之际，施岑用剑一挥，正中黄牛左股。甘战亦挥起宝剑斩及一角，黄牛奔入城南井中，其角落地。今马当相对有黄牛洲。此角日后成精，常变牛出来，害取客商船只，不在话下。

黄牛洲是南昌城南的一处沙洲。在《万历新修南昌府志》中有如此记载："在县南大江中，神仙传以为许旌阳剪纸化牛、斗蛟精之所。"[1]另外，在清朝顾祖禹的《读史方舆纪要》中有更加详尽的记载：

> 又黄牛洲，在府西南十里。[2]

> 黄家渡，府东三十里。正德中宸濠作乱，赣抚王守仁讨之，克南昌。伍文定击贼于黄家渡，败之。……樵舍驿，府西北六十里，近昌邑王城。有巡司。正德中宸濠作乱，王守仁克南昌，宸濠攻安庆未下，闻之，遂移兵婴子口。其先锋至樵舍，守仁遣伍文定等击之，败贼兵于黄家渡，贼退保八字脑。既而宸濠败保樵舍，文定等四面合攻，遂擒之。又破余党于吴城，江西

①《日本藏中国罕见地方史丛刊》：《万历新修南昌府志》卷三"山川"条，书目文献出版社1990年版，第64页。
②《中国古代地理总志丛刊》：[清]顾祖禹：《读史方舆纪要》，卷八十四"江西二"，中华书局2005年版，第3899页。

遂平。婴子口，在府东北鄱阳湖滨。八字脑，见饶州府。①

据此文献，我们可以得知黄牛洲与黄家渡以及樵舍的实际距离，相隔其实并不远。但是在小说文本中所写的"今马当相对有黄牛洲"，与实际的地理位置并不符合。马当在当时并不属于南昌府，而是属于九江府彭泽县。

关于马当的地理位置，《读史方舆纪要》的"彭泽县"条中有如下记述：

> 马当山，在县东北四十里。山象马形，横枕大江，回风撼浪，舟航艰阻。山腹有洞，深不可涯涘。山际有马当庙，陆龟蒙铭云："天下之险者，在山曰太行，在水曰吕梁，合二险而为一，吾又闻乎马当。"今有巡司戍守。②

浔阳江，县西北二里。自湖口县东北流经此，又东北达南直望江县界。小孤、马当，为江流襟要处，有事时所必争也。③

根据上述资料，我们可以得知马当在彭泽县东北四十里，同时还是长江中的一处军事要地。所以小说的原文，似乎是邓志谟把地名给弄错了。但就算是邓志谟真的一时疏忽把地名给弄错了，那么后来的冯梦龙则万万不可能产生这样的低级错误。因为冯梦龙《醒世恒言》卷四十的《马当神风送滕王阁》这篇故事，讲述的是王勃乘坐的船只在马当依靠神风一夜行至南昌，并在南昌写下闻名古今的《滕王阁序》之轶事。由此可见，冯梦龙不可能对这样的距离感毫无认知。因此，笔者可以肯定地说，冯梦龙是特意袭用了这一设定。其理由我们可以进一步通过史料来证实。

顾祖禹在《读史方舆纪要》中有如下记述：

> 正德十四年宸濠叛，遣将寇小孤，沿江焚掠，进寇望江。

---

① 《中国古代地理总志丛刊》：[清]顾祖禹：《读史方舆纪要》，卷八十四"江西二"，中华书局2005年版，第3900页。

② 《中国古代地理总志丛刊》：[清]顾祖禹：《读史方舆纪要》，卷八十五"江西三"，中华书局2005年版，第3941页。

③ 《中国古代地理总志丛刊》：[清]顾祖禹：《读史方舆纪要》，卷八十五"江西三"，中华书局2005年版，第3942页。

《江防考》："小孤山江面险恶，乃盗贼出没之所。相近有毛葫芦州、花洋镇、沙湾角一带，洲渚纵横，汊港甚多，有安庆、南湖二营官军哨守。"今亦见南直宿松县。[1]

小孤山是长江中一块独立山峰，与马当相对。这两处地点都是长江中的战略要冲，即所谓"有事时所必争"的军事要地，也是宁王之乱时的一处战场。

至此，对于先前的疑问，终于找到了一种合理的解答。即如《铁树记》的作者邓志谟是故意把小说中的地名设定为与历史相符，来暗喻宁王之乱。而冯梦龙显然注意到了这一点，并在《旌阳宫铁树镇妖》里袭用下去。因此，小说中描写的黑牛和黄牛的决斗，实际上是在暗示明朝当年的那场战争。

在小说文本中，许逊为了寻找适合修炼的神仙洞府，与郭璞同游至庐山。沉醉于鄱阳湖风景的许真人，为了成就他日之灵验，让郭璞留下了一首诗。该段情节如下：

一日行至庐山，璞曰："此山嵯峨雄壮，湖水还东，紫云盖顶，累代产升仙之士。但山形属土，先生姓许，羽音属水，水土相克，不宜居也。但作往来游寓之所，则可矣。"又行至饶州鄱阳，地名傍湖，璞曰："此傍湖富贵大地，但非先生所居。"真君曰："此地气乘风散，安得拟大富贵耶？"璞曰："相地之法，道眼为上，法眼次之。道眼者，凭目力之巧，以察山河形势；法眼者，执天星河图紫薇等法，以定山川。吉凶富贵之地，天地所秘，神物所护，苟非其人，见而不见。俗云'福地留与福人来'，正谓此也。"真君曰："今有此等好地，先生何不留一记，以为他日之验？"郭璞乃题诗一首为记，云：

行尽江南数百州，惟有傍湖山石牛。

雁鹅夜夜鸣更鼓，鱼鳖朝朝拜冕旒。

离龙隐隐居乾位，巽水滔滔入艮流。

---

①《中国古代地理总志丛刊》：[清]顾祖禹：《读史方舆纪要》，卷八十五"江西三"，中华书局2005年版，第3941页。

后代福人来遇此，富贵绵绵八百秋。

笔者以为，郭璞此诗，实际上亦是一首直指宁王之乱的诗。诗的首联中提到了"石牛"。日本学者铃木阳一教授在其论文中指出：石牛可以作为水神的代表符号，可以象征镇压洪水①。在这里，我们也可以理解为宁王的反叛被镇压下来了。颔联是在讽刺宁王占据了江西（鄱阳湖），在家臣的簇拥下建立的伪政权。其中"雁鹅""鱼鳖"是对其家臣部将的嘲讽，而颔联在叙述宁王曾经自立为帝的史实是显而易见的。颈联中的"离龙"是火龙的代称，依据《易经》乾为天卦象所示，其中"离龙隐隐居乾位"一句，意指宁王企图篡夺明朝帝位；而"巽水滔滔入艮流"一句，则从当时的地理方位，指出南昌在巽为东南，而京城在艮即其东北。因此，颈联可以理解为"火龙"朱宸濠企图从南昌起兵直捣黄龙之意。至此，笔者可以做出这样的结论：这部小说是在暗喻宁王之乱，而小说中许真人让郭璞留诗以为他日之验，正寓含着待到宁王之乱被镇压后，这块地才是真正的福地了。而小说为何把南昌设定为故事的背景这一谜团，也终于被解开了。宁王在反叛失败后，被押解去京城处刑，而小说则描写孽龙被镇压在了南昌城南的井里：

> 遂琐了孽龙，径回豫章。于是驱使神兵，铸铁为树，置之郡城南井中。下用铁索钩琐，镇其地脉，牢系孽龙于树，且祝之曰："铁树开花，其妖若兴，吾当复出。铁树居正，其妖永除，水妖屏迹，城邑无虞。"又留记云："铁树镇洪州，万年永不休！天下大乱，此处无忧。天下大旱，此处薄收。"

既然如此，那么小说的开头为什么要以太白金星的预言来作为全文展开的线索？

在传统天文学上，金星由于一直出现在西方的夜空，又被称为长庚星，《西游记》第二十一回中就有太白金星化身为李长庚的例子。《旌阳宫铁树镇妖》的故事结尾，叙述许真君因为除妖的功德，在南昌的西山

---

①［日］铃木阳一：《〈白蛇伝〉の解読—都市と小说》，《神奈川大学人文学研究所所报》1990年总第23期。

万寿宫白日飞升。这就使得小说在结构上，与小说开头交代的太白金星这一人物的预言有了呼应，进而使得小说在结构上更加完整。

值得注意的是，金星又俗称为启明星，小说编者通过太白金星的预言，一方面是让故事更具谶纬意味，同时又何尝不是包含着对明朝未来的祈盼！

三、以王阳明为原型的水神镇妖故事

由此可见，《旌阳宫铁树镇妖》是一篇以民间传说为文学素材，糅合进了政治讽刺意图的水神题材小说。而小说中的反面角色火龙，其原型是讽刺历史上的乱臣贼子宁王朱宸濠。那么小说的主人公许迅这个人物形象，是否也同朱宸濠一样，有着历史上的真实人物为原型呢？

根据火龙原型为宁王朱宸濠的分析，笔者很自然地联想到了许迅这个人物的原型，很可能是在宁王之乱中取得最终胜利的正德帝或其他的历史人物。令人欣喜的是，在明人董毅的《碧里杂存》卷下"斩蛟"条中，有着如下的一段记述①：

> 嘉靖八年春，金华举人范信字成之谓余言：宁王初反时，飞报到金华，知府不胜忧惧，延士大夫至府议之，范时亦在座。有赵推官者，常州人也，言于知府曰："公不需忧虑，阳明先生绝擒之矣！"袖中旧书一小编，乃《许真君斩蛟记》也，卷末有一行云："蛟有遗腹子贻于世，落于江右，后被阳明子斩之。"既而不数日，果闻捷音。

通过这一段记述，我们可以明确地认识到，许迅的人物原型就是带领明朝军队取得勤王战役胜利的王阳明！但遗憾的是《碧里杂存》中提及的《许真君斩蛟记》，依据《古本小说集成》第一辑118册所收的《铁树记》

---

① [明] 董毅：《碧里杂存》，王云五主编：《丛书集成初编》，商务印书馆1937年版，第108页。

前言所述，它已经是一本逸书了①。

不过在史料文献中还有着其他的线索。笔者在王阳明的传记中，找到了另一个证据。

宁王之乱平定后，由于被皇帝猜疑，王阳明在政治上进入了人生的低谷。他在正德十五年（1520）庚辰八月所做的"纪梦"诗的序文中如是写道：

> 正德庚辰八月廿八夕，卧小阁，忽梦晋忠臣郭景纯氏以诗示予，且极言王导之奸，谓世之人徒知王敦之逆，而不知王导实阴主之。其言甚长，不能尽录。觉而书其所示诗于壁，复为诗以纪其略。嗟乎！今距景纯若干年矣，非有实恶深冤郁结而未暴，宁有数千载之下尚怀愤不平若是耶！②

王阳明竟然在梦中与郭璞相会了，而郭璞正是《旌阳宫铁树镇妖》中与许逊同游名山胜地的风水师郭璞。在梦中郭璞把东晋大臣王敦、王导的内情告知于王阳明，而王阳明在醒来后于诗中写道："开窗试抽《晋史》阅，中间事迹颇有因。"③王阳明文集中的这段记述，真的只是记录他自己做的一个梦，还是别有深意？关于王敦和王导，在《晋书》本传以及元帝、明帝的"记"中有着详细的记载。他们是堂兄弟，同为东晋的开国功臣。但是身为贵族的王敦在明帝太宁二年（324）发动了一场宫廷政变，意图篡位夺权。政变失败后，王敦"愤惋而死"，其追随者也被清剿。而其堂弟王导则因为反对叛乱，被冠以忠臣之名，流芳千古。

关于这一段历史，日本学者冈田武彦在其《王阳明大传：知行合一的心学智慧》一书中写道：

> 正德十五年（1520），王阳明平定宸濠之乱后，人生一度跌入低谷。在此期间，他做了一首《纪梦》（《王文成公全书》卷

---

①"在本书之前，至少已有一种通俗小说行世。……这里所说的这部《许真君斩蛟记》，今已不传。"［明］邓志谟：《铁树记》上卷，《古本小说集成》第一辑第118册，上海古籍出版社1994年版，第2页。

②陈恕编校：《王阳明全集［三］·外集二》，中国书店出版社2014年版，第89页。

③陈恕编校：《王阳明全集［三］·外集二》，中国书店出版社2014年版，第89页。

二十），假託东晋忠臣郭璞梦中向自己示诗，来批判王导："世
之人徒知王敦之逆，而不知王导实阴主之"。……王阳明在《纪
梦》的序中记述了王导是王敦叛乱的幕后黑手一事，但是在流
传下来的王导的传记中，都没有关于这一事件的描述。如果王
导与王敦叛乱真的毫无关系的话，王阳明是不会写的。为什么
史书上没有记载呢？可能是因为当时的舆论认为王导是忠臣，
所以史官在写史时刻意将王导的不臣之实忽略了。……阳明梦
中出现的郭璞又是何许人？郭璞（276—324），字景纯，郭瑗之
子，河东闻喜人，东晋诗人和卜筮学家。郭璞博学有高才，善
辞赋，辞赋被誉为东晋之冠，卜筮也堪称当时之首。早年曾参
与王导的军事活动，元帝每遇大事，必求郭璞占卜。后来出任
王敦的记室参军，王敦叛乱时也曾求其占卜。郭璞告诫他万万
不可，"明公起事，必祸不久"。王敦大怒，杀之。……按道理，
郭璞应该对王敦充满仇恨，而不是对王导。可是在阳明《纪梦》
的序中，郭璞却对王导充满怨恨，所以才托梦示诗。如果王阳
明所述为事实的话，那王导肯定有不臣之处。[①]

依据冈田武彦的研究，我们可以推断王阳明很有可能是假托郭璞之梦，
来阐述自己的政治主张。然而，作为平乱的功臣，王阳明的政治生涯却
跌落谷底。因此他通过郭璞之口，来发泄自己的不满。

在明朝末年，王阳明的心学对后代文人产生了深远的影响。受到其
思想影响的文人学士们，在文学创作中也意图发扬其学，而冯梦龙正是
一名典型的阳明学的簇拥者。冯梦龙对王阳明有着极高的评价，曾把王
阳明的事迹整理为《皇明大儒王阳明先生出身靖乱录》出版。

此外，笔者注意到在《铁树记》和《旌阳宫铁树镇妖》中，还有如
下的情节：

许、郭二人离了鄱阳，又行至宜春栖梧山下，有一人姓王
名朔，亦善通五行历数之书。见许、郭二人登山采地，料必异

①［日］冈田武彦：《王阳明大传：知行合一的心学智慧》上卷，杨田译，重庆出版社2015年版，
第26—28页。

人，遂迎至其家。询姓名已毕，朔留二人宿于西亭，相待甚厚。真君感其殷勤，乃告之曰："子相貌非凡，可传吾术。"

……却说真君仙驾经过袁州府宜春县栖梧山，真君乃遣二青衣童子下告王朔，具以玉皇诏命，因来相别。王朔举家瞻拜，告曰："朔蒙尊师所授道法，遵奉已久，乞带从行！"真君曰："子仙骨未充，止可延年得寿而已，难以带汝同行。"乃取香茅一根掷下，令二童子授与王朔，教之曰："此茅味异，可栽植于此地，久服长生。甘能养肉，辛能养节，苦能养气，咸能养骨，滑能养肤，酸能养筋，宜调和美酒饮之，必见功效。"

言讫而别。王朔依真君之言，即将此茅栽植，取来调和酒味服之，寿三百岁而终。今临江府玉虚观即其地也。仙茅至今犹在。

在这段情节中，一名叫做王朔的人物登场了。小说中的王朔虽然是作者正面描写的人物，但是在故事最后，许逊及其弟子集体升仙的时候，王朔却被许逊以"子仙骨未充，止可延年得寿而已，难以带汝同行"给拒绝了。这里令人不解的是，在小说中，得到玉皇诏命允许，与许逊一起成仙的弟子一共是四十二名，而且多半并未在小说中有过描写；而被许逊认为是"子相貌非凡，可传吾术"的王朔却被拒绝于仙门玉京之外。其实，这一段描写虽然看似矛盾，然而正体现出小说编者的"春秋笔法"。于此，我们再回到前面有关王阳明"梦"的讨论。在梦中，郭璞颠覆了以往的认识，"且极言王导之奸，谓世之人徒知王敦之逆，而不知王导实阴主之"。我们把这一段记述和小说的这一段春秋笔法进行比较后，可以得出如下的推断：邓志谟和冯梦龙在王阳明的文集、笔记中充分解读出了王阳明的人生遭际，并产生了共鸣。邓志谟在小说里已埋下了隐喻正德帝对王阳明的态度之伏笔。作为镇压宁王之乱的最大功臣，正德帝听信谗言对王阳明产生了猜疑心。这些共鸣、伏笔及猜疑心，正好与小说中许逊对王朔所说的"子容貌非凡"，但是最后功德圆满集体成仙之时，被玉帝排斥在仙班之外的情节相吻合。换言之，王朔被仙家拒绝的不幸，当是影射王阳明受排斥的不幸。

总之，邓志谟和冯梦龙在明朝末年这个内忧外患的历史时期，以许迅的民间传说为题材，并糅合进历史事件进行再创作，旨在彰显王阳明的功绩，同时也寄托了他们那些传统文人希冀匡扶社稷的伟大理想。

四、以邓志谟和冯梦龙为代表的明末文人之忧患意识

邓志谟的《铁树记》，经过冯梦龙的整理成为《旌阳宫铁树镇妖》并收录在其编纂的《警世通言》之中，后又被作为道教小说的代表再次收录于《三教偶拈》中。其理由可以从《警世通言》书名而得出，旨在劝惩，意在警世也。

这种劝惩、警世的意图，在"三言"其他作品中亦有所体现。《警世通言》卷二十《白娘子永镇雷峰塔》亦复如是。

日本学者铃木阳一在其《白蛇传》的解读补遗（一）中指出：

《西湖三塔记》与《白蛇传》虽然题材相同，但是旨趣相异。在《清平山堂话本》编纂之时，当时可能存在过的短篇小说文本，大多今已不存。因此与一些未被文字化的民间艺能以及在民间流传的文本，或者是一些反映韵文形式的"叙述"（笔者注：原文为"韻文による語りを反映した文字テクスト"）文本相别，在十六世纪中叶，产生过与《西湖三塔记》不同的《白蛇传》散文文本的可能性十分大。因此，在那样的文本之开头引用林升的诗，直截了当地描绘了杭州的美景与繁荣，以及享受生活的人们的画面，并且其作为旨在强调"不应该重蹈南宋覆辙"之深刻教训的诗被放在小说开头也并不奇怪。如果是这样的话，这首诗的冲击力在创作之初的时空点也许并不强烈，但是在百年后的小说中，又被放在小说的开头，则被赋予了完全不同的意义。因此，读者所接纳并领会的含义也将产生很大

的变化。①

铃木阳一认为，林升的诗在成化年间的文本中被放在小说的开头，其冲击力并不那么强烈，但是在被异族占领半壁江山的南宋，以及冯梦龙生活的明末，对这一首诗的理解则被赋予了不同的意义。同时还认为："小说编者在明知道'读者能从中体会到明朝可能将要面临与南宋一样命运'之危机感，还是刻意把这首诗放在了小说的开头。"②并指出《木棉庵郑成虎臣报怨》的入话诗中"莫向中原夸绝景，西湖遗恨是西施"亦反映了冯梦龙的忧患意识。

由此观之，明朝末年可谓是政治腐败、党争林立、统治者内部的权力斗争日益激化的复杂历史时期。在那样的历史时期中百姓不堪其忧，农民起义的呼声也就日益高涨，同时北方后金的崛起亦是对明王朝最大的一个威胁。在这样内忧外患的社会环境下，明王朝所面临的处境正与南宋相仿。

基于这样的社会时代背景，以邓志谟、冯梦龙为代表的明末有识之士，既秉承着传统文人忠君爱国的思想，还具备着强烈的济世救民的社会责任感，同时他们也因为自身的无力而感到无可奈何。因此，他们将理想寄托于文学创作之中，希冀能唤醒世人的共鸣，以期达到真正发挥"喻世""警世"和"醒世"之功效。

这一点在冯梦龙的《三教偶拈》序文中也有充分的反映：

> 偶阅《王文成公年谱》，窃叹谓文事武备，儒家第一流人物，暇日演为小传，使天下之学儒者，知学问必如文成，方为有用。因思向有济颠、旌阳小说，合之而三教备焉。夫释如济颠、道如旌阳，儒者未或过之、又安得以此而废彼也。

由此可见，冯梦龙一边抱持着对王阳明这般经世济民的伟大文人的向往，一边也希望自己的作品能对世人起到劝惩教化的作用。因此他创作了

----

①[日]铃木阳一:《〈白蛇传〉の解読補遺(一)》,《神奈川大学人文研究》2016年总第190号,第103—104页。

②[日]铃木阳一:《〈白蛇传〉の解読補遺(一)》,《神奈川大学人文研究》2016年总第190号,第104页。

《皇明大儒王阳明先生出身靖乱录》来彰显王阳明之功，同时也寄托了他们那样的传统文人希冀匡扶社稷的伟大理想。

历史如车轮般前进，历史上的王朝也不断地更替，千古兴衰如今都成为过往的烟云。但是在明末的历史进程中，邓志谟、冯梦龙为代表的有识文人都曾经鲜活地生存在这个国度上，书写了无数至今仍然动人的篇章。我们应该以历史唯物主义的眼光去看待他们，在那个时代他们就是先进的知识分子。在研究他们的思想和作品的过程中，他们发出的呐喊依然令今人动容，同时他们的理想和追求也感动和激励着现代的人们不忘初心，砥砺前行。

《海游记》考述及其相关地域文化阐释

王子成

　　《海游记》（全称《全像显法降蛇海游记传》），为明末福建建阳书肆忠正堂刊行的一部以陈靖姑为主人公的神魔小说，原版已佚，今存清代乾隆十八年文元堂重刊本，编者署名为"海北游人无根子"。忠正堂在万历年间还刊行过一部以妈祖传说为题材的水神小说《天妃娘妈传》。据《海游记》校订者叶明生推断，小说编者"海北游人无根子"与《天妃娘妈传》的编者"南州散人吴还初"为同一人或是书坊业务的合作人，而后者的刊刻年代可以确定为万历年间，因此小说刊行时期当在嘉靖到万历之间①。建阳是宋元书籍出版的四大中心之一，其重视书籍出版这一传统在明朝得到了很好的继承。随着社会经济的发展，该地区出现了被称为"建阳现象"的出版潮②。是故考证该书作者的身份以及小说编刻出版过程，既有助于深入研究明末神魔小说创作、出版与地域文化之间的关系，又能一定程度还原出明末水神信仰的情态，具有丰富的社会文化史意义。

060

---

　　①叶明生：《古本陈靖姑小说之发现及研究——〈海游记〉校注引言》，王秋桂主编：《民俗曲艺丛书》第八辑NO.78《海游记》，台北施合郑民俗文化基金会2000年版，第14页。
　　②程国赋：《明代书坊与小说研究》，中华书局2008年版，第35—37页。

一、小说《海游记》发现经过及现存版本

1. 李寿宝藏新抄本

在1997年湖南梅城召开的"中国梅山文化学术研讨会"上，安化一中教师张式弘发表了《揭开梅山文化的神秘面纱》一文，首次披露了安化县民间流传的乾隆十八年文元堂重刊《全像显法降蛇海游记传》的抄本情况①。会后民俗学者叶明生在梅城道师李寿宝处寻访到了这一抄本，发现此为1991年的新抄本。

2. 叶明生藏文元堂重刊本

由于李寿宝藏抄本较新，叶明生推断一定有原本流传下来。因此在安化县安乐乡思游管区谭家山村的胡姓村民（李寿宝的岳父）处，寻访到了乾隆十八年文元堂重刊本。依据叶明生的调查，胡氏祖先为江西吉安府人，数代人从事巫祝业，自己寻访到的版本正是胡氏祖先所流传下来的版本。

这一版本是上图下文形式，全书共九回，无目录，分为上下卷，上卷五回，下卷四回。上卷封面题"全像显法降蛇海游记传"，中央有"文元堂梓行"标识。第一页题为"新刻全集显法降蛇海游记传卷上"，并有"海北游人 无根子""建邑书林 忠正堂 刊"标识。因此可以推断这本书是基于嘉靖、万历年间忠正堂刊本的重刻本。卷下与卷上稍异，题为"新刻全集全像显法降蛇海游记传之下"，卷末题有"乾隆十八年癸酉岁孟夏月谷旦文元堂重刊"标识。此书影印本被收录在王桂秋主编的《民俗曲艺丛书》第八辑NO.78《海游记》中。

3. 胡红波藏文元堂重刊本

为胡红波2001年7月4日于台湾高雄（莆田籍书商处）购得，与叶明生藏本相同，为清代文元堂重刊本。该版本情况参考胡红波《乾隆刻本

①张式弘：《揭开梅山文化的神秘面纱》，《湖南城市学院学报》1998年第4期。

〈全像显法降蛇海游记传〉的发现》①一文。

二、《全像显降蛇法海游记传》的成书时期及编者问题

万历年间福建建阳刊刻了诸如《南海观音菩萨出身修行传》"四游记"等一系列神魔小说，这类小说以佛道信息交融为特色，且故事大多与水神信仰息息相关。小说《海游记》也不例外，从题材到故事内容与邓志谟的《铁树记》（后被冯梦龙编纂为《旌阳宫铁树镇妖》收录在《警世通言》之中）相类。

参考叶明生推断的成书时期，小说《海游记》的成书当早于万历三十一年萃庆堂余泗泉刊刻的《铁树记》，以及天启四年刊刻的冯梦龙的《警世通言》。但要确定《海游记》的具体成书年份，还需参考陈靖姑故事的成立时期来综合考察。

陈靖姑在民间信仰中又被尊称为"大奶夫人"。有关她传说故事的形成，叶明生在《福建女神陳靖姑の信仰、宗教、祭祀、儀式と傀儡戯〈奶娘传〉》一文中做了详细的分析，摘要如下：

> 记录有关陈靖姑的文献资料中，较客观且无加工痕迹的记述为明万历二十一年（1593）《道藏》所引"搜神记"②的记载，而该文献的成立年代当早于万历时期。记载中"陈氏女"属于"陈靖姑"女神的雏形，虽记载有她的神异事迹，但没有记载她被封为神。在相关文献记载中，宋至明初陈靖姑的身世都不明确，至明中期才开始在地方志、碑记的记载中变得明确起来。如弘治三年（1490）黄仲昭《八闽通志》卷五十八"祀庙"条中，陈靖姑"父名昌，母葛氏""嫁刘杞""未字而殁"等记述，体现了陈靖姑已经具有完善的人伦概念和人格基础，至于"临水有白蛇，……索白蛇斩之""凡祷雨晴，驱疫厉，求嗣续，莫

---

① 胡红波：《乾隆刻本〈全像显法降蛇海游记传〉的发现》，《成大宗教与文化学报》2002年第2期。

② 笔者注：此为道藏本（《万历续道藏》）"搜神记"，是与《三教源流搜神大全》同一系统的文献。

不响应。宋淳祐间，封崇福昭惠慈济夫人，赐额'顺懿'"，可见其因灵验而得到官方的认可，陈靖姑的形象更是从巫女、殇女升华为社会公众性的神灵信仰。（笔者译）①

陈靖姑的故事与《旌阳宫铁树镇妖》的主人公许逊的故事相类，除了官方记载以外，还见于宗教文本的记载。考虑到陈靖姑的身世真正得到明确是在明朝中期，因此她的故事当成立在弘治三年（1490）至万历二十一年（1593）之间。而《海游记》是基于陈靖姑故事创作的，因此小说的成书年代当在陈靖姑故事成立之后。若要确定具体成书年份，还需要结合小说的编者问题来探讨。

《海游记》编者署名为"海北游人无根子"，叶明生认为他与"南州散人吴还初"为同一个人或是书坊业务的合作人②，笔者赞成这个说法，但具体是否同一个人，还需要做进一步的考证。吴还初在他参与编纂的小说里除了自署"南州散人"的别号外，还曾在焕文堂刊《南海观音菩萨出身修行传》中自称为"西大午辰走人"。程国赋、李阳阳在《〈南海观音菩萨出身修行传〉新考》一文中考证出，"西大午辰走人"为文人的拆字游戏，地支十二支"午"与"辰"中少了"巳"，把"巳"结合"西""大"以及"走人"的走字底，正是繁体字的"遷"字。因此"西大午辰走人"即"南州吴迁"，也就是吴还初的名讳。③据此，"海北游人无根子"也可以同理而推。"无根"从字面上理解为没有根，"海北游人无根子"指的就是常年在外漂泊游历而扎不下根的人，且"无"与"吴"同音，那么"无根子"就很可能是吴迁了，吴还初就是属于当时在外谋生的文人。程国赋在《明代小说家吴还初生平与籍贯新考》一文中考证出"南州"为江西南昌，吴还初为旅闽谋生的江西文人④。天南海北皆为

---

①叶明生 撰，道上知弘 译：《福建女神陈靖姑の信仰、宗教、祭祀、仪式と傀儡戏〈奶娘伝〉》，《庆应义塾大学日吉纪要》(言語·文化·コミュニケーション)2001年第26期，第32—35页。

②叶明生：《古本陈靖姑小说之发现及研究——〈海游记〉校注引言》，王秋桂 主编：《民俗曲艺丛书》第八辑NO.78《海游记》，台北施合郑民俗文化基金会2000年版，第14页。

③程国赋、李阳阳：《〈南海观音菩萨出身修行传〉新考》，《明清小说研究》2010年第3期，第181—182页。

④程国赋：《明代小说家吴还初生平与籍贯新考》，《文学遗产》2007年第4期。

四海之极，既然吴还初可以自称为"南州散人""西大午辰走人"，那么也很有可能自称为"海北游人无根子"了。

关于吴还初的生平，北京大学教授潘建国在其《海内孤本明刊〈新刻全像五鼠闹东京〉小说考——兼论明代以降"五鼠闹东京"故事的历史流变》文中指出，邓志谟《锲注释得愚集》卷二"答余君养谦"札中有"吴还初不幸于闽旅槎，亦莫之归，哀哉！此君零落可惜"这一记述，由此可知吴还初客死他乡。虽然该札的写作年代已不可考，但《锲注释得愚集》的"得愚集跋"文末题有"戊申"这一干支，故吴还初的殁年可确定最迟为万历三十六年（1608）[①]。结合吴还初同一时期成书的《天妃娘妈传》，《海游记》的成书时期当在万历三十二年（1604）到三十六年（1608）之间[②]。

三、关于《海游记》地域文化的解读及其传播

1. 《海游记》《旌阳宫铁树镇妖》反映出许逊的不同形象

众所周知，许逊是邓志谟《铁树记》、冯梦龙《旌阳宫铁树镇妖》的主人公，这位道教的神仙在《海游记》中也登场了，但他们的神格描写却完全不同。

许逊是道教净明忠孝道的教祖，也是历史上实际存在的人物。关于他的事迹，唐代张鷟《朝野佥载》卷三有"西晋末，有旌阳令许逊者，得道于豫章西山。江中有蛟蜃为患，旌阳没水，拔剑斩之，后不知所在。顷渔人网得一石，甚鸣，击之声闻数十里。唐朝赵王为洪州刺史，破之，得剑一双，视其铭，一有'许旌阳'字，一有'万仞'字。遂有万仞师出焉"的记载。

《铁树记》《旌阳宫铁树镇妖》中的许逊被描写为肩负除妖使命的道

---

①潘建国：《海内孤本明刊〈新刻全像五鼠闹东京〉小说考——兼论明代以降"五鼠闹东京"故事的历史流变》，《文学遗产》2008年第5期，第93页。

②参见笔者《忠正堂〈天妃娘妈传〉成书时间考》一文。

家仙人，在镇除水妖后成道飞升，而在《海游记》中则被描写为巫教闾山派的九郎法主。闾山派是唐宋时期流行于闽、浙、赣、粤等地域的民间道教流派。道教闾山派与其他流派相异，在修行上与佛教密宗相似，需要设立法坛、结界，并念诵咒文，因此这一派主要从事超度以及降灵等宗教仪式。关于这一流派，闾山信仰研究专家叶明生指出：

> 道教闾山派，俗称闾山教，是在闽越巫文化的基础上，两晋道教文化的熏陶下，唐宋间于闽、浙、赣、粤等地区形成的一种民间道教流派。由于这一教派根系闽越故地的巫道文化，千百年来与人民的社会生活十分密切，并与历史社会同步发展，具有很深厚的社会基础及影响。因此，它成为福建民间及周边地区最具影响力的教派形态之一，这已是被宗教学术界认同的事实。①

由此可知，闾山派与闽、浙、赣、粤等长江流域的原初信仰"巫教"密切相关。因此《海游记》虽然与《铁树记》《旌阳宫铁树镇妖》同为水神小说，但催生他们的环境全然不同，所以许逊的神格形象在小说描写中有较大差异。在文元堂版《海游记》卷上第一回"张世魁夫妻遭难"开头，小说编者把巫教闾山派的地位与儒释道三教并列：

> 自天地开辟之后，人民安业，以儒、释、道、巫四教传于天下。儒出自孔圣人，居人间以孝悌忠信行教；释出自世尊，居西境以持斋行教；道出自老子，居终南以修炼行教；巫出自九郎，居闾山□□行教。

关于闾山教的性质，王天鹏在《道教闾山派与客家祖先崇拜亦畲亦汉混融特质》一文中指出：

> 闾山教之所以盛行于赣闽粤区域而不是别的地区，和此区域的畲瑶先民系古越族后裔，自古以来就有崇巫的传统不无关系。赣闽粤区域，自古以来就是畲瑶等各族聚居的区域。畲瑶等族群，又是古越族的后裔。古越族文化的突出特征就是"信

---

① 叶明生：《道教闾山派与闽越神仙信仰考》，《世界宗教研究》2004年第3期，第64页。

鬼神，好淫祀"。……尽管自汉代以后，古越族的国家相继被灭，但这一崇巫传统并没有退出历史舞台，而是与汉族的道教法术相得益彰，其中最为突出的就是闾山教。闾山教与畲族巫术相长相生，发展为巫法或称巫教。①

由此可知，古越族支配的地方政权被消灭后，作为这些地域原初信仰的巫教被越族的后裔畲族、瑶族、苗族等少数民族所继承，同时还吸收融合了汉族道教的符咒体系，发展形成了道教闾山派。

为什么这种地域特色浓烈且具有巫教背景的宗教会与许逊故事产生联系呢？我们可以在宋代道士白玉蟾书写的《旌阳许真君传》中找到答案：

> 真君姓许氏，名逊，字敬之。……吴赤乌二年己未，母夫人梦金凤衔珠，堕于掌中，玩而吞之，及觉腹动，因是有娠，而生真君焉。……闻西安吴猛得至人丁义神方，乃往师之，悉传其秘。遂与郭璞访名山，求善地，为栖真之所。得西山之阳逍遥山金氏宅，遂徙居之。……乃于太康元年为蜀旌阳县令，时年四十二。……岁大疫，死者十七八，真君以所授神方拯治之。符咒所及登时而愈，至于沉疴之疾无不痊者。传闻他郡，病民相继而至者日以千计，于是标竹于郭外十里之江，置符水于其中。俾就竹下饮之皆瘥。其悼耄羸疾不能自至者，汲归饮之亦获痊安。②

通过以上的记载可知，许真君擅长符咒治病，这一点与古越族的巫术相通。因此闾山派对许逊的信仰来源于他们自身的巫教信仰。随着南方少数民族的迁移，巫教信仰被传播到了长江中下游，因此与道教有了接触，进而吸收了道教的符箓体系。在这个过程中许逊的神格形象与巫教信仰产生了交融，最终形成了闾山派的"九郎法主"信仰。

换而言之，产生于江西的许逊信仰在与异文化的接触中产生了变容，

①王天鹏：《道教闾山派与客家祖先崇拜亦畲亦汉混融特质》，《云南大学学报》（哲学社会科学版）2016年第5期，第58页。

②《全宋文》第296册，上海辞书出版社、安徽教育出版社2006年版，第289—290页。

用一种新的形式被巫教所接受。因此，才在《铁树记》《旌阳宫铁树镇妖》与《海游记》中对许逊神格描写出全然不同的文学形象。

2. 闾山与江西庐山

《海游记》第一回"张世魁夫妻遭难"，描写雍州富豪的长子张世魁中举后带着家眷去青州上任，途中妻子月英被虎妖掳走。为救出发妻，张世魁开始寻访闾山学习法术。书中关于闾山派所在的地理位置有如下一段描写：

> 来至沉毛江，四边无路，惟见龙虎在于河中游戏，不知闾山去向，嚎啕大哭。只见水中涌出一座红桥，桥上立著一人……大声言曰："吾乃引表仙师，领法主军令来收取青龙白虎，引你入见。汝是何人，随吾龙角而来。"

民间关于闾山派的所在，众说纷纭，大多传说在海外的仙山"闾山"之中，许逊为其"九郎法主"。在小说《海游记》中，闾山派被定位于一个叫做"沉毛江"的江底。道教传说中的仙山，大多都有原型。关于闾山的原型，叶明生在《道教闾山派与闽越神仙信仰考》一文中有如下观点：

> 对于神仙世界中的闾山，各地闾山教都有不同的传说，比较普遍的是将闾山置之于波浪滔天的大江、大海之中，而这条大江通常被称为"沉毛江"。……这一神仙世界就在庐山，庐山在闽浙各地道坛亦称闾山。人们可以在那里学到闾山法术以收妖救民，同样也是人的灵魂最好的归宿之处。那里有许多人们仰慕的如王母、徐甲、许九郎等等帮助人们脱离苦难的神仙。①

叶明生指出江西庐山为闾山的原型，并在《道教闾山派》一文中结合地方志的记载以及比较闽、赣方言进行了详细的考证。除此之外，还有其他旁证。如福建省上演的大腔傀儡戏剧目中也有《海游记》抄本流传，其校者刘晓迎指出：

> 大腔傀儡戏基本剧目《海游记》十本……是以福建道教女

---

① 叶明生：《道教闾山派与闽越神仙信仰考》，《世界宗教研究》2004年第3期，第65页。

神陈靖姑之出身及学法收妖、祈雨斩蛇为题材的神话戏剧。此剧在黄景山之大腔傀儡戏中有"说话本"流传下来，万福堂尚保存此抄本一卷。该抄本封面已失，在第一页之题名有两个，上书"皇君故事"、下书"白蛇传"，而抄本末页落款处题为"共记一十四张，海游记"，并有"光绪癸未年春月立，子桂抄集、皇君记全本"字样。由此可见此抄本为万福堂前辈艺人于光绪九年（1883）之过录本，距今已有一一八年的历史，是一卷弥足珍贵的民间"说话本"。①

这本傀儡戏《海游记》抄本中有如下一段情节：

> 话说，宋朝仁宗皇帝，左相包文拯，右相郭正。时有观音佛母，坐在普陀山梳妆，脱下一条白头发，落在海中去，即时海浪漂天，佛母慧眼一看，（梳揭（子）下去变成老虎精，白蛇入（日）后结为夫妇）即时变成一条白蛇，七尺人身，二丈四尾，天下吃人无数，骨头堆山。天下有难，佛母即时命吉帝童子，拿了金剪一把，剪下三个手指甲，送与陈林李积善之家，投胎出世，日后往到庐山习法，前来收他。……又再说，郭正相爷取考试官，取了张世魁头名状元。……状元无奈，命衙下回去，自己往到庐山习法，前来收他。到庐山，仙师名许九郎，九郎问起情由，状元一一说明。不一日，赐他灵符三道……太白金仙下来，将月英救出与状元相会。……状元带妻子，要去庐山拜谢仙师。仙师答：尔夫妻不要回去，在庐山作官，封世魁五郎大将，封妻为救难夫人不题。……陈四姑前来与父说明：
>
> "我哥哥有难，我就去庐山习法，回来与哥哥报仇。"②

以上这段剧情中多处明确指出张世魁去庐山找许逊学法。在《旌阳宫铁树镇妖》中许逊想以庐山为修炼的洞府，被一同寻访名山大川的风水师郭璞以五行相克原理所劝止。但在小说以及傀儡戏中，许逊被描写为巫

---

① 刘晓迎：《永安市黄景山万福堂大腔傀儡戏与还愿仪式概述》，台湾《民俗曲艺》2002年第135期。

② 刘晓迎：《永安市黄景山万福堂大腔傀儡戏与还愿仪式概述》，台湾《民俗曲艺》2002年第135期。

教的法主，其教派所在的闾山就是庐山。

这段剧情与小说剧情相类，但傀儡戏把故事设定在宋仁宗时期，与小说《海游记》的唐敬宗元年不同。此外的故事内容，依据罗金满《永安大腔傀儡戏〈海游记〉流传探略》一文，故事情节大致相同，只是在傀儡戏中比小说多了几处情节描写。[1]因此，傀儡戏《海游记》的文本应该是基于小说《海游记》加工而成的。

3. 江西省的茆山八郎

《海游记》卷下"法通妹子救白蛇"章节中，出现了"毛山八郎"这样一人物：

> 却说白蛇自杀败逃奔之后，不敢归洞，欲往闾山学法，未得其门而入。投往毛山……岂知这个毛山乃是八郎掌管，其法不及闾山，呵毛能成剑，撒豆可成兵。

在这个情节中，毛山八郎与闾山九郎相类，是毛山派的法主。关于这座毛山，叶明生在小说原文的注释中做了如下解释：

> 毛山，即民间道坛所指的"茅山"（亦作"茆山"），为民间道教中的一个教派。作为"正教"的对立面，而被以"邪教"视之。但从各地畲族史诗《高皇歌》及道坛相关资料中，"茅山"与"闾山"经常被相提并论。闽东北各道坛亦有"闾茅"二洞并称现象，"茅山"多被道坛认同为同一教派中的不同教法。[2]

但是，这一段白蛇为修习法术寻访毛山的情节，却在大腔傀儡戏《海游记》中有不同的描写：

> 那白蛇知陈四姑去庐山学法，我要变一个陈四姑一般先去。去到庐山，庐山仙师不知是白蛇，将法传授他。陈四姑兄妹来到燕子江，不能得过。来有一个仙师，将龙角一吹化了一条桥，四姑兄妹过了桥。仙师带到茆山拜见陈禄夫人。夫人说："我茆

---

① 罗金满：《永安大腔傀儡〈海游记〉流传探略》，《闽江学院学报》2016年第1期，第27页。
② 叶明生 校注：《海游记》，王桂秋 主编：《民俗曲艺丛书》第八辑 NO.78，台北施合郑民俗文化基金会 2000 年版，第 88 页。

山本年未有开科，尔要往庐山学法。尔行礼放在我峁山。尔兄妹要去庐山，那白蛇在庐山习法，起程回来。"陈四姑兄妹往到庐山大叫法主，我四姑兄妹要来学法。庐山衙下说，四姑才才出去。海清答："我四姑有海清跟随就是真的。"①

欲赴庐山的陈四姑兄妹在度过燕子江时经过峁山，峁山的陈夫人让兄妹俩存下行李。这一举动就说明峁山距离庐山不远。结合庐山的地理位置来考察，庐山最近的河川是长江（扬子江）。因此这里的"燕子江"即扬子江。由于傀儡戏是用方言演出的，"燕子江"与"扬子江"的发音相近，也许是傀儡戏演员的口误成习或者是抄本记录者的笔误。

那么峁山究竟在何处呢？在古越族以及巫教相关的民俗研究资料中可以找到关键提示。刘期贵在《巫教——梅山文化的重要组成部分》一文中指出：

> 梅山区域内的巫教大致分为二支：一支以福建省福州市罗源县白石江的间山九郎为法主；另一支以江西龙虎山的毛山八郎为法主。②

由此可知，小说中的毛山（峁山）即是江西省鹰潭的龙虎山。龙虎山作为道教发源地之一，八郎信仰作为民间道教的分支盛行一时。依据刘期贵的研究，间山信仰与毛山信仰属于同一个系统的信仰，皆与湖南梅山巫教文化密切相关。湖南省梅山为古越族活跃的地域，是巫教文化的发源地。他们的巫教信仰传播到了江西龙虎山，被当地的畲族所继承下来。关于这一点，王天鹏做过如下讨论：

> 畲族与客家，同为莫徭先民的后裔，曾经世居赣闽粤毗邻区域，……间山派在畲族地区的流行，对于畲族地区本已存在的崇巫传统、婆太神崇拜具有较大的促进作用；与此同时，畲族地区本已存在的崇巫传统和婆太神崇拜，也为道教间山派在此

①刘晓迎：《永安市黄景山万福堂大腔傀儡戏与还愿仪式概述》，台湾《民俗曲艺》2002年第135期。

②刘期贵：《巫教——梅山文化的重要组成部分》，湖南省文史研究馆《文史拾遗》2013年第2期，第77页。

区域的流行提供了条件，二者可以说是互相促进、共荣共生。①

因此，闾山信仰与毛山信仰皆可视为巫教文化的变容。水神小说《全像显法降蛇海游记传》的成立，正是在这种道教与巫教文化融合的过程中产生的。江西与湖南、福建相接，这样的地理条件不仅有利于文化的传播，而且江西商帮文化的繁盛更是促进了各种文化的交融。江西作为地域媒介，江西的地域文化为这种文化的接触提供了肥沃的土壤。

四、大腔傀儡戏《海游记》反映出的水神信仰传播与《全像显法降蛇海游记传》成立之关系

通过前文对小说的解读，可知从陈靖姑的传说故事中衍生出了小说《海游记》、傀儡戏《海游记》等相关的文艺作品，而他们在民间的传播其实是一种彼此影响的动态性关系。以永安黄景山大腔傀儡戏《海游记》为例。永安黄景山大腔傀儡戏又被称为"金线傀儡"或者"金线戏文"。刘晓迎在《永安市黄景山万福堂大腔傀儡戏与还愿仪式概述》一文中，指出这种傀儡戏的历史最早可以追溯至北宋开封的民间伎艺：

> 据叶明生先生考证，宋代孟元老《东京梦华录》卷五〈京瓦伎艺〉有"悬丝傀儡，张金线"的记载，同时于《西湖老人繁胜录》、吴自牧《梦粱录》等宋代笔记中都有以"金线"称艺人名字或以"金线"为傀儡戏行业的。可见黄景山的傀儡戏称"金线傀儡"和"金线戏文"应与宋代傀儡有因缘关系。②

刘晓迎还指出，大腔傀儡戏的声腔源于江西的"弋阳腔"，在传播到福建后，与闾山教产生了关联：

> 大腔傀儡戏的声腔为高腔，它源于明代江西的弋阳腔，在永安之青水乡，明代已盛传人戏之大腔戏，傀儡戏之大腔与之系一脉相传。青水的大腔戏历史情况，《中国戏曲志·福建卷》

---

①王天鹏：《道教闾山派与客家祖先崇拜亦畲亦汉混融特质》，《云南大学学报》(哲学社会科学版)，2016年第5期，第58页。
②刘晓迎：《永安市黄景山万福堂大腔傀儡戏与还愿仪式概述》，台湾《民俗曲艺》2002年第135期。

载之甚详。据该志云：明代中叶，江西弋阳腔分两路传入福建。一路由赣东经闽北传入尤溪县的乾美村，一路由赣南的石城经闽西流入永安市的丰田村。①……黄景山大腔傀儡戏除了奉田公为戏神，以戏神立教派之法事活动的一方面外，但它赖以依托的宗教背景却是福建民间道教闾山派（或称"闾山教"）。其法事及科仪内容、形式，有许多直接或间接来自道教闾山派。而其中突出表现于两点，一是供奉闾山派法神，一是其符咒大量套用闾山派道坛之符法资料。②

可见，黄景山大腔傀儡戏的宗教背景正是闾山教。以闾山教为背景的傀儡戏除了《海游记》抄本，还有在福建上演的《福建上杭乱弹傀儡戏夫人传》③《福建寿宁四平傀儡戏奶娘传》④等剧目的抄本流传。这些带宗教性质的民间戏剧的抄本，皆与"九郎法主"许逊以及陈靖姑有关。由此我们可以确认，起源于江西的许逊信仰在传播至福建的过程中，吸收了长江流域的巫教信仰以及福建省的民间信仰，并形成了道教闾山派信仰的一部分。继而，闾山派信仰中的水神故事被改编成了水神小说。《全像显法降蛇海游记传》正是以闾山派信仰为主轴，集相关背景的水神故事为大成的一部神魔小说。同时，傀儡戏《海游记》作为小说衍生出的相关文艺作品，通过宗教传播的形式影响到了湖南、浙江等地。向绪成、刘中岳在《湖南邵阳傩戏调查报告》中所介绍的邵阳傩戏剧目中就有《海游记》，其主要情节与小说情节相同⑤。叶明生指出这本戏的内容，与福建龙岩市上杭的傀儡戏《福建上杭乱弹傀儡戏夫人传》的内容极其相似。叶明生亦在《古本陈靖姑小说之发现及研究——〈海游记〉校注引

①刘晓迎：《永安市黄景山万福堂大腔傀儡戏与还愿仪式概述》，台湾《民俗曲艺》2002年第135期。

②刘晓迎：《永安市黄景山万福堂大腔傀儡戏与还愿仪式概述》，台湾《民俗曲艺》2002年第135期。

③叶明生、袁洪亮 校注：《福建上杭乱弹傀儡戏夫人传》，王桂秋 主编：《民俗曲艺丛书》第五辑NO.44，台北施合郑民俗文化基金会1996年版。

④吴乃宇 记述，叶明生 校订：《福建寿宁四平傀儡戏奶娘传》，王桂秋 主编：《民俗曲艺丛书》第六辑NO.60，台北财团法人施合郑民俗文化基金会1997年版。

⑤向绪成、刘中岳：《湖南邵阳傩戏调查报告》，顾朴光 主编：《中国傩戏调查报告》，贵州人民出版社1992年版，第117页。

言》中言明自己所藏文元堂刊本以前的持有者的祖先，是江西的巫祝。由此可知这部小说与长江中下游的巫教文化有密切的关系。

此外，在浙江省鼓词剧本《丽水鼓词陈十四夫人传》的唱词中，也有提及《海游记》的台词，足可见《海游记》的影响力之广大。这又从侧面反映出了长江流域的地域文化，大多具有共同的文化背景和基础，这些皆成为水神小说《全像显法降蛇海游记传》及相关文艺作品诞生的基础。

忠正堂《天妃娘妈传》成书时间考

王子成

《天妃娘妈传》又名《天妃出身济世传》，为明代万历年间福建建阳书肆"忠正堂"刊刻的水神题材神魔小说。这部小说在国内散佚已久，自1986年胡从经于日本发现长泽规矩也氏藏明刻孤本后，该书再次受到学界的关注，然其具体成书时间至今未有定论。而笔者根据其具体成书过程、刊刻时间，以及与之同一历史时期出版的《新刻全像五鼠闹东京》（此书为北京大学中文系教授潘建国发现的海内孤本）、《三教搜神大全》等小说文本进行多方面的考察，最终确定了该书的成书时间。现考述如下，以就教于学界方家。

一、从《天妃娘妈传》现存版本及建本小说发展与江西文人之关系来考察该书成书时间

《天妃娘妈传》曾在很长一段时间被视为佚书，现有日藏明代建阳忠正堂刊孤本存世，为胡从经1986年在日本访书时发现。小说卷末书有长泽规矩也"合浦珠还"题跋，可确认为长泽氏的私人藏书，该书现存东京大学东洋文化研究所双红堂文库。国内最早的排印本见上海古籍出版社于1990年出版的黄永年校点本《天妃娘妈传》，这部小说后又相继收录于孙再民主编的《中国古典孤本小说宝库》第11卷（中央民族出版社2001年版）、《中华秘本》第10卷（印刷工业出版社2001年版）、《中国古

代珍稀本小说》第8册（春风文艺出版社2003版）等丛书之中。

忠正堂本《天妃娘妈传》全书内容共三十二回，分为上下两册。各册卷首皆有"天妃娘妈传"标题，以小字"上""下"标册序（见图一）。上册于目录页前有插图，为上图下文的典型建本风格，其中"锲天妃娘妈传"六个字约占页面的三分之二。目录页首行标题为"新刻宣封护国天妃林娘娘出身济世正传"（见图二）。小说内无序文，正文鱼尾之上有"天妃出身传"标题。第一行题为"新刊出像天妃济世出身传上卷"，第二行到第四行标注"南州散人吴还初编""昌江逸士涂德孚校""谭邑书林熊龙峰梓"（见图三）。依据方彦寿《宋代"建本"地名考释》[①]一文对建本地名的考证，"谭邑"实则是建阳的别名，因此我们可以明确《天妃娘妈传》是福建建阳的书肆所出版的小说。

此外，在小说卷下的大尾处，还记有"万历新春之岁忠正堂熊氏龙峰行"款识（见图四），由此可以确定这部小说是出版于明代万历年间。明神宗万历皇帝在位四十八年，是明朝在位时间最长的一位皇帝，仅仅能断定小说出版于万历年间，还是显得过于宽泛笼统。但是，仅靠小说文本中明确提示的这些信息，我们还不能确定小说的具体出版年份。要最终找到该书准确的出版年份，仍需结合其他相关史料和线索，来做进一步的深入考察。若能确定小说的具体成书、出版时间，对明代通俗文学史的深入研究有着积极的意义。

---

①方彦寿：《宋代"建本"地名考释》，《福建史志》1987年第6期。

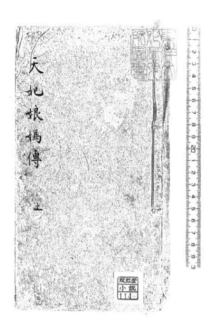

图1　东京大学东洋文化研究所双红堂文库藏《天妃出身济世传》卷首

图2　《天妃出身济世传》目录页

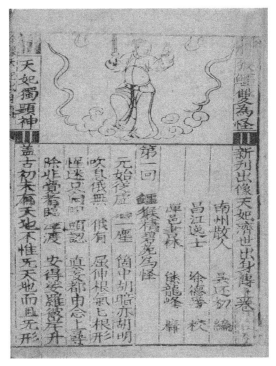

图3　《天妃出身济世传》上册 第一回

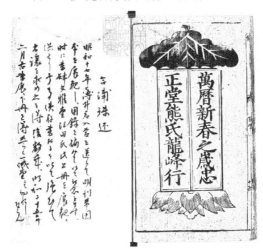

图4　《天妃出身济世传》下册 大尾

　　值得注意的是，小说编者吴还初自称为"南州散人"。关于他的出身，我们可以在其他的小说文本中找到蛛丝马迹。如建阳余成章刊公案小说《郭青螺六省听讼新民公案》的序文文末，有"大明万历乙巳孟秋中浣之吉、南州延陵还初吴迁拜题"题款。由此，程国赋教授在《明代小说作家吴还初生平与籍贯新考》一文中考证出"南州"即江西省南昌，并引用江西文人邓志谟《锲注释得愚集》所收录的"与吴君还初"书札这一文献资料，得出吴还初为江西文人这一结论，原文引录于下：

> 吴还初称呼以"我吉州青螺郭公"相称，无疑表明自己也是江西人。郭青螺作为当时的乡贤名流，又曾任建宁府推官、福建布政使诸职，所以郭氏事迹尤其是他在建宁府推官任内的故事自然为同是江西人、流寓建阳的吴还初所津津乐道，《新民公案》全书四卷四十三则，现存四十一则，写郭氏在建宁府（包括蒲城、建阳、崇安、瓯宁、寿宁、政和诸县）断案者即达十五则之多。①

北京大学潘建国教授也赞成程国赋的这一推论。潘氏进一步于《海内孤本明刊〈新刻全像五鼠闹东京〉小说考——兼论明代以降"五鼠闹东京"故事的历史流变》②一文中，列举萃文堂《新刻全像五鼠闹东京》卷首题有"豫章吴还初编""昌江嵩樵徐万里校""书林萃文堂梓"标识，此证据有力地证明了吴还初为江西南昌人无疑。同时，潘建国教授在文中还指出"昌江嵩樵徐万里"的"徐"字形似误刻，实际应为"昌江嵩樵涂万里"，并依据邓志谟《得愚集》中"昌江涂嵩樵"的这一记述，做出涂万里与徐万里实则是同一个人的结论。

在福建出版的小说中，常见"昌江"这一地名。它是流经江西省景德镇与鄱阳县的一条河流，在明代时为饶州府安仁县所辖。因此无论"昌江嵩樵徐万里"与"昌江嵩樵涂万里"是否为一个人，但他们与邓志谟一样，皆是出身于江西饶州的文人。再从邓志谟与吴还初在小说出版上互动密切的层面来看，可以明确断言万历年间这一批"旅闽谋生"的江西文人，对福建小说出版业的发展做出了较为积极的贡献。

---

① 程国赋：《明代小说作家吴还初生平与籍贯新考》，《文学遗产》2007年第4期，第126页。

② 潘建国：《海内孤本明刊〈新刻全像五鼠闹东京〉小说考——兼论明代以降"五鼠闹东京"故事的历史流变》，《文学遗产》2008年第5期。

二、从《三教搜神大全》《新刻全像五鼠闹东京》成书的先后关系来考察该书的成书时期

关于《天妃娘妈传》的成书时期，李献璋先生在其专著《妈祖信仰の研究》（笔者注：原文献为日文版，引文为笔者翻译，后同）中做出如下的推论：

> （该书）可以明确在万历年间出版，但详细的出版年代还不明确。考虑到在（日本）内阁文库所藏的小说文本中，有题为熊龙峰刊行的《张生彩鸾灯传》，以及虽然没有题记，但与其相同版式的《孔淑芳双鱼扇坠传》《苏长公章台柳传》《冯伯玉风月相思小说》这四种小说，另还有题名为'忠正堂熊龙峰镂'的余泸东校的万历壬辰年二十年《重刻元本题评音释西厢记》两卷参考孙楷第《日本东京所见中国小说书目》卷二，所以基本上可以认为"娘妈传"的成书时期当在万历后期。[1]

李献璋的这一观点，笔者亦十分赞同。为了进一步确定该书的确切成书年份，笔者又进一步对小说文本进行了精读，以期找到相关线索。可喜的是，在小说第二十八回《天妃妈莆田护产》中，有妈祖护佑孕妇安产的相关情节描写，现将相关情节引录于兹：

> 天妃妈那日扬子江收了蛇、鳅二精，救宦者一家二十余口。留存显迹。宦者知之，大为建庙。妃留一将镇守其坛。倘有妖魔向后江中为孽，只向炉前一扣，香烟动处，则飞乘来矣。妃次日回到莆阳，过故闾里，四顾登临，纵观景物，底回留之，不忍去云。本县社主知天妃朝京而回，忙出郊迎接，妃与相见，叙尊卑礼毕。妃问社主曰："境内治与？抑有故与？"社主曰："亦略粗安。第北县主母王氏，今夜子时当分娩。但彼衔后，旧有一鸡精。时常显怪。旧任主母，多遭其难。今正欲遣小卒，往衙前后俟候。恐有不测。"天妃曰："既有此事，今夜吾当自往。"一面差小卒先往打听。

---

[1] 李献璋：《妈祖信仰の研究》，东京泰山文物社1979年版，第74页。

是夜亥时，天妃化为一小卒，在衙前提铃巡逻。巡至衙后，果见几个小鬼，唧唧哝哝。天妃伫视久之，忽见一女妖，头戴文冠，身穿白袍，从衙后而出。众小鬼见之，皆列于两傍。那精曰："今当子时，王氏将分娩。可恨此人，并无薄仪祷祝于我。欺我甚矣。吾定欲分裂其胎，以丧其命。"时闻衙内大小言语喧哗，灯烛齐明。乃王氏身中震动，妖知之，即飞身入衙内。王氏忽见一阵冷风，吹上其面。当时身体似欲分裂，不胜其折迫之苦。衙中大小，惊惶不已。县主大惊，忙设香案，升堂当天祷祝。王氏精神昏闷，不省人事。

天妃曰："及今不救，则无救时矣。"遂召起兵将，将衙前衙后，重重围绕。乃自推正门而入，直至后衙王氏卧所。那妖正端坐于王氏床前，天妃一见，径进。即以随身剑，对面劈之。那妖一躲，即飞身从虚隙而出。妃未及耸身擒之，妖已幸脱。妃遂敕起九龙法水，将王氏身之左右前后，洒净数次。王氏精神略苏，妃以法水仍洒一遍，王氏遂分娩，得一男子。县主及衙内大小，不胜欣喜。妃见王氏分娩无事，即飞身赶擒妖怪而去。

王氏洗洁已毕，精神始定，乃问侍女曰："顷者有何处生母到此？"侍女曰："无之。"王氏曰："何谓无生母？吾彼时身被一阵冷风吹上，倏然精神瞆眊，见一女人，浑身俱白，含怒入吾床前，以一手抗吾之喉，一手按吾之腹，吾遂不省人事，自分必死矣。少顷，复有一人，龙髻鹤氅，手持一剑直入。那女遂避之。吾身暂轻，后扶吾产者，即此人也。吾所目见，何谓无之。"

衙内之人闻言大异。传报县主，县主曰："吾才于夫人未分娩时，忽闻腥气难当。及将分娩时，又闻异香彻屋。其香且至今未散，不知此祥乎，异乎？"县主见天尚未明，分发众人各就寝。自当堂凭几而寐，倏然本县社令垂绅执笏，语县主曰："恭喜夫人子时诞产麒麟，时有衙后白鸡精作怪。倘非湄洲林天妃京回过此，则夫人脱此厄为难矣。今天妃追妖而去。此莫大功德，愿大人表而扬之。今东南一方，人人知有天妃、天妃扶产之功者，皆大人之力也。"语毕，告辞而去。县主一醒，大嗟呀不已。至次早，衙内大小，各云所梦皆然。县主曰："信然，信然，天妃近成护国功多。吾与有荐举之力，今日彼乃以此而报我也。而天人相与之际，信不爽矣。"由是命将天妃祀于卧房内，遣人大赍币帛、旗帐、猪羊礼物，径到坛设祭赛谢。①

小说编者为了彰显妈祖的神通异能及其伟大功绩，在这段具体的情节描写上进行了较多文学性的加工和渲染。但考虑到中国传统文化中神鬼信仰在传播中往往具有地域性和民俗性，因此笔者认为其故事在流播过程中，应有民俗文化传承方面的根据。

笔者查阅了元末明初宣扬天妃功绩的碑文资料，发现无论是元至正十七年（1357）的《台州路重建天妃庙碑》（原文收录于明代刘基《诚意伯文集》），还是被称为"郑和碑"的明代宣德六年（1431）的《天妃灵应之记》碑中，皆没有出现妈祖守护孕妇安产事迹的记录，由此可以推断元末明初时，人们对天妃娘娘的信仰还停留在较为纯粹的海神信仰阶段，她的神格形象在当时并未赋予产妇守护神这样的额外功能。

那么，妈祖信仰是在什么时候开始融入安产护婴元素的呢？弄明白这一点，《天妃娘妈传》的具体成书年份也许就可以得以明确了。关于妈祖守护孕妇的这一信仰，李献璋在《妈祖信仰の研究》中做了如下论证：

> 《三教搜神大全》卷四"天妃娘娘"条之文末有"余尝考之兴化郡志，并采之费瓁采碑记，因略为之传者如此"之记述。兴化的郡志里的相关记述也只有前文引用的那些，因此需要引起注意的是此资料中所一并引用的费瓁采的碑记。据查费氏是江西铅山人，本名元禄，字无学，号瓁采，著有《甲秀园集》。他在该书的自序中写道"余十三岁，从家君读书闽粤"，可见作者是随其父尧年迁居入闽的。在其《甲秀园集》卷三十六所收

① [明]吴还初：《天妃娘妈传》，孙再民主编：《中国古典孤本小说宝库》第11卷，中央民族大学出版社2001年版，第413—415页。

录的《天妃庙碑》中有如下记述：

"天妃林氏，本闽著姓也。旧在兴化军宁海镇，即莆田县治八十里滨海湄洲地也。妃禀纯灵之精，怀神妙之慧，少能婆娑乐神。如会稽吴望子、蒋子文事。然以衣冠族，不欲得此声于里闬间，绝迹栉沐自嘛而已。居久之，俨然端坐而逝。芳香闻数里。颇有灵验，见神于先后，宛若□□□；尤善司妊嗣。一邑共奉祀之。"

另在该碑记中，还有"铅为近闽，邑妃庙据龙门关水上，直余家西北之障。戊戌秋，余游章岩，系舟于此，拜妃像祝愿：'徽妃之灵，冀余子即弓褓有悬弧之应，敢忘妃大德哉！'已而果应。又梦妃以碑记相命。妃意此方差隔闽，民庶未谙典故。以余从家大人官邸于闽，能著其事"的记述。依此我们可以明确该文作者是在刚进入万历二十六年不久，为了铅山龙门闸的天妃庙而书写的。①

李献璋指出，妈祖"尤善司妊嗣"的这一神格功能，实际上是《三教搜神大全》的编者参考万历二十六年以后的天妃碑而添加上去的。故可确定《天妃娘妈传》的成书当在万历二十六年（1598）之后②。李氏又做了以下的一段补充说明：

最后，笔者来探讨（《三教搜神大全》）"天妃娘娘"的故事是什么时候在哪里成立的这一问题。首先关于成立年代，"天妃娘娘"采用了天妃庙碑的记述，因此可以明确为万历二十六年以后成立的。但究竟于何年成立，这一问题可以依靠"天妃娘娘"特有的故事情节所流传年代来对其大致年代进行推理。依据其他资料中描写的"妈祖出元神来救遭遇海难的兄弟"这一故事情节的相关记述，可以认为万历三十年代成立的《天妃娘妈传》以"天妃娘娘"传说为蓝本来演绎故事的滥觞。此后不久，这样的情况在《琉球神道记》《闽书》《天妃显圣录》，入清后在《十国春秋》《娘妈山碑记》《闽都别记》等文献中都相

①李献璋：《妈祖信仰の研究》，东京泰山文物社1979年版，第57—58页。
②李献璋：《妈祖信仰の研究》，东京泰山文物社1979年版，第69页。

古代小说研究论丛

继承续了下来。在此前文献中未见的这一情节，突然接二连三的开始出现了。由此可见该情节为略早于这些书的新段子。换而言之，是在费元禄书写天妃碑记之后，《天妃娘妈传》成书之前产生的。《天妃娘妈传》的刊行年月仅凭"万历新春之岁"还是不够明确，但笔者认为这一段子的成立时期当是在"天妃碑记"与《琉球神道记》（1608）的成书年代之间，也就是《天妃娘妈传》之前比较妥当。①

李献璋的上述推论是否妥当，笔者暂不置评。但至少从现存碑文等文献的记录来看，时人最早对妈祖"尤善司妊嗣"这一神格功能的宣扬歌颂，是出现于万历二十六年（1598）。再结合前述资料来分析，《三教搜神大全》与《天妃娘妈传》的成书时间当在此后无疑。

回到考证《天妃娘妈传》的具体成书年份这一问题上，笔者把视线再次转向了同一历史时期同一编者编著的萃文堂刊本《新刻全像五鼠闹东京》之上。

《新刻全像五鼠闹东京》卷首题有"豫章还初吴迁编"标识，因此可确定编者即是那位自称"南州散人"的吴还初了。潘建国教授指出该书的若干内容，与万历二十二年（1594）刊刻的与耕堂本《百家公案》颇有类似之处，并在此基础上提出了如下的观点：

> 此处所引《百家公案》，乃万历二十二年（1594）朱氏与耕堂刊本，其第五十八回《决戮五鼠闹东京》末云："此段公案名《五鼠闹东京》，又名《断出假仁宗》，世有二说不同。此得之京本所刊，未知孰是，随人所传。"也就是说，在与耕堂本《百家公案》之前，尚有所谓"京本"包公判案小说集的存在，至于"京本"中的"五鼠闹东京"又据何而来？尚难确考。综上，《新刻全像五鼠闹东京》的题材来源，可能有三种情况：其一，直接根据民间所传《五鼠闹东京》或《断出假仁宗》故事演绎而成；其二，据"京本"包公判案小说集所录"五鼠闹东京"

①李献璋：《妈祖信仰の研究》，东京泰山文物社1979年版，第69—70页。

演绎而成；其三，据万历二十二年与耕堂本《百家公案》所录
《决戮五鼠闹东京》演绎而成。考虑到《新刻全像五鼠闹东京》
内封题"包龙图判案"，则应产生于明代包公判案小说盛行之
后，故三种来源之中，笔者倾向于认为是第三种。若此说能成
立，则《新刻全像五鼠闹东京》的成立时间，乃在万历二十二
年至三十六年之间，其刊刻亦当在万历时期。①

潘建国教授指出《新刻全像五鼠闹东京》的成书于万历二十二年到万历
三十六年之间，亦即与耕堂本《百家公案》刊刻之后。然而笔者对此说
持有不同的看法。笔者认为《百家公案》的成书，应早于与耕堂本的刊
行。依据杨绪容教授的研究，《百家公案》第二回中有"维某年九月庚子
朔，越十有四日庚子"这一段文字，查询干支年表可知明末符合该记述
的年份，只有万历十五年（1587）②。因此可知《百家公案》成书当在万
历十五年之后到与耕堂本出版之间，也就是万历十五年至万历二十二年
之间。另外，潘建国教授还指出邓志谟《锲注释得愚集》卷二"答余君
养谦"札中有"吴还初不幸于闽旅槱，亦莫之归，哀哉！此君零落可惜"
这一记述，由此可知吴还初客死他乡。虽然该札的写作时间已不可考，
但《锲注释得愚集》的"得愚集跋"文末题有"戊申"这一干支，故吴
还初的殁年可确定最迟为万历三十六年（1608）。

考虑到以《龙图公案》为代表的包公故事，实际上从明初到明末都
普遍受到人们的欢迎，《明成化刊本说唱词话》的出土是一有利的证明。
结合前文的讨论，笔者认为《新刻全像五鼠闹东京》的成书时期以及刊
行时期当在万历十五年到三十六年之间。同理，结合吴还初的殁年来推
断，《天妃娘妈传》的成书和刊刻时期应在万历二十六年到三十六年
之间。

古代小说研究论丛

---

①潘建国：《海内孤本明刊〈新刻全像五鼠闹东京〉小说考——兼论明代以降"五鼠闹东京"故
事的历史流变》，《文学遗产》2008年第5期，第94页。

②杨绪容：《百家公案研究》，上海古籍出版社2005年版。

三、通过故事文本结合史料，考察《天妃娘妈传》的具体成书年份

《天妃娘妈传》的主要故事内容，是围绕妈祖降妖除魔的情节展开的。小说第六回《玄真女兴化投胎》描写了妈祖的前世——"玄真女"为了消灭为害苍生的两只妖怪，从仙界追赶至人间，投胎于福建兴化莆田林长者家的情节。玄真女在下凡投胎之前，土地公就莆田当地情况对玄真女做了如下介绍：

> 纵观此地，西控壶公，东望渤海，南接清源之境。北连五马之峰。自数十年以来，风调雨顺，境治民安。近自数月之前，有一凶孽，不知来自何方，潜于东海，以此风涛日作，海内不宁。商渔沉覆者，无虑数十家，旬月定静者，不能三五日。水滨居民苦之，虽日祈祷，而有不免焉者。……才三日之前，尚于南莆之南，湄洲之北，俄顷风波，覆没商船数十只，幽魄葬于鱼腹，怨魂塞于穹苍。①

小说编者明确地提示读者，猴妖是潜伏于东海之中，它时常掀起风涛危害当地居民。同时，另一只妖怪——鳄妖，则逃入了南海龙王的领地。小说第八回《四喉伯四海为孽》中还有一段情节，是描写南海龙王与群臣商讨如何讨伐闯入自己领海的鳄妖的问答，原文引录于后：

> 龙王正早朝，群臣毕集未散。得此消息，遂问于群臣曰："朕奉帝命，守此一隅，数年以来，修明内治，讲好外邻。庶几无事而即安，未尝执祸而速怨。每自以为无患，与人无争矣。今日逆贼不知从何而来，朕实忧之。且策无所出，何以御之？"有分守海南道兼督军务事卢刚出班奏曰："臣闻兵法之无事而先动者，谓之骄兵，骄者亡。利人之所有，谓之贪兵，贪者败。今贼无故而潜师掠境，其心为贪，其势必骄，败亡无日矣。何惧之有？臣愿领一兵，御之于海上，以振国威，以创贼气。"王

---

① [明] 吴还初：《天妃娘妈传》，孙再民主编：《中国古典孤本小说宝库》第11卷，中央民族大学出版社2001年版，第319页。

喜曰："朕有卿等，何虑边之不宁哉。"即命刚尽起国内大众，
向敌营而发。[①]

在这段情节描写中，海南道兼军务监督的卢刚这一人物的出场引起了笔者的注意。"海南道"这一名称是参考了元朝至明初的行政区划，元朝至元十七年（1280）年设立"海北海南道宣慰司"，接管南宋广南西路包括雷州、琼州、化州、钦州、廉州、高州、南宁军、万安军、吉阳军等区域，大约为现在的广东雷州半岛、广西钦州以及海南省等大片区域。此外，又与一般神魔小说中架空的人物设定不同，《天妃娘妈传》对于卢刚的官职提示得十分具体，"海南道兼军务监督"这一职务已较为准确地反映出元代至明初实际的行政区域和实际官职。

虽然神魔小说的情节多属荒诞无稽，其中相关人物、背景设定在现在的读者看来也许只是天马行空的神话故事，但在科学还不昌明的古代，人们大多相信鬼神之说，当时的读者普遍认为自然灾害的发生与鬼神作祟有着密切的关系。在此基础上，中国文化中"天人合一"的哲学观又潜移默化地融入了人们的生活、信仰之中。明朝万历年间，又是社会矛盾尖锐、党争林立、边患危急的特殊历史时期，皇帝又怠于朝政，以至于民不聊生。这一时期也发生了很多的自然灾害。《周易·系辞上》谓之"天垂象，见吉凶，圣人象之"，自然灾害在宏观层面也可以看做是天象吉凶的一种，它的发生已直接关系到人世间的灾祸。因此笔者查阅了与小说背景相关的，诸如从隆庆到万历之间的史书和地方志中的"灾祥志"，得知万历三十二年到三十三年之间福建、海南曾发生过一场特大地震灾害。关于这场特大地震灾害的相关记录，笔者进行了整理，详情见下表。

①[明]吴还初:《天妃娘妈传》,孙再民主编:《中国古典孤本小说宝库》第11卷,中央民族大学出版社2001年版,第329页。

古代小说研究论丛

表1　关于万历三十二年泉州地震的相关记述

出处	时代、编者	条目	内容
《国榷》卷七九，中华书局 1958 年版，第 4934 页	［明］谈迁	神宗万历三十二年十一月丁丑朔	夜。浙直福建地震。兴化尤甚。坏城舍。数夕而止
厦门大学古籍整理研究所历史系古籍整理研究室《闽书》校点版，卷之一百四十八"祥异志"，福建人民出版社 1995 年版，第 4385 页	［明］何乔远	万历	三十二年十一月初九日，闽中地大震，复连震者数夜
《万历重修泉州府志》，引文亦见《晋江县志》下，卷之七十四，福建人民出版社 1990 年版，第 1783 页	［明］阳思谦修、黄凤翔等纂	万历	三十二年十一月初八日地震，初九夜大震。自东北向西南。是夜连震十余次，山石海水皆动，地裂数处，郡城尤甚。开元东镇国塔第一层尖石坠，第二、第三层扶栏因之并碎。城内外庐舍倾圮。覆舟甚多
乾隆二十二年《兴化府莆田县志》卷之三十四"祥异志"，光绪五年重刻中华民国十五年古版补修本，第 11 页	［清］汪大经修、廖必奇等纂	万历	三十二年十一月初九日夜地大震，自南而北，树木皆摇有声，栖鸦皆惊飞。城崩数处，城中大厦几倾，乡间屋倾无数，有伤人者。洋尾、下柯地、港利田地皆裂，中出黑沙，作硫磺臭，池水亦因地裂而涸。初十夜，地又震

出处	时代、编者	条目	内容
道光九年重修同治七年刊本《福建通志》卷二七一	[清] 孙尔准修、陈寿祺等纂	万历	十一月初九日夜，福宁地大震如雷，山谷响应。寿宁县地震，是年饥。是日，福州、兴化、建宁、松溪、寿宁同日地震。福州大震有声，夜不止，墙垣多颓。兴化地大震，自南而北，树木皆摇有声，城圮数处，屋倾无数。洋尾、柯地、利港水利田皆裂，中出黑沙，作硫磺臭，池水皆涸。初十夜，地又震

史书中对这次特大地震灾害的记述，正史记载较少，相关记录也往往只是寥寥数语，如谈迁的《国榷》卷七十九，就记述得很简短，而在地方志中却有很多详细的记载。

此外，万历三十三年海南海口也发生了一次特大地震灾害。这次地震的发生造成了很多的村庄沉入了海底，其影响还波及了广西。海南的地方志中就有很多关于此次地震的记载。请看下表：

表2 关于万历三十三年琼山地震的相关记述

出处	时代、编者	条目	内容
《万历琼州府志》，海南出版社2003年版，第927—928页	[明]欧阳璨等修、陈于宸等纂	万历	三十三年五月二十八日亥时，地大震，自东北起，声响如雷，公署、民房崩倒殆尽，城中压死者几千。地裂，水沙涌出，南湖水深三尺，田地陷没者不可胜纪。调塘等都田沉成海，记若干顷。二十九日午时，复大震，以后不时震响不止。详署府事同知吴筬申文……五月二十八日亥时忽然震动，初如奔车之辗，继如风摇之颠，……幸生者裸体带伤而露立，横死者溢焉碎骨以如泥
《康熙琼山县志》（康熙四十七年本），海南出版社2006年版，第310页	[清]王贽修、关必登纂	万历	三十三年五月二十八日亥时，地震自东北起，声响如雷。公署民、房崩倒殆尽，城中压死数千人。地裂，沙水涌出，田地陷没者不可胜纪，调塘等都田沉成海千顷。二十九日午时，复大震，数日乃止
《康熙文昌县志》，海南出版社2003年版，第197页	[清]马日炳纂修	万历	三十三年五月二十八日，地大震，官署、民舍尽毁，压伤人畜。平地突陷成海，连震数年方息。详署府事同知吴筬《申文》

从表2中得知，当年发生在海南的地震造成的灾害相当严重。在明《万历琼州府志》卷十二"灾祥志"的"万历三十三年"条中，还记录了地震发生后"尸骸枕藉、腥血熏沾、触目摧心、恸哭流涕"的惨状①。

如今的海南省琼州大地震遗址，就是当时地震毁坏村庄的遗迹。遗址东西长十公里，宽一公里，地面下沉了三到四米，最深处达到十米之多。该次地震被认为是海南有史以来记录的最大的一次地震②。

---

① 《万历琼州府志》：卷十二《灾祥志》，《日本藏中国罕见地方志丛刊》，书目文献出版社1990年版，第618页。

② 张振克、孟红明、王万芳、李彦明、尤坤元、余克服：《海南岛1605年历史地震的海岸沉积记录》，《海洋地质与第四纪地质》，2008年第3期。

表1、表2资料记录的地震造成的损害，与前引《天妃娘妈传》第六回妖怪作祟为害人间，造成人民群众生命、财产损失的描写十分相近。笔者认为这并不是偶然，而是小说作者以这次自然灾害为原型进行创作的。

在自然科学还不能完全合理解释这些自然灾害的明末，生活在当时的人们在面临一场有史以来最大的地震灾害时，在他们的认知中普遍都认为是鬼神作祟。而从民众的感情角度来讲，需要有人来禳灾祈福。因此，与琼州地域文化、信仰有着深刻关联的妈祖，自然就成了合适的人选。同时，小说编者在小说中假借海南道兼军务监督卢刚这一人物形象，来暗示小说的故事背景与这场史无前例的自然灾害有着紧密的关联。

《天妃娘妈传》正是这样一个在史实与虚构之间的故事。故事中的妖怪在福建、海南为患，而最终被妈祖降伏。而妈祖的神格也从一名道教仙人，升格成为人类的保护神。

通过以上的讨论，可以得出如下结论：吴还初以现实的自然灾害为背景，吸收当地民间传说为小说题材，通过文学的手法，用天地神祇降妖除魔的灵验来合理地解释当时发生的自然灾害。当然，小说的创作与出版也离不开熊龙峰等书商的策划与参与，也许他们认为小说描绘的故事在某种程度上能博得当地人们的共鸣，以获得好的销路。

综上所述，笔者先从《天妃娘妈传》作者吴还初的生平入手来考察小说成书的大致时间：《天妃娘妈传》刊刻出版于万历年间，而其作者吴还初是一名"旅闽谋生"的江西文人，他于万历三十六年（1608）不幸客死异乡，由此可以确定小说最晚刊刻于1608年；接着，再以小说第廿八回的故事情节描写为线索，通过考察文献资料中最初记录妈祖救护产妇这一情节的年代，来进一步考察小说的成立时期：万历二十六年之前，各地歌颂妈祖功德的"天妃碑"中皆没有记载妈祖救护产妇的事迹，实际上妈祖"尤善司妊嗣"的这一神格功能是《三教搜神大全》的编者参考万历二十六年以后的"天妃碑"中相关记述而新增的，《天妃娘妈传》袭用了《三教搜神大全》中对妈祖的这一新的神格设定，因此《天妃娘妈传》及《三教搜神大全》的成书当在万历二十六年（1598）之后；最后，再通过文史互证的方式进一步缩小了《天妃娘妈传》的成书时间：小说中妖怪为害人间造成人民群众生命、财产损失的描写，与史书以及地方志记载的有关万历三十二年（1604）到三十三年（1605）之间发生于福建、海南一带的特大地震的灾难景象有许多类似之处，由此最终确定这部小说较为具体的成书年份。

由上述种种情形得出这样的结论：《天妃娘妈传》的成书时期，当在万历三十二年（1604）到三十六年（1608）之间。同时，潘建国还指出："《新刻全像五鼠闹东京》小说，其题材类型与语言风貌，皆与《天妃出身济世传》相近。"考虑到前文论述的《天妃娘妈传》成书的特殊背景，故笔者认为《新刻全像五鼠闹东京》的成书和刊刻时间，亦当在万历三十三年末到三十六年之间较为妥当。

贰／古代小说与『江右文化』

全视角观照下的《夷坚志》
与宋代江右多元文化探析

王子成

《夷坚志》是继《太平广记》之后又一部内容极为宏富的文化巨献，也是中国文学史上第一部个人著述的篇幅最大、卷帙最为浩繁的文言小说集，由南宋鄱阳人氏洪迈竭六十年之精力收集、整理、编撰而成。与《太平广记》最大的区别在于：前者属官方组织、集体编纂，而后者纯系个人行为，其编纂之难和价值意义之大不言而喻。

然而《夷坚志》虽被习惯认为是"志怪小说"，笔者却认同它原系"百科全书性质"①的大书之观点，认为它属全视角观照下的文化巨献，因为从任何一个学科角度看，其内容都有其一定的"代表性"。本文在进一步举证不能简单视该著为"志怪小说"的同时，旨在从中挑出与宋代江右有关内容，从社会学、心理学、文化史等多维视角，对历史上的江西及其社会心理、历史人文、宗教及民间信仰以及人们（包括作者在内）的终极关怀等方面做具体深入的探讨和研究，以便为当代江西的深层发展提供有价值的参考。

一、书中有大量志怪，但不能以"志怪"定性的理由

若以志怪、志人的标准分类，该著中哪个故事不与人事有关？且

---

① 参见秦川《试论〈夷坚志〉的文献价值》，《九江学院学报》2011年第2期。

"志人故事"实际也不少，但我们如同不能简单认为该著就是"志怪小说"一样，亦复不能把它视为"志人小说"。笔者以为，作为"百科全书性质"的《夷坚志》，它所涉及的内容是极为广泛的，事物是复杂多样的，文化是丰厚多元的，地域跨度也很大，可谓南北东西皆有记载，所以《夷坚志》属全视角观照下的文化巨献。

（一）从文体和诸多故事的篇名看，《夷坚志》不能简单称之为志怪小说集

首先，《夷坚志》作为笔记小说，应该是没有争议的事实。而"笔记"这种文体，又是以纪实为主，且纪实是笔记体文学的本质特征，即使是虚妄的内容，但在作者看来却是作为实有其事来记叙的。换言之，《夷坚志》中所有怪怪奇奇的故事，在今人看来是故事（亦即小说），但在当时却是新闻，即有"新闻总入《夷坚志》"[①]之说。众所周知，新闻是纪实的文体，讲究的是"新"和"实"。"新"具有时效性，而"实"就是事情的真相，不需作者虚构编造。因此，《夷坚志》的文体类型在作者主观意识上，不是作为虚构故事来写作的，而是作为实有其事的新闻来传播的。

其次，从具体故事的名称看，《夷坚志》以人物或人名来命名的篇章占相当的比重。现以《夷坚志》"甲志"为例略作分析。

甲志二十卷304则故事，绝大多数是以人物或人名做篇名，其中一部分是以有名有姓的完整姓名题篇，而更多的是以无姓名或根据其中信息、读者可推测出其姓氏的模糊人物题篇。以完整姓名题篇的如孙九鼎、王天常、武承规、崔祖武、李尚仁、陈国佐、赵善文、李似之、胡子文、黄子方、李少愚、吴公诚等30多位，其中卷二的谢与权医和卷八的潘璟医加了职业称谓；尽管此类故事中仍有些志怪的内容或成分，然终不能给它们定性为志怪小说。

以模糊人物题篇的，又可细分为若干小类。

（1）地名+人物的称代，所传达的基本信息为：某人，何许人。如三

---

① 蒲松龄《感愤》诗，路大荒编订《蒲松龄集》，上海古籍出版社1986年版。

河村人、岛上妇人、查市道人、仁和县吏、江阴民、古田倡、桐城何翁、昌国商人、芜湖储尉、天津丐者、永康倡女、东庭道士、开源宫主、贡院小胥等，是以地名冠于人物之前，且人物未有准确真实的名姓。

（2）某人物+中心词人物主词，传达的基本信息是人物之间的关系，其故事主人公亦未有准确的名姓。如刘厢使妻、石氏女、张夫人、蒋通判女、陈承信母、刘氏子、张太守女、宣和宫人、范友妻、王夫人、薛检法妻、晁安宅妻、毛氏父祖、郑畯妻、段宰妾、李舒长仆、黄氏少子、盐官孝妇等，他们之间或夫妻关系，或父女和母女、母子关系等，少数故事主人公可推测出其姓氏，如蒋通判女、张太守女，可推知前女姓蒋后女姓张；而毛氏父祖亦可推知其"父祖"姓毛，其余概不可知。

（3）姓氏+官职或职业类型等。如林县尉、辛中丞、余待制、吴小员外、蒋员外、何丞相、陈苗二守等，系姓氏加官职的例子；而张屠父、黄山人、窦道人、妙靖炼师、马仙姑、陈尊者、杨道人、王李二医等，系姓氏加职业的例子；祝大伯、俞一公、黄十一娘、解三娘等，系姓氏加排行的例子。

（4）人物+人物行为，不仅客观记录了故事主人公及其主要事件，同时也传达出作者的褒贬态度。如齐宜哥救母、俞一郎放生、谭氏节操、陈升得官、了达活鼠、舒民杀四虎、蔡主簿治村白等篇名，皆传达出作者的肯定态度和赞赏之情；而王权射雀、李辛偿冤、陆氏负约、陈氏负前夫等，作者的否定态度和贬损之情是显而易见的。

这些故事的虚妄程度和志怪性质显然比有名有姓者题篇的更强更明显，但尽管如此，却仍不能将它们划归志怪小说的类型范围。这是因为：一来它与文体对标题的要求不符，二来与作者编撰本书的实际不符。而后者在《夷坚丙志序》中作者已给出了明确的答案。

（二）从作者洪迈个人的观点看，该著亦不能简单称之为志怪小说集

洪迈在《夷坚丙志序》中谈到他编撰该书的动机与实际不一致的情况时，说道："始予萃夷坚一书，颛以鸠异崇怪．本无意于纂述人事及称人之恶也。然得于容易，或急于满卷帙成编，故颇违初心。……而好事君子，复纵臾之，辙私自怒曰：‘但谈鬼神之事足矣，毋庸及其他。’”①引文中无论是作者的意思，还是读者（即好事君子）的意思，都可分作两层来理解。

在作者看来，原本是要写成一部志怪笔记，没有纂述人事的打算，更没有说人坏话的想法，这是动机；但实际呢，恰恰相反，却大谈人事，且多处称人之恶，因而违背初心，故已招来指责。其违背初心的原因是“得于容易”，“急于满卷帙成编”。至于作者的动机和违背初心的理由是否成立，或是否令人信服，且不论它；但必须强调的是，作者已承认该著大谈人事、称人之恶的事实。即使是志怪内容，作者也是将它作为实事来写，甚至还比附于正史，将自己也比之于史迁，他在《夷坚丁志序》中如是写道：“六经经圣人手，议论安敢到？若太史公之说，吾请即子之言而印焉。彼记秦穆公、赵简子，不神奇乎？长陵神君、圯下黄石，不荒怪乎？书荆轲事证侍医夏无且，书留侯容貌证画工；侍医、画工，与前所谓寒人、巫隶何以异？善学太史公，宜未有如吾者。”②既然如此，当然不能将该著简单定性为单纯的志怪小说集了。

在“好事君子”看来，洪迈著此书只要谈谈鬼神之事就够了，没有必要旁及其他；所谓“毋庸及其他”者，却隐含了该著的客观实际确已“及其他”，即已谈人事，且称人之恶。先亦不论作为官场中人的洪迈是否犯了为官者的大忌，或许那恶者中就有“好事君子”的身影，以致其“怒曰”；而仅就其所云该书中不但有志怪的内容，而且还有大量志人的内容，亦足以证明该著不是纯志怪之书，所以该著不能简单称之为志怪小说集。

①［宋］洪迈：《夷坚志 丙志》，中华书局1981年版，第363页。

②［宋］洪迈：《夷坚志 丁志》，中华书局1981年版，第537页。

二、全视角观照下的《夷坚志》与宋代江右多元文化

所谓全视角，是指该著的作者以无所不知、无所不能的叙事手法，叙写包罗万象、全面丰富的闻见故事，让读者对该书产生无所不至、无所不及、也无所不包的感觉，诸如天上人间地府、东西南北中无所不至、天文地理、医药护技、宗教鬼神信仰以及人间万象等无所不及，神仙鬼怪、飞禽走兽、花草虫鱼无所不记，大官小吏、下隶走卒、医卜星相、寒人野僧、山客道士、瞽巫俚妇无不尽揽于其中，远远超越了广角、长焦距的现代摄影艺术的效果，成为中华民族的骄傲，当然也是我们江西人民的骄傲。

据不完全统计，该书涉及宋代江右地区人和事的故事有198则，内容涉及儒释道各家学说以及民间信仰、风土人情等诸多方面。兹对涉及宋代江右的那198则故事做进一步的梳理和分析。

（一）劝善惩恶，儒佛相兼

儒家提倡忠孝节义，讲求仁义礼智信的为人处事原则；佛家崇尚行善积德，笃信善恶皆有报的因果轮回。《夷坚志》有不少冤报业报故事，旨在劝善惩恶，体现儒、佛合一思想。而有关"孝"与"不孝"的过程及其结果对比，是书中重要的内容之一，体现作者及其所在时代倡孝、惩不孝的社会思想，其中《吴二孝感》《丰城孝妇》《不孝震死》《杜三不孝》《谢七嫂》《雷击王四》《陈十四父子》等故事，皆为发生在宋代江右有关"孝"与"不孝"且结果明显不同的典型篇章。像《吴二孝感》《丰城孝妇》《不孝震死》《杜三不孝》这些故事，其思想主旨已经在题目中明显标出，不言自明，无须解释，但像《谢七嫂》《雷击王四》《陈十四父子》一类故事，若未读全文，则难明其中具体情形。兹略作介绍。

信州玉山县塘南七里店民谢七嫂，因她不孝姑、不礼僧而变牛（《谢七嫂》）；而赣州兴国县村民陈十四及其儿子，皆因事母极不孝，

被雷震死（《陈十四父子》）。丁志卷八的临川县后溪民王四，之所以被雷击死，就因为他事父极不孝（《雷击王四》）。故事描述了这样一个细节：王四事父不孝，常加殴击，父欲诉于官，每为族人劝止。乾道六年六月的某天，王四又如此对待父亲，其父忍无可忍，径往县里投诉。王四竟然拿上二百钱拦在路上说道："这是给你的投状费"，以示他无所畏惮。结果父亲还没走多远，突然雷雨大作，不孝子已被雷震死。父亲听说后急忙跑去看他，见给他的那二百钱竟陷入王四腋窝皮内，与血肉相连。如此不孝之子，天理何以能容！

宋代商业发达，城市繁荣，而宋代的江右，有闻名全国的江右商帮，他们凭借有利的水上交通，商业活动遍布全国。而儒商登崇诚信为本，强调"非义之才不取"的原则。《夷坚志》里亦有不少反映商人活动的故事，其中多以不诚不义者终受恶报的故事来震慑人心，教人为善，充分体现作者以内儒外佛的基本形式，来达到其扬善惩恶的创作目的。如《闭籴震死》讲述的是饶州余干县桐口社民叫段二十六的，他储谷二仓，岁饥却闭不出售，被雷震死。死后，其谷皆为火焚。这是天惩奸商的典型例子。再如丁志卷十九的《许德和麦》是奸商恶报的又一典型案例。故事叙写乐平明口人许德和，听说城下米麦价高，他不仅趁此哄抬物价，而且还将沙子掺和麦子出售，很快售完，满载不义之财返乡。刚到家时，天气正晴好，突然乌云密布，狂风四起，电闪雷鸣，雷风把他掀到田畈间，即时震死。丁志卷六中的《张翁杀蚕》，讲的是乾道八年，信州沙溪民张六翁为图利杀蚕的故事，结果不仅自己受到恶报，还祸及妻子，未得一钱而举家皆死，何其悲哉！

为恶者皆不得善报，不仅雷公不放，即使是到了阴曹地府，阎君鬼魅也不会放过。如李辛为恶多端，终为冤鬼所杀（《李辛偿冤》），俞一公使气凌人，后变马而被活埋（《俞一公》），再如吴道夫族弟为淮西某邑主簿时，与人约定集资买羊蓄养，以备祭祀及公家大礼所用，不得私自屠宰。后来，主簿的妻妹远道而来，无以款曲，辄烹一羊。当晚羊来索命，主簿惊恐而死，是为羊冤（《羊冤》）。还有董染工之子，他好罗致飞禽，常破脑串竹热烤而卖，后得恶疾一如飞禽所受，长达三年而死，人谓杀生之报（《董染工》）。正因为杀生遭报，人们还是有所畏惮，所以又有屈师放生而延寿的故事流传（《屈师放鲤》）。人类如此，动物亦然，只要有不善之举，定遭恶报，毫厘不爽。如《棠阴角鹰》中的凫死，鹰亦死；蒋济的马因践踏农田庄稼，被雷震死（《蒋济马》）。如此之类，无一侥幸。

（二）治病救人，僧道竞技

中国化了的佛教和中国本土的道教，所体现的人文精神和普世价值最突出的，在于对生命的关怀。这种关怀从功利的层面看，均能从物质和精神两个方面给生命以拯救，所以南怀瑾先生曾特别欣赏道教的功夫和佛教的胸怀。《夷坚志》中有大量僧道治病救人的故事，体现出与明清小说里那种骗财骗色、败坏山门的假僧尼、假道士绝然不同的特征。《夷坚志》中有关僧人、道流关怀生命治病救人的描写，基本上是佛道合流，甚至儒释道三教合一，体现中国传统文化的包容性特征以及崇尚和谐的人文精神。

道教的功夫大多表现为丹药和符箓，而佛教则表现为念佛礼佛。如《异僧符》那位奇异道人的灵符就特别奏效，船夫用他赠与的灵符竟阻挡了五个瘟鬼的祸害，救了豫章一方的百姓。《梅先遇人》《疗蛇毒药》皆为道人自制解毒治病的奇效药方，后者在临床上还得到验证。诸如此类故事还有乙志卷十九的《李生虱瘤》和《王寓判玉堂》等，书中介绍的药方多为方书未见的偏方奇方，具有极高的文献价值和实用价值。

佛教强调诚心礼佛，恒常念佛。如丙志卷十三的《郭端友》，写饶州民郭端友精诚事佛，曾募化纸笔缘，自出力以清旦净书《华严经》，期满六部。后染时疾，双目失明，医巫救疗皆无功，郭自念惟佛力可救，又誓心一日三时礼拜观音，祈愿观音于梦中赐药方。后果得方，端友即依方买药，药尽眼明。此方广为传播，救人无数。《贺氏释证》《周世亨写经》等，亦为诵经礼佛不止而获得福报的例子。

书中更多的是佛道合流故事。如《甘棠失目》写的是鄱阳乡民甘棠，他一只眼睛失明十多年了，后来一个道人为之治疗，使之复明。道人本领的高超，不言自明，但道人为何要给他治眼疾？谜底在于甘棠家人日诵观音菩萨名不辍。

佛教的礼佛念佛不仅在于口念，更在于礼佛念佛的心诚和行为的持续性，因为诚则灵，久则远。《董氏祷罗汉》不兑现诺言，诚意缺失，不能坚持，因而福报不能久长。佛教在强调诚的同时，还要戒贪。《李家遇仙丹》，可谓戒贪的典型例子。故事大意是：金兵入侵时，李全在战争中伤残了双目和一条腿，成了废人，每天拄着拐杖沿街摸索着乞讨，后来遇到了一个道人，送给他一个药方，并嘱咐他如果生效，可以用来救人，但不能图利，每天最多只能赚七百文钱。服药十天后，李全的眼睛基本好了，脚力像从前一样有力了。李全于是写了块"李家遇仙丹"的招牌背在身上，在豫章街头出售此药方，每天只卖七百文钱就回家。因为买的人很多，有一次他竟卖了两千文钱，结果卧病不能出门，直到两千文钱用尽了病才好。可见此类故事还深蕴着广泛的教育意义。

（三）民间信仰，杂彩纷呈

民间信仰是与官方信仰相对的概念，这就意味着信仰也是有上下、等级区别的，而事实上，民间信仰在历代社会不仅地位远远低于官方宗教信仰，而且还常常受到官方信仰的排挤和压制。但民间信仰活动在宋代非常频繁，《夷坚志》中有大量的记述，仅以宋代江右地区的情况看，民间的各类神灵鬼怪信仰大有与正宗宗教信仰相抗衡的势头，其中随意建造的土祠庙宇客观上确实存在着过多过滥的现象，被官方称之为"淫祠"。既然属淫祠，当然就在拆毁之列，这在《夷坚志》"柳将军"篇中已流露出此类信息。《柳将军》叙写宜兴人蒋静为饶州安仁县令时，曾大量拆毁淫祠，并投之于江，唯独柳将军庙被留了下来。柳将军庙能被留存下来最为重要的条件，在于其神灵是该邑中最为灵验的。书中大量记载"淫祠"灵验的故事，这不仅说明"淫祠"亦有留存的价值，同时也体现了作者的社会思想和对民间信仰的态度。兴国江口富池庙，即吴将军甘宁祠，亦为淫祠之类，由于甘宁的神灵曾阻挡了起义军屠城的计划，救了此方百姓，所以富池庙便成为此地人们的保护神而受到献祭。

抬箕请神已成为江右极为活跃的民间习俗，大多与紫姑神信仰有关，如《吕少霞》述及江州地方信紫姑神，而故事中请来的神仙即为唐朝的吕少霞。像《饼家小红》《紫姑蓝粥诗》等皆系紫姑神信仰故事。

有关鬼怪故事就更多了，当然鬼是鬼，怪是怪，习惯上鬼怪并称。明标鬼或怪的故事如《鱼陂疠鬼》《结竹村鬼》《雪中鬼迹》《庐山僧鬼》《牛疫鬼》《二狗怪》等，但更多的未标，仍然写的是鬼怪故事，如《童银匠》《饶氏妇》《王通判仆妻》《南丰知县》《方客遇盗》《阮郴州妇》《饶州官廨》《升平坊官舍》《阁山枭》《云林山》《韶州东驿》《江南木客》等，举不胜举。

书中关于鬼怪故事，其意义不在于证明世上是否真的有鬼怪，而在于鬼怪故事所蕴含的深层意味。如《方客遇盗》中的盐商遇盗，死后其魂灵托梦与其妻，妻告官以擒盗，说明法网恢恢，疏而不漏，杀人越货者，冤魂不会放过。可见其用意在于震慑人心，教人为善。此类还有《阮郴州妇》《姚师文》《新建狱》，皆为鬼凭人报冤，冤狱终将得白故事。而《张客奇遇》则为鬼魂托梦以求归葬，暗寓国人叶落归根的家乡情结和死而归葬的乡土情怀。

人死如灯灭，这在南朝齐梁间人范缜的《神灭论》里已有充分的论述，但在民间人们却始终相信人死成鬼。作为朝廷官员的洪迈，他广收各地神灵鬼怪故事写入书中，虽不能证明作者是否相信，但至少在他看来可以存疑。这不仅体现了洪迈那海纳百川的胸怀，同时也体现了洪迈所处时代系多元文化并存的开放时代。

三、宋代江右多元文化的共性特征是对生命的终极关怀

《夷坚志》一书所体现的多元文化能和谐共存于一个时代，这除了证明那个时代是个开放且包容的时代外，还有一个很重要的因素，就是各家学说确有着一个共通的连结点，那个连接点就是我们所说的终极关怀。然而必须指出的是，宋以前各家学说，诸如先秦诸子所终极关怀的是人类，而《夷坚志》所记载或描述的最具精神境界的故事，则体现为由对人类的终极关怀已扩展到对整个宇宙全体"生命"形态的终极关怀。兹所谓生命，显然不光指人类，还包括动植物类在内，这是宋以前不曾见的。

先秦诸子中的儒家、墨家都讲仁爱，即如孔子的仁，孟子的义，墨子的兼爱，无不停留在人类的范围。如《论语·乡党》有个经典故事，说某天孔子家的马房失了火，孔子正好退朝回家，听说此事就急忙问伤人了没有，而未问及马的情况。这向来被学者用来证明孔子关怀马夫最典型的例子。再如孟子，他的仁义也同样停留在人类的范围，孟子在《齐桓晋文之事章》里，以事设喻，用激将法刺激齐宣王，目的是使之放弃霸道实行王道。其中宣王的以羊易牛之说，应暗含孟子的态度于其中。既然牛羊皆为动物，且为家畜，只不过是见与未见而已，对牛的不忍而忍于宰羊，这不是关怀动物。而墨子的兼爱仍然是停留在人事上，论及的是人与人、国与国之间的关系，他主张"爱无差等"，强调"非攻"，是全人类的观点，但没有涉及自然万物。佛教虽然反对杀生，但也只是在人类和动物范围，没有对植物的侵害提出限制，因而不属"生命"的全部。而在关怀人类的同时，也关怀物类，是北宋张载首倡。张载在《西铭》中提出"民胞物与"观念，如说"民吾同胞，物吾与也"[①]，这应被看做是对儒、墨仁爱哲学乃至佛学的发展。《夷坚志》用艺术形象再现了人类如何关怀生命的过程和具体细节，明显受到张载"民胞物与"

① 《正蒙·乾称》，[宋]张载著、章锡琛点校：《张载集》，中华书局1978年版，第62页。

思想的影响；因此，《夷坚志》中所体现出的对生命的终极关怀意志，当然也就是有宋这个特定时代的产物。

《夷坚志》终极关怀生命最突出的特征是对未来的预测，其预测的具体方法或手段也是多种多样，其中占梦、占卦、看相、算命等预测手段最为常见。这里所说的"未来"有远近之分，近的即对现世未来的预测，而远的即对生命灵魂归宿的探讨。

然而长期以来，古代中国的预测学被一些江湖骗子借以用做牟利的工具，他们对预测学一知半解，却打着预测学的幌子到处招摇撞骗，坑人无数，以致预测学在全社会几乎成了"迷信""骗术"的代名词。事实并非那么简单。作为神秘文化重要组成部分的预测学，有其玄乎神秘的特点，也有其科学合理的因素，我们不能"谈玄色变"。其实，蕴含其中的文化、理论、学术都极为深邃，涉及的学科也很广泛，诸如社会学、心理学、文化学、医学、生物学、气象学、技术学以及数理、逻辑等皆寓于其中，这就需要有扎实的天文、地理、历法等知识功底以及多学科的知识面才能洞悉其堂奥。我们不能因为江湖骗子的搅扰而全盘否定，也不能因为现代科学暂未作出合理解释的东西就横加指责；而科学的态度应该是以历史唯物史观来对待它们，对一些暂且难以解释的问题存疑待考。就像嫦娥奔月神话在远古时期仅仅是神话，然而在今天却变成了现实一样！我们应该坚信：科学的发展，定能合理解释书中在今人看来还近似神话甚至是荒诞的现象，那只是迟早的事情。

（一）终极关怀人类的故事

瘟疫即今人所谓流行性传染病，自古至今威胁着人类的健康，其中伤寒、疟疾、天花等皆为古代中国最常见的流行性疾病。面对疾病尤其是流行性疾病的发生，古代中国人没有示弱，而是积极抗击，于是中国古代医药学也发达起来，自先秦至清代出了不少名医名著，为人类的健康、医学的发展做出了杰出的贡献。如战国时的扁鹊，汉代的华佗、张仲景，晋代的葛洪，南朝的陶弘景，唐代的孙思邈，宋代的钱乙、宋慈，明代的李时珍，清代的吴谦等等，皆为历史上著名的医家。现存医学名著有托名黄帝的《黄帝内经》，张仲景的《伤寒论》《金匮要略》，孙思邈的《千金方》，钱乙的《小儿药证直诀》，宋慈的《洗冤录》，李时珍的《本草纲目》，吴谦的《医宗金鉴》等，至今皆为医家必读之书。

与之相应，作为文化巨献的《夷坚志》也形象地记录了宋人感染伤寒并积极抗击瘟疫的情形。沈传、秦楚材皆患过伤寒疫症，这在《夷坚乙志》卷十九之《沈传见冥吏》和卷一之《食牛梦戒》中有详细的叙述。而更有意义的是宋人如何抗击瘟疫、拯救生命的情形，如乙志卷五中的《异僧符》，写异僧以灵符授予豫章南部生米渡的船夫，并教他抵御瘟鬼，船夫用此灵符阻止了5个瘟鬼所担500个小棺，救了豫章一方的百姓。乙志卷十七中的《宣州孟郎中》有类似的记载，但孟郎中一家及浙西百姓却没有豫章民那么幸运，而是遭遇了瘟疫。故事大意是：婺源民王十五死而复生，述其阴间所见瘟鬼历婺源、徽州行疫，皆在武侯庙、岳庙、城隍及英济王庙被拒，后又来到宣州一大祠，该祠的神祇接纳了瘟鬼，瘟鬼便在宣州行疫，孟郎中家首遭此难。故事最后如此写道："孟生乃医者，七月间，阖门大疫，自二子始，婢妾死者二人。招村巫治之，方作法，巫自得疾，归而死。孟氏悉集一城师巫，并力禳禬始愈。……是岁浙西民疫祸不胜计，独江东无事。歙之神可谓仁矣。"可见孔明、岳飞不仅活着为民，死而为神同样心系百姓，因而受到人们的敬仰，而宣州的神祇善恶不分、是非不辨，接纳瘟鬼，祸殃百姓，故事虽没有明着谴责，而神民共愤之情在赞赏歙之神的字里行间流露出来，且故事中对现实社会黑暗的隐射意味不难看出，同时也从中可以遥想古代中医何以称"巫医"的原因。

比之从肉体生命层面关怀人类的情形，从精神生命层面关怀人类的故事在《夷坚志》中更多，且内容更加丰富。而精神层面的东西主要体现为欲望的达成，继而获得精神的快乐或紧张情绪的释放。如德兴县新建村民程佛子，三十岁那年的正月十五夜晚，梦人告有吞舟之鱼，教他去捕。醒来往焉，得发光宝石，归家后又变成三尺长的带子，再后来又变成大柱子，一会儿又听见柱子裂开，里面抛出钱来。程妻拾了十几个钱放入畚箕里，一会儿畚箕就满了，孩子们拿其他器物拾取，亦即拾即满，后来投入自家门前小塘里，一会儿小塘也满了。对于这些天赐之物，程佛子不是高兴，而是恐惧害怕，因而请神明"亟还"。故事如此写道：

> 其物在室中连日，翁拜而祷曰："贫贱如此，天赐之金，已过所望，愿神明亟还，无为惊动乡间，使召大祸。至暮，不复见。……然程氏由此富赡。……翁颇能振施贫乏，里人目为程佛子。绍兴二十九年，寿八十三岁而卒，其孙亦读书应举。"①

可见，程氏的不贪且乐善好施，不仅自己获得福报和快乐，而且福及子孙。而《张二子》中的张二之子本无赖，一日梦中情景使其获得警戒，自是改过前非，从而使之在精神上获得重生。这些故事即使在今天仍然具有积极的意义。

（二）终极关怀动植物的故事

动植物虽有生命，亦有灵性，但比之于人类，毕竟没有语言，因此所有动植物的故事皆借助于神力或梦境来完成。如乙志卷一中的《赵子显梦》，写的是赣州太守赵子显，他的族人以穷来投靠他，他安顿好族人的饮食起居后，还告诫族人不要做过头的事。但那个族人实在不争气，背着他杀牛到市上卖钱。一日赵太守小睡时，梦见其故居门庭毛血狼藉，随扫随复，忽然旁舍人来报告说好多牛被屠宰了，太守惊恐中醒来。醒后果然有人来告其族人杀牛之事，核查所屠宰的数目正与梦中一致。赵太守以为神明告知，于是逮捕了那个族人，予以严惩，并遣其出境。其后遂加严禁。

在农耕为主的古代中国，牛是最重要的生产工具，在民间，杀牛罪几乎等同于杀人罪，所以流传着"打人莫打头，做贼莫偷牛"的民谚。《赵子显梦》"严禁杀牛"的规定足以证明。不仅赣州如此，其他地区亦然，乙志卷一《食牛梦戒》说的是秦楚材守宣城时，朝廷下令让他代行

① [宋]洪迈:《夷坚志 丙志》卷十一之《程佛子》,中华书局1981年版,第460页。

南陵尉职务，他因病疫告归。后来他做了个梦，梦见一小吏牵拉着泰州人周阶上来，主事者审问道："何得酷嗜牛肉？"随即叱令拉出去鞭背，好几个狱卒遂拖周阶出去（鞭背），周阶回头向主事者请求饶命，并发誓道："从今往后，不仅自己不敢吃牛肉，而且还要同全家人一同戒牛肉。"在座的人都起来为之谢罪，主事者才同意解除对周阶的处罚，周阶也因此得以放回。楚材梦醒后，出了一身冷汗，病也全好了，此后严守杀牛的禁令。

若仅戒杀牛，那就显得过于功利化了，而《夷坚志》宣扬的戒杀思想是爱无差等的，即无论飞禽还是走兽抑或虫鱼，皆在保护之列，甚至连老鼠也不反感。《梅三犬》中的梅三准备杀犬过年，但夜梦犬来告曰："幸少宽，因欠君家犬子数未足。"梅三醒来后，便放弃杀犬的想法，其犬得以延生。《王权射鹊》的王权少年喜射，无有不中，后雀魂提示，王权在惊悟间摔碎弩弓，以示束手戒杀。上述戒杀动物故事中的一个共同原因是梦境的提醒，而《了达活鼠》则完全是出于主人内心的同情。故事说吉州隆庆寺的长老了达，曾寄寓袁州仰山寺，与同参数人约定往他郡行脚。当他取笠整备行装时，发现笠内有鼠窠，其中5枚尚未开目的新生鼠在啾啾然。了达想把小鼠扔出去，又担心它们会冻死，于是告辞同行者，假托他故而不往。几天后五鼠能行，了达用粥食喂养，十多天后，小鼠皆不见，笠内也很洁净，没有一点污秽之物。于是了达把干净的笠衣和茶同放于笠内，以为小鼠会偷偷来取。结果是悬挂在僧堂三天都不见来取，于是了达便将此事告诉寺主及众人，用茶设供而行。此后，了达所到之处皆不蓄猫，老鼠也不为害。这明显属于"大生命"的观念。

然而有趣的是，老鼠属人类的四害之一，故有"老鼠过街人人喊打"的民谚流传，而了达竟然要"活鼠"，那些小鼠也确有灵性，对于了达的蓄养之恩似乎有所觉，这就传达出更多生物学和社会学的信息，值得深入研究。在文学上，故事中的五鼠与清代石玉昆《三侠五义》中"五鼠闹东京"的五个侠义人物的绰号"鼠"有何关系，亦值得深入研究。

保护植物最典型的故事是甲志卷一的《柳将军》。故事中的饶州安仁

古代小说研究论丛

县令蒋叔明，虽然保存了淫祠柳将军庙，但庙庭有棵杉树柯干极大，蔽阴甚广，蒋意将伐之。可神树有灵，竟托梦给蒋县令，希望能留存下来，表示不敢忘德。蒋县令梦醒后，知其为神，遂置木不伐，仍缮修其堂宇。由此可见，这棵大树是在神的庇护下被留了下来，因此这个故事亦可被视为自然环境保护的童话，对今人仍有积极的启发。

综上所述，《夷坚志》素材来源于全国各地，它所反映的自然是全国各地的民间习俗、风土人情，而本文仅从江右地区入手，是因为宋代的江右，无论是政治影响还是商业经济，抑或是水上交通，皆在全国占有突出的地位，特别是江右商帮的积极活动，不仅将江右的文化推向全国，同时也将全国各地的文化引入江西，因此江右文化便成为特定时代中国文化的缩影。《夷坚志》在全视角观照下展示多元文化的不同特点以及相互包容、和谐共存的真实情境，充分体现中华民族海纳百川的博大胸襟与崇尚和平的民族精神。特别是书中所体现的终极关怀宇宙生命的强烈意愿，有着积极的社会学、心理学和生物学意义。但必须指出的是，由于作者好奇尚异思想明显，又急于满峡，因此所有听闻资料不加筛选，全部收录，难免有些鱼龙混杂。也正因如此，才更能真实反映当时的文化多元现象，才是当时社会全貌客观真实的反映。

论《天妃娘妈传》中妈祖形象演变
以及与江西地域文化之关系

王子成

《天妃娘妈传》，又名《新刊出像天妃济世出身传》《新刻宣封护国天妃林娘娘出身济世正传》，为明代建阳刻印的最早的也是唯一一篇反映妈祖故事的中篇白话小说，全书分为上下两卷，共三十二回，由南州散人吴还初编，昌江逸士余德孚校，潭邑书林熊龙峰梓。小说在国内失传已久，1986年胡从经先生于日本发现后才得以进入中国学者的视野。这部小说为日本汉学家长泽规矩也藏本，今收藏于日本东京大学东洋文化研究所双红堂文库，为明刻孤本①，国内最早的排印本见上海古籍出版社于1990年出版的黄永年校点本《天妃娘妈传》，这部小说后又相继收录于孙再民主编的《中国古典孤本小说宝库》第11卷（中央民族出版社2001年版）、《中华秘本》第10卷（印刷工业出版社2001年版）、《中国古代珍稀本小说》第8册（春风文艺出版社2003版）等丛书之中。

关于小说作者南州散人吴还初的出身籍贯历来众说纷纭，其中的福建说和江西说较为可信。程国赋《明代小说作家吴还初生平与籍贯新考》通过他与江西文人邓志谟等人的交际来考论，始提吴还初为江西豫章人之说。②近年国内学者发现的明文萃堂孤本《新刻全像五鼠闹东京》作者为吴还初，据潘建国《海内孤本明刊〈新刻全相五鼠闹东京〉小说考——

---

①刘福铸：《〈天妃娘妈传〉作者初探》，《莆田学院学报》2003年第4期。

②程国赋：《明代小说作家吴还初生平与籍贯新考》，《文学遗产》2007年第4期。

兼论明代以降"五鼠闹东京"故事的历史流变"》①一文，明文萃堂本《新刻全相五鼠闹东京》卷一首页明确题有"豫章还初吴迁编"，由此证实了吴还初确为南昌文人无疑。

吴还初虽然是一名江西的文人，但他和福建的缘分颇深。而《天妃娘妈传》又是以福建当地的妈祖传说为蓝本写成的小说，姑且不论该书的创作是其主动为之，还是其友人熊龙峰所委托，至少这部小说的成书从侧面说明了闽本小说的流播过程中，江西文人曾做出了不少贡献。因此《天妃娘妈传》这部小说对研究江西的文人、文学乃至于江西与福建的地域文化皆有着重要的意义。

一、时空变化中的妈祖故事

妈祖是史实人物，她因生而神异死后亦有灵验，历代官方皆对其加封授号，沿海民众也多为之立庙祭祀。妈祖信仰本是一种福建的乡土神信仰，因为商人的传播以及官方的支持而遍及全国，又因为华人华侨的传播被带往海外，逐渐形成一种遍及海内外的中国传统民俗文化。民俗文化的特点是通俗且易于传播，其中相关的民间故事、乡土典故脍炙人口，容易被文学作品吸收并进行扩充、改造，成为新的文本进行流播。而小说体裁的通俗性、传播性，又推动了民俗信仰的传播。《天妃娘妈传》作为文学作品，自然是基于现实而超于现实的。从小说的情节内容设定来看，作者套用现实的时间、空间作为故事背景，为小说情节构建了一个真实的框架，但其时空的跳跃却非常大。如小说第十四回"汉君臣榜招术士"描写了汉师大败于西番，朝廷选拔术士御敌的情节，文中有以下这段描写：

> 榜出数月，各州县所申报者，有五百人。至县选之日，千不得百。州选之日，百不得十。至镇选之，十不得一。州县官

①潘建国：《海内孤本明刊〈新刻全相五鼠闹东京〉小说考——兼论明代以降"五鼠闹东京"故事的历史流变》，《文学遗产》2008年第5期。

貳 古代小说与「江右文化」

111

患之。镇官催促甚紧。一日，兴化府莆田县城南林家，其家有一少女为鬼所迷。其父母请城内有张师公到家治之，那师公辞之。①

此段情节虽为"汉君臣榜招术士"，但所叙时代、地名建制皆混乱，从汉至明横跨了一千多年。为了对小说进行深入的分析，现将历史上相关的地名建制引录于下：

兴化军，同下州。宋太平兴国四年（979）以泉州游洋、百丈二镇地置太平军，寻改。……县三：莆田、仙游、兴化。②

在宋朝时莆田地区的行政区划为莆田县。到了元朝，元至元十五年（1278）为兴化路。明洪武二年（1369）为兴化府，正统十三年（1448）裁兴化县。由此可见，小说中"兴华府"地名的使用时间是在明朝洪武到正统之间。而原文中州县间层层选拔术士是以镇为基础单位的。镇最早为军事据点，《新唐书·兵志》记载为"兵之戍边者，大曰军，小曰守捉，曰城，曰镇，而总之者曰道"，可见古代在边境驻兵戍守称为镇。镇将管理军务，有的也兼理民政。在经济发达的宋代，"镇"的军事色彩有所降低，成为人口聚居区和贸易流动中转站。宋代高承《事物纪原》就记载为"民聚不成县而有税课者，则为镇，或以官监之"。若仅依此来判断小说中主人公妈祖所生活的时代，似是宋代，然而小说中所引用的地名既有宋代建制，又有明代建制，如州、县、镇皆为宋代实际的建制，而"兴化军莆田县"则为明代建制。再如小说第二十四回"林二郎奏凯回朝"中，妈祖的弟弟林二郎回朝奏报大捷的消息，小说有这样一段评语：

大众赓歌一阕。明帝龙颜大悦。群臣百拜，山呼称谢，君臣相悦，为之评曰：

汉自武帝穷兵，至于末年，海内虚耗，寻亦厌之，武事弛

①[明]吴还初：《天妃娘妈传》，孙再民主编：《中国古典孤本小说宝库》第11卷，中央民族大学出版社2001年版，第353页。
②[元]脱脱 等撰：《宋史》，卷八十九志第四二·地理五，吉林人民出版社1995年版，第1413—1414页。

而不用。至于明帝，升平日久，安而忘危，武备不修，弱水得以乘间而窃发，虏其二将，伤汉世数百年之神气。向非真人建护国之功，则几乎犬羊荐食中国，腥膻染我衣服。汉之为汉殆哉，岌岌乎！安得有君臣赓歌之相悦哉？然则真人之为神，岂可与别神一评而论哉。其功固不伟与？其报封固不宜与？①

另在第二十五回"金銮殿传旨宣封"中，文中对汉军大败西番凯旋回朝的情节有如下一段的描写：

明帝是日大设祭真人于南郊，亲自主祭，率文武助祭。祭毕回朝，大作平番露布，播告天下曰：

朕闻天道舒惨以成功，春生秋杀。王者恩威而并用，武纬文经。尧德覃敷，必靖青苗之梗。舜仁广被，亦芟丹浦之凶。盖揖让不可胜残，而征伐所以禁暴。顷者妖猴作怪，跋扈西陲。大驱岛寇，肆毒边疆。绅弁辱在露中，大同尽生荆棘。既成吞噬之威，复肆垂涎之暴。朕不胜忿怒，欲肆重惩，乃命良将以西征，复募法师以中护，直出大师，以据其中坚，随出奇兵，以断其归路。司韬钤者效力进先，有斩将搴旗之勇。督馈饷者星驰云挽，有投石超距之雄。前郁等复率大军，踊踊前进。罴熊入阵，叱咤而瀚。海为飞；草木皆兵，指顾而山河变色。一战而陷全师，威若迅雷。再战而擒魁丑，势如拉朽。旌旄耀日，顿观魑魅潜踪。火焰连天，倏见魍魉销迹。是日也，震塞鸣沙，飞瓦拆木。飓回烈炬，十里风腥。骸委深坑，大同土赤。盖覆巢之惨，卵鹑一遗。而破竹之威，风草皆锐。贼等进无所之，退不能避。闻楚歌之动地，心掉神摇。睹汉帜之排空，情迷气夺。游魂惊夜月以悲凄，残喘望下风而罗拜。愿邀天覆地载之德，誓输称臣献赆之诚。沙漠霜销，塞草回，关河细绿；边城月白，狼烟息，斥堠摇红。故华山归马，青海洗兵。孺子歌沧，庆黄河之再润，舟人晒网，喜旭日之重光。用布四方，使与

①[明]吴还初：《天妃娘妈传》，孙再民主编：《中国古典孤本小说宝库》第11卷，中央民族大学出版社2001年版，第402页。

胙庆。①

此处故事的情节时空又跳转回到了汉明帝时期。小说中的时空错乱到底是作者的疏忽大意还是有意为之呢？笔者以为深受传统文化熏陶的江西文人吴还初，不大可能疏忽甚至无知到连汉代、宋代、明代的地理建制都分不清楚。如果是故意为之的话，他为什么又要故意将故事背景设定提前到汉代，而又在文中处处影射明代的实情呢？笔者认为：汉帝应该是作为中华道统的象征，以区别于西番。中华道统自古包容万物。在面对侵略时，能止戈为武，在战胜后对待异族的入侵却有着以德服天下的胸怀。因此小说的舞台借用汉帝、汉军等符号来强调中华道统的绵延不绝，以及不争而威慑于四海的民族自豪感。这可从上引第二十四回之评语中得道印证，作者借助明帝之口，实是宣扬汉文化之仁威。

通观小说，故事整体的发展是基于现实时空的，然而在具体的细节中却又超脱于现实的时空，表现出极大的跳跃性，这正是文学的虚构性特征的体现和小说体裁的魅力所在。小说不拘泥于严谨的史实，有着天马行空的想象空间；同时作为通俗读物，能将立足于现实基础上的故事通过文学的笔触来实现思想境界的升华和超越。如同冯梦龙编纂《三言》一般，小说中一个个描摹人情事理的生动故事，在无形中引人反思，最终实现作者通过小说来达到劝惩教化的目的。由此思之，作为娱乐读本的《天妃娘妈传》，实则又寓含着一定程度的教化功效。

二、结合民俗、融汇三教，旨在劝诫

《天妃娘妈传》在故事情节的发展中结合现实同时又超越了时空，这两者的对立统一使得故事所要表达的思想更有象征性和针对性。而这些思想其实是源于中国传统文化的精髓，也就是融汇儒释道的思想而来，目的是劝惩教化。那么小说又是通过怎样的剧情设置，来呈现其思想主

古代小说研究论丛

---

①［明］吴还初：《天妃娘妈传》，孙再民主编：《中国古典孤本小说宝库》第11卷，中央民族大学出版社2001年版，第403—404页。

题的呢？

在《天妃娘妈传》第一回"鳄猴精碧苑为怪"中，妈祖宛然被描写为一位道家的女仙：

> 于九州而有闽，于闽而有兴郡，眇湄洲之山，有神人居焉．胜境辟自浑沌，封敕膺自汉唐。……天妃者，乃北天妙极星君之女玄真是也。①

而小说故事情节最初的时空设定，是由端午节玄真在天界的碧莲池内观鱼开始的。端午节的设定其实有特殊的含义：端午节作为汉民族的传统佳节，是为了纪念爱国诗人屈原而来的。节日习俗有划龙舟、吃粽子等。从民俗文化的角度来看，其实端午节与水神信仰也有着千丝万缕的关联。古人有云"聪明正直，死而为神"，屈原作为伟大的爱国诗人，在投于汨罗江后，自然也就成为水神了。这不仅是一种从死到生的过程，更是从人格到神格的升华。由此可以判断小说开头的端午节，其实是一种带有深刻意涵的文化符号，同时也在隐喻主人公一生的目标和追求，并暗示着故事和水神、水妖的密切关系。随着玄真女端午游园为开端，玄真内心深处发生了极大的变化：

> 于端午佳节，游碧莲池内观鱼。忽见池中一行蝼蚁，从旁穴中出，振旅而行，绳绳不绝。至池伴（畔）团聚，不散不行。真熟视久之，见来者不止，聚者不去。乃心度之曰："此蚁无乃欲渡池而北乎？"因向池中摘一荷叶，为舟渡之。众见叶，争命先登。真观其登毕，遂以手送叶向池中而去。忽然一阵阴风，从池中而起，始而水波泛泛，继则巨浪翻翻。顷刻间，叶舟欲覆。真急近前救之，其舟已沉矣。正是：对面风波动，须臾万命倾。真抚心自叹一绝：
>
> > 破穴求生径，逢涯作便舟。
> >
> > 反覆无情水，浮沉顷刻休。②

---

①［明］吴还初：《天妃娘妈传》，孙再民主编：《中国古典孤本小说宝库》第11卷，中央民族大学出版社2001年版，第297—298页。

②［明］吴还初：《天妃娘妈传》，孙再民主编：《中国古典孤本小说宝库》第11卷，中央民族大学出版社2001年版，第298页。

玄真帮助万余条蝼蚁渡河，当在目睹它们被水所淹没，自己无力挽救之时，则悲戚黯然。这里体现了玄真的博爱平等的思想：不因为蝼蚁之命贱而无视其窘迫，亦不因其卑微而视之如同草芥。对蝼蚁都有着平等的关怀，可见此时玄真就有着如同菩萨般慈悲为怀的心肠，同时也折射出小说作者人性本善、万物平等的理念。

　　当在得知这些生灵实为妖孽所害，而妖孽遁走入凡间之时，玄真自此立志下凡除妖。而在玄真女立志下凡除妖的那一刻，就已经从无为逍遥的道家仙人境界，转而到了入世济民的儒家思想。为了众生舍弃仙人福报，同时又体现出了佛家众生平等，舍我度人的思想。故小说第五回"玄真女别亲下凡"中，其母亲对玄真说了如下的一段话：

　　　　夫人曰："吾儿所欲遂之志，吾已知之。所欲行之事吾亦愿之。第阴阳不一其路，神凡大异其气，汝既为阴也神，安得复为阳也人。既一受凡也气，又安得复行神也事。势不双能，事难胥济。况吾惜汝如珠，恃汝于杖。亲在天宫，儿游凡界，隔则为星渊之隔，别则为永世之别。无事思之而不可见，有故召之而不得来。母恨无了，子情何如？"①

这段来自母亲的深情挽留，既体现出母爱的无私和伟大，也说明了玄真为天下苍生毅然舍去仙身福报的勇敢和无畏。

　　这本书中的主要反面形象，自然就是在小说开头潜逃下凡的两只妖孽了。关于这两只妖孽的身世，作者于小说在第二回"玄真女得佛"中作了说明：

　　　　观音曰："汝知之乎？向碧莲苑中为孽者非他，一乃世尊座后铁树上弥猴精也；一乃雷音寺里斋供堂所悬木鱼精也。因正月十五，世尊在凌霄殿宴饮群臣，监树守堂二竖，偷闲游戏，被伊逃脱。密藏在尔苑中，今为汝所激，奔走入凡，向祸及物，

---

　　①［明］吴还初：《天妃娘妈传》，孙再民主编：《中国古典孤本小说宝库》第11卷，中央民族大学出版社2001年版，第315页。

今祸及人。向为祸小，今为害大。……"①

猕猴听经成精、木鱼日久成精的这些描述，深刻地反映出万物有灵的原道思想。关于中国古人万物有灵的思想，晋朝干宝《搜神记》卷十九中的一条记述可以作为参考：

> 孔子曰："此物也，何为来哉？吾闻物老则群精依之，因衰而至此。其来也，岂以吾遇厄绝粮，从者病乎？夫六畜之物，及龟蛇鱼鳖草木之属，久者神皆凭依，能为妖怪，故谓之'五酉'。'五酉'者，五行之方，皆有其物。酉者，老也，物老则为怪，杀之则已，夫何患焉？或者天之未丧斯文，以是系予之命乎！不然，何为至于斯也？"②

这种万物有灵的思想，是古人的一种无形的文化心态，这一心态常常不自觉地流露于文学作品之中。

> 再回到小说情节，观音菩萨对上文所及二怪又作了如下的说明：
>
> 猴性好木，乃东方之木妖也。今吾法眼观见，逃入西方，西方属金，金能克木，猴已失所据矣。其为孽虽大，而不能久。鳄性好水，乃北方之水妖也。今观逃入东南，东方属木，南方属火。水能生木，水能克火，彼能生能克，而不为所生所克。鳄恶除未易也。虽然邪正不两立，邪必为正胜。吾今授汝真言，登坛演法，汝可牢记。③

菩萨虽然是佛家人物，但小说的这段描述又是道家五行思想的展现。在道家看来，自然大道为体，而五行为用。人与万物生于天地之间，自然受到天地五行的作用。作者巧用传统的五行生克道理来为故事的发展埋下伏笔，同时也让故事的发展显得自然合理。这样的情节设计，可谓是匠心独运，善用传统的道家五行思想来暗示女仙玄真降妖除魔的能力。又如小说第十八回"林真人鄱阳救护"中讲到鄱阳湖中龟精为害的情节，

---

① [明]吴还初：《天妃娘妈传》，孙再民主编：《中国古典孤本小说宝库》第11卷，中央民族大学出版社2001年版，第302页。

② [东晋]干宝：《搜神记》，江苏凤凰文艺出版社2019年版，第371页。

③ [明]吴还初：《天妃娘妈传》，孙再民主编：《中国古典孤本小说宝库》第11卷，中央民族大学出版社2001年版，第302页。

有如下一段叙述：

> 盖因是日，五湖龙王会饮于洞庭，至晚未归。湖北有一龟精，数年之前，常于此处化舟渡人，至湖中辄沉而食之。民之遭害者不可胜数。怨气上积于天。[1]

这也正是承袭了《搜神记》"五酉"的说法。龟在五行中乃北方玄武，五行属水。因此文中说明龟精是生于鄱阳湖北面。作者巧用五行思想的生克对立，使得文学作品富含深刻的文化史意义。

纵观整本小说，玄真女从一开始的立志除妖，到去观音菩萨处学法，然后劝请父母同意自己舍命下凡，继而到下凡后救护商船、助国平祸，其所言、所行，这一过程从侧面折射出作者儒释道三教合一的思想：玄真作为超脱三界的女仙，秉持的是道家逍遥超然物外的思想；继而入世降妖护民，又为儒家积极入世的行履；最后成为妈祖神而护佑众生，这个过程又是佛家所推崇的普世关怀。

因此小说中玄真成为妈祖后，其形象更接近于佛教观音菩萨。如第二十八回"天妃妈莆田护产"中的如下两段描述：

> 社主曰："亦略粗安。第北县主母王氏，今夜子时当分娩。但彼衙后，旧有一鸡精。时常显怪。旧任主母，多遭其难。今正欲遣小卒，往衙前后俟候。恐有不测。"天妃曰："既有此事，今夜吾当自往。"[2]

> 县主见天尚明，分发众人各就寝。自当堂凭几而寤，倏然本县社令垂绅执笏，语县主曰："恭喜夫人子时诞产麒麟，时有衙后白鸡精作怪。倘非湄洲林天妃京回过此，则夫人脱此厄为难矣。今天妃追妖而去。此莫大功德，愿大人表而扬之。令东南一方，人人知有天妃、天妃扶产之功者，皆大人之力也。"[3]

---

①[明]吴还初：《天妃娘妈传》，孙再民主编：《中国古典孤本小说宝库》第11卷，中央民族大学出版社2001年版，第371页。

②[明]吴还初：《天妃娘妈传》，孙再民主编：《中国古典孤本小说宝库》第11卷，中央民族大学出版社2001年版，第413页。

③[明]吴还初：《天妃娘妈传》，孙再民主编：《中国古典孤本小说宝库》第11卷，中央民族大学出版社2001年版，第414—415页。

妈祖降妖护产的行为，俨然就是"送子观音"的化身了。而玄真拜师学法自观音菩萨处，学有所成后再入世降妖，这一过程同样也可以看做是观音菩萨在化身利益众生。反观妈祖信仰之所以能在全国各地广泛流播，也正是因为各地信众把妈祖和佛家的观音菩萨、道家的慈航真人等神格调和统一来信仰。因此妈祖的神格形象不仅仅是水神、地方神，在人们心底她更如一位慈母般积极地护佑着众生，这也是妈祖在小说中被亲切地称为"天妃妈"的原因了。妈祖放弃仙身投胎下凡的过程如同舍去小乘趋向大乘的佛菩萨一般，在成为凡人后她又一步步通过修炼、降妖、救护生灵实现了从人格到神格再次升华，其所行所愿实皆符合大乘佛教普度众生的伟大思想，小说作者深远的哲学眼光和真切的人文关怀在此展露无遗。

三、妈祖文化的传播与江西地域文化之关系

作为福建地域文化的妈祖信仰，随着与各地文化之间的交流而逐渐传播到了其他地区。作为与福建毗邻的江西，更是较早地就受到了它的影响。

江西境内河川丰富物资丰饶。据《江西水系》记载，省内面积十公里以上的河流就有3771条，其中赣江水系、抚河、饶河和修河水系为水域面积最广，它们汇入鄱阳湖最终又注入长江。丰富的水脉让江西省在漕运、水上贸易上自古就占据天然的优势。与此同时，江西省在茶叶和水稻的种植上也有着得天独厚的地理优势，特别是自宋朝开始，水稻、茶叶等农产品得到了普遍的种植，而景德镇的瓷器制作更是闻名全国，乃至远销海外。随着航海事业的繁荣、江右商帮的兴起，江西在全国贸易、交通上占有重要的地位。尤其是江右商帮，这一江西商人集团曾积极地赞助江西地域的文教事业，并通过走南闯北的行商活动，把江西地域文化传播到更多的地方。李锦伟《江右商帮与明清江西农村公共产品供给研究——以吉安府为中心的考察研究》中写道："商人对公共学校的

捐助，为明清江西文人鼎盛局面贡献了一定的力量。明清时期，江西成为全国少有的文教兴盛地区之一，其突出一个体现就在于学校——特别是义学——的数量方面。"①因此妈祖信仰在江西的传播，自然就与福建商人集团与江西商人集团在水运交通上的贸易往来有很大的关联。这一历史情形在小说中其实也有较为直观的展现，如《天妃娘妈传》第十八回"林真人鄱阳救护"讲述的就是妈祖作为水神护佑江西人民群众的故事：

> 行不数日，到一大湖，名曰鄱阳湖。是晚应渡此湖.但见于春暮之时，风雨晦冥。湖浪滔天，湖船有方发者，有发近数里许者，有至湖中央者，又有将近而来及岸者。一遭风浪，往者欲进而不得进，来者欲退而不得退。水中者，东西南北而不知其向。迩山者，此堤彼岸而不知所登。舟中之人，皆有死之心，无生之气。

> 盖因是日，五湖龙王会饮于洞庭，至晚未归。湖北有一龟精，数年之前，常于此处化舟渡人，至湖中辄沉而食之。民之遭害者不可胜数，怨气上积于天。

> ……真人是晚圣驾正到鄱阳。于夜静之时，忽见狂风骤发，真人曰："此妖风也。从何方而来？"因出视之，乃知其为湖北之龟精也。急召部下兵将，即于湖东、湖西，湖南、湖北各处团围。托梦于二郎曰："湖中妖龟为虐，妹往救之。"即将圆盒化为一船，乘向湖心。②

这段描写鄱阳湖上船只往来情景的文字，并非出自文人的想象，而是当时水上交通繁荣景象的实景呈现。这一景象又从侧面提示了妈祖信仰是借由闽商、江西商人之间的贸易往来而得到了更为广泛的传播。而妈祖作为福建莆田的地方水神，在江西鄱阳湖救护来往船只的这一情节设定，也意味着福建文化与江西文化的交流融合。

①李锦伟：《江右商帮与明清江西农村公共产品供给研究——以吉安府为中心的考察研究》，西南大学2008年硕士毕业论文，第24页。

②[明]吴还初：《天妃娘妈传》，孙再民 主编：《中国古典孤本小说宝库》第11卷，中央民族大学出版社2001年版，第370—371页。

在小说这一回中，还有如下一段叙述：

> 时吴郡有一林长者，家资数十万.男女大小数百人。是夜同二男具在湖中，被害得无事，大喜得胜。深祝其男，今后如遇祠宇社庙，或道士僧尼，皆当报施。忽闻二郎之言，即出而问之曰："先生人也，何言知昨夜之神也。果如知其实迹，吾当捐金数千，大建庙宇，于此湖头。春秋祭赛，近以报生全之德，远流于数百世之后，知有神功之不朽焉。"……二郎曰："顷者西番藉妖入寇，朝廷广招天下法力高强者，以往驱除之。吾奉命而往，此真人乃吾圣妹也。于数年之前，白日升天。今在湄洲显圣，救护海舟。今与我同赴国难，昨夜亦经此湖，见有妖龟为害，尽力收之。所以汝曹之得免也。"……林长者即出银一千，遂于本处多买木石，大建庙宇。塑真人宝像于中，以全金饰之。远迩争各助缘，四时祭赛。其威灵显赫，盖有不可得而详言云。有诗为证：

> 为国出西征，鄱阳渡一经。
>
> 妖龟流怪毒，真圣显威灵。
>
> 一旦人生活，千年庙嗣兴。
>
> 湖滨留此迹，万载仰盛名。[1]

妈祖护佑江西人民的事迹，为其信仰在江西的传播赢得了群众基础。而"林真人鄱阳救护"这一回故事，又从侧面证明了江西地域文化在妈祖故事建构中曾发挥了重要的作用。

综上所述，《天妃娘妈传》作者吴还初以民间故事为素材，基于"三教合一"的哲学思想进行文学加工，同时还糅杂、串联了丰富的地域文化元素，让小说具有深刻的文化意涵。这部小说的许多故事情节设计既展现出作者对于自然万物之理有着深刻的理解，又传达出传统文人受到佛家思想熏陶后流露出众生平等的人文关怀。而作为小说研究者，通过

---

[1] [明]吴还初：《天妃娘妈传》，孙再民主编：《中国古典孤本小说宝库》第11卷，中央民族大学出版社2001年版，第373—374页。

结合地域文化和民俗文化来解读《天妃娘妈传》，不仅可以获得新的文学阅读体验，还能加深对于传统文化的理解。这对今人继承并发扬中华优秀传统文化，仍然有着积极的意义。

"三言"中的水、水神、水妖书写
与古代江右社会风习

王子成

  "三言"是明代冯梦龙《喻世明言》《警世通言》《醒世恒言》三部白话小说集的总称，与凌濛初《初刻拍案惊奇》《二刻拍案惊奇》一起被誉为作为脍炙人口的传世佳作。"三言"明中后期至清中期斩妖禳水灾叙事仪式研究中的白话小说作品从不同角度和不同侧面反映了明及明以前各历史时期的社会情态，就文学形象而言，既有现实生活中各类人物群像，也有神话传说人物形象，故事涉及的背景地域更是遍布全国各地。其中，涉及水、水神、水妖或水怪意象的故事在小说中亦不少见，且富有丰富的文化内涵，理应受到学界的重视。然而迄今为止，关于"三言"中水神、水妖故事的专题讨论还很欠缺，仅见日本学者铃木阳一先生对《白娘子永镇雷峰塔》中水神故事的系列专题论述较为全面[①]。本文拟通过梳理、讨论"三言"中水的意象，及水神、水妖等文学形象，进一步阐明相关文学书写的文化史、社会史意义。

123

一、"三言"中水、水神、水妖书写的基本概况

  据笔者统计，"三言"中与水、水神、水妖有关的故事有15篇，其中《喻世明言》2篇，它们是卷二《陈御史巧勘金钗钿》、卷三十四《李公子

[①]另有姜娜：《明中后期至清中期斩妖禳水灾叙事仪式研究》(大连大学2012年硕士论文)，从民俗文化学视角对相关作品进行了讨论。

救蛇获称心》;《警世通言》10篇,它们是卷一《俞伯牙摔琴谢知音》、卷三《王安石三难苏学士》、卷九《李谪仙草书吓蛮书》、卷十四《一窟鬼赖道人除怪》、卷二十《计押番金鳗产祸》、卷二十三《乐小舍拼生觅偶》、卷二十八《白娘子永镇雷峰塔》、卷三十二《杜十娘怒沉百宝箱》、卷三十九《福禄寿三星度世》、卷四十《旌阳宫铁树镇妖》;《醒世恒言》中3篇,它们是卷二十《张廷秀逃生救父》、卷二十六《薛录事鱼服证仙》、卷四十《马当神风送滕王阁》。

在"三言"中,关于"水"的文学书写分为三种情况:一是基于自然界水资源的原始意涵进行描摹,如《警世通言》卷三之《王安石三难苏学士》中王安石所述三峡不同江段的水质情况,而卷三十二之《杜十娘怒沉百宝箱》则突出水的净化功能,亦为自然属性。二是作为美好人格、品行的象征,如写"君子之交淡如水"之《俞伯牙摔琴谢知音》(《警世通言》卷一)中的俞伯牙和钟子期的君子人格;或写清白为官的清官形象,如《喻世明言》卷二之《陈御史巧勘金钗钿》中的鲁廉宪,人都称他为"鲁白水"。三是赋予其神性意涵,如水神与水妖有善恶之分、褒贬之别,习惯上将善意的称神称仙,则为褒;而将恶意的称妖称怪,则为贬。这类情况比较多见,但在小说中是直接用比喻或象征意义的"水神""水仙"或"水妖""水怪"来书写,而原始意味的水的自然属性并未出现。其水神、水仙或水妖、水怪意象多半借用动物或人的形态来表现,如《喻世明言》卷三十四之《李公子救蛇获称心》,其水神的形体是"蛇";而《警世通言》卷九之《李谪仙醉草吓蛮书》中的水神,其形体则为"鲸鱼",卷十四之《一窟鬼赖道人除怪》其形体为龙,卷二十之《计押番金鳗产祸》其形体为"金鳗",卷二十八之《白娘子永镇雷峰塔》其形体忽而蛇忽而人,卷四十之《旌阳宫铁树镇妖》其形体则为龙;而《醒世恒言》卷二十六之《薛录事鱼服证仙》则为鱼。但《警世通言》卷三十九之《福禄寿三星度世》写江水御敌作用,既有水的自然属性,又影射了水的神格属性。

从"三言"中关于水、水神、水妖故事涉及的地域来看,基本上是围绕长江、鄱阳湖、赣江、抚河、信江、饶河、修河以及钱塘江等水系及其毗连地区为故事发生地域范围，而发生在这些水系及毗邻地区的故事有21篇，除《白娘子永镇雷峰塔》1篇写浙江杭州西湖地方故事外，其余20篇全部发生在江西境内。它们是：《喻世明言》卷二之《陈御史巧勘金钗钿》，故事发生在江西赣州府石城县；卷十二之《众名姬春风吊柳七》写柳永与江州名妓谢玉英故事；卷十三之《张道陵七试赵升》写张道陵与豫章童子（真人）的故事；卷十五之《史弘肇龙虎君臣会》写江西洪迈故事；卷二十之《陈从善梅岭失浑家》写江西梅岭故事；卷二十一之《临安里钱婆留发迹》写江西洪州术士善识天文，精通相术的故事；卷三十九之《汪信之一死救全家》写与江州浔阳楼有关的故事；卷四十之《沈小霞相会出师表》写江西分宜严嵩的故事。而《警世通言》卷十一之《苏知县罗衫再合》是与江州有关的故事；卷三十四之《王娇鸾百年长恨》是写江西饶州府余干县长乐村故事；卷三十六《皂角林大王假形》的入话写豫章太守栾巴在豫章庐山庙除鬼的故事；卷三十九之《福禄寿三星度世》写江西浔阳江的故事；卷四十之《旌阳宫铁树镇妖》写江西地方发生的故事。《醒世恒言》卷一之《两县令竞义婚孤女》写江州德化县知县及其女儿的故事；卷九之《陈多寿生死夫妻》写江西分宜人的故事；卷二十之《张廷秀逃生救父》写南昌进贤人故事；卷二十八之《吴衙内邻舟赴约》写江西江州故事；卷三十二之《黄秀才徼灵玉马坠》写与江州有关的故事；卷三十四之《一文钱小隙造奇冤》写江西景德镇人的故事；卷四十《马当神风送滕王阁》与九江、南昌有关的故事。

　　"三言"中关于水及水神或水怪故事何以以江西为主要发生地？这可能与此地地理环境有着密切的关系。现在的江西，历史上叫"江右"，这是因为古人是站在江北来看长江，江东在左，江西在右，所以"江东称江左，江西称江右"（［清］魏禧《日录·杂说》）。古代的"江右"比今天的江西面积要大得多，古有"吴头楚尾，粤户闽庭"之谓。全国最大的湖泊——鄱阳湖在江西境内，最长的江——长江的部分地段穿越江西北部地区，且江西境内的众多水系如赣江、抚河、信江、饶河、修水等，自古到了汛期就会发生洪水灾害，给江西人民的个人财产和生命安全造成了极大的危害。据今人所著工具书《江西水系》介绍，江西省境内水系发达，流域面积在10平方千米以上的河流有3771条，面积在2平方千米以上的天然湖泊有77个，其中最大的水系有5个，即赣江水系、抚河水系、信江水系、饶河水系、修河水系。它们都流入鄱阳湖，再并入长江（在江西湖口县出口与长江相通）。每3—5年发生一次一般的洪水，而每10—15年发生一次大的洪水。可见，"三言"中关于水、水神或水妖、水怪的描写与古代江右地理环境有着极为密切的关系，其中最为集中地描写水怪为害江西人民的故事应首推《警世通言》卷四十之《旌阳宫铁树镇妖》。

二、《旌阳宫铁树镇妖》中的水、水神、水妖描写与古代江右多元信仰

水是生命之源，没有水，人类则无法生存，万物亦无法生长，这是水自然属性善的一面；但过犹不及，一旦水量过头，也会给人类造成灾难，淫雨、洪水，都是人类和自然万物所厌恶的，这是水自然属性恶的一面。再从水的善恶引申到社会、哲学层面，水的"善"被看作社会道德的最高层面，即有老子的"上善若水"之说；比喻君子之间的交情淡雅、纯正、高尚，常常被正宗儒士喻之为"君子之交淡如水"。而水"恶"的一面则被喻之为猛兽，所以社会许多不利于人类和社会发展的事物、观念常被并称为"洪水猛兽"。正因为水的本质有善恶两重性，因而在文学作品中由水引申出来的水神形象亦有善恶之分。善的或称之为水神，而恶的则被称为水妖或水怪。然而在"三言"里描摹书写的水神，大多作为恶的形象出现，善者为数极少。恶神最突出的应系《旌阳宫铁树镇妖》中的孽龙，而善的应为《白娘子永镇雷峰塔》中的青、白娘子。日本学者铃木阳一对《白娘子永镇雷峰塔》中的水神文化有过详细的论述，笔者兹着重对《旌阳宫铁树镇妖》中完全神格化了的"水"及"水神"或"水妖"意象进行具体分析，再结合江西洪水神话、道教故事、

民间信仰以及历史传说，进一步探讨水神或水妖故事所产生的社会历史和文化根源。

《旌阳宫铁树镇妖》（下文简称《镇妖》）约37000余字，是"三言"里篇幅最长的一篇，它综合了宗教和民间信仰以及历史传说素材而形成。故事最早见于唐段成式《酉阳杂俎》卷二《玉格》，事极简略；宋代李昉等人编纂的《太平广记》卷十四里又有《许真君》，皆为该篇小说的重要素材，可见许逊及其镇妖故事由来久远。而明代竹溪散人邓志谟创作的《新镌晋代许旌阳得道擒蛟铁树记》二卷十五回（现存日本内阁文库），一名《许仙铁树记》。而冯梦龙《旌阳宫铁树镇妖》即为邓志谟《铁树记》的整理本，别有明万历三十一年草玄居刊《许真君净明宗教录》十五卷，虽属道经，有类小说，亦可相互参证。

（一）儒释道三教与水之关系

小说里的水意象与儒释道三教有着密切的关系。早期道教壁画里对于"道"的描绘是通过大河、瀑布等形象来表示的；佛家则把人的精液称作菩提水，是生命之源，再进一步把人生看成流转不息的水流；而儒家对于水的理解更多的是用比喻义，"水"便成为智慧的象征，故有"智者乐水，仁者乐山"之说。水作为文学意象或者哲学元素，无论是在道教、儒教还是在佛教，其共通之处是对水"动态"或"动感"的发觉和肯定，即水是流动的、灵动的，当然也是智慧的，这应被视为"三教合一"的重要内容之一。《镇妖》的作者是力主"三教合一"之说的，所以故事开篇即欣欣乐道"混沌初辟，民物始生"时候的三个大圣人，即为三教之祖的孔子、老子和释迦牟尼佛。作者对这三教之祖皆有极高的评价，如说："一是儒家，乃孔夫子，删述《六经》，垂宪万世，为历代帝王之师，万世文章之祖。这是一教。一是释家，是西方释迦牟尼佛祖，当时生在舍卫国刹利王家，放大智光明，照十方世界，地涌金莲华，丈六金身，能变能化，无大无不大，无通无不通，普度众生，号作天人师。这又是一教。一是道家，是太上老君，乃元气之祖，生天生地，生佛生仙，号铁师元炀上帝。"①

　　三教对于"水"由流动到灵动再到智慧的逻辑层级，按照古人解卦的说法，动则有吉凶。吉者，"万物之本源也，诸生之宗室也"（《管子·水地篇》）；"说万物者莫说乎泽，润万物者莫润乎水"（《周易·说卦》）；"是以无不满，无不居也。集于天地而藏于万物，产于金石，集于诸生"（《管子·水地篇》）此之谓"水神"。而儒道再进一步把水的自然属性与人心和治道联系起来，即云"是以圣人之化世也，其解在水。故水一则人心正，水清则民心易。民心正则欲不污，民心易则行无邪。是以圣人之治于世也，不告人也，不户说也，其枢在水"（《管子·水地篇》）。而《老子》则云："水善利万物而不争。处众人之所恶，故几于道。居善地，心善渊，与善人，言善信，政善治，事善能，动善时。夫唯不争，故无尤"（《老子》第八章）。这皆从正面肯定水的德性和智慧。而凶者，儒、道、佛三教似乎未有论及，倒是兵家略有所及，如说"夫兵形象水，水之形，避高而趋下；兵之形，避实而就虚""水因地而制流，兵因敌而制胜。故兵无常势，水无常形，能因敌变化而取胜者，谓之神"（《孙子·虚实篇》）。虽然孙子也在肯定"水"既有顺流而下、趋吉避凶之善德和智慧，但所谓"水无常形"却意味着水亦有逆势而上、倒灌致灾的恶德在其中，所以才有鲧禹治水、许逊治水镇妖等历代治水神话传说故事流传于世。

　　正因为水与自然万物生长、人类生存的关系密切，所以先民们对水的种种神秘力量充满了敬畏，敬者在于水的善德和智慧；而畏者在于洪水曾毁灭自然万物，威胁人类生存。《镇妖》故事开篇提到的水，是指未来的水患，亦即小说中的"蛟蜃""孽龙"。小说开篇写到一日太上老君寿诞、群臣次第朝贺的情节：

　　　　彼时老君见群臣赞贺，大展仙颜，即设宴相待。酒至半酣，忽太白金星越席言曰："众仙长知南瞻部洲江西省之事乎？江西分野，旧属豫章。其地四百年后，当有蛟蜃为妖，无人降服，

　　①［明］冯梦龙：《警世通言》卷四十，中华书局2009年版，第396页。

千百里之地，必化成中洋之海也。"①

这里的"蛟蜃为妖"与"中洋大海"互为因果，实际上就是指自然灾害的水患，亦即小说中的孽龙及其族类蛟党、蛇精之谓。孽龙既为危害江西人民的典型水妖，所以古代江西省净明道的祖师许逊要去镇压它。

（二）小说中的许逊故事与古代江右的许逊崇拜

小说《镇妖》里的真君许逊其实是个真实的历史人物，但正史无传。据道书及相关野史传闻记载却又驳杂不一，如《佛祖统记》卷三十六介绍说"君生于吴。赤乌二年师至人吴猛传神方。……入西山修炼。君炼丹艾城黄龙山。"②吴赤乌二年即公元239年。这里对许逊的介绍极为简略，只知道许逊生于吴，但他的身世情况没有详细交代。倒是《云笈七签》卷一百六的《许逊真人传》以及《十二真君传》等书有介绍，但也说法不一。《许逊真人传》谓许逊为晋时江西南昌人氏，道教净明道的祖师；而唐高宗时道士胡慧超撰写的《十二真君传》则以为是河南汝阳（今许昌）人氏。《孝道吴许二真君传》谓许逊"望本高阳"。据时人考证结论综合来看，许逊祖籍应为河南汝阳，而许逊本人出生南昌，除却任四川旌阳县的经历外，其一生的活动地域范围基本上以江西为主。明清以后的市民大众能对许逊事迹有个比较完整的了解，还是得力于冯梦龙这篇《镇妖》故事，且《镇妖》故事的发生地亦以江西境内为主。

作为文学形象的许逊，《镇妖》中写其出生以及生平活动皆充满了神奇色彩。首先是太上老君的预言。上文提及太白金星所奏"蛟蜃为妖"，四百年后江西要成"中洋大海"事，老君则预言曰：

吾已知之。江西四百年后，有地名曰西山，龙盘虎踞，水绕山环，当出异人，姓许名逊，可为群仙领袖，殄灭妖邪。③

接着书中交代许逊出生前后的奇异现象，小说如是写道：

① ［明］冯梦龙：《警世通言》卷四十，中华书局2009年版，第396—397页。

② 参见《海南历史文学文献学研究》，中国社会科学出版社2012年版，第20页。

③ ［明］冯梦龙：《警世通言》卷四十，中华书局2009年版，第397页。

却说吴赤乌二年三月，许肃妻何氏夜得一梦。梦见一只金凤飞降庭前，口内衔珠，坠在何氏掌中。何氏喜而玩之，含于口中，不觉溜下肚子去了，因而有孕。……光阴似箭，忽到八月十五中秋，其夜天朗气清，现出一轮明月，皎洁无翳。许员外与何氏玩赏，贪看了一会，不觉二更将尽，三鼓初传。忽然月华散彩，半空中仙音嘹亮，何氏只一阵腹痛，产下个孩儿，异香满室，红光照人。真个是：五色云中呈鸑鷟，九重天上送麒麟。①

这段文字对许逊出生情景的描写，与古人对帝王的崇拜如出一辙。史实人物许逊在小说中被赋予了传奇的色彩，小说接着描绘他外形形端骨秀，智慧颖悟过人，三岁就能知礼让，到了十岁从师读书时可以一目十行，作文写字不教自会，世俗无有能为之师者。他孝养二亲，雍睦乡里，轻财利物，声望日高。但他天生仙骨，向慕仙道，一心修炼而不愿出仕。晋武帝时，豫章太守范宁曾保举他为孝廉，而他竟以父母年老不宜远离为由而辞去。后因武帝不允，催逼上任，竟捱至次年才去赴任。由此可见小说中描绘的许逊更像个英雄，且小说的笔墨也更多地在描摹其为民造福和为民除害的丰功伟绩上。具体来说，一是在旌阳县令任上的政绩，二是在江西及其周边地区治水和镇妖的功德。

许逊任职旌阳县令时为政清廉，政绩卓著，还发生了两件感人至深且影响深远的事件，一是埋金救荒济民，二是驱瘟治病除灾，故蜀人深受其德惠，有诗赞之曰：

百里桑麻知善政，万家烟井沐仁风。明悬藻鉴秋阳暴，清逼冰壶夜月溶。符置江滨驱瘤病，金埋县圃起民穷。真君德泽于今在，庙祀巍巍报厥功。（《铁树记》第七回）

东晋朝廷为了表彰许逊的功德，将旌阳县改名德阳县。至今德阳县保留着不少与许逊有关的遗迹或传说，德阳文人则通常以"旌阳"来代称自己的家乡。

———————————
① [明]冯梦龙:《警世通言》卷四十,中华书局2009年版,第401页。

许逊任满东归，时值彭蠡湖（今鄱阳湖）水灾连年，他又带领当地百姓疏治河道，足迹遍及灾区及周边地区，颇有大禹治水之遗风，深受灾区人民的爱戴。小说便将此事改编成大段的许逊与孽龙及其族类斗战的故事，具有浓郁的英雄传奇色彩。豫章各地多有许逊斗蛟斩蛇、为民除害的神奇故事流传，而南昌民众及许姓人士，常视许逊为保护神。

作为道教祖师和仙人的许逊，其影响由官方直达民间。首先是受到历代朝廷的肯定，北宋大中祥符三年（1010），宋真宗将许逊修道传道的西山游帷观升格为玉隆宫，政和二年（1112），宋徽宗遣内使程奇请道士在玉隆宫建道场七昼夜，诰封许逊为"神功妙济真君"，后又仿西京崇福宫规制，在洪州西山改建玉隆万寿宫。而民间对许逊的信仰更加盛行，如在南昌西山建起许仙祠，在南昌铁柱宫建旌阳祠，据《孝道吴许二真君传》载：每当许逊升退之日，"四乡百姓聚会于观，设黄箓大斋。邀请道流，三日三夜，升坛进表，上达玄元，作礼焚香，克意诚请，存亡获福，方休暇焉。"[1]北宋王安石亦曾撰《许旌阳祠记》（见《万历新修南昌府志》卷二十八）。

然而必须指出的是：净明道始见于南宋绍兴年间，而晋代许逊之所以被追封为祖师，是因为净明道的宗教伦理是以许逊所谓忠、孝、廉、谨、宽、裕、容、忍的"垂世八宝"为依据，尤以忠孝为首，融合道、儒、释，倡导三教归一，认为恪守净明忠孝即可修仙得道，故然。

（三）小说中的孽龙故事与古代江右民间对孽龙的观念

中华民族的图腾信仰是龙，中国人惯称龙的传人，这是中华文明的文化渊源。再由"龙生九子各有所好"而产生不同的"龙形象"。若基于传统中国人文化意识中对各种龙形象的认知进行分类，可以分为两种文化意涵，其一即国家最高权威者皇上的象征，当上皇帝就有龙袍加身，这是龙的正面形象；而另一类则为孽龙，它破坏自然、危害生灵，是龙中的败类。再由孽龙这一败类衍生出许多鼋鼍虾蟹之类的文学形象一起

---

[1]《正统道藏》第6册，上海书店、天津古籍出版社1988年版，第843页。

来为妖作怪，祸害人类。这一现象可视为传统中国人龙图腾信仰的社会文化学变迁。《镇妖》故事中的蘗龙，系龙中败类"火龙"之子，小说这样描述火龙：

> 时有火龙者，系洋子江中蘗畜，神通广大。知得兰公成道，法教流传，后来子孙必遭歼灭。乃率领鼋帅虾兵蟹将，统领党类，一齐奔出潮头，将兰公宅上团团围住，喊杀连天。兰公听得，不知灾从何来，开门一看，好惊人哩！
>
> ……那火，也不是天火，也不是地火，也不是人火，也不是鬼火，也不是雷公霹雳火，却是那洋子江中一个火龙吐出来的。①

俗话说，邪不胜正，强中更有强中手，尽管蘗畜火龙神通广大，却抵挡不住仙人兰公的宝剑。兰公将那宝剑舞动，只见那剑"刮喇喇飞入火焰之中"，"左一衡右一击，左一挑右一剔，左一砍右一劈"，打得那蘗怪火龙及其族类缩头逃跑，奔入洋子江中万丈深潭底下藏身去了，至今不敢出头。

而小说中的蘗龙，本为人类，姓张名醋，系一聪明才子。因乘船渡江，遇风翻船，溺于水中，而误吞火龙蛋，于是脱胎换骨，变成蘗龙精。后来，火龙教之以神通，即能千变万化，呼风作雨，握雾撩云。蘗龙精所学得的本领，不是用来救世济民，而是祸乱人类，特别是用来危害江西人民。小说如此写道：

> （蘗龙）喜则化人形而淫人间之女子，怒则变精怪而兴陆地之波涛。或坏人屋舍，或食人精血，或覆人舟船，取人金珠，为人间大患。诞有六子，数十年间，生息蕃盛，约有千余。兼之族类蛟党甚多，常欲把江西数郡滚出一个大中海。②

可见小说中蘗龙危害江西的故事，始终是与水患密切相关，故小说中多次提到蘗龙要将江西滚成中洋大海，而当它滚成大海的妄想破灭后，"又

① ［明］冯梦龙：《警世通言》卷四十，中华书局2009年版，第398页。
② ［明］冯梦龙：《警世通言》卷四十，中华书局2009年版，第409页。

古代小说研究论丛

将江西章江门外，就沉了数十余丈"。

其实，孽龙与水患相关的故事不是到明冯梦龙的《镇妖》故事里才有的，而是早在南宋洪迈《夷坚志》中就有类似的记载，只不过没有直接用"孽龙"的名字而已。如《夷坚乙志》卷十《湖口龙》、卷十一《阳山龙》、卷十五《大孤山龙》都与孽龙有关，其中《湖口龙》《大孤山龙》记载的应为江西早期的孽龙故事。

请看《夷坚乙志》卷十《湖口龙》：

> 池州每岁发兵三千人，遣一将督戍江西，率以夏五月会于豫章，番休而归。绍兴二十五年，统制官赵玘受代去，……行未至湖口县三十里，遥望若有山横前，舟人震恐。玘以为真山，竦身立观之。少焉，北风大作，白浪涌起如屋，见向所谓山者，乃大赤斑龙，无首无尾，其身长正与江阔等，拥水而南。玘犹命射之。百矢俱发，其来愈近。玘始惧，急回棹，奔入小濡避之。矴缆方毕，龙直前而过，寒风肃然，当盛暑，皆有挟纩意，久之乃息。他舟覆者数十艘，沉士卒数十人，巨商同宗行者，亦多溺死。时外舅镇江西，玘具列其事①。

这一故事描摹的"湖口龙"是典型的孽龙形象，它时刻威胁着过往的商旅行客。再看《夷坚乙志》卷第十五《大孤山龙》：

> 陈晦叔辉为江西漕，出按部，舟行过吴城庙下，登岸谒礼不敬，至晚有风涛之变，双桅皆折，百计救护，仅能达岸。明日，发南康，船人曰："当以猪赛庙。"晦叔曰："观昨日如此，敢爱一豕乎？"使如其请以祀，而心殊不平。船才离岸，则风引之回，开阖四五，自旦至日中乃能行。又明日，抵大孤山，船人复有请，晦叔怒曰："连日食吾猪，龙亦合饱。"鼓棹北行不顾。才数里，天地斗暗，雷电风雨总至，对面不辨色。白波连空，巨龙出水上，高与樯齐，其大塞江，口吐猛火，赫然照人。百灵秘怪，奇形异状，环绕前后，不可胜数。……晦叔具衣冠拜伏请罪，多以佛经许之，龙稍稍相远，遂没不见，暝色亦开。

---

① [宋]洪迈：《夷坚志》第一册，中华书局1981年版，第266页。

篙工怖定，再理楫，觉其处非是，盖逆流而上，在大孤之南四十里矣，初未尝觉也。南昌宰冯羲叔说[1]。

这似乎是孽龙之父火龙的传说，故事中的"口吐猛火．赫然照人"与冯氏《镇妖》中所写的火龙很相似。正因为孽龙在江西危害时代久远，破坏性极大，所以江西人民极恨孽龙，故有江西籍的道教祖师真君许逊与其友吴猛等，出来与孽龙及其族类蛟党、长蛇精等进行恶战，最终诛杀它的故事流传。

三、小说中的水、水神、水妖书写的社会学意义

上文所及小说中的水及水神或水妖故事，有着双重"格"的变化，即水的神格两重性（即善恶变化）到神（即龙）的人格化（由龙派生出孽龙及其族类暗喻社会上的好人与坏人的变化），再由这种变化产生的善恶评价，自然带有明显的社会学意义。从小说文学形象切入分析故事，对于水由自然界的水到神格化了的水（孽龙及其族类掀起水患，为祸人间），再到人类与自然水患、孽龙斗争过程，皆充满了人类社会的种种矛盾、观念，其所体现的作者的创作思想为：一是劝善惩恶，富于教化意义；二是调和矛盾，意在构建和谐社会。

"三言"中有关水及水神、水妖形象描写，都具有丰富的文学性，主要体现在水的神格化以及神或妖的人格化，具体表现为水神与人间、人类的各种活动，如《警世通言》卷二十三之《乐小舍拼生觅偶》和卷二十八之《白娘子永镇雷峰塔》是直接写水神与人间男女的爱情；卷四十之《旌阳宫铁树镇妖》则写水妖与道教祖师斗法的故事；而《醒世恒言》卷四十之《马当神风送滕王阁》则写才子与水神之关系，均系神的人格化。其中文学性最强，形象最为丰满、活脱的应首推《警世通言》卷四十之《旌阳宫铁树镇妖》和卷二十八之《白娘子永镇雷峰塔》这两篇。《镇妖》故事中有大段真君许逊与孽龙及其族类恶战的场面描写，作者不

---

①［宋］洪迈：《夷坚志》第一册，中华书局1981年版，第314页。

惜笔墨，大肆铺陈，颇有《西游记》中孙悟空等与妖魔作战的风格；其中双方僵持不下、胜负难分的情景又是通过观音菩萨来调和，亦似《西游记》中的情节安排；而孽龙被真君、吴猛等击败后，四处逃难，时变为美少年，逃往长沙府，化名慎郎，骗取贾府的婚姻，颇似《西游记》中的妖孽，富于天马行空的文学想象力。生活在明中晚期的邓志谟和冯梦龙等专门从事小说编纂出版和文学创作的江南文人，肯定是看过《西游记》的，且小说中借鉴或模仿吴承恩《西游记》的痕迹显然。

从社会学意义看，"三言"劝善惩恶的教化思想和调和矛盾的社会意图非常明显。如小说写许逊家世代积善事迹不仅在民间传颂，而且蜚声仙界。鉴察神访察到许氏世代积善事后，奏知玉帝："若不厚报，无以劝善！"从水及水神或水妖、水怪的善恶两重性及水的神格化和神或妖的人格化及其互变来看，作者的劝善惩恶意图更加明显，而孽龙由聪明才子的"人类"竟变成作恶多端的"妖孽"，就是一个典型的例子。至于"三言"的三个题目亦直接表明作者劝世教化的创作目的，学界多有论及，无须赘述。

至于调和矛盾的社会意图，进而构建和谐社会的思想，一方面表现为三教合一思想，另一方面表现在小说中观音菩萨为真君和孽龙之间矛盾作调解的故事情节。冯梦龙倡导三教合一，不仅见于"三言"，其实冯氏其他书中亦有所及，如其《三教偶拈》中收录的儒释道三篇小说，就明显体现了作者"三教合一"的思想倾向。而观音菩萨作为"和事佬"，其调解也是有分寸的，在《镇妖》中如此写道：

> 却说观音菩萨别了真君，欲回普陀岩去，孽龙在途中投拜，欲求与真君讲和，后当改过前非，不敢为害。言辞甚哀。观音见其言语恳切，乃转豫章，来见真君。真君问曰："大圣到此，复有何见谕？"观音曰："吾此一来，别无甚事。孽龙欲与君讲和，今后改恶迁善，不知君允否？"真君曰："他既要讲和，限他一夜滚百条河，以鸡鸣为止，若有一条不成，吾亦不许。"观

音辞真君而去。①

孽龙翻人船只，劫人财物，骗人妻女，沉没州郡，无恶不作，这些恶贯满盈的劣迹观音是知道的。因此当孽龙哀求时，虽然转来为孽龙求情，但当真君提出一些限制条件后，观音没有多言，小说仅以"观音辞真君而去"一句带过。这说明观音虽有和事的愿望，但并不是无原则地去和稀泥。而真君许逊的大局观念更加明朗，他也深知"孽畜原心不改，不可许之"，"但江西每逢春雨之时，动辄淹浸"，亟需借力开成百河，疏通水路，同时又要不失信于观音，故有条件地答应观音，才同意与孽龙和解，体现出真君许逊的处事智慧。

综上所述，"三言"中有关水神文化的篇章主要涉及江西等地区，其中反映出古人对龙图腾的信仰、对许逊的崇拜以及三教合一、劝惩教化等思想，都是古代江右民间的风尚习俗。《旌阳宫铁树镇妖》可谓典型结合水神文化和龙神文化的代表作，其中有关孽龙形象的人文意涵、观音调解等故事情节的描摹，既充分体现出古代江右百姓敬畏天地自然的朴素世界观，又折射出古人构建万物和谐社会关系的人文理念，它熔自然、地理、宗教、民俗乃至哲学于一炉，具有丰富的且深刻的文化史和社会学意义。

---

① [明]冯梦龙:《警世通言》卷四十,中华书局2009年版,第426—427页。

从《夷坚志》《三言》信仰故事看古代
江右社会风习的历史沿革

秦　川　王子成

　　《夷坚志》是南宋时期江西鄱阳才子洪迈的小说专辑，系我国第一部篇幅最为宏富的个人创作，在中国古代小说史上有着极为重要的地位。正因为洪迈是江西人，所以书中大量的记载和描写，带有明显的江西地方色彩，充分反映宋代江右的社会风习。作为社会风习，当然既有官方的，也有民间的；既有良好的，也有不良的。好的风习，逐渐凝为优良的民族传统，笔者姑且称之为良习；而坏的风习则常常被称为恶习。无论是官方还是民间，也无论是良习还是恶习，都不可避免地烙上特定社会和时代的印记，且对后世产生深远影响。本文主要考察洪迈《夷坚志》和冯梦龙《三言》中有关信仰故事，来探讨古代江右社会风习的历史沿革及其对明清话本小说所产生的影响。

137

　　应指出的是，古代江西称江右，是个地理概念，并不完全等同于今天的行政区划江西省，譬如《夷坚志》中所写的徽州婺源尽管今天仍属江西省所辖，但曾经也隶属过安徽省辖，不管婺源属安徽还是江西省辖，而在古代地理概念上属江右是无可辩驳的事实。因此本文所谓江右是指今天江西的全部和湖北、江苏、福建、广东等省的部分地区在内。据不完全统计，《夷坚志》中有关古代江右社会风习描写的故事有521则，在全书中占有相当的比重；而冯梦龙《三言》中亦有为数不少与江西有关的故事，值得做对比分析和深入的研究。

一、《夷坚志》有关古代江右社会风习描写的基本概况

概而言之，这521则故事所写人群可以分为两类，即官方人士和民间百姓，所有故事都围绕这两类人群展开。换个角度看，这些人群亦可细分为儒士、道士、僧人、商人、农民、巫医、术士等，《夷坚志》有关社会风习故事，实际上也就是这些人群日常生活和社会活动中的各类信仰和生活习气的故事。其信仰包括梦信仰、鬼异神灵信仰、仙佛菩萨信仰以及图腾信仰等；而习气则多半为恶习。

有关梦的故事是《夷坚志》中描写最突出的内容，其中与江右人士有关的梦故事就有27则之多，而官员信梦比民间更甚。如甲志卷一的《柳将军》，写的就是官至中书舍人、显谟阁直学士的蒋静（字叔明）曾为饶州安仁令时的梦兆，并在十五年后应验了的故事。这个梦兆实为神灵托梦，即柳将军的神灵为不让庇荫该庙宇的杉树被砍伐，特来托梦给安仁县令蒋叔明，并承诺"不敢忘德"，十五年后果然应验。梦中的神灵柳将军在故事中没有直接出现，而是在梦中用拆字法暗示，时为安仁县令的蒋叔明在梦醒时便意会到"木卯氏"即为柳将军。为进一步证明这个梦兆、梦验故事不虚妄，作者洪迈还在故事末尾特别交代蒋县令秩满诣庙留别诗的刻石仍在。可见不仅县令身份的蒋叔明信梦信神灵，而且连朝中命官的洪迈即本书作者亦信梦信神灵。这则故事看似在宣扬神灵、梦兆的灵验，而实则是在暗喻自然环境保护的重要，今天看来仍具积极的现实意义。再如甲志卷二《赵表之子报》，故事中的赵表之为南康司录，曾游五祖山时，在梦寐间见一老僧告诉他将有"哭子之戚"，不久果验。正因为这个梦兆、梦验故事为赵表之亲自所记，所以其真实性无可置疑！像这类故事还有乙志卷一中时为赣州太守的赵子显（《赵子显梦》），时为信州司户的滕恺（《承天寺》），以及乙志卷五里的李南金（《李南金》），丙志卷十三里的洪州通判（《洪州通判》）等，难以遍举。这些大小不一的官员，他们既信梦又信神灵，其梦皆为神灵所托。

读书人或官场中人不仅信神信梦兆，而且还主动去祈梦、占梦。从"举人入京者，必往谒祈梦"（乙志卷十九《二相公庙》）的京师二相公庙中，可见举子、官人祈梦风习。再由祈梦、占梦扩大到看相、算命、占卦等多种术数形式，其目的在于预测未来吉凶祸福，内容多涉及出师、功名等。如甲志卷九《邹益梦》中的饶州乐平人氏邹益，曾为功名事而乞梦于州城隍庙。故事写邹益通过祈梦而得神告预言诗一联云："邹益若为饶解首．朱元天下第三人"，后果验。再如甲志卷十《红象卦影》，记述庐陵人董良史廷试罢，欲知其考试结果而作卦影，所得卦影诗与结果无差。而甲志卷二《张彦泽遁甲》，写道士张彦泽为江西总管杨惟忠出师鄱阳讨贼事预卜吉凶，结果亦如张彦泽所预言。

术数不仅用于人事，还可以用于物件的吉凶预测。丁志卷八《宜黄人相船》，即为宜黄人通过相船预测吉凶的典型例子。故事记述县民莫寅所造大船为雌船雄体，术士相之以为不吉，云"其相既成，在法当凶，官事且起，灾于主翁"。但祸福已定，不可更改，后果遭凶。

从预测学的角度看，除梦兆、祈梦、占梦、看相、占卦外，还有神灵或异人帮助预卜吉凶。如甲志卷九《宗本遇异人》，丙志卷十一《锦香囊》皆为神灵帮助预卜吉凶的例子。作为神的力量，乃神圣不可侵犯，丁志卷二《富池庙》中的神灵极为灵验，不可侮慢。如建炎年间，巨寇马进欲屠兴国，至庙下求杯珓，神不许。至于再三，神仍旧不许。马进大怒道："得胜珓亦屠城．得阳珓亦屠城．得阴珓则舁庙爇焉"，"复手自掷之。一堕地，已不见，俄附著于门颊，去地数尺，屹立不坠。"亦可见神灵的正义感和恻隐心，且不畏淫威，寓意深刻。

鬼异神灵信仰也是书中的重要内容之一，其篇数远远多于有关梦内容的故事，但又可细分为神灵故事、鬼异故事以及女鬼缠人故事等。

有关神灵信仰的故事除上述所及乙志卷十九《二相公庙》、丙志卷十一《锦香囊》、丁志卷二《富池庙》等故事外，还有甲志卷二《神告方》、卷五《赵善文》，乙志卷六《刘乂死后文》、卷十八《吕少霞》，丁志卷十八《紫姑蓝粥诗》等数十篇，其中紫姑神在江西民间似乎更为普遍，如

《碧澜堂》《吕少霞》《紫姑蓝粥诗》皆为紫姑神信仰故事。然而对紫姑神信仰也有持否定态度的，如乙志卷十七《女鬼惑仇铎》一则，认为"紫姑神类多假托，或能害人"，故作者特"纪近事一节，以为后生戒"。

有关鬼异故事也为数不少，如甲志卷九《惠吉异术》、卷十六《李知命》《升平坊官舍》《化城寺》，乙志卷十三《全师秽迹》《结竹村鬼》《新淦驿中词》、卷十六《董颖霜杰集》，丙志卷十二《徐世英兄弟》《红蜥蜴》、卷十五《朱仆射》、卷十七《阁山枭》，丁志卷二《二鳌峨诗》、卷三《刘三娘》《兴国狱卒》《武师亮》《云林山》、卷四《皂衣妇》、卷八《南丰雷媪》《泥中人迹》、卷十《天门授事》、卷十四《刘十九郎》、卷十九《龙门山》、卷二十《二狗怪》《红叶入怀》《杨氏灶神》《巴山蛇》等，也多半是与预言未来事有关。如《惠吉异术》写饶州余干人僧惠吉张氏，少时遇一异女子，得其书一卷后，即能预言未来事。

女鬼缠人故事有：甲志卷五《叶若谷》、卷八《饶州官廨》，乙志卷十一《永平楼》、卷十七《女鬼惑仇铎》、卷二十《童银匠》，丁志卷一《南丰知县》、卷三《王通判仆妻》、卷十八《史翁女》、卷二十《郎岩妻》等。

作为正宗宗教，佛、道故事在《夷坚志》中也占有一定比重，如甲志卷五《周世亨写经》、卷十《贺氏释证》、卷十六《猪精》，乙志卷四《张文规》《掠剩相公奴》、卷六《杳氏村祖》、卷十七《宣州孟郎中》，丙志卷十《高教授》、卷十一《李铁笛》《牛媪梦》《屈师放鲤》、卷十八《桂生大丹》，丁志卷二《刘道昌》《李家遇仙丹》、卷三《南丰主簿》、卷八《吴僧伽》《乱汉道人》、卷二十《朱承议》《兴国道人》《巫山媪》等，它们或鼓吹道家的灵符功能，或宣扬佛家的咒语作用，其目的都在于对社会人进行劝善惩恶的教育。

图腾信仰故事主要是有关龙的传说故事，如《大孤龙》《湖口龙》《大孤山龙》三篇是《夷坚志》中有关"龙"阻行人的故事，反映官方和民间对龙的敬畏。

而杀人祭神、奸商谋不义之财故事，皆为明显的恶习。杀人祭神故事如甲志卷十《建德妖鬼》、卷十六《碧澜堂》，丙志卷十一《胡匠人赛神》等。奸商谋不义之财故事有甲志卷三《万岁丹》《窦道人》、卷四《方客遇道》，乙志卷三《蒲城盗店蝇》，丁志卷三《谢花六》、卷十六《胡邦宁》、卷十九《许德和麦》等。基于民间一些恶习，因而《夷坚志》中有大量的冤报业报、恶人恶报故事，其中涉及江右的就有21则，目的仍在于劝善惩恶。如甲志卷三《李辛偿冤》、卷五《阴报》、卷八《闭籴震死》，乙志卷九《二盗自死》，丙志卷十九《咸恩院主》，丁志卷十二《陈十四父子》等。不仅杀人遭报，而且滥杀动物亦遭报，如甲志卷九《董白额》是杀牛遭报，丁志卷五《张翁杀蚕》是杀蚕遭报。即使是动物为恶，天亦诛灭之，如甲志卷九《婺源蛇卵》、丁志卷四《蒋济马》就是典型的例子。从各类报应故事可以看出，书中倡孝义的主旨非常明显，如乙志卷三《阳大明》、丁志卷十五《程二孝感》皆为正面倡导孝道的典型篇章，其中主人公皆为好人好报的典型。相反，不孝者均获恶报，如甲志卷八《不孝震死》、乙志卷七《杜三不孝》、丙志卷八《谢七嫂》等皆属不孝遭恶报的例子。针对冤报故事，作者还颇具深心地记述一些报恩故事，特别是动物报恩故事更为感人，如甲志卷八《梅三犬》中的牝犬，其主人饶州梅三本欲杀它过年，且"已刺血煮食"，而"恍惚间不见"。当夜梅三梦犬言曰："我犬也. 被杀不辞. 但欠君家犬子数未足. 幸少宽我。"如说梅三犬最富人情味，那么乙志卷五《扈司户妾》中的"犬"更具儒士的气节，它不甘主人扈司户妾受人欺侮，宁死不屈，乘机咬死主人而自己也殉情了，情怀悲壮，寓意深刻。

还有些故事写阴府公平，可以看做是对现实不满的反映，如甲志卷十《杨晖入阴府》，乙志卷十六《云溪王氏妇》等。正因为现实的黑暗，所以饶州德兴人齐琚（字仲玉）希望到阴间去当个水府判官（《水府判官》），而不愿久住人间。

二、《三言》中有关古代江右社会风习描写的基本概况

冯梦龙的《三言》系话本小说集，集子中与古代江右有关内容的小说有20篇之多。其中《喻世明言》8篇，《警世通言》5篇，《醒世恒言》7篇。从题材上说，既有历史题材，也有现实题材。但明标当朝即明朝的现实题材小说只有3篇，即《沈小霞相会出师表》《苏知县罗衫再合》《张廷秀逃生救父》；而《陈御史巧勘金钗钿》《王娇鸾百年长恨》《陈多寿生死夫妻》3篇虽未明确交代属哪个朝代，但基本上可以判断为当朝故事。另有《旌阳宫铁树镇妖》1篇是演绎自汉至明故事。其余13篇皆写自汉至宋的事情。

（一）文人官吏信仰故事比之《夷坚志》，更加突出惩戒的教育意义

从《三言》中涉及古代江右信仰情况来看，亦不外乎《夷坚志》里那些内容，诸如天命鬼神、谶语梦兆以及佛教、道教、图腾等。看似相同，但实则有别。由于文体的不同和篇幅长短的区别以及话本小说本身的文体优势，因而《三言》更具表达丰富的人物形象和广泛的社会内容，且赋予更多的惩戒意义。比如同样是写神灵、梦寐故事，《夷坚志》重在说明其有无、灵否，而《三言》则更加细致地描写其积善或积恶的过程，因而顺理成章地得出善恶的结果。

宏观上看，无论是正宗的宗教信仰还是民间的鬼异神灵信仰，也无论是官吏还是市井小民，但善恶皆有报却是他们共同的信念。像《陈御史巧勘金钗钿》开卷诗云："世事番腾似转轮，眼前凶吉未为真。请看久久分明应，天道何曾负善人。"说的就是善恶皆有报和天必佑善人的道理，当然必惩恶人亦在其中。如入话中的金孝，系倡善导孝；而正话中的梁尚宾，因其不守本分，是个奸诈歹人，最终落得身败名裂、妻离家败的下场。以善恶报应影响世人的故事还有《两县令竞义婚孤女》中的高大尹和钟离公，因义养义嫁孤女事而获得善报，如说钟离夫人年过四

十而无子，忽然得孕生子，其子后来为大宋状元。而高大尹二子高登、高升俱仕宋朝，官至卿宰。有诗赞曰："人家嫁娶择高门，谁肯周全孤女婚？试看两公阴德报，皇天不负好心人。"

首先从正宗宗教来看，儒释道是被全社会公认的三大宗教。但无论是《夷坚志》还是《三言》，书中明确写到的是佛教和道教故事，而儒教的内容虽未明标教义却始终隐含其间，实际上更多的体现为三教合一思想。

如《张道陵七试赵升》入话开头将三教进行比较，说"那三教中，儒教忒平常，佛教忒清苦，只有道教，学成长生不死，变化无端，最为洒落。"明显带有崇道抑儒、佛的意思。但略作分析，便可发现故事中已融入了儒佛的劝善惩恶思想。传统的道教宗旨在于长生久视、成仙，围绕着长生、成仙，因而道教注重练功、炼丹，而最终升天。像《张道陵七试赵升》以及《旌阳宫铁树镇妖》中皆有大段访道、学道、传道以及救世济民故事描写，这都可视为三教合一思想的体现。张道陵在以符水、谶语来治病救人、教化众生时，还立下条例规约：

> 所居门前有水池，凡有疾病者，皆疏记生身以来所为不善之事，不许隐瞒；真人自书忏文，投此水中，与神明共盟约，不得再犯，若复犯，身当即死。设誓毕，方以符水饮之。病愈后，出米五斗为谢[1]。

张真人不仅用道家丹方治病救人，而且还革掉了人祭白虎神的恶习。因而时人有诗赞他："积功累行始成仙，岂止区区服食缘。白虎神藏人祭革，活人阴德在年年。"

《陈从善梅岭失浑家》可以看做三教合一的又一典型篇章。如小说中的陈巡检，作为封建时代的官吏，自然是积极入世的儒家人物，但小说写其妻如春被猢狲精申阳公摄走后，先是找术士杨殿干占卦，卜其吉凶。从卦辞中获悉能解救其妻的是紫阳真人。后来，他又多次来求红莲寺长老大惠禅师预卜吉凶。最终结果是杨殿干的卦辞和大惠禅师入定所见，

---

[1] 《张道陵七试赵升》见《喻世明言》卷十三，中华书局2009年版，第119页。

皆灵验，且夫妻团圆，尽老百年而终。文末证诗云："三年辛苦在申阳，恩爱夫妻痛断肠。终是妖邪难胜正，贞名落得至今扬。"其中"贞名落得至今扬"，是对陈巡检妻如春宁死不污节操行为的褒奖。可见，小说人物陈巡检和作者洪迈皆具明显的三教合一思想。

（二）书中清官和贪官对比描写，体现古代江右崇尚清官、厌恶贪官的风习

兹所谓古代江右的官吏，是指江西籍的人士在江西或在江西以外其他地方包括在朝廷做官者，或江西以外的人士在江西为官者。从书中所写官吏形象来看，可谓好坏掺杂，仍好者居多。《陈御史巧勘金钗钿》讲述的是江西赣州府石城县的鲁廉宪，小说写他一生为官清介，并不要钱，人都称他"鲁白水"；而湖广籍陈廉御使在奉差巡按江西时，正遇上鲁学曾的冤案。小说写陈廉御使"少年聪察，专好辨冤析枉"。未入境时，顾金事（陈御史父亲的同榜进士）误信学曾是祸害其女的凶手，故先去找陈御使嘱托此事。陈御使口虽领命，心下不以为然。莅任三日，便发牌按临赣州，取案复审，发现情弊，便巧布法阵，放出诱饵，钓出真奸，为鲁学曾洗刷冤屈。故有诗赞他："奸细明镜照，恩喜覆盆开。生死俱无憾，神明御史台。"像鲁廉宪、陈御使一样清廉正直的好官还有《两县令竞义婚孤女》中的石璧和《苏知县罗衫再合》中的苏云等。小说中的石璧，是抚州临川县人氏，曾为江州德化县知县，他"为官清正，单吃德化县中一口水。又且听讼明决，雪冤理滞，果然政简刑清，民安盗息。"而苏云系永乐年间北直隶江州人氏，小说写他自小攻书，学业淹贯，二十四岁上，一举登科，殿试二甲，除授浙江金华府兰溪县大尹，可谓少年得志。他立志要做清官，表示"此去只饮兰溪一杯水"，其清廉为官由此可见。

《史弘肇龙虎君臣会》入话纯属文人习气，但一扫历来文人相轻恶习，而开文人相亲新风。如小说写内翰洪迈宴请众官，高兴之时，即兴作词一首，唤做《虞美人》，当场赢得众官的高度评价。然而座中一位官员即通判孔德明却当众评点道："学士作此龙笛词，虽然奇妙，此词八

句，偷了古人作的杂诗、词中各一句也。"洪内翰听后不是反感，而是乐请孔通判详批。孔通判从头一一解罢，洪内翰大喜，众官称奇。笔者遍查洪迈词集，未见有此《虞美人》，可见系冯氏编造，体现冯梦龙希望形成文人相亲风习的强烈愿望。

与之相反，《陈御史巧勘金钗钿》中的顾金事，虽为进士出身，但其为人不可恭维。他曾与鲁廉宪约为儿女亲家，但在鲁廉宪死后，鲁家日衰，顾金事见鲁学曾无钱娶妻便想悔婚，可视为女儿悲剧以及鲁学曾冤案的深层原因；而初判学曾冤案的县老爷官品如何，从"如山巨笔难轻判，似佛慈心得细参。公案见成翻者少，覆盆何处不冤含"的诗句中可以想见。《张廷秀逃生救父》中的知府杨洪，见了赵昂雪白的一大包银子后，便许诺赵昂定将江西小木匠张权问成死罪。由此可见，历史上不少冤案是贪官和罪犯合伙制造的。

然而给古代江右抹黑最深的恐怕要数《沈小霞相会出师表》中的严嵩父子。严嵩、严世藩父子为嘉靖年间江西分宜人氏，严嵩为官最大，危害最深。他"以柔媚得幸，交通宦官，……谗害了大学士夏言，自己代为首相，权尊势重，朝野侧目。儿子严世蕃，由官生直做到工部侍郎。他为人更狠，……朝中有'大丞相'、'小丞相'之称"。要想富贵荣显的，只要"拜他门下做干儿子，即得超迁显位"。"但有与他作对的，立见奇祸，轻则杖责，重则杀戮，好不厉害！除非不要性命的，才敢开口说句公道话儿。"有诗讥诮他"少小休勤学，钱财可立身。君看严宰相，必用有钱人"。

（三）梦兆、语谶、诗谶与古代江右社会风习

信梦兆、语谶、诗谶，似乎成为本民族的社会心理习惯。兹将《三言》中有关梦兆、语谶、诗谶、杯珓、签语及童谣等略作分析，以观明代江右社会风习。

从诸多梦兆、梦验故事的描写中获知，梦兆的背后大多有个神灵或仙人在指引；而最高的神或仙皆有善恶之分，且助善抑恶。由于神灵无

处不在，你做了什么，心里想什么，是恶是善，都瞒不过神灵，因此以神道设教的作用比正面道德说教的效果似乎好得多，小说中的这类描写多出于劝善惩恶的教育目的，并不在于迷信的宣扬，所以值得肯定。如《吴衙内邻舟赴约》入话[①]写南宋时江州秀才潘遇的父亲潘朗先后两次梦验故事，充分证明这个道理。故事大意是：

> 曾为长沙太守的潘朗，退休在家。儿子潘遇中过省元，正准备去临安会试。前一夜，父亲梦见鼓乐旗彩，送一状元扁额进门，扁上正注潘遇姓名。早起告诉儿子，父子皆以为春闱首捷无疑。然而潘遇会试期间，与下处店主女儿偷情密约。是夜，其父潘朗复梦向时鼓乐旗彩，迎状元匾额过其门而去。潘朗梦中叫唤追赶，送匾者告知："今科状元合是汝子潘遇，因做了欺心之事，天帝命削去前程，另换一人也。"不久榜出，状元果是梦中所迎匾上另一人之姓名，其子落第。待子归而叩之，潘遇抵赖不过，只得实说。……后来连走数科不第，郁郁而终。

可见，神灵既可给你好的前程并提前预告你，也可随时撤掉你的前程。潘遇因做欺心事而损却阴德，以致遍尝邪淫的恶果。

而正话虽也在鼓吹梦兆灵验，但主旨却是要证明姻缘前定。秀娥与吴衙内的婚姻系宿世姻缘，故令魂梦先通，同时也冷嘲热讽揶揄了那些假术士一类的江湖骗子。

《两县令竞义婚孤女》中锺离公的梦验，系其义女月香生父石璧的鬼魂托梦。故事说钟离公嫁女三日后，夜间忽得一梦，梦见一位官人，幞头象简，立于面前，说道：

> "吾乃月香之父石璧是也。……吾为本县城隍之神。月香吾之爱女，蒙君高谊，拔之泥中，成其美眷，此乃阴德之事，吾已奏闻上帝。君命中本无子嗣，上帝以公行善，赐公一子，昌大其门。……君当传与世人，广行方便，切不可凌弱暴寡，利己损人。天道昭昭，纤毫洞察。"[②]

① [明]冯梦龙：《醒世恒言》卷二十八，中华书局2009年版，第402页。
② [明]冯梦龙：《醒世恒言》卷一，中华书局2009年版，第10页。

这里的关键在于"君当传与世人，广行方便，切不可凌弱暴寡，利己损人。"所谓"天道昭昭，纤毫洞察。"在告诫不可为非，为非是瞒不过神灵的。

至于语谶、诗谶、杯珓类故事，更多的在于宣扬命皆前定，谶即灵验，人是无法改变的。如《临安里钱婆留发迹》开卷诗八句是晚唐高僧贯休所作，其中"一剑霜寒十四州"一语成谶，预言钱镠所管辖范围，后果验。关于钱氏江山为宋取代的传闻，在同一篇中还有晋代仙人郭璞所镌的谶语，道是："天目山垂两乳长，龙飞凤舞到钱塘。海门一点巽峰起，五百年间出帝王。"后亦验。

杯珓签语灵验故事，在《陈多寿生死夫妻》里多有体现。故事写江西分宜县两个庄户人家，一个叫做陈青，一个叫做朱世远，两家东西街对面居住。两家儿女结为婚姻，但陈青之子陈多寿重病缠身达十年之久，生死未卜，岳丈朱世远到城隍庙里去抽签以问吉凶。签语云："时运未通亨，年来祸害侵。云开终见日，福寿自天成。"后果验。

另外还有宿松城下的童谣（《汪信之一死救全家》），真君给宁府所降的箕语（《旌阳宫铁树镇妖》），后皆验。

（四）艺人钟情文人才子与历代文人狎妓风习

文人狎妓兴盛于唐，宋元明清皆沿其俗。《夷坚志》中《临川倡女》《杨可人》等篇系商人、官吏狎妓行为，皆为业报之类故事，而故事中妓女的品行皆为人不齿，不及《三言》中《众名姬春风吊柳七》那样感人。《众名姬春风吊柳七》系才子和艺人的风流佳话，而小说中的柳永，在丞相吕夷简看来，系有坏士风的风流种子，不可任用。如当时翰林员缺，吏部举荐柳永，皇上征求吕丞相的意见，吕丞相回答道："此人虽有才华，然恃才高傲，全不以功名为念。见任屯田员外，日夜流连妓馆，大失官箴。若重用之，恐士习由此而变。"也正因为这种"流连妓馆、大失官箴"的习气而影响了柳永一生的功名前程。然而在当时的艺人们看来，风流才子柳永正是她们所欣赏的。江州名妓谢玉英可算是钟情柳永的头号行首，当然柳七官人对谢玉英的钟情，也令人钦羡。请看小说中对柳、谢二人互为钟情的描写：

> 柳耆卿在余杭一年，任满还京。想起谢玉英之约，便道再到江州。原来谢玉英初别耆卿，果然杜门绝客。过了一年之后，不见耆卿通问，未免风愁月恨，更兼日用之需，无从进益，日逐车马填门，回他不脱。想着五夜夫妻，未知所言真假；又有闲汉从中撺掇，不免又随风倒舵，依前接客。有个新安大贵孙员外，颇有文雅，与他相处年余，费过千金。耆卿到玉英家询问，正值孙员外邀玉英同往湖口看船去了。耆卿到不遇。知玉英负约，怏怏不乐，乃取笺一幅，制词名《击梧桐》。
>
> ……
>
> （谢玉英）从湖口看船回来，见了壁上这只《击梧桐》词，再三讽咏，想着："耆卿果是有情之人，不负前约。"自觉惭愧。瞒了孙员外，收拾家私，雇了船只，一径到东京来问柳七官人。闻知他在陈师师家往来极厚，特拜望师师，求其引见耆卿。……陈师师问其详细，便留谢玉英同住。……（玉英）自到东京，从不见客，只与耆卿相处，如夫妇一般。耆卿若往别妓家去，也不阻挡，甚有贤达之称。①

彼此的爱慕与钟情油然可见，正所谓"风月客怜风月客，有情人遇有情人"。

后来柳永坐化于赵香香家，谢玉英闻讯一步一跌的哭将来。"原来柳七官人，虽做两任官职，毫无家计。谢玉英虽说跟随他终身，到带着一家一伙前来，并不费他分毫之事。今日送终时节，谢玉英便是他亲妻一般；这几个行首，便是他亲人一般。"以陈师师为首，敛取众妓家财帛，制买衣衾棺椁。谢玉英做个主丧，其他的行首，都聚在一处，戴孝守墓。在乐游原上买一块隙地安葬。坟上竖个小碑，刻上"奉圣旨填词柳三变之墓。"满城妓家，无一人不到，缟素一片，哀声震地。那送葬的官僚，

① ［明］冯梦龙：《喻世明言》卷十二，中华书局2009年版，第115—116页。

自觉惭愧，掩面而返。后人有诗题柳墓云："乐游原上妓如云，尽上风流柳七坟。可笑纷纷缙绅辈，怜才不及众红裙。"后来妓家上乐游原祭柳墓踏青便成了一种习俗。

三、《夷坚志》《三言》信仰故事的社会意义及其对明清话本小说的影响

由上观之，自汉至明，古代江右的信仰是丰富多元的，其中梦兆、卦影、诗谶、杯珓、签语、相术等灵验预测以及宗教信仰、鬼神观念，几乎伴随古代江右人们的日常生活活动，逐渐形成一种社会风习，有着丰富的文化内涵和特定的社会意义，并对后世小说创作产生深远的影响。从《夷坚志》和《三言》二书所述信仰人群来看，可谓上至朝中大臣，下起民间百姓，但上层官僚信奉鬼神、梦兆、诗谶、签语、卦影者甚于民间。人们为何信奉这些预言？官方又为何甚于民间？这是我们研究必须回答的问题。

上述诸多风习产生的原因是多方面的，而人的各种欲望的满足尤其是精神追求的满足，已成为诸多信仰和预测行为盛行最主要的原因。

从认识论上说，远古的人们对于人类、自然各种现象缺乏理性认识和科学的判断，常常只凭直觉来判断自然万物的各种现象，于是产生一些离奇古怪的观念和信仰，其中最普遍的是梦信仰和神灵信仰。正如恩格斯在《路德维希·费尔巴哈和德国古典哲学的终结》中曾经说过的那样："在远古时代，人们还完全不知道自己的身体构造，并且受梦中景象的影响，于是就产生了一种观念：他们的思想和感觉不是他们身体的活动，而是一种独特的，寓于这个身体之中，而在人死之时就离开身体的灵魂的活动。"①这是对远古先民思想观念的一种概括和总结，是非常正确的，无可非议。但社会在发展，人类在进步，时代已经进入到我国的宋明，人们对于社会、自然乃至宇宙万物的认识已不再是远古时候那种状态，更何况自先秦诸子以来关于天、人的讨论已经进入到相当的高度，

① 马克思、恩格斯：《马克思恩格斯选集》卷四，人民出版社1972年版，第219—220页。

这时还拿先民的认识去看待中古、近古时期人们的思想见解，似乎难以自圆其说。因此笔者认为，这些预测现象的存在以及人们对它的热衷，皆为一定社会时代人们对欲望满足和精神需求的一种反应。正因为官方人士和读书人的欲望越多，精神需求越高，因此他们对未来做精准预测的心理需要也就越来越强烈，因而官方对预测未来的占梦、圆梦、解谶、掷杯珓、看相、算命等风尚习俗的热衷就甚于民间。而宋明理学家倡导崇理灭欲观念，是否与士大夫文人欲望膨胀有着某些直接或间接的联系？值得深入探讨。

首先从心理学意义上说，趋吉避凶、禳灾除害本来就是人所共有的心理和行为表现，而日有所思夜有所梦也是人们所共同经历过的心理反应。但从常人所梦的具体情况来看，毕竟不是所有人所有梦都是日思夜梦的情况，而是有许多稀奇古怪、荒诞不经的梦象困扰着梦者，迫使梦者去探究吉凶祸福，去禳灾除害。从《夷坚志》到《三言》所写各级官吏热衷上述所及方法手段预测未来的具体情况看，多半体现士大夫文人的修齐治平理想，那些高人术士也确有真才实学，名副其实，很少有像今天那些江湖骗子那样去上蒙政府，下骗百姓。这就意味着上述各类预测的方法手段不能全部给戴上封建迷信的帽子，因为中国几千年的古老文明，包括易经的智慧，道教的功夫，乃至佛教的胸怀，皆为世人公认。若我们自己去否定，就等于自己否定了自己的古老文明，就等于自己否定了自己的民族。至于历代江湖骗子借机敛财，扰乱社会，毁坏民族文化的现象，也是客观存在的，我们应分辨是非，正本清源，还我国古老文明的本来面目。

从文学功能的角度说，文学除了审美、娱乐外，其中毋庸否认也必须坚持的一点，是文学的辅政辅教功能，也就是以往常说的劝惩教化功能，亦即载道功能。文学如果脱离现实生活，不能载道，也就没有存在的价值。包括《夷坚志》《三言》在内的古代文学文献，都不可否认它们客观上所发挥积极的辅政辅教的社会作用。《夷坚志》《三言》中大量占梦、解谶、佛道、神灵信仰故事，都寓含着大量的劝善教化思想。而

《夷坚志》甲志卷八《佛救宿冤》就是佛教劝善、劝和的典型例子①，对于当今和谐社会建设仍然有着一定的现实意义。故事大意是：

> 临安有个张姓人氏，偶见破庙里观音菩萨像没有手和脚，他就请回家，严装起来并虔诚供养达二三十年之久。后来金人打入临安，张某跳井躲避，似梦非梦之间，见观音菩萨与他告别，道："你有难当死，我无法救你。因为你前生在黄巢乱中杀过一个人，那人就是现在的丁小大，明天就要到达此地，杀你还报。无法避免。"第二天，果然有人拿着矛，来到井边，喊张某出来。张某迎头问："你莫非就是丁小大？"丁小大惊问："你怎么知道我的名字？"张某便把观音菩萨预告的话说了，丁小大顿释前嫌，放过了张先生。最后还说："冤可解不可结。你从前杀我，我今天又杀你，你来世又当杀我，何时可了？今放掉你以释前嫌，然而你留在此地必为后来的骑兵所杀，还是与我一起走吧。"遂带着张某走了几天，丁小大估计危险已经摆脱，才打发张某自去。

《三言》以劝善惩恶故事来教育世人的例子亦为数不少，有关劝善以导善、惩恶以止恶的内容在拙作《明清话本小说的民族精神与社会风习》②一文已有详细论述，兹不复赘。

上述各类信仰故事及其社会风习的形成对明清小说尤其是话本小说所产生的影响，是多方面的，其痕迹或影响在明清小说随处可见。具体来说：一是神仙鬼异故事为话本小说提供了更多的文学元素，增强了小说的传奇色彩；二是题材内容的丰富多样，为后世小说创作提供了丰富的材料和思维上的启发。其中有关"同行是冤家"的顽习在《夷坚志》《王李二医》篇中得到消解，且其倡导同行相亲、取与有义、和谐共进的思想在后世李渔小说中得以弘扬，兹不避冗赘，全文转录于下：

> 李医者，忘其名，抚州人。医道大行，十年间，致家赀巨万。崇仁县富民病，邀李治之，约以钱五百万为谢。李疗旬日，

贰　古代小说与「江右文化」

---

① [宋]洪迈：《夷坚志 甲志卷八》，中华书局1981年版，第65页。

② 秦川：《明清话本小说的民族精神与社会风习》，《明清小说研究》2014年第1期。

不少差，乃求去，使别呼医，且曰："他医不宜用，独王生可耳。"时王李名相甲乙，皆良医也。病者家亦以李久留不效，许其辞。李留药而去。归未半道，逢王医。王询李所往，告之故。王曰："兄犹不能治，吾伎出兄下远甚，今往无益，不如俱归。"李曰："不然，吾得其脉甚精，处药甚当，然不能成功者，自度运穷不当得谢钱耳，故告辞。君但一往，吾所用药悉与君，以此治之必愈。"王素敬李，如其戒。既见病者，尽用李药，微易汤，使次第以进。阅三日有瘳。富家大喜，如约谢遣之。王归郡，盛具享李生曰："崇仁之役，某略无功，皆兄之教。谢钱不敢独擅，今进其半为兄寿。"李力辞曰："吾不应得此，故主人病不愈。今之所以愈，君力也，吾何功？君治疾而吾受谢，必不可。"王不能强。他日，以饷遗为名，致物几千缗，李始受之。……①

清代李渔《无声戏》第四回《失千金福因祸生》中的秦世良和秦世芳"服义重取予"情形与之完全相同，且细节描写更为生动感人，上及拙作已有论述，兹亦不赘。

综上所述，《夷坚志》《三言》中有关信仰故事描写，从社会学角度讲，其积极的意义远远多于消极的成分，且作者善变消极因素为积极因素。诸如上及三教合一，信仰多元，解宿怨、释前嫌等故事的传播，有益于当时乃至当今和谐社会的构建；而革除传统顽习，变文人相轻为文人相亲，变同行是冤家为同行为知交契友的故事，有利于良好社会新风的形成；至于原本带有消极因素的命皆前定、鬼神观念、冤报业报等内容的故事，作者却拿来作为震慑人心的佐证资料以达到劝善惩恶的目的，对净化思想、发掘善心亦不无裨益，但须明辨是非、把握分寸和批判地接受。

① ［宋］洪迈：《夷坚志 甲志卷九》，中华书局1981年版，第73—74页。

小说与新闻之间：《夷坚志》故事的
文体特征

王子成　秦　川

　　《夷坚志》系笔记体小说集，这是学界对该著已界定了的具体文体和文学样式。"笔记体"决定着该著的写实倾向，而"小说"则又无可避免文学因素渗入其间。现代的新闻报道是非常讲求"事实"的一种文体，甚至把"真实性"视之为"生命"，因此特别强调"写实"。《夷坚志》中的"故事"，实际上就是过去了的事情，是从前的"新闻"和今天的"旧闻"即故事，但它在过去那个特定的时间段里却是"新闻"，只不过远在宋代没有"新闻"这种"文体"的称谓；当然，《夷坚志》在当时也绝对不是今天文体意义上的"新闻"，实属"旧闻集"，在今天则称之为"故事集"。因此，从文体角度讲，《夷坚志》故事是介于小说与新闻之间的。

　　尽管洪迈生活的宋代没有"新闻"体裁的概念和称谓，但作为故事化"新闻"的《夷坚志》文体，在古代被称为"笔记"，在特点上与今天的新闻确有诸多的相似之处。首先从新闻六要素来看，《夷坚志》故事基本具备；再从"真实性"来看，《夷坚志》故事虽然不都是作者亲见亲历，但其素材除少数摘录载籍外，绝大多数均来源于作者的亲属、同事或近邻，是其亲闻。作者为了证明其故事素材的真实可信，他不惜笔墨，或在故事最后交代其来源以证其"实"，或在故事讲述过程中交代事件发生的普遍性加以突出，抑或借故事中人物之口交代故事始末加以强调。

　　就新闻的真实性而言，现代学者拟定了八条标准（高钢《新闻写作

153

精要》）判断其是非，即为：时效性、影响力、显赫度、接近性、冲突性、异常性、人情味、趣味性等。这些标准在《夷坚志》故事中，除时效性外，其余也都基本具备。正因为《夷坚志》故事缺乏"时效性"，所以它们不是新闻，而是故事；但由于大多数故事颇具异常性，亦富人情味和趣味性，有些故事在当时也具有一定的显赫度，因此其影响力也就大。然而《夷坚志》故事的"真实性"，在很大程度上只能算作逻辑层面的"真实"，即现代文论所说的"艺术真实"，不一定是客观事物在现实生活中的"真实"，所以中国的学者往往把这类作品从载籍的角度称之为"野史"或"稗官野史"，而从文学的角度则称之为"笔记小说"或"小说"。所谓野史，即不能列入正史的范围，其内容的可信度与正史比要大打折扣，但还是可以作为正史的某些补充，有其真实性的一面；所谓小说，其文学性就不言自明。这就进一步说明了《夷坚志》故事在文体上是介于小说与新闻之间的。下面试从叙事学的角度，进一步探讨《夷坚志》故事文体特征的某些具体表现及其社会作用。

一、《夷坚志》故事的叙事模式源于史传又超越史传

所谓"叙事模式"，是指故事叙事诸要素在文体结构顺序上所遵循的模式。而《夷坚志》故事在结构上，依循史传文体的叙事方式又有所变化；在内容上，既用春秋笔法，暗含褒贬，但有时又直抒胸臆，旗帜鲜明。所以说，《夷坚志》故事的叙事模式是源于史传又超越史传。

这里所说的"史传"，既包括以事为中心的编年史和以人物为中心的纪传体史书在内，同时也包括以史实为依据的史传文学。不过作为史传的历史与以史实为依据的史传文学的区别有时难以分辨，譬如《左传》《战国策》《史记》《汉书》等，在历史学家看来是历史，而在文学家眼里则属文学，它们没有明确的标准和明显的界限。而本文所谓史传模式则是泛指，既包括史籍范畴的史传（上举诸例都在"史"的范畴），也包括文学范畴的史传（这里专指以人物为中心的传奇文和散文中的人物传

记）。换种角度说，《夷坚志》之前的中国史籍文本的叙事形式，是经历了由先秦古史的"左史记言、右史记事"，到汉代的《史记》《汉书》等纪传体史书以人物为中心来结撰史实的叙事历程，而《夷坚志》故事中的写人、述事、记言、载物等方面，则明显受到此前史籍文本叙事模式的影响，同时也受到传记文学的影响，表现出类似史传结构形式的叙事特点。

概而言之，史传的结构顺序一般为：时间+地点+人物（或事件）+作者的评论（或人物+时间+事件+作者的评论）；而作者的观点、态度寓诸叙事的过程中，表现得委婉曲折。然而，《夷坚志》故事的结构顺序则更加灵活，作者的观点、态度和感情表达或直或曲、亦明亦暗，显示出其自身的特点。

首先，从结构上看，《夷坚志》的叙事结构因故事的核心内容不同而各异；即使同一类型内容，其结构顺序也不尽相同。同为记人的故事，《孙九鼎》即为：人物+地点+时间+事件，如说"孙九鼎，字国镇，忻州人，政和癸巳居太学。……"。而《刘厢使妻》则为地点+人物+事件+时间，如说"金国兴中府有刘厢使者，汉儿也。……时金国皇统元年，即绍兴十年庚申也"。《丰城孝妇》则为时间+事件+人物+评论，如说"乾道三年，江西大水，滨江之民多就食他处。丰城有农夫挈母妻并二子欲往临川，道间过小溪，夫密告妻曰……不孝之诛杀，其速如此"。还有许多故事根本没有时间交代，如《神告方》《马述尹》《马先觉》《雷火烁金》《萤虎报》等，完全超出"史传"的叙事程式，可以看作《夷坚志》叙事的创新。

其次，从内容来看，《夷坚志》故事在叙述过程中，除借用春秋笔法，委婉表达作者的感情和褒贬色彩外，还有许多篇章则直接用标题来表明作者的态度和情感倾向，有着鲜明的褒贬色彩，深寓着作者的良苦用心，如《丰城孝妇》《不葬父落第》《不孝震死》《杜三不孝》《雷击王四》等，就是其中最为典型的例子。限于篇幅，现引录《丰城孝妇》一则以窥豹一斑：

乾道三年，江西大水，滨江之民多就食他处。丰城有农夫挈母妻并二子欲往临川，道间过小溪，夫密告妻曰："方谷贵艰食，吾家五口难以偕生，我今负二儿先渡，汝可继来。母已七十，老病无用，徒累人，但置之于此。渠必不能渡水，减得一口，亦幸事。"遂绝溪而北。妻愍孤老，不忍弃，掖之以行，陷于淖。俛而取履，有石隑其手，拨去之，乃银一笏也。妇人大喜，语姑曰："本以贫困故，转徙他乡，不谓天幸赐此，不惟足食，亦可作小生计。便当却还，何用去？"复掖姑登岸，独过溪报其夫。至则见儿戏沙上，问其父所在，曰："恰到此，为黄黑斑牛衔入林矣。"遽奔林间访视，盖为虎所食，流血污地，但余骨发存焉。不孝之诛，其速如此。是时蓝叔成为临川守，寓客黄彪彪父自丰城来，云得之彼溪旁民，财数日事也。①

这个故事通过简单的叙述和人物语言，将男女主人公品性的优劣生动地展现出来，且叙事的字里行间亦表达了作者的好恶和褒贬。甚至可以说，作者的褒奖态度是非常鲜明的，如对媳妇的褒是直接用标题来凸显；而对不孝子的贬，则在"不孝之诛杀，其速如此"的评述和感叹中表露。从叙事的目的性来看，这个故事旨在做正面宣传，目的是要敦崇孝道。其"正面"表现在：一是故事虽然同时写了孝与不孝，但标题不用"丰城不孝子"而是用"丰城孝妇"；写儿子的"不孝"，意在通过对比来突出媳妇的"孝"。二是在常人看来，媳妇与婆婆没有血缘关系，用媳妇孝顺婆婆的事例来做正面宣传，自然要比儿子孝顺母亲事例的效果更好，感染力更强，影响也将更加深远。

　　《丰城孝妇》在艺术上也很成功，譬如这个篇幅不足三百字的小故事，几句朴实的话语，几个简单的动作，却能使得情节波澜有致，人物性格鲜明突出，农夫"密告"妻子的一番话，反映了农夫的不肖、不孝、自私与无奈；而"妻愍孤老，不忍弃，掖之以行，……复掖姑登岸"中的"愍""不忍"和两个"掖"，则体现了"孝妇"的善良和仁慈。在特

① [宋]洪迈：《夷坚志 丁志卷十一》，中华书局1981年版，第627—628页。

定的时间、特定的空间背景中，展示了夫妇俩绝然不同的心理过程和行为结果，教育意义非常明显。

二、"时间"在《夷坚志》叙事结构中的永恒与超越

时间和空间是叙事文学的重要组成部分，其重要性表现在：时间是故事结构的绳，它将所有素材连缀起来形成故事，否则，素材就只能是一堆零碎散乱的材料，无法形成故事整体；而空间则是盛载故事的容器，没有空间这个容器，故事也就无所依托。诸如故事情节的连接，人物形象的塑造，作者观点、态度、情感倾向的表现等，都是在特定的时间和空间背景中得以完成和实现的。所以从这个意义上说，没有时空要素的存在，也就没有叙事文学的存在，当然也就没有小说文体的存在，这些都充分体现了"时空"在叙事文学中的永恒性。然而，《夷坚志》故事在叙事诸要素中，更加侧重时间因素，体现出时间叙事的永恒性特征，但在特定条件下，又表现出对永恒性的超越，上文所举无时间故事的例子就是明证。

（一）时间叙事的灵活性及其作用

这里所说的时间，是指故事叙述过程中用来代表年月日时的具体时间词，即英文中的when。《夷坚志》中的时间词在叙事过程中所处的位置非常灵活，有的置于故事之首，有的置于其中，有的置于其尾。将时间词置于故事开头的如《冰龟》《犬异》《韩郡王荐士》等；置于故事中间的如《冷山龙》《郑氏得子》《佛救宿冤》等；而置于故事末尾的如《刘厢使妻》《横山火头》《陈昇得官》等。另外还有一个故事之中多处用时间词的，如《韩小五郎》《蓝氏双梅》等。

时间词所处位置的不同，其地位、作用也就不一样。置于开头的，说明故事发生的时间在整个叙述要素中处于最重要的地位，起强调作用。请看时间词置于开头的《冰龟》：

戊午夏五月，汴都太康县一夕大雷雨，下冰龟，亘数十里。

龟大小不等，手足卦文皆具。①

由于"天雨冰龟"现象在历史上不止一次出现，而故事叙述的是指发生在戊午夏五月那个特定时间的现象，将它置于开头意在强调。《犬异》也是如此：

金国天会十四年四月中，京小雨，大雷震，群犬数十争赴

土河而死，所可救者才一二耳。②

时间词置于故事中间的，说明故事发生的时间在诸叙事要素中处于次重要的地位，虽然没有特别强调的必要，但也不是可有可无的，反倒是叙事结构不可或缺的要素。请看《冷山龙》的时间交待：

冷山去燕山几三千里，去金国所都五百里，皆不毛之地。

绍兴己卯岁，有二龙，不辨名色，身高丈余，相去数步而死。

冷气腥焰袭人，不可近。一已无角，如被截去；一额有窍，大

如当三钱，类斧凿痕。陈王悟室欲遣人截其角，或以为不祥，

乃止。先君所居，亦曰冷山，又去此四百里。③

这个故事的核心内容（或叫主要信息）是说"去金国所都五百里"的冷山，出现两条死龙。但故事叙述者在向读者转达这个信息时，不想做简单叙述，而是要作活灵活现的描述。以"绍兴己卯岁"这个时间词为界，前面是关于冷山的介绍，后面则是对两条死龙以及相关内容的说明。假如把"绍兴己卯岁"这个时间词去掉，那么不仅信息转达不全，而且在语气上也显得突兀。因此"绍兴己卯岁"的交待，既使得叙事完整，同时又起到承上启下和舒缓语气的作用。

时间词置于故事末尾的，一般来说，只起补充说明的作用。如果没有这个补充，虽然不影响故事内容的完整性，但对故事的真实感、影响力或多或少有些减弱。我们来分析一下《刘厢使妻》中的叙事时间问题。为便于分析，现将原文引录于兹：

① [宋]洪迈:《夷坚志 甲志卷一》，中华书局1981年版，第6页。

② [宋]洪迈:《夷坚志 甲志卷一》，中华书局1981年版，第7页。

③ [宋]洪迈:夷坚志 甲志卷一》，中华书局1981年版，第6页。

金国兴中府有刘厢使者，汉儿也。与妻年俱四十余，男女二人，奴婢数辈。一日，尽散其奴婢从良，竭家资建孤老院。缘事未就，其妻施左目，以铁杓剜出，去面二三寸许，方举刀断其筋脉，若有物翕然收睛入，其目俨然。如是者三，流血被体，众人力劝而止。明日，举杓间，目已失所在，不克剜。又明日，复如故。精神异常，众皆骇而怜之，争施金帛，院宇遂成。时金国皇统元年，即绍兴十年庚申也。①

这个故事旨在称颂刘厢使夫妇解散奴婢、竭家资建孤老院的义举，但由于资金短缺，"缘事未就"，刘厢使妻便使出魔术般的手段以博得众人的同情和施舍，院宇才得以完工。这个故事是以写人为目的的，在叙事方法上要尽量做到以事显人。为了突出人和事，故事先叙述刘厢使妻煞费苦心扮演的全部经过，以突出重点，然后再补充交代故事发生的具体时间。

　　事实上，《刘厢使妻》在叙事过程中从头至尾都用了时间词，只是它们不是确指。这就有必要对"时间词"作一分辨。时间词有定指和不定指之分，表年月日时的具体时间，是定指；某日、某时或某年、某月的形式则属不定指。显然，不定指词使得叙事时间和叙事内容虚化，也正是由于叙事时间和内容的虚化，所以其故事性更强，也更具趣味性和可读性。《刘厢使妻》中所用不定指时间词如"一日""明日""又明日"，便将三天的情况连缀形成故事的有机整体，同时还凸显刘厢使妻自残行为程度的加强。也正是由于刘厢使妻一日复一日的进逼，所以才有"众皆骇而怜之，争施金帛"的艺术效果，才有"院宇遂成"的最终善果。至此，读者那颗绷紧的心弦也随之得以放松。最后定指时间的补充交待，特别是"金国皇统元年，即绍兴十年庚申"的双重交待，无疑增强了叙事的真实感。

　　用时间词来证明叙事的真实性，《韩小五郎》是又一个典型的例子，故事如此写道：

　　① ［宋］洪迈：《夷坚志 甲志卷一》，中华书局1981年版，第5页。

韩小五郎，抚州市人也。淳熙十五年正月某日午间僵息于榻，至晚而亡。明年二月，有客从岳州来，附其书至家，妻捧玩怖泣，书中云："闻家中失一银瓶，不必冤他人，正在我处。至秋深，我自归看妻子。"妻久以失瓶为念，乃启瘗发棺，将火化，果得瓶，而中空无尸。及九月，忽还家，云元不曾死，即日起居如常。绍熙元年正月，又谋出外，妻劝使且宁居。至夜半潜起，于厅前自缢，复敛葬之。六月，又在荆南寄信，但言我今番带去松文剑一口，其家以近怪，虑是妖妄附托，决计火其尸，迫启棺，唯有剑存。①

这个故事原本荒诞，但由于叙事过程中多处用了时间词，且人证、物证俱在，有鼻子有眼，令读者不由得不信。

（二）无时空叙事，是对时空叙事永恒性的超越

　　叙事文体一般都得交代具体的时间、空间信息，若没有时空信息，便不成其为叙事文体，这就是时空叙事在叙事文体中的永恒性特征。但在特定条件下，叙事文体同样可以没有具体的时空词。所谓超越，一定是有条件的，且时间词和空间词也不会同时空缺。从有条件这个角度看，时空叙事的永恒性是绝对的，而超越则是相对的。《夷坚志》故事的叙事对时空永恒性的超越，最关键的因素在于"笔记体"性质，因为笔记体故事的完整性是相对的，它既可以完整叙事，也可以片段杂记。作为片段杂记的内容，就不一定要素齐备。现将《夷坚志》故事叙事对时空永恒性超越的具体条件作些分析。

　　一是在故事叙述过程中，对主要人物年龄进行了交代，即以"某某年几何"的格式，其语义表达的是"在某某人多少岁的时候"，如"马述尹年十八"。在这种叙事情况下，具体确指的时间词可以省略。请看《夷坚志》中《马述尹》原文：

　　马述尹年十八，随父肃夫调官京师，抱疾而终。有姊嫁常

　　①［宋］洪迈：《夷坚志 补卷第十三》，中华书局1981年版，第1674页。

古代小说研究论丛

160

州税官秉义郎李枢，母留姊家，不知子之亡。李氏婢忽如狂，作男子声曰："我即马述尹也，某月某日以疾死，今几月矣。欲一见吾母与大姊，故附舟来，欲丐佛果，以助超生。"母与姊始闻之，悲骇，扣之而信，遂许其请。婢乃不言。即召太平寺僧诵经具譔，写疏以荐。明日，婢复语云："荷吾母与姊姊如此，但某僧看经至某处止，某僧至某处止，功德不圆，为可惜尔。"其母未深信，试呼僧责之，皆惭谢而退，亟更诵焉。①

二是在介绍主要人物的具体活动地点的时候，即以"某某曾在何地"的形式出现，如"马肃夫次子先觉，尝与其友游神祠"。在这种叙事条件下，具体确指的时间词可以省略。请看《马先觉》原文：

马肃夫次子先觉，尝与其友游神祠，见壁间所绘执乐妓女中姝丽者，心悦之，戏指曰："得此人为室家，素愿足矣。"是夕，妇人见于梦寐，耽溺既久，视以为常。始犹畏人知，祕不敢言，后亦无复忌惮，每切切然私语于室中。外人或入，遇之，则曰："家人在此。"盖荒惑之甚。不悟其为非也。②

三是在介绍主要人物的具体活动时，即以"某某曾做何事"的形式出现，如"……每于彩绘时，多捕蝇虎，取血和笔图之"。在这种叙事情况下，具体确指的时间词可以省略。请看《萤虎报》原文：

秉义郎李枢妻之乳媪，好以消夜图为博戏。每于彩绘时，多捕蝇虎，取血和笔图之，盖俗厌胜术，欲使己多胜也，习以为常。后老疾将终，语人曰："无数蝇虎儿咬杀我，为我捕去！"而旁人略无所见，知其不永，久之乃死。③

四是在叙事过程中，有表长度的时间词出现，如"姑苏人徐简叔佺祖，居乡里日"。在这样的叙事条件下，其具体确指的时间词可以省略。请看《雷火烁金》原文：

姑苏人徐简叔之祖，居乡里日，震雷发于房宇间，烟火蔽

① ［宋］洪迈：《夷坚志 丙志卷七》，中华书局1981年版，第426页。
② ［宋］洪迈：《夷坚志 丙志卷七》，中华书局1981年版，第426页。
③ ［宋］洪迈：《夷坚志 丙志卷七》，中华书局1981年版，第427页。

塞，移时始散，栋柱破裂，龙迹存焉。其后，启木馈（金字旁）欲取白金器皿，乃类多穿蚀，皆成珠颗，流散于下。馈（金字旁）之扃鐍元不动，而内自融液，盖神龙之火，尤工于败金石也。①

至于《夷坚志》叙事过程中空间词的省略，一般是在叙述梦境或梦中对话时出现，或整个故事在转述其人其事时出现。前者如《李似之》，后者如《诗谜》。现将原文引录于下。

《李似之》：李子约撰生六子，长弥性、次弥伦、弥大，皆预乡贡未第。子约议更其名，以须申礼部乃得易，先改第四子弥远曰正路。正路年十六，入太学，梦人告曰："李秀才，君已及第。"出片纸，阔二寸许，上有"弥逊"二字以示之。李曰："我旧名弥远，今为正路，是非我。"其人曰："此真郎君也，何疑之有？"辨论久之，方寤，颇喜。惮其父严毅，未敢白。以告母柳夫人，夫人为言之，遂令名弥逊，而以似之为字。后数年，兄似矩尚书主曹州冤句簿，子约罢充签就养。似之试上舍毕，亦归侍旁。报榜者一人先至曰："已魁多士。"索其榜，无有。但探怀出片纸，上书"李弥逊"三字，方疑未信，似之云："五年前所梦岂非今日事乎？纸上广狭，字之大小，无不同，但梦中不著姓耳。必可信！"已而果然。时大观戊子也。亦苏粹中说。②

《诗谜》云：元祐间，士大夫好事者取达官姓名为诗谜，如"雪天晴色见虹霓，千里江山遇帝畿，天子手中朝白玉，秀才不肯著麻衣。"谓韩公绛、冯公京、王公圭、曾公布也。又取古人名而傅以今事，如"人人皆戴子瞻帽，君实新来转一官。门状送还王介甫，潞公身上不曾寒。"谓仲长统、司马迁、谢安石、温彦博也。③

---

① [宋]洪迈：《夷坚志 丙志卷七》，中华书局1981年版，第427页。

② [宋]洪迈：《夷坚志 甲志卷六》，中华书局1981年版，第46—47页。

③ [宋]洪迈：《夷坚志 甲志卷二》，中华书局1981年版，第18页。

三、"对话"是《夷坚志》叙事的重要手段

　　由于《夷坚志》故事大多是篇幅短小的笔记体，其叙事的完整性是相对的，故事情节、细节、环境、人物及其所产生的社会影响力和艺术感染力，更多的是借助"对话"这种方式来实现。换言之，上文所及在于证明叙事真实性的"时间"词，和在于增强叙事现场感的"空间"词，其所包含的语义在《夷坚志》中更多的是借助"对话"这种形式来体现，而"对话"本身又具有真实性和现场感的实证作用，所以"对话"在《夷坚志》叙事中所处的地位比其他叙事文体更加突出。像《孙九鼎》《柳将军》《三河村人》《韩郡王荐士》《武承规》《陈国佐》《陈昇得官》等，都是由对话构成的故事。但由于叙事的语境不同，对话的具体内容不同，因而"对话"形式所产生的具体作用也不完全一样。下面来探讨一下"对话形式"在《夷坚志》叙事中所产生的作用。请看《夷坚甲志卷一》《孙九鼎》：

　　　　孙九鼎，字国镇，忻州人，政和癸巳居太学。七夕日，出访乡人段浚仪于竹栅巷，沿汴北岸而行，忽有金紫人，骑从甚都，呼之于稠人中，遽下马曰："国镇，久别安乐？"细视之，乃姊夫张兖也。指街北一酒肆曰："可见邀于此，少从容。"孙曰："公富人也，岂可令穷措大买酒？"曰："我钱不中使。"遂坐肆中，饮啗自如。少顷，孙方悟其死，问之曰："公死已久矣，何为在此？我见之得无不利乎？"曰："不然，君福甚壮。"乃说死时及孙送葬之事，无不知者。且曰："去年中秋，我过家，令姊辈饮酒自若，并不相顾。我愤恨，倾酒壶击小女以出。"孙曰："公今在何地？"曰："见为皇城司注录判官。"孙喜，即询前程。曰："未也。此事每十年一下，尚未见姓名，多在三十岁以后，官职亦不卑下。"孙曰："公平生酒色甚多，犯妇人者无月无之，焉得至此？"曰："此吾之迹也。凡事当察其

心，苟心不昧，亦何所不可！"语未毕，有从者入报曰："交直矣。"张乃起，偕行，指行人曰："此我辈也，第世人不识之耳。"至丽春门下与孙别，曰："公自此归，切不得回顾，顾即死矣。公今已为阴气所侵，来日当暴下，宜无吃他药，服平胃散足矣。"既别，孙始惧甚，到竹栅巷见段君。段讶其面色不佳，沃之以酒，至暮归学。明日，大泻三十余行，服平胃散而愈。孙后连蹇无成，在金国十余年始状元及第，为秘书少监。旧与家君同为通类斋生，至北方屡相见，自说兹事。①

这个故事除了开头和结尾外，中间的主体部分完全是由对话构成的，内容极为荒诞；但由于叙事者用现实生活中的真人，且有一定身份的人——孙九鼎（状元身份、在金国为秘书少监）与其姊夫鬼魂的亲口对话，且情节合理，细节具体，让受众的思绪、情感跟随着叙事者的叙述进入荒诞的情境之中，这就淡化了阴阳界限，给人以真实的感觉。

《夷坚志》用对话形式叙事，其作用不仅增强叙事的真实感，而且对现实社会产生诸多积极意义，请看《夷坚甲志卷八》中的《佛救宿冤》：

临安民张公子者，尝至一寺，见败屋内古佛无手足，取归，庄严供事之。岁馀，即有灵响，其家吉凶事辄先告之，凡二三十年。建炎间，金人犯临安，张窜伏瞽井，似梦非梦，见所事佛来与之别曰："汝有难当死，吾无策可救，缘前世在黄巢乱中曾杀一人，其人今为丁小大，明日当至此，杀汝以报，不可免矣。"张怖惧。明日，果有人携矛口井，叱张令出。既出，即欲刃之。张呼曰："公非丁小大乎？"其人骇问曰："何以知我名氏？"具告佛语。其人怃然掷刃于地曰："冤可解不可结。汝昔杀我，我今杀汝，汝后世又当杀我，何时可了！今释汝以解之。然汝留此必为后骑所戕，且与我偕行。"遂令相从数日，度其脱也，乃遣去。丁生盖河北民为金人签军者。②

这个故事旨在证明佛的灵验，宣传佛教的轮回观念，但其中"冤可解不

① ［宋］洪迈：《夷坚志 甲志卷一》，中华书局1981年版，第1—2页。
② ［宋］洪迈：《夷坚志 甲志卷八》，中华书局1981年版，第65页。

可结"的道理，不仅解除了故事中丁小大和张公子的宿冤，而且客观上具有缓和民族矛盾、促进民族团结的意义，因为丁小大和张公子的前世宿冤分别寓含着故事背景中的宋金矛盾。即使在今天，它同样有着不可低估的社会意义，它对当今和谐社会的构建无疑有着积极的促进作用。

与增强真实性的目的相反，用对话来发布预言，以增强叙事的文学性，也是《夷坚志》叙事的一个突出特点，《陈国佐》是此类故事最为典型的一篇，现引录于此：

> 陈公辅国佐，台州人。父正，为郡大吏，归老，居于城中慧日巷。时国佐在上庠，有僧谒正，指对门普济院曰："俟此时为池，贡元当上第。"正曰："一刹壮丽如此，使其不幸为火焚则可，何由为池？君知吾儿终无成，以是相戏耳。"僧曰："不过一年，吾言必验。"普济地卑下，每春雨及梅溽所至，水流不可行，寺中积苦之。偶得旷土于郡仓后，即徙焉，而故基则为池，与僧言合。政和癸巳，国佐遂魁辟雍，释褐第一，后至礼部侍郎。①

僧人和陈国佐父亲的对话，目的是要突出预言的灵验。其实僧人所预言的两件事（即一为寺化池沼，一为国佐"登第"的时间），皆有依据，即："普济寺地卑下，每春雨及梅溽所至，水流不可行"，终归要成池沼；国佐在上庠（古代的大学）读书，其登第也是指日可待的事情。与其说普济寺的僧人是个预言家，倒不如说他是个颇知自然地理、人情世故的有心人。对话的过程似乎是在交代谜面，而叙事者的最后概括似乎是在揭示谜底。这与上文用各种方法来强化故事的真实性不同，此处是要在真实事件中想方设法来增添故事的文学性，所以故事的叙事者用对话引出僧人的预言，制造故事悬念，增添了叙事的文学色彩，收到较好的艺术效果。

由此可见，《夷坚志》在用对话构建故事主体的叙事过程中，叙事者像是个导游，读者则像个游客，而故事中的人物活动以及对话等则像是

---

① [宋]洪迈：《夷坚志 甲志卷五》，中华书局1981年版，第37页。

游览的景点，无论叙事者怎样不断变换手段，或竭力赋予真实故事的文学性，或设法增强荒诞故事的真实感，都只能使得故事的叙事介于真实与荒诞之间，使得故事文体介于小说与新闻之间。

叁／古代小说与社会风习

明清小说之杜骗故事与社会风习

王子成

偷儿、骗子是有史以来各个历史时期皆不同程度存在的人物，因而古代小说中自然不乏此类人物形象的描写，只是这类人物在明清时期特别猖獗，尤其是明代，几可用"泛滥成灾"来形容。而文学是现实生活的真实反映，且是高度典型化了的反映，因而明清时期无处不有的偷儿、骗子身影就自然而然成为小说家笔下信手拈来的"猎物"。像"三言""二拍"、各家公案小说、李渔短篇小说以及《石点头》《醉醒石》《型世言》《聊斋志异》《子不语》《清平山堂话本》《水浒传》《西游记》《红楼梦》《儒林外史》《夜雨秋灯录》《生花梦》《十尾龟》《二十年目睹之怪现状》《老残游记》等，皆有描写，其中明代张应俞的《杜骗新书》则对明代的坑蒙拐骗之棍、鸡鸣狗盗之徒做了较为全面集中的分类概括和描写，颇具代表性。但那些偷儿、骗子涉及的社会生活面以及作案的手法伎俩，几乎延伸到明以后乃至当今。明清小说家们已用艺术形象告诉我们各类人物群像的形成、发展、变化的原因及其规律，从文学层面给社会学家研究社会人心的状态、世风演变的情形及其规律提供了诸多思维、方法上的启迪，当然毫无疑问也给后世小说家的创作提供了诸多艺术上的借鉴。

至于"偷儿""骗子"的行为特点，李渔曾借小说人物之口做过极为形象的比较。如说"偷盗"是为"背明趋暗，夜起昼眠"的勾当，这夜去明来，背着人做的"勾当"可以"藏拙"；而"拐骗"即为"暗施谲诈，明肆诙谐"的把戏，这"拐骗"的"把戏"，"须有孙庞之智，贲育之勇，苏张之辩，又要随机应变，料事如神，方才骗得钱财到手。一着不到，就要弄出事来。"①二者虽难易有别，但都不离个"贼"字。而"拐骗"又有明暗之分，如说"脱骗之害，首侠棍，次狡侩。侠棍设局暗脱，窃盗也。狡侩骗货明卖，强盗也。二者当与盗同科。"②

从明清小说对偷儿、骗子描写的实际来看，偷儿、骗子形象在不同作家、不同写作的具体背景以及小说人物所处的特定情境中，其人物形象所体现的社会意义和产生的社会反响，与此类人物本来的性质完全不同。因此，原本属于反面形象的偷儿、骗子形象，却在明清小说中存在着褒贬不一的分辨和评价。因此，笔者将他们分成"恶偷""恶骗"和"义偷""义骗"两大类，其实还有着无明显善恶之分的现象存在。

本文仅就明清小说涉及"恶偷""恶骗"情形进行探讨，以期为当今的社会整治、世风净化、文化建设以及文学创作，乃至法律法规的完善等方面提供某些有价值的参考。

一、偷儿、骗子形象溯源

偷骗行为是伴随着人类的出现而产生的现象，早在先秦时期，孔子与叶公就讨论过此类问题。如《论语·子路》第18章云：

> 叶公语孔子曰："吾党有直躬者，其父攘羊，而子证之。"
> 孔子曰："吾党之直者异于是：父为子隐，子为父隐。直在其中矣。"③

这里讨论的是做父亲的偷了人家的羊，做儿子的是否应该举报以及如何举报的问题。从另一个角度看，这说明偷盗的情形在先秦时期就成为常

---

① [清]李渔：《李渔全集》卷八《十二楼·归正楼》，浙江古籍出版社1992年版，第89页。

② [明]张应俞：《杜骗新书》，百花洲文艺出版社1992年版，第33页。

③ [宋]朱熹：《朱子全书》第6册《论语·子路》，上海古籍出版社、安徽教育出版社2002年版，第183页。

古代小说研究论丛

170

见的社会现象。至于小说里所描写的偷骗情形，也早在先秦时期已经萌芽了，像《吕氏春秋·疑似》（"梁北有黎丘部"）中就有较为细致的描写，只不过写的是奇鬼在作祟骗人。现引录于兹：

> 梁北有黎丘部，有奇鬼焉，喜效人之子侄昆弟之状。邑丈人有之市而醉归者，黎丘之鬼效其子之状，扶而道苦之。丈人归，酒醒而诮其子，曰："吾为汝父也，岂谓不慈哉？我醉，汝道苦我，何故？"其子泣而触地曰："孽矣！无此事也。昔也往责于东邑人可问也。"其父信之，曰："嘻！是必夫奇鬼也，我固尝闻之矣。"明日端复饮于市，欲遇而刺杀之。明旦之市而醉，其真子恐其父之不能反也，遂逝迎之。丈人望其真子，拔剑而刺之。丈人智惑于似其子者，而杀于真子。夫惑于似士者而失于真士，此黎丘丈人之智也。疑似之迹，不可不察。察之必于其人也。舜为御，尧为左，禹为右，入于泽而问牧童，入于水而问渔师，奚故也？其知之审也。夫人子之相似者，其母常识之，知之审也。（《吕氏春秋·疑似》）

然而这类鬼怪异类骗人害人的描写，后来在魏晋志怪小说里被发展到了极致。尽管那些偷骗行为皆发生在精怪狐狸身上，但那可以被看做是对现实生活的幻化，或者叫做幻化了的现实，而偷与骗在有些小说家笔下也没有明显的分界，直至清代仍然如此。如清代袁枚《子不语》（又名《新齐谐》）里的《骗术巧报》一篇，题目标明的是"骗"，而实际写的是"偷"；而同一书中另两篇标题为"偷靴""偷墙"，而实际写的是"骗"。

这与孔子所讨论的情形相比，不单单是篇幅的增加，而是赋予了一定的文学色彩。如对话中有行动描写，人物形象通过简单的动作和简要的对话，素描般地呈现在读者的面前；而末尾的议论，是否对《杜骗新书》中的"按语"产生了直接的影响姑且不论，但至少与之有着异曲同工之妙。然而，这毕竟是萌芽期的偷骗故事，还不能算作正式的小说，顶多只能说是具有志怪小说的某些因素。而真正能算作偷骗小说的，应该是在魏晋时期。我们现今能见到较早的且颇为精彩的偷骗故事，当以干宝《搜神记》里的"秦巨伯""吴兴老狸"最为典型。作品中皆为妖鬼作祟骗人，害得人们人妖颠倒，致使儿子误杀了父亲、爷爷误杀了孙儿，造成现实家庭莫大的悲剧。可是它们也毕竟是作者的想象和虚构，且异类的偷骗行径再神奇，也只能发挥其消遣娱乐功能而已，却丝毫不能给读者提供现实生活上的任何联想，因为在故事发生的特定背景中，读者很少去把异类与现实生活中的事情关联起来。即使有所关联或启发，也仅体现在作者的议论上，而不是从故事描写的本身体现出来，像上面引述的《疑似》就是通过议论文字给读者明以告诫。然而到了唐代，唐人小说中的偷骗故事出现了由幻化走向现实描写的趋向。如唐人何延之的《兰亭记》和五代王仁裕的《大安寺》则不同，骗与被骗双方皆为现实生活中人。作者对骗子的行骗过程构思缜密，骗子忖度被骗者的心理、行为也极为精准，而人物的一举一动、一颦一笑也都把握得恰到好处，以致受害者一步步放松警惕，而最终上当，读者也从中获得警示和教益。现以《大安寺》为例：

> 唐懿宗用文理天下，海内晏清。多变服私游寺观。民间有奸猾者，闻大安国寺，有江淮进奏官寄吴绫千匹在院。于是暗集其群，就内选一人肖上之状者，衣上私行之服，多以龙脑诸香薰裹，引二三小仆，潜入寄绫之院。其时有丐者一二人至，假服者遗之而去。逡巡，诸色丐求之人，接迹而至，给之不暇。假服者谓院僧曰："院中有何物，可借之。"僧未诺间，小仆揿眼向僧。僧惊骇曰："柜内有人寄绫千匹，唯命是听。"于是启柜，罄而给之。小仆谓僧曰："来日早，于朝门相见，可奉引入内，所酬不轻。"假服者遂跨马而去。僧自是经日访于内门，杳无所见，方知群丐并是奸人之党焉。（王仁裕《玉堂闲话》）

故事中的骗子头目是一个民间的奸猾游民，他聚徒授技，训练有素。一时间闻大安国寺有官人寄放的吴绫千匹，顿起歹意。于是暗集其群，内中选一名相貌与当时的皇上极为相像者，扮演皇上微服私访的情形还带着二三个仆人潜入吴绫寄放之处，其余棍徒扮演乞丐。先是一二个乞丐前来乞讨，"伪皇"给了点东西打发走了；接着诸色乞丐连绵不断，接踵而至，"伪皇"给之不暇，并问寺僧有何物可借。但在寺僧还未及应诺之时，一个假随从又给寺僧丢个眼色，意谓这是皇上，不可怠慢。寺僧惊骇之际，只得实告江淮进奏官寄吴绫千匹在院之事，并表示唯皇上之命是从，立即打开柜子，将千匹吴绫全部献给了"伪皇"。棍徒在临走的时候，还对寺僧说："明天一早，我们在朝门相见，我领你入宫，皇上会给你重重的赏赐。"伪皇便大摇大摆地跨马而去，一个极为精致的骗局剧目就此落幕。可见从导演（骗子头目）到主演（假皇上），再到配角（仆从、乞丐），他们配合得非常得体，粉饰得天衣无缝，滴水不漏，致使寺僧一步步入棍徒彀中。如果把它搬上舞台或银幕，观众也很难看出其中的任何破绽。小说中的被骗寺僧，也是到经日不见朝廷赏赐之时，才意识到自己受骗上当了。

这是一篇非常精彩的描写骗子成功骗取财物的典型篇章，后世相关的优秀短制也不过如此。由此可见，唐五代时出现的从现实着手描写偷儿骗子的小说已经非常成熟，并为后世此类小说创作提供了范式。到了明清时期，偷骗故事的现实化便更加稳固下来并形成一种类型模式，当然像清代蒲松龄的《聊斋志异》中的精怪狐妖故事应当除外；其中明代张应俞的《杜骗新书》可谓此类故事的集大成之作，清代偷骗小说即使是再成功的作品，也只能算作它的余波。

综上所述，偷骗形象描写，是起源于先秦，形成于魏晋，发展于唐宋，繁盛在明清。这就是偷骗小说从萌芽到形成、发展、兴盛的简单的历史线索。

二、明清小说中的恶偷、恶骗形象及其表征

所谓"恶偷""恶骗"，是指那些偷儿、骗子的所有偷骗行径都是在损人利己，或给被偷被骗者造成经济上的损失，或人身上的伤害，甚或

给他人带来家破人亡的灾难。这些恶偷、恶骗在明清偷骗类型的小说里为数甚多，居主流地位。而偷，大多是些小偷小摸，或同行捞摸，或顺手牵羊，乃至穿堂入室，主要涉及钱和物。而骗的面就广了，方式伎俩也花样翻新，正如袁枚所谓"骗术之巧，愈出愈奇。"世上可能有的各类事情，都有骗的情况存在，对受害者造成的伤害和对社会造成的恶劣影响可谓罄竹难书。现略举数例于兹，以便读者明鉴。

先看偷的例子：

《十五贯戏言成巧祸》中的小偷原本是因为赌钱输了，想顺手偷点周转一下，见人家大门正好没有上锁，就乘势溜进去碰碰运气。也还真巧，主人刘贵因岳丈借给他作为生意本钱的十五贯放在床脚头，自己因醉酒戏言，二姐（小老婆）被气跑了，自己又大醉未醒，小偷便拿走了他的本钱。就因这关系到一家人生计的十五贯，所以当主人迷糊醒来发现小偷时，拼命追赶喊叫，被狗急跳墙的小偷一斧头弄死了，后来牵连几条人命（故事还见于宋话本《错斩崔宁》）。小偷弄死人后，他一不做二不休，后来做了强盗的头子，即为"静山大王"，又强娶了这受害者的老婆做压寨夫人，为非作歹极矣。

而《偷画》则属连偷带骗、偷骗相兼的例子，小说如此写道：

> 有白日入人家偷画者，方卷出门，主人自外归。贼窘，持画而跪曰："此小人家祖宗像也，穷极无奈，愿以易米数斗。"主人大笑，嗤其愚妄，挥叱之去，竟不取视。登堂，则所悬赵子昂画失矣。[1]

这个小偷本来是"偷"，因为他有着"暗施谲诈，明肆诙谐"的功夫，所以竟敢青天白日明目张胆地去人家堂上偷取名画。当他卷好画轴正要出门的时候，"主人自外归"，当"逮个正着"；然而这滑贼在十分难堪之际却能急中生智，玩起了"骗"的把戏，竟将人家的名画说成是自家祖宗的画像，因"穷极无奈"，情愿拿来换几斗米度日，便跪求那画主开恩，终于骗过了主人，如愿以偿地拿着偷来的名画从主人眼皮底下走脱了。

---

[1] [清] 袁枚：《子不语》，河北人民出版社 1987 年版，第 416 页。

这个滑贼所编骗人的故事本不合情理，而正是这"不合情理"的"愚妄"故事，反合着"主人大笑，嗤其愚妄，挥叱之去，竟不取视"的逻辑，从而导致画主放松警惕，而这个小偷的伎俩得以如愿得逞。当主人登堂发现"所悬赵子昂画"不在的时候，也只有徒唤奈何。

偷儿骗子在明清时期异常猖獗，其偷骗伎俩花样多端，日新月异，让人目不暇接，防不胜防，而受害者在偷儿骗子面前总是显得那样的愚笨，那样的无助，如李渔笔下的贝去戎父子，一个以偷为生，一个以骗为业，明取暗偷，众人无可辨识，只叫得苦而已。若不是后来他们自己收手，并将偷盗行径及其伎俩讲述出来，世人也无从得知。

我们再来看几个小说中"骗"的例子。

明清小说中行骗的情况与偷的情形相比，其面也扩大了许多，除了骗取钱物外，还骗人，即拐卖妇女儿童现象。那些骗子中，有一部分在其行骗之初，也是临时性地见财起意，并没有特别的预先作案计划和目的。像凌濛初笔下的恶船家周四就属此类，他本想借姜客吕老的物品作为幌子去骗骗人家的钱财，没想到竟因此招致无头冤案。可见那些骗子往往一旦行骗得手，就习惯成自然，一发不可收拾。

《奇骗》是清代袁枚《子不语》卷二十一中的一篇。小说写骗子设局，合作者冒充骗子儿子的同事，送来其子的家书，另有一封银子。骗子当即拆信开看，又说自己老眼昏花，请店主念给他听，随即要将那包银子与店主换钱。店主拿到秤上一称，有足足十一两零三钱（实际是假银），而信的最后只说"纹银十两，为爷薪水需"之类的话，这都是骗子之间事先串通好了的计谋。于是店主就以十两之数兑换了九千钱给那个老骗子，竟矢口不提那多出的一两三钱银子的事。当旁人告知那老者是骗子，那银子是假的，店主又费去"三金"请那人带路找到那换银的老头（老骗子）。最后就因原来换钱的银子是十两而不是十一两三钱，如今店主拿来追究骗子假银的竟是十一两三钱而引起群愤殴打。可见店主就因"一念之贪"而隐瞒了一两三钱假银，致使自己中了骗子的奸计，真可谓"偷鸡不着蚀把米"，只好"悔恨而归"。

做交易买卖过程中，"图便宜"虽然不能算作什么不良心性，更不是什么大逆不道的行为，但就因为"图便宜"成为了一种常见的社会生活习惯或社会心理习惯，而这种习惯往往容易被骗子利用来行骗，最终造成"图便宜"者自己的损失。"偷墙"就是其中典型的一例，故事如此写道：

> 京中富人欲买砖造墙。某甲来曰："某王府门外墙现欲拆旧砖换新砖，公何不买其旧者？"富人疑之曰："王爷未必卖砖。"某甲曰："微公言，某亦疑之，然某在王爷门下久，不妄言。公既不信，请遣人同至王府，候王出，某跪请，看王爷点头，再拆未迟。"富人以为然，遣家奴持弓尺偕往。（故事：买旧砖者，以弓尺量着干长，可折二分算也。）适王下朝，某甲拦王马头跪，作满洲语喃喃然。王果点头，以手指门前墙曰："凭渠量。"甲即持弓尺率同往彼量墙，纵横算得十七丈七尺，该价百金，归告富人，富人喜，即予半价。择吉日，遣家奴率人往拆墙。王府司阍者大怒，擒问之，奴曰："王爷所命也。"司阍者启王，王大笑曰："某日跪马头白事者，自称某贝子家奴，主人要筑府外照墙，爱我墙式样，故来求丈量，以便如式砌筑。我以为此细事，有何不可，故手指墙命丈。事原有之，非云卖也。"富人谢罪求释，所费不菲，而某甲已逃。①

这里的"偷墙"，实际上是"骗墙"。故事里的"富人"要买砖造墙，被骗子某甲知道了，就利用这位"富人"所具有的常人"图便宜"的心理习惯和社会风俗习惯（即"旧墙买卖折半例规"）来行骗，便设下了"王爷卖墙"的局。这个故事有两个看点：一是"富人"买旧墙只需半价的"便宜"诱惑（也是当时社会上的交易规矩）；二是王爷亲口许诺外人来"丈量"自家的照壁，心里还得意自家照壁的风格范式受到他人的推崇和模仿。实际上这两个看点也正是骗子成功骗取钱财的关键点，结果是富人和王爷皆被骗。这富人被骗后的损失就叫做心里苦说不出：五十

---

① [清]袁枚：《子不语》，河北人民出版社 1987 年版，第 417 页。

金已去，而砖不见一块，还要另花不菲资财"谢罪求释"；而王爷被一个奸猾刁民愚弄的内心感觉也可想而知，倒是骗子某甲成功骗取富人五十金逃之夭夭，无法追究。

无独有偶，清光绪年间的小说家、戏曲家宣鼎笔下的"骗殿材"①与"偷墙"的情形极为相似。"骗殿材"的故事讲述的是京师某王，因公受罚，远近众人皆知道此事。正值民间创建大寺，布施已成，唯乏殿材，工匠各处求购。竟有个随官服食的人（实则骗子伪装），来到主事的工匠家告知："我为某王府上四品护卫。今王当窘急之际，欲货其殿廷旧料，易以轻巧之木，冀得余资以济急需。"这主事的工匠也知道某王为开国某功臣的后裔，其府第皆为梓楠木建造，于是欣然同意，并约定某日前去察看。可是那个骗子竟然又以亲王的名义谒见王府，告诉守门的官吏道："我为某王护卫，今王欲新殿廷，幕府内规模宏大，谕我带领匠人来察看，以便如式构造。"某王同意了，骗子竟邀请工匠一起进入王府，指着那些梁楹，估算其长度，仔细详查之后，又同至工匠的寓所进行估价。那骗子想尽快拿到工匠的钱好结束骗局以逃离，于是迫不及待地敦促工匠出价，说道："先王成此殿，费十万金，汝愿以若干售之，不妨明言。"工匠回答说："材料已旧，大而无当，将必改为小用，不过万金而已。"那骗子故意装作不情愿的样子，忸怩作态多次，最后说："王今无奈，姑以售汝，当在某庄立券，汝先往俟之。"成交的那天，伪装的某王果然到达某庄，那骗子为某王前驱，带领匠人来到某庄。那"伪王"南面而坐，工匠跪请立券。伪王点头同意，命假随从官写好契券，并亲笔签名画押，索取定金三千两，其余等折算之日核算。那骗子偕同工匠进城交银，并索取中介费，亦要工匠先付三百两。成交之日，主事的工匠带领众人前来拆殿廷，被守门官拦住，不准入内。那工匠告诉前因后果，守门官进去禀报某王，某王便召工匠进去了解是事情缘由，工匠至此发现今日所见某王并非前日所见"某王"，才知道自己被骗了，于是无言而退。

可见，无论是偷还是骗，犯罪者以及犯罪团伙常常以冒充达官贵人

①［清］宣鼎:《夜雨秋灯录·骗子十二则》，上海古籍出版社1987年版，第860页。

乃至君王的形式在社会上行骗，几成风气，其伎俩基本相同。在当时特定的人物、特定的环境背景中，受害者实在难以分辨。

虽说大多数被骗者，皆因有"一念之贪"的人性弱点，或有"图便宜"的社会心理习惯，但"骗人参"的故事情节里，被骗之店主则不属此类。如《子不语》和《夜雨秋灯录》都有同样的描写，所述除了具体的地点、人事、细节不同外，其情节、伎俩几乎完全相同。那个卖人参的店主及其具体的办事人，在整个故事的情节、细节以及字里行间，都未曾流露出任何贪念，反倒让人感觉他们始终比较小心，只是那伙骗子人多势众，局设得太大、太精致，被骗者身临其境根本感受不到自己已落入骗局中，总是等到骗子成功骗取之后，才恍然大悟。

骗子不仅遍布社会生活的各个方面，而且几乎是事无巨细，价无高低，都要偷骗到手，诸如人家戴顶新帽或者是穿双新鞋，也难逃偷儿骗子的法术之网。《偷靴》即为此类。故事写道：

> 或着新靴行市上，一人向之长揖，握手寒暄，着靴者茫然曰："素不相识。"其人怒骂曰："汝着新靴便忘故人！"掀其帽掷瓦上去。着靴者疑此人醉，估酗酒。方彷徨间，又一人来笑曰："前客何恶戏耶！尊头暴露烈日中，何不上瓦取帽？"着靴者曰："无梯奈何？"其人曰："我惯作好事，以肩当梯，与汝踏上瓦何如？"着靴者感谢。乃蹲地上，耸其肩。着靴者将上，则又怒曰："汝太性急矣！汝帽宜惜，我衫亦宜惜。汝靴虽新，靴底泥土不少，忍污我肩上衫乎？"着靴者愧谢，脱靴交彼，以袜踏肩而上，其人持靴径奔，取帽者高居瓦上，势不能下。市人以为两人交好，故相戏也，无过问者。失靴人哀告街邻，寻觅得梯才下，持靴者不知何处去矣。①

故事里的被骗者，没有贪人钱财的动机，也没有招惹或冲撞谁，偷儿骗子就因盯上了他脚上的新靴，竟两人合伙设局连骗带偷，弄走了此人的新靴。其实此受害人还是比较谨慎的，其谨慎表现在两个地方，一是他

---

① [清]袁枚：《子不语》，河北人民出版社1987年版，第416—417页。

登那骗子肩上时，并不是不惜他人的衣服，而是一来心急，二来也有怕靴子脱在地上被人拿走的担心；二是那人责备后，他脱下新靴也不是随意乱放，而是交给那人拿着，以免出现意外的考虑。然而事实却正好相反。如此谨慎、心细之人，居然被骗，骗子伎俩可想而知。

三、明清小说之恶偷恶骗现象与社会风习的关系

从现存小说文献所描写的偷骗故事来看，偷多半为个人单干，因为是暗中的偷摸；而骗则多为众人合伙作案，因为皆为明目张胆的行为，其团伙由少数的几个人发展到十数人乃至数十人。当然，有时候也有例外，如偷也偶有合伙的情况，而骗也偶有单干的例子，但更多的是偷骗相兼。明清小说中的偷骗故事，"骗"显然多于"偷"，这并不等于说古代中国的偷盗现象就真的一定比"骗"的情况少，而只是因为"偷"是暗中行为，不为人知，所以作家也很难活灵活现地去再现他们"偷"的情状，这大概是"偷"的故事明显少于"骗"的故事且写得简单干瘪的原因吧。

从"骗"或"偷骗相兼"的故事来看，虽然其偷骗的伎俩不断花样翻新，可谓层出不穷，但基本上未出明代张应俞《杜骗新书》二十四类型的范围。然而这些形形色色的偷骗现象，特别是团伙现象，由宋至清，绵延不绝，并由个体行为发展成集体行为，或由个人习惯发展成为社会不良习气（即恶习），体现的是人性的社会性因素，其危害（包括对个体和社会群体）就越来越大，所产生的负面影响也更加深远。尽管那些恶习已为世人所厌恶痛恨，但人们总是无可奈何地默认和被动地接受，却很少主动积极地去打击。也正是这种无可奈何的默认，又助长了这种恶习的蔓延；而恶习的蔓延又反过来促使偷骗现象更加猖獗。这里说的"默认"，也就是"认命"，即受害者大多不知道如何通过官府来维护自己的权益，偶有反映，后也无果而终，除非涉及人命案子。所以明清时期的小说家们，以强烈的正义感和社会责任感，以其独特方式来积极主动

担当起改良社会环境和纯净社会风气的历史使命，于是就有了诸如上述众多关于偷骗小说的创作或搜集整理编纂刻印在后世的传播。下面以小说文本为例，我们来看看小说家们做了哪些具体的工作。

（一）分析了两种关系

无论是偷还是骗，皆存在着两大关系的相互作用，从而凸显其社会性特征。

第一种关系即为：偷骗者的人欲膨胀与被骗者的人欲膨胀相互作用，形成一种社会性运动，久而久之就演变成为社会的恶习无限蔓延，其结果是：偷骗者越来越猖獗，被骗者徒唤奈何。这种日盛一日、层出不穷而延绵不绝的骗与被骗现象，我们称之为不良的社会风习。如上文提及的那个因自己"一念之贪"，隐瞒了"一两三钱假银"而落入骗局、反招群殴的店主，就是其中典型的例子。若是那店主当时如实告知骗子换钱的假银不是"十两"而是"十一两三钱"，即使讨价还价明受点亏损，当发现是骗局后也好告官。所以说，这种偷骗恶俗的猖獗和蔓延趋势渐成风气，也是受害者私欲膨胀参与和作用的结果。

第二种关系即为：偷骗者之间的合作关系不断扩大，花样伎俩亦日益翻新，让人防不胜防，因此受害的面也就日益扩大，受害的程度自然不断加深。这种偷骗者之间的合作关系所体现的社会性非常明显，是典型的社会恶习，我们亦称之为不良的社会风习。

这类情形危害社会和世众的例子非常多，尤其是明代。如人参作为补品，在世风日奢的明代已经成为有钱人的生活必需品，而追逐时尚经营人参的店铺就应运而生，生意十分火爆，获利颇丰，以京师和姑苏为最。哪儿的生意好，哪儿的偷骗现象也就常见。要顺利地偷骗成功，骗子就得用心化妆，精心设计，把自己扮演成达官富贵之人，否则那些店主也不是那么容易被骗到的。如清代袁枚的《子不语》和宣鼎的《夜雨秋灯录》都有关于"骗人参"场景的描写，前者写的是京师的情况，而后者写的是姑苏的情况，虽然具体地点和具体的当事人不同，细节有别，但大致的情节和骗术伎俩基本一致。

事涉京师和姑苏两地的两个骗局其阵势都很浩大，参与骗的人非常多，其中几个主要角色或扮演成达官贵人，或扮演成豪富之家，随从甚众，语言交接也很得体。众人设局合伙脱骗，骗剧演得很热闹很精彩，场景、道具、服饰一应俱全，让受害者入其彀中而不自知。然而只是到了人参被套走后，长时间不见有人来搭理，受害者才心生疑虑。当打开箱子看时，发觉一直坐在自己屁股底下藏着人参的箱子竟然是一活底箱，而箱底板即楼板，人参早被取之一空，而自己竟然被蒙在鼓里。从"活底箱"和"箱底板即楼板"的介绍中，可以推知这豪华、气派、热闹的府第，正是那骗子团伙的集中营或叫窝点，而那相貌堂堂、穿着阔气体面的楼主或显贵，正是那个骗子团伙的头目。

即使没有预先的合伙，但临时性的"拉郎配"也是当时骗局常见的现象，如"诈称偷鹅脱青布"中的布店老板就是积极配合棍徒偷盗邻家的鹅而导致自己损失的典型例子。故事写这位厌恶邻家之鹅声嘈杂而冀贼偷之的布店老板，因曾抱怨的时候被棍徒听见，于是棍徒故意把想偷鹅吃的想法告诉他，希望布店老板配合他去偷。布店老板问他怎么配合，棍徒告知他那个法子很简单，只要我问你答就成。棍徒在外面问"可拿去否"，店主在里屋应答"可以"；再问，再次肯定地回答，结果是自己的布匹被棍徒在两旁店人眼皮底下公开"拿"走了，而对面邻家的鹅声仍然不绝。当布店老板出来察看时，竟发现自己一捆清布不见了。可见存心害人而临时配合骗子的恶行，竟使自己成为被骗的对象，悲哉！耻哉！作者于此按道：

> 君子仁民爱物，而仁之先施者，莫如邻；物之爱者，即鹅亦居其一。何对邻人养鹅，恶在嘈杂之声，必欲盗之者以杀之，爱物之谓何哉？利失对邻之鹅，而赞成棍贼以盗之，仁心安在？是以致使棍闻其言，乘机而行窃，反赞成其偷，亦是鼠辈也。欲去人之鹅，而反自失其布，是自贻祸也，将谁怨哉？若能仁

以处邻，而量足以容物，何至有此失也！①

与那个"借偷鹅而实骗布"的故事比起来，"假马脱缎"中的骗局则布置得更加曲折精彩。这个骗子原本就是一人单干，先是骗马贩子的马，骑着人家的马，让被骗者再乘一匹马跟着去拿钱，中途又将被骗者作为人质而去骗取店铺里的缎一匹逃之夭夭了。而那个被骗的贩马者竟无意中成为棍徒设局的临时"合伙人"，而受害者自己竟然浑然不知。马贩子虽然没有财物上的损失，但他毕竟被棍徒愚弄了，险些受牵连吃官司，幸好遇上个圣明的府尹，得还其清白。

攀高附贵、趋炎附势的社会恶习蔓延，也助长了偷儿骗子作案的疯狂。如"露财骗"里的"诈称公子盗商银"，讲的就是在这样的背景中出现的骗局。故事中的受害者山东人陈栋，于万历三十二年季春时节，偕同两个仆人并随身携带了一千多两银子，被途中一棍徒盯上了。尽管陈栋为江湖老练惯客，关防甚严，一路上骗子难以下手，但最终还是无可避免地落入了骗子的圈套。因为那个骗棍诈称福建巡道公子，且人物"甚有规模态度"，带领四仆，一路与陈栋同店。尽管陈栋与棍徒彼此未有交谈，但到达江西铅山县地盘的时候，其县丞蔡渊者也是广东人，与巡道同府异县，素未谋面，棍徒便去拜谒。县丞听说是巡道的公子，不仅厚待他，而且还备礼回拜。陈栋见县丞回拜，信以为真，当晚就接受了棍徒的邀请，毕竟初次相识，陈栋防盗之心仍很严密，不敢痛饮，因此棍徒又无从下手。第三天，将近目的地，陈栋不得不回请假公子以作别。席间，两个开怀畅饮，延至三更，其仆皆困顿熟睡。陈栋也因喝得太多，当即就睡在席间，于是棍徒就将陈栋的财物全部偷去了。直至陈栋酒醒，棍徒已不知何处去矣。作者在故事最后感叹道：

嘻：棍之设机巧矣！一路妆作公子，商人犹知防之。至拜县丞，而县丞回拜送赆，孰不以为真公子也？又先设机以请商人，则商人备礼以答敬，亦理所必然也。乃故缠饮，困其主仆，则乘夜行窃易矣。故曰其设机最巧也。使栋更能慎防一夜，则

①［明］张应俞：《杜骗新书》，百花洲文艺出版社1992年版，第9—10页。

棍奸无所施。故慎始不如慎终，日乾更继以夕惕，斯可万无一失。不然，抱瓮汲井，几至井口而败其瓮，与不慎何异？吾愿为商者，处终如谨始可也。①

另外还有大量诸如妇人骗、奸情骗、引赌骗、引嫖骗、牙行骗、谋财骗、伪交骗、拐带骗之类的偷骗情形，不一而足，难以遍举。总之，骗子之所以屡屡得手，除了他们精心设局之外，还有一个很重要的原因在于他们掌握了人性的弱点：爱财、好色、攀高附贵、死要面子等，攻其软肋，没有不得手的。

（二）总结了不少经验和教训

宏观上讲，所有作者创作或搜集整理编纂偷骗故事的动机或目的，旨在用艺术形象告诫读者历代社会的偷儿骗子是如何作案，受害者是如何一步步放松警惕或一开始就不谨慎或不在意，以致上当受骗的经验和教训。具体来说，即通过简单的描写，或详细的叙述，或通过故事中人物的议论，或通过作者的议论，来告诫读者该如何防偷防骗，都总结得很好。比如有"假途灭虢"之法，就是以小说中人物之口吻进行议论和总结的；而"欲取姑与"之法，则以作者的口吻来发表议论和总结。请看作者在"假马脱缎"骗局的最后写道：

> 吾观作棍亦多术矣。言买马，非买马，实欲假马作罢，为脱缎之术。故先以色服章身，令人信其为真豪富；既而伫立相马，令人信其为真作家；迨入缎铺，诳言有马与伙，令人信其为真实言；至脱缎而走，以一伞贻庆（陈庆），与缎客争讼：此皆以巧术愚弄人也。若非府尹明察，断其为假道灭虢，则行人得牛，不几邑人之灾乎？虽然庆未至混迹于缧绁，缎客已被鬼迷于白昼矣。小人之计甚诡，君子之防宜密。庶棍术虽多，亦不能愚弄我也。②

可见，作者在列举众多"假途灭虢"之法的具体事实之后，再引用府尹

---

①[明]张应俞：《杜骗新书》，百花洲文艺出版社 1992 年版，第 45 页。

②[明]张应俞：《杜骗新书》，百花洲文艺出版社 1992 年版，第 2—3 页。

断案时所用的术语作结，中肯而准确，简洁而明了，读者从中受益匪浅。

再如"先寄银而后拐逃"中的苏广父子，贩松江梭布往福建卖，卖布的银两到手后即回。回程途中，遇到一个叫纪胜的后生，自称同府异县，乡语相同，亦从福建卖布而归。纪胜是个初入道的雏棍，见苏广的财本多，就把自己二十多两银子寄藏在苏广的箱内。一路小心代劳，浑如同伴。后日久生奸，一日晚上，假装腹泻，开门出去数次，苏广是个老江湖，注意到了纪胜的动机，等纪胜出去的时候，就把银子调了包，等纪胜进来的时候，他装作熟睡的样子。纪胜发现苏广父子熟睡，就将银箱挑走了。作者最后总结道：

> 纪胜非雏客，乃雏棍也。先将己银托寄于广，令其不疑；后以诈泻开门，候其熟睡，即连彼银共窃而逃。彼之为计，亦甚巧矣。盖此乃"欲取姑与"，棍局中一甜术也。孰知广乃老客，见出其上，察其动静，已照其肝胆。故因机乘机，将计就计，胜已入厥算中而不自知矣。夫胜欲利人之有，反自丧其有，雏家光棍，又不如老年江湖也。待后回店，被其扭打，捺颈哀告以求免，是自贻伊戚，又谁咎也？天理昭昭，此足为鉴。①

"盖此乃……"之前，依然是在列举种种具体事实来证明这个骗术，而"盖此乃……"中的"盖"是古文中习用的发语词，当引起后面的议论，显然是作者的议论。作者把那个雏棍"先将己银托寄于广，令其不疑；后以诈泻开门，候其熟睡，即连彼银共窃而逃"的现象，称之为"欲取姑予"法门，是骗局中的甜术，提醒读者当以此为戒。同时也在提醒自取其咎、自贻伊戚的棍徒们，更当以此为鉴，尽快收手，悬崖勒马，回头是岸。

虽然偷儿、骗子的偷骗伎俩不断翻新，而作者描写其丑恶行径的方法手段也相应成趣，鞭辟入里，入木三分，正如前人评述《夜雨秋灯录》时所云：

> 书奇事则可愕可惊，志畸行则如泣如诉，论民故则若嘲若

① ［明］张应俞：《杜骗新书》，百花洲文艺出版社1992年版，第4页。

古代小说研究论丛

讽，摹艳情则不即不离。《夜雨秋灯录》所述，多是神奇怪诞、扑朔迷离的故事，通过这些故事，作者反映社会现实，描摹人情世态，抒发人生感慨，传布劝善之道。展卷则佳境处处，目不暇接；掩卷则余音袅袅，神犹在兹。[1]

这里虽然说的是《夜雨秋灯录》，实际也道出了上述明清偷骗小说的特点。

（三）得失两相宜，旨在劝惩

从现存小说文献可知，偷儿骗子类型的故事，绝大多数的结局皆为棍徒成功得意，而被偷被骗者失意悲叹；但也偶有例外，如上述言及的雏棍纪胜"偷鸡不着蚀把米"，自贻伊戚，贻笑大方即为其中的一例。虽然如此，但那棍徒毕竟是个雏棍，而他遇上的苏广却是个老江湖，稍有动静，便能照其肝胆，因此纪胜的失败实属理所必然。而作者对于被骗者苏广的成功"杜骗"，可谓欣赏有加。一是欣赏他的敏锐识人，即如"察其动静"，必能"照其肝胆"；二是欣赏他的果敢，即如"因机乘机，将计就计"。其实他的成功，虽然作者没有明确指出，实质上也应包含了苏广的特别小心谨慎，且自始至终的谨慎，这是其他所有杜骗失败者都未能做到的。因此这则故事更多地体现为对被骗者的告诫。

而《骗术巧报》则不同，作者明显是在对被骗者的鼓励，因为在揭露和打击偷骗者的同时，作品侧重于对助人为乐者的肯定和褒奖。现将《骗术巧报》原文引录于兹：

> 骗术有巧报者。常州华客，挟三百金，将买货淮海间。舟过丹阳，见岸上客负行囊，呼搭船甚急。华怜之，命停船相待。船户摇手，虑匪人为累。华固命之，船户不得已，迎客入，宿于后舱船尾。将抵丹徒，客负行囊出曰："余为访戚来。今已至戚处，可以行矣。"谢华上岸去。顷之，华开箱取衣，箱中三百金尽变瓦石，知为客偷换，懊恨无已。

———————————
①[清]宣鼎：《夜雨秋灯录》"蔡序"，上海古籍出版社1987年版，第1—2页。

俄而天雨，且寒风又逆，舟行不上，华私念：金已被窃，无买货资，不如归里捯挡，再赴淮海。乃呼篙工拖舟返，许其直如到淮之数。舟人从之，顺风张帆而归。过奔牛镇，又见有人冒雨负行李淋漓立，招呼搭船。舵工睨之，即窃银客也，急伏舱内，而伪令水手迎之。天晚雨大，其人不料此船仍回，急不及待，持行李先付水手，身跃入舱。见华在焉，大骇，狂奔而走。发其行囊，原银三百宛然尚存，外有珍珠数十粒，价可千金。华从此大富。①

标题为"骗"，实际为"偷"。这个小偷似乎惯于江上作案的老手，正好遇上善良而又富有同情心的华客，停船接纳他入船，于是他便轻而易举地窃取华客的三百两购货的本钱而离开了。若故事到此结束，那华客就与往常受害者无异，也只有徒唤奈何；但作者没有让小偷最终得逞，而是让老天爷下起大雨，寒风袭人，华客考虑到身无货资，船只又难前行，不如先返回避风，然后再作区处，于是就命舵工调头回棹。而那窃贼在偷走华客的三百两银子逃走之后，又偷了其他客人价值千金的珍珠，也因遇雨身湿而不得不返回。然而这窃贼万万没有料到的是，华客理应前行了很远，怎么可能又回到奔牛镇？所以见有返程的船只，就大胆招呼。当舵工见到"冒雨负行李淋漓立，招呼搭船"的人竟然是此前窃取华客银子的窃贼时，他速速伏于舱内，让水手迎贼。这贼在"急不及待"之时，将行旅交给水手，自己纵身跳入，发现华客亦在舱中。此时窃贼顾不上行旅，赶忙上岸逃离。这个故事一开始不在于描述受害人华客是如何防骗或是如何粗心而受骗，而是写他的善良和乐于助人。既然他心地善良助人为乐，就理应得到相应的回报，而不是相反，让他损失惨重。否则，现实社会还有谁敢做好事？还有谁愿做好事？所以故事是在华客自己的三百两银子失而复得的同时，还外加价值千金的珍珠作为馈赠的喜剧声中落幕。这种巧遇的概率在现实生活中虽然少见，却也在情理之中。这可看做是作者在有意传播正能量，而窃贼亦当在"偷鸡不着蚀把

---

① [清]袁枚：《子不语》,河北人民出版社1987年版,第368页。

米"的没趣窘态中受到惩戒。

综上所述，明清小说中恶偷恶骗行径的猖獗，是一个历千余年而形成的社会现象，是社会部分群体的不良习气使然。而明清小说的作者们针对此类现象，不约而同地用艺术形象加以针砭，体现出他们身上强烈的正义感和社会责任感以及勇于担当的精神。他们在各自的作品中，通过一个个生动的小故事，表达了他们对历代社会形形色色延绵不绝的偷骗恶习的深恶痛绝；用一段段精辟的议论和犀利而精准的文辞，对各类骗术进行了经验般的总结和教训意味的提醒，为当时乃至后世的各类人群尤其是商贾群体提供了诸多防骗杜骗的方法上的指导。尤其是善恶到头终有报的因果报应说，给当时乃至后世行善积德者以积极的鼓励，而给危害社会的造恶者以强有力的震慑。其生动的人物形象塑造，也为当时乃至后世小说创作提供了诸多艺术上的借鉴。这可以看作是此类小说的社会意义和文学效果之所在。

明清小说之商贾群像与社会风习（上）

秦　川

所谓奸商，即指在商业活动中，为了最大程度地获取商业利润和财富，而不择手段，不讲诚信，唯利是图的那些商贾群体。民间流传着"无商不奸"的谚语，已把包括儒商在内的商人全都否定了，这当然不对。但从思想感情上说，而"无商不奸"的民谚则充分反映了世人对那些为富不仁、惟利是图奸商的深恶痛绝，所体现的是奸商存在的普遍性及其广泛的程度，以及奸商在历代社会所产生的负面影响。与儒商人物形象的数量相较，奸商人物形象在明清小说中要占商贾题材的绝对优势，这也是无可辩驳的事实。奸商人物本无足道及，但通过对小说中奸商人物群像的产生及其原因的分析，可以给当今的社会治理、道德和文化建设，乃至法律法规的完善提供有益的参考。

奸商为何源源不绝地产生？这既是历史问题，也是社会问题，还是人性问题。从明清小说所描写的情形来看，其原因涉及了多个方面，而人性中的"恶德"（内因）和不良社会风习（外因）的双重影响，当为其主要和本质的原因。

一、瞒心昧己、巧取豪夺之奸商形象与社会风习

明清时期，有些商贾为谋取他人财利，挖空心思，不择手段，乘人

之危，瞒心昧己，巧取豪夺，肆意侵占他人财产，成为人们极为厌恶的奸商。这些奸商群体在明清小说里，大多集中在典当（也叫解库）一类的商贾中。如"初刻"卷十五里的卫朝奉，"二刻"卷十六里的林氏和毛烈等，就是以开解库来图人财产的奸商。

卫朝奉是个爱财的魔君，作为典当店的老板，他为人极为刻剥，脑子里"却有百般的昧心取利之法"。为巧夺陈秀才位于秦淮河口上价值千余金的房产，卫朝奉竟在陈秀才借贷问题上玩弄起欲擒故纵的阴谋。

奸商林氏与明州夏主簿合伙经营。夏家出的本钱多，林家出的少，而具体经纪营运却是林家的家人承当。夏主簿是个忠厚人，不把心机提防，指望积下几年，总收利息；当来取讨时，林家却借故不肯付账，讨得急了，还有难听的言语。于是夏主簿将他告到州里，谁知林氏早在此前就向州官行了重贿，反把夏主簿收监追比，断夏家欠林家银子二千两。

而毛烈，作为庐州合江县赵氏村的一个富民，他不仅自己为富不仁、设谋诈害他人，而且还教坏了他人，带坏了风气。小说中的昌州陈祈，原本也是个狠心不守分之人，为独占家私，哄骗三个幼小的兄弟；而毛烈又为图陈祈的家事，假意为之谋划，实则为自己未来侵占陈祈家产做好铺垫。毛、陈二人就这样臭味相投，"两下亲密，语话投机，胜似同胞一般"。正因为陈祈独占家私的意愿迫切，因此毛烈的"主意"很容易让他言听计从，于是就央智高和尚做中，把自家贪着的良田美产尽典于毛烈。然而，当陈祈的"独占计划"在成功之际，也就是毛烈"看景生情，得些渔人之利"的机会来临之时。当他正在得意成功骗过三个弟弟、去毛烈处取赎的时候，麻烦就来了：毛烈先是赖账，赖账不成，就玩起失踪的把戏，最终只得对簿公堂。然而更为不幸的是，当陈祈告到县衙之时，老奸巨猾的毛烈竟提前"防备过了"。毛烈先用钱钞买通县吏丘大，丘大不仅在知县面前一边倒地替毛烈说话，而且"又替毛家送了些孝顺意思与知县"，因此，庭审时，毛烈一口赖定，陈祈又拿不出任何凭据，于是知县也是一边倒地向着毛烈。结果是陈祈被打了二十个竹篦，问了"不合图赖人"罪名，量决脊杖。陈祈不服，又到州里去告，仍复照旧；

后又告到转运司那里，批回县里，一发是原问衙门处置，毫无转机。

像这样乘人之危敲诈勒索、巧取豪夺等为富不仁的伎俩，历代社会皆随处可见，几乎由奸商延伸到了修行中人，形成一种社会的恶习。"初刻"卷十五"入话"中的慧空和尚就是一个"好利的先锋，趋势的元帅"。因为钱塘李生欠他五十两银子，他玩起卫朝奉一样欲擒故纵的阴谋，最终如愿以偿地获得李生价值三百金的房产，却只花三十两银子的本钱。当然，与卫朝奉盘剥陈秀才一样，最终也没有好下场。另外还有比慧空和尚更早的智高和尚，小说写他"虽然是个僧家，到有好些不象出家人处。头一件是好利，但是风吹草动，有些个赚得钱的所在，他就钻的去了。所以囊钵充盈，经纪惯熟。大户人家做中做保，到多是用得他着的，分明是个没头发的牙行。毛家债利出入，好些经他的手，就是做过几件欺心事体，也有与他首尾过来的。"①而林氏和毛烈以及智高和尚皆为宋代的人物，但他们贪奸不义，所干那些勒掯敲诈、瞒心昧己、设谋诈害以谋取他人财产的勾当却与明清时期是一样的，这说明奸商敲诈盘剥以坑他人的恶习由来已久。

二、弄虚作假、坑蒙拐骗的奸商形象与社会风习

弄虚作假、坑蒙拐骗是奸商为恶的一大特征，古代中国历朝历代都不乏其例，而以明清时期尤盛，特别是明代。明清时期的造假、贩卖假货的现象，从地域范围上说，可谓从南到北，从东到西无处不有，又以两京和苏杭为盛。诸如"杭州风，一把葱，花簇簇，里头空。"②说的就是当时杭州造假的风气；而同时期的叶权也说："今时市中货物奸伪，两京为甚，此外无过苏州。卖花人挑花一担，灿然可爱，无一枝真者；杨梅用大棕刷弹墨染紫黑色；老母鸡毛插长尾，假雉鸡卖之。浒墅货席者，

① [明] 凌濛初：《二刻》卷十六，中华书局2009年版，第193页。
② [明] 田汝成：《西湖游览志余》卷二十五，浙江人民出版社1981年版，第396页。

术尤巧。大抵都会往来的客商可欺。"①这说的是两京和苏州制假、售假的情况。从内容上说，不仅有假货，还有假货币，更有假人。假货从日常生活用品扩展到假药，甚至还有假古董、假家谱；而假货币则为银皮包裹着铁、铜、铅、锡来代替银子在市场上流通；所谓"假人"，是指张冠李戴、冒名顶替的现象，后来桐城派的方苞在其《狱中杂记》里也有类似的描写。从骗术手段方面讲，更是花样翻新、层出不穷，如"酒搀灰，鸡塞沙，鹅羊吹气，鱼肉贯水，织作刷油粉"②等，举不胜举。

上述弄虚作假、坑蒙拐骗的伎俩在明清小说里也有充分的体现。例如徽商汪涵宇为讨好朱寡妇，换了一两金子，来到银店，"要打两个钱半重的戒指儿、七钱一枝玉兰头古折簪子"作为礼物，"夹了样金，在那厢看打"。

> （汪涵宇）不料夜间不睡得，打了一个盹。银匠看了，又是异乡人便弄手脚，空心簪子，足足灌了一钱密陀僧。打完，连回残一称，道："准准的，不缺一厘。"汪涵宇看了簪，甚是欢喜。接过戥子来一称，多了三厘。汪涵宇便疑心，道："式样不好，另打做荷花头罢。"银匠道："成工不毁这样极时的！"汪涵宇定要打过："我自找工钱。"匠人道："要打明日来。"汪涵宇怕明日便出门不认货，就在他店中夹做两段。只见密陀僧都散将出来。③

作者极具冷嘲热讽之能事，将银匠弄了手脚之后的一个"足足灌了一钱密陀僧"的"空心簪子"，在汪商"夹做两段"，"密陀僧都散将出来"的事实面前全部败露而险些送官，是在邻里做中为他解围，银匠才不得不请酒赔礼、设处赔银而私了结局。这是银匠作假为骗取钱财而致自讨没趣、偷鸡不得蚀把米的显例。对此明代学者周晖对金银作假现象曾发出如此的慨叹："工人日巧一日，物价日贱一日，人情日薄一日，可慨也夫！"（周晖《金陵琐事》卷四"金丝金箔"）其中说到奸商欺生坑人现

---

① [明]叶权：《贤博编》，中华书局1987年版，第6—7页。

② [明]田汝成：《西湖游览志馀》卷二十五，浙江人民出版社1981年版，第396页。

③ [明]梦觉道人、西湖浪子：《幻影》第六回，北京大学出版社1987年版，第73页。

象也是由来已久非常普遍的社会恶习，早在《辍耕录》里就有杭州人作伪欺生的记载：

> 杭州人好为隐语，以欺外方，如物不坚致曰憨大，暗换易物曰掇包儿，……徒以惑乱观听耳。[①]

弄虚作假现象可谓不绝于史，而明代尤著，其中日夜诵读诗云子曰、胸藏古圣先贤遗训的儒生也参与做假，变成奸商。儒生做假有两种类型：一是弃儒经商，二是从事与文化有关的经商活动。像徽州府休宁县的曹复古算是弃儒经商的一类。小说写他"自幼随父攻书，记性颇好，父亲因而喜他，教诲不辍。完了经书，就教他读史。读到十七八岁，廿一史都背得出了。只是一味读书，诸事全然不晓。"他"母亲早逝，父亲老迈，无一分活钱进门"，"家道一发穷得不像样了。"在万般无奈之下，他辍学经商。择了吉日，带了父亲借来的三十两银子，独自出门，搭上便船去苏杭做生漆买卖。然而不幸的是，途中遇上强盗，只得将借来的三十两银子全部交出才保住性命。此时不好回去，以免父亲烦恼，只得随着众人来到苏州，权且在埠头饭店住着，"检点身边铜钱，只剩得二百一二十文。坐了两日，用去一百七八十文，还余四十文，好生烦恼。"正在愁烦之际，店主人的大黄犬夜来咬死的一只老鼠给了他发混财的"机会"。

到了市上，曹复古拿着二十文净钱，来到颜料店买了上朱，又急急觅了一块黄泥，搓成梧桐子大的丸子，要将"草鼠"做个招头，卖起老鼠药来。曹复古就这样用上朱和着黄泥搓成的假老鼠药，竟公然在集市上吆喝道：

> 老鼠药，老鼠药，买了家家睡得着。锦诗书，绣衣裳，美珍馐，不用藏！天上天下老鼠王，惹着些儿断了肠！[②]

不上一日，几百个泥丸子竟卖得罄尽，得钱四百七十文。回到店中，暗自庆幸黄泥都卖得铜钱的！后来，日日街头叫卖，卖到十二月中旬，竟

---

① [明]田汝成：《西湖游览志馀》卷二十五，浙江人民出版社1981年版，第400—401页。

② 《生绡剪》第十一回，《古本小说集成》本，上海古籍出版社1994年版，第625页。

存有二十六吊铜钱了。

这个故事告诉我们：曹复古卖假老鼠药虽然成功顺畅，但他毕竟是个读书人，只是在万般无奈之下做出的这种瞒心昧己之事，因此在他心灵深处还是有几分愧疚的。当他看到阊门外吊桥河下三四十个老鼠招头的"生意人"的情形以及他们所吆喝的广告词，高智商的曹复古就打心眼里看不起，所以他另择场地、编出了独出心裁、吸引力大的广告词。虽然他很得意他新颖的广告词，但他在吆喝的时候，就心里发虚，于是在人前三番两次结结巴巴喊不出口，最终还是壮着胆子吆喝成功了。曹复古制造便贩卖假老鼠药的"行径"，应该被看成是"世上万般皆是假"背景影响下的结果，是不良世风对读书人污染的结果！

弄虚作假，坑蒙拐骗影响最大、祸害最深的当为假币的制造和贩卖以及流通，因为历史社会中不知有多少家庭因为错收了假币而导致家破人亡。"二刻"卷十五"入话"里所讲的，就是因为奸商用假银购买了贫妇为救夫而出售家中唯一值钱的生猪，险些送掉三条人命的故事。

说到社会上假货、假币以至千奇百怪的制假伎俩、泛滥成灾的售假现象，明清时期的学者、文人可谓深恶痛绝，他们皆以自己所擅长的形式进行挞伐。如小说家艾衲居士以诙谐幽默的语言对虎丘山市场琳琅满目的假货讽刺道："俗语说的甚好：翰林院文章，武库内刀枪，太医院药方，都是有名无实的。一半是骗外路的客料，一半是哄孩子的东西。"[1]周清源曾借小说人物之口说道："世上大半多是假的"，华阳散人也激愤地写道："世上般般都是假"，这些带总结性的判断皆道出了当时社会不良风气的实情。对此，今人陈大康做了精辟的概括："伪劣商品的泛滥出现在商品繁荣之后，它反过来又使商品的发展蒙上阴影。并不能说伪劣商品的出现与泛滥是商业发达的必然伴随物，实际上它的盛衰荣枯取决于当时当地的社会风气。""如果是正气抬头，那么作伪者难逃舆论谴责，无法安身；如果是邪气猖獗，那么不作伪者反而处处吃亏，陷于困

---

[1]［清］艾衲居士：《豆棚闲话》第十则"虎丘山贾清客联盟"，人民文学出版社1984年版，第101页。

境。在这种情况下，也难怪伪劣商品比比皆是了。"①

三、见财起意、谋财害命的奸商形象与社会风习

一些小商小贩，他们没有见过大的世面，也没有明确的是非观念，道德意识淡薄，私心私欲充斥其思想灵魂，常常会表现出见财起意，甚至谋财害命。当然法网恢恢疏而不漏，他们最终也没有好下场，即如民谚所谓"善恶到头终有报，只争来早与来迟"。这类奸商在明清小说中也有广泛的描写，如凌濛初笔下的恶船家周四就是此类的典型，事见《初刻》卷十一。故事发生在明朝成化年间，讲述的是两个小商贩吕商、周四与一个儒生王杰及其家人胡阿虎之间的恩怨财利、人命官司。一天，船家周四见姜客吕氏怀揣白绢，随口问及，姜客便将与王杰发生口角摩擦，后来王杰赔了不是，又酒饭款待，还拿出白绢一匹与他，权为调理之资等前因后果一一向他道及。此时江中正好漂来一具尸体，周四就打起了这个讹诈王生的坏主意，随即上演了假尸讹钱引发人命官司的丑剧。但最终在吕客出现于公堂之上讲出实情后，周四再无法抵赖了，只好一一招承。

还有发生在明朝嘉靖年间的故事：一个叫丁戍的山东人，客游北京，途中遇一名叫卢疆的所谓"壮士"（实为大盗），两人甚谈得来，结为兄弟。不多时，卢疆盗情东窗事发，系在府狱，丁戍到狱中探望。

> 卢疆对他道："某不幸犯罪，无人救答。承兄平日相爱，有句心腹话，要与兄说。"丁戍道："感蒙不弃，若有见托，必当尽心。"卢疆道："得兄应允，死亦瞑目。吾有白金千余，藏在某处，兄可去取了，用些手脚，营救我出狱。万一不能勾脱，只求兄照管我狱中衣食，不使缺乏。他日死后，只要兄葬埋了我，余多的东西，任凭兄取了罢。只此相托，再无余言。"说罢，泪如雨下。丁戍道："且请宽心！自当尽力相救。"珍重

194

而别。①

可是丁戍见到这些黄白之物后，之前的应承全都付诸脑后，不仅满心想要占有这些财物，而且杀人灭口以图安稳受用的企图妄念油然顿生。作者于此做了一番颇为客观的分析：

> 元来人心本好，见财即变。自古道得好："白酒红人面，黄金黑世心！"丁戍见卢疆倾心付托时，也是实心应承，无有虚谬。及依他所说的某处取得千金在手，却就转了念头道："不想他果然为盗，积得许多东西在此。造化落在我手里，是我一场小富贵，也勾下半世受用了。总是不义之物，他取得，我也取得，不为罪过。既到了手，还要救他则甚？"又想一想道："若不救他，他若教人问我，无可推托得。惹得毒了，他万一攀扯出来，得也得不稳。何不了当了他？倒是口净。"正是转一念，狠一念。从此遂与狱吏两个通同，送了他三十两银子，摆布杀了卢疆。自此丁戍白白地得了千金，又无人知他来历，摇摇摆摆，在北京受用了三年。用过七八了，因下了潞河，搭船归家。②

可见这是一种世风使然，当然更是人性中的恶欲使然。对于这种世风与人性中的恶，致使罪徒不顾一切谋财害命。这种现象在同卷入话中另一则故事里得到进一步的证明。故事讲的是名叫于大郊的奸商，他见于守宗的家丁杨化"零零星星收下好些包数银子，却不知有多少"，就"心中动了火，思想要谋他的"，于是将杨化灌醉勒死并抛尸海里，同样很快受到恶报。

这故事的起因与结果，同丁戍的情形基本相同。但不同的是丁戍的见财起意是临时所为，偏重人性方面的问题，因为丁戍"原来人心本好"，对卢疆所托之事，也是"实心承应，无有虚谬"；而于大郊的见财起意似乎是惯性的，偏重世风，因为作者明确指出"北人手辣心硬"，他们打家劫舍，害人性命，"只当掐个虱子"一样，是"风俗如此"的影响

---

① [明]凌濛初：《初刻》卷十四，中华书局2009年版，第136—137页。

② [明]凌濛初：《初刻》卷十四，中华书局2009年版，第137页。

所致。

　　跟于大郊类似的还有艄公陈小四等一伙7人。这班人都是些贪财好色之徒，专在河路上谋劫客商，凶狠之极。他们为了钱财美色，以极端凶残的手段谋害了乘客瑞虹一家十多个人的性命，还留下瑞虹肆意糟蹋。当然，这般恶贯满盈的歹徒最终也没有逃脱恢恢的法网，受到了应有的恶报。

　　作者在描写这班恶徒如何残害瑞虹一家性命之前就介绍说：元凶陈小四"起初见发下许多行李，眼中已是放出火来，及至家小上船，又一眼瞧着瑞虹美艳，心中愈加着魂，暗暗算计：'且远一步儿下手，省得在近处，容易露人眼目。'"当船行到黄州地方，陈小四以为可以下手了，就迫不及待告知那帮水手们一起行凶。像陈小四一伙歹毒之类的奸商，还有《警世通言》卷十一里的徐能等一帮水手以及家人姚大。小说写他们只要见到"约莫有些油水看得入眼时"，就"半夜三更悄地将船移动，到僻静去处，把客人谋害，劫了财帛。"①长达十多年之久，可谓典型的惯犯，正所谓"为富不仁，为仁不富"的真实写照。

　　由此可见，这些惯跑水上生意的奸商，他们只要见到他人财物就心里发痒，便设法抢夺以致谋财害命。这种现象年深月久，历经数百年而盛传不衰，这已经不是简单的临时性的见财起意，而是已经由当初见财起意的临时性犯罪心理行为，逐渐发展演变成为习惯性犯罪之恶习，其影响就像一个溃烂了的毒瘤，其毒液四散流出，感染着世人，甚至包括出家修行的人们也深受其毒害。像《初刻》卷二十四的"入话"里，就写到弘济寺的寺僧因看到徽商钱袋里的白物尽多，就陡起歹念，竟把慷慨捐赠给他们三十两银子作为修观音阁经费的徽商给暗杀了。这不能单纯地看作是人性的体现，因为实际上还有不良社会风习的严重影响。

① [明]冯梦龙:《警世通言》卷十一,中华书局2009年版,第88页。

四、官商勾结、偷税漏税的奸商形象与社会风习

商人依傍官吏，偷税漏税；官吏靠近商人，获取钱财，虽方式不同，而其本质是一样的：利欲熏心，损公肥私。这就是我们常说的官商勾结。由于自唐宋直至明清，皆存在着有钱可以买官的现象，以致官商勾结从隐性走向公开化，于是官商勾结为非作歹、损人利己、损公肥私，欺世盗名现象层出不穷，在在可见。明清小说则以生动的艺术形象再现了这种社会现实。

"初刻"卷二十二中的郭七郎原本是唐僖宗朝江陵的一个巨富，家有"鸦飞不过的田宅，贼扛不动的金银山"，他是靠"大等秤进，小等秤出；自家的，歹争做好；别人的，好争做歹"放贷给江淮河朔的贾客而致富的。后来到京城收账听说钱可以买到官做，他又做起了"当官"梦，居然花了五千缗买了个"刺史"的官职。

从郭七郎买官的过程获知，当时朝廷是公开卖官鬻爵的，只是钱数有限，官职大小有限。但只要拿重金去贿赂主事的达官，就有可能买到更大的官做。郭七郎就因为花了五千缗送给那"百灵百验"主爵的官人——内官田令孜的收纳户，又正巧遇上粤西横州刺史郭翰"方得除授，患病身故，告身还在铨曹"的机会，于是那个主爵的官就将郭七郎改成了郭翰，七郎摇身一变成了郭刺史，而五千缗银子也就安然无失地落入了那主爵个人的腰包。然而七郎为什么要花钱买官做呢？小说在写大商张多保考虑到当时官难做，劝他不要买官时，七郎的一段独白讲得很清楚：

> 七郎道："不是这等说，小弟家里有的是钱，没的是官。况且身边现有钱财，总是不便带得到家，何不于此处用了些？博得个腰金衣紫，也是人生一世，草生一秋。就是不赚得钱时，小弟家里原不希罕这钱的；就是不做得兴时，也只是做过了一番官了。登时住了手，那荣耀是落得的。小弟见识已定，兄长

不要扫兴。"多保道："既然长兄主意要如此，在下当得效力。"①

有了官职之后，七郎便陡然由富而贵，趋奉他的人也就不少，这是何等的光彩！何等的荣耀！这五千缗在七郎看来真是花得很值啊！

然而，官商勾结不仅体现为买卖关系，其实还有跑官的身影，如果没有"跑"的角色在努力，买卖要想顺利成功也是很难的。小说里对此类跑官者也多有描写。如为七郎跑官的张多宝原本就是京都开解典库的，"又有几所缣缎铺，专一放官吏债，打大头脑的"。正因为他放的是大官人的债，往来的都是些达官贵人，所以他"居间说事，卖官鬻爵，只要他一口担当，事无不成"，于是得了"张多保"这个混名。

而明清时期的买官卖官，官商勾结，贪赃枉法，损人利己，侵吞国家利益的，要首推《金瓶梅》里的西门庆了。西门庆可谓明代典型的"官商一体"的人物。作为商人，他凭着拉拢贿赂各级官吏，为他经商牟取暴利大开方便之门，发了大财；作为官人，他是靠经商谋取的暴利买了顶位居五品的乌纱帽——山东提刑所的理刑副千户（相当于今天的省公安厅副厅长）的职务，故此有"西门官人"的称谓。与其他奸商相比，西门庆除了与一般奸商一样能结交到地方官员之外，还高攀到了朝廷的命官，如蔡御史、宁御史、蔡状元等达官显贵，后来竟拜蔡京为干爹，还进京见了皇帝。虽然在结交朝廷官员尤其是贿赂实权派官员方面花费了重金，但他又从那些官员那里获得更多更大的回报，其手段不外乎狐假虎威，凭着那些关系网，打压他人，垄断货物，瞒报少报，偷税漏税，甚至还突破国法商规贩卖私盐，以获取低成本高利润的财富。例如蔡状元被点为两淮巡盐御史后，西门庆手中的三万盐引就靠此特殊关系比其他盐商早支一个月，获得了一本十倍的巨额利润。为独揽朝廷采办的万两银子的古器买卖，西门庆竟凭着给老关系户宋巡按的一封书信，就把已经派下各府的批文追回，改派到自己的名下并由西门庆的伙计亲自带回，从而又揽下了一笔大买卖。为了逃关税，西门庆又修了一封书信和

---

① [明]凌濛初：《初刻》卷二十二，中华书局2009年版，第236页。

封好的五十两银子派陈经济干谒钞关的钱老爹，请他过税时"青目一二"，结果是一万两银子的缎绢货物，只花了三十五两的钞税银子就过了临清钞关，其伎俩是把缎箱一箱变做两箱，三停报做两停，并报成茶叶、马牙香等。西门庆就这样打着官府的旗号，四处招摇撞骗，不惜损害国家的利益，干着违法乱纪的勾当。

从西门庆这个不法商痞发迹的情形中，除了奸商自身的问题外，各级官员也起了助纣为虐、推波助澜的作用。对此，凌濛初有一段痛彻肝肠的控诉：

> 如今为官做吏的人，贪爱的是钱财，奉承的是富贵，把那"正直公平"四字撇却东洋大海。明知这事无可宽容，也将来轻轻放过；明知这事有些尴尬，也将来草草问成。……只做自己的官，毫不管别人的苦，我不知他肚肠阁落里边，也思想积些阴德与儿孙么？①

何啻是把"正直公平"四字撇却东洋大海，这简直是把他们的"良心"直扔去喂狗了！可见，为官作吏之人满脑子里只有"钱财"和"富贵"四字，其官风之坏、官场之恶令人扼腕。

前述奸商西门庆是直接贿赂临清钞关的实权人物，遂将一箱变做两箱，三停报做两停，以达到逃税的目的。另外奸商拉官人搭乘自己的货船，官人不需付船费反而还获得"坐舱钱"的财利，商人也就以此避税。这在明代也是极常见的现象。请看明代永乐年间知县苏云带着家眷前去上任途中的一段描写：

> 苏云同夫人郑氏，带了苏胜夫妻二人，伏事登途。到张家湾地方，苏胜禀道，"此去是水路，该用船只，偶有顺便回头的官座，老爷坐去稳便。"苏知县道："甚好。"原来坐船有个规矩，但是顺便回家，不论客货私货，都装载得满满的，却去揽一位官人乘坐，借其名号，免他一路税课，不要那官人的船钱，反出几十两银子送他，为孝顺之礼，谓之坐舱钱。苏知县是个

---

① ［明］凌濛初：《初刻拍案惊奇》卷十一，中华书局2009年版，第105页。

> 老实的人，何曾晓得怎样规矩，闻说不要他船钱，已自勾了，还想甚么坐舱钱。那苏胜私下得了他四五两银子酒钱，喜出望外，从旁撺掇。①

这种官商勾结，商人避税而官人获得"坐舱钱"竟然成了一种规矩。换言之，这种"规矩"实际上就是官商勾结共同侵占国家利益，已成为社会惯例和风气，而这种风气当然也就是一种陋习。而从旁撺掇的苏胜也乘机获得了四五两银子的好处费。

官人则相反，是通过自己所乘坐的官船，虚报内容，多报数据，以便腾出舱位好为熟识的商人运载私货提供逃税的方便，而自己也好从中获取财利。

官商勾结逃税现象并不是什么新鲜事，早在宋代就很盛行，这在《石点头》里已有所体现。小说中的税官——荆湖路条列司临税提举一上任就发现了官商勾结逃税的弊端，故此想要"振作一番"，便自己起草一通告示，竟私自把原有税课规定全部更改，又唤各铺家吩咐道：

> "自来关津弊窦最多，本司尽皆晓得。你们各要小心奉公，不许与客商通同隐匿，以多报少，欺罔官府。若察访出来，定当尽法处治。"那铺家见了这张告示，又听了这番说话，知道是个苛刻生事的官府，果然不敢作弊。凡客商投单，从实看报，还要复看查点。若遇大货商人，吹毛求疵，寻出事端，额外加罚。纳下税银，每日送入私衙，逐封亲自验拆，丝毫没得零落。旧例吏书门皂，都有赏赐，一概革除，连工食也不肯给发。又想各处河港空船，多从此转关，必有遗漏，乃将河港口桥梁，尽行塞断，皆要打从关前经过。（《石点头》第八回《贪婪汉六院卖风流》）②

作者记述这段文字，目的是在揭露和讽刺贪官吾爱陶的胡作非为、肆意搜刮民脂民膏以中饱私囊，但他所发现的"弊端最多"，官商勾结"通同隐匿"作弊，"以多报少，欺罔官府"的现象，确是当时的实情。

---

① [明]冯梦龙：《警世通言》卷十一，中华书局2009年版，第88页。

② [明]天然痴叟：《石点头》，华夏出版社2013年版，第287—288页。

古代小说研究论丛

官商勾结渔利现象发展的结果严重影响了甚至改变着世道人心，社会风气日益恶化，小说家周清源曾在其作品中用相士、算命先生与裁缝三人的对话，形象地描摹了当时世道风习恶变的情况：

> 相士道："昔人以方头大面者决贵，今方头大面之人不肯钻刺，反受寂寞，只有尖头尖嘴之人，他肯钻刺，所以反贵。"那个算命的也道："昔人以五行八字定贵贱，如今世上之人，只是一味旺财生官，所以我的说话并不灵验。"那个裁缝道："昔人料衣因时制宜，如今都不像当日了，即如细葛本不当用里，他反要用里；绉纱决要用里，他偏不肯用里；有理的变作无理，无理的变作有理，叫我怎生度日？"据这三个人看将起来，世道皆是如此。①

综上所述，明清小说里有关奸商形象描写，涉及由宋至明清的各个时期各个地方社会生活的各个方面。从职业上看，由商贾影响到文士、出家人；从地域上看，几乎是从京城闹市到偏僻的乡间；从奸伪手段伎俩上看，虽然五花八门，但大多也自成类型。那些奸商们无视法律法规的限制，也无视社会舆论的评判，却一味贪财好利，为富不仁，制假贩假，损人利己，损公肥私，乃至良心丧尽、人性泯灭，为获取他人钱财而杀人抛尸。尽管历代奸商无一善终，但奸商的身影却史不绝迹。究其主要原因，当不外乎人性恶德的极度发挥和张扬，与社会不良风习的无限延伸扩大这两个方面。这两个方面的负面影响几乎呈辐射性状态由商贾行业扩充到社会各行各业的人群，并纵向直接延伸到当今社会的各个方面，其危害社会的程度可想而知。因此，对此进行深入的研究和全面的总结，以期为当今的社会环境整治、文化建设、法律法规的完善等方面提供有益的借鉴，以进一步纯净世风，利国利民。

---

① 转引自陈大康：《明代商贾与世风》，上海文艺出版社1998年版，第144页。

明清小说之商贾群像与社会风习（下）

秦　川

所谓儒商，简言之，是指以儒家伦理道德观念来指导商业活动的商贾群体。而社会风习则指在某一特定时期所形成的风尚习惯，并在某一地区或全社会蔚成风气，它可能持续一个阶段，也可能延续一个或几个世纪。然而社会风习是个中性词，它既可指良善的风习，也可指不良的风习。褒则为风尚，贬则为习气。本文所及社会风习，是与儒商而不是奸商发生关系，其"风习"的概念显然在褒，当指风尚。

鉴于目前学界有关"儒商"的论述，对其概念的解释是五花八门，各持己见，且问题不少。如有的在卖弄才学，其结果是把"儒商"原本极为简单的概念弄得非常复杂；有的是牵强附会，含混不清，甚至把《儒林外史》中真儒名贤的杜少卿、虞育德都说成是儒商。故此笔者特作强调：儒商也好，奸商也罢，首先他得是商人而不是其他职业的人，这是个大前提。大体上说，儒商是以"仁义"为己任，以诚信为本，经商虽然也要考虑利润，但"不义而富且贵，于我如浮云"的儒家思想，在其商业活动中无时无刻不在发挥着重要作用。

兹所及明清小说中的儒商人物群像，是指明清小说里所有在商业活动中秉持儒家道德规范和文化精神的那些商贾群体，不管他们曾经是什么身份，也无论财富的多寡，影响的大小，只要他经商过程中表现出对儒家道德规范的坚守和人文精神的弘扬以及具有前述儒商的特点，就被

202

认定为儒商，完全没有必要去顾及他们的出身，正所谓"英雄不问出处"。

笔者通过翻检古代小说文献以及相关小说工具书，发现明清小说中虽然没有出现以正面的商贾形象为小说主人公贯穿全书的长篇，也没有出现专门收集商贾人物编成一书的短篇小说集。但无论是长篇还是短制，是文言还是白话，都不同程度地写到商贾生活情况，其中就有不少商贾人物形象正是典型的儒商人物形象。如冯梦龙笔下的金孝、吕玉、"黄老实"、黄善聪、李英、刘德夫妇、刘方、刘奇等人，凌濛初笔下的文若虚、张大等人，东鲁古狂生笔下的程氏父子、浦肫夫等人，李渔笔下的姚继、秦世良、秦世芳等人，吴敬梓笔下的庄濯江、金有余等人，蒲松龄笔下的二商、金永年、金和尚、夏商等人，纪晓岚笔下的周商、某妇、张际飞、韩某等，如此之类，难以遍举。然而，当这些儒商的精神风貌、思想情怀外化成一种文化符号，成为一代又一代商贾群体追求的一种职业境界或商贸行为习惯，成为商贾以外其他职业的人们所认同和景仰的一种社会生活范式，这时，儒商的一切行为特点就演化成了一种社会风习了。当这种风习形成之后，又反过来影响和促进着儒商精神、儒家文化的发展与传扬，并进一步对商贾及其活动产生正能量的影响。明清小说之儒商人物群像正充分体现了二者之间相互影响的关系。根据小说所写人物性格、经历的侧重点不同，笔者将小说中的儒商分成三种类型：一是疏财仗义、乐善好施，二是情义兼具、精诚合作，三是患难相助、巧得团圆。下面拟从这三个层面来探讨明清小说中的儒商与社会风习之间的关系。

一、疏财仗义、乐善好施的儒商特点与社会风习

提到明清时期的商贾，大家很容易想到的是奸商，因为那个时期尤其是明代确实有不少奸商。他们为非作歹，为所欲为，在全社会造成了极坏的影响。但尽管如此，也不能因奸商肆虐而否定儒商的存在，因为

明清小说中，既有被政府禁止、人们唾弃的奸商人物卑劣行径的狷獗，同时亦有广为社会推崇、人们称赏的儒商人物活跃的身影，这两种绝然相反的人物同生共长于任一社会任一时期。其中有着诸多值得我们进一步探讨的问题，而社会风习的历史沿革及其影响，当为研究儒商与奸商并存原因时不可忽略的重要方面。

当儒家文化在商贾活动中产生着积极影响的时候，这儒家文化就成为一种优良的社会风尚受到人们的充分肯定和积极的模仿，其中作为儒商特点之一的仗义疏财、乐善好施，已经成为一种社会风尚，并在明清小说中得以充分的体现。如冯梦龙笔下的吴保安，为救助陷敌的郭仲翔，他弃家经商，历十年之苦辛，非常人所能忍受。数百年来，吴保安这一人物形象成为"义"的化身而感染着历代的读者，是人们喜闻乐道的艺术典型。还有《喻世明言》卷五之"穷马周遭际棒槌媪"中的店主王公，他慧眼识英雄，慷慨资助穷途未遇时的马周路费，又荐马周到自己亲戚家住宿，为马周后来仕途通达提供了方便。《八段锦》第六段之"马周嗜酒受挫跌，王公疏财识英雄"亦写此事。《喻世明言》卷一之"两县令竞义婚孤女"中的商人贾昌，他知恩图报，花八十两银子买回有恩于己的石县令被发卖之女及其侍女，并且善待他们，可谓不是亲生却胜似亲生。凌濛初笔下的程元玉，是位"简默端庄，不妄言笑，忠厚老成"[①]的儒商。一日，他在一家客店为忘带钱钞的韦十一娘代偿饭钱，解除了韦十一娘的难堪局面。当韦十一娘向他再拜问及高姓大名以便日后好加倍奉还时，程元玉却说道："些些小事，何足挂齿！还也不消还得，姓名也不消问得。"[②]俨然一位无名英雄屹立在读者的面前，体现出他侠肝义胆的性格特征。正因为他的侠肝义胆，助人不计回报，在他遭匪盗劫难之时也获得韦十一娘的救助。《二刻》卷十五之"韩侍郎婢作夫人，顾提控橼居郎署"中的某徽商送银二两救助湖州府安吉州投水母子及其监中之夫，其儒侠行为终也救了自己，因为被救女子及其丈夫夜来道谢之时，使得

---

① [明]凌濛初：《初刻》卷四，中华书局2009年版，第39页。
② [明]凌濛初：《初刻》卷四，中华书局2009年版，第39页。

他避免了坏墙坍塌压死的灾难。《醉醒石》第十回之"济穷途侠士捐金，重报施贤绅取义"中的浦肫夫，他为人仗义疏财，救三举子于难中。还有凌濛初笔下的大商人张客，因自己的疏忽而失去钱财，在拾金不昧者林善甫如数奉还时，他感恩戴德、知恩图报。这不仅突出了拾金不昧者急人之所急，自觉如数奉还的难能可贵；同时也突出体现了失主知恩报恩、慷慨析产的儒商精神，其情节十分感人①。

《儒林外史》中的庄濯江，作者虽然没有直接描写他是如何经商的，而是通过庄濯江的叔叔庄绍光向杜少卿介绍的情况，才让读者知道他的儒商义举的。即使是小本生意人，也表现出儒商的慷慨，如书中金有余等人知道周进因"苦读了几十年的书，秀才也不曾做得一个，在见了贡院就伤心得痛哭流涕的情形后，众商人自觉发起凑钱借给周进捐监进场，并表示即使周进不还，就只当在江湖上破掉的，大家一致同意资助。后来周进拿着大家凑来的二百两银子捐监进场，竟'巍然中了'，大家'各个欢喜'"②。《醒世恒言》卷十《刘小官雌雄兄弟》中的刘德，种着数十亩田地，还在门首开着一个小店，他"平昔好善，极肯周济人的缓急。凡来吃酒的，偶然身边银钱缺少，他也不十分计较。或有人多把与他，他便够了自己价银，余下的定然退还，分毫不肯苟取。""因他做人公平，一镇的人无不敬服，都称为刘长者。"③刘德夫妇是下层人群中儒商的典型，其救困扶危的义举以及恬淡处世的思想情怀令人敬佩。

刘德夫妇的善良厚道，不仅表现在生意买卖过程中，同时也体现在日常交友处事的具体情节和细节上。如在方老军携同其幼子在大雪纷飞、饥寒交迫、无法前行的情况下，赐以酒饭，留宿家中；方老军因道感风寒，卧病在床，刘德夫妇又帮他延医煮药，日夜看视，胜如骨肉；方老军死后，又助其子安葬亲人，还收留其子为义子，唤作刘方，视如亲生一般看顾。后来又收养了水患余生的刘奇，不仅成就了刘奇的孝义之德，

---

① [明]凌濛初：《初刻》卷二十一，中华书局2009年版，第225页。
② 陈美林批点：《儒林外史》，江苏古籍出版社1989年版，第26—27页。
③ [明]冯梦龙：《醒世恒言》卷十，中华书局2009年版，第129—130页。

而且还玉成了刘奇和刘方的美妙姻缘。

刘德夫妇的善行义举，不仅直接影响了刘方、刘奇以致双双成为义商，受到人们的称赞；而且还影响了一方的社会风气，以致其生死相守的河西务镇成为当时以至后世人们所景仰的"刘方三义村"。

汪兴哥是又一疏财仗义的儒商典型。他十五六岁连话也说不清楚，而实际上却是一个"肚里能撑船"的儒侠。他后来能得到刘崇荐举，锦囊解厄，官封越王，名垂青史的理想结局，正是他经商伊始就广散钱财、济困扶危、典当市义所带来的结果。作者写他的事迹是采用欲扬先抑的手法，将他大器、智慧的一面随后娓娓道来，他的思想、本事、成就的体现就如同看画卷一般，随轴卷下放，慢慢展现。

然而镇江的富商巨贾吉复卿没有兴哥那么幸运，因为他对那两个所谓莫逆之交的富户朋友赵得夫、姜彦益的规劝和救助，却丝毫没有改变他们嗜嫖浪掷的恶习，赵、姜二人终因嫖而败家亡身。吉复卿对这样两个朋友的救助，在今人看来似乎有些不值，但在当时世风日坏的元末，他不惜重金，救助难中之友，安葬亡友尸骨，抚恤亡友妻儿的义举，在江湖间广泛传扬，这对扶正压邪仍然有着积极的促进作用。

汪朝奉是个忠厚志诚的徽商，他得知周迪夫妇陈账无收、本钱被盗的情况时，说道："小弟原是徽州姓汪，在扬州开店做盐，四方多有行帐，也因取讨帐目到此。如今将次完了，两三日间，便要起身，正要寻一个能写能算的管帐。老哥若不嫌淡泊，同到扬州，权与我照管数目，胡乱住一二年，然后送归洪州何如？"周迪夫妇千恩万谢，跟随汪朝奉来到客店中，等待启程。"汪朝奉留住在店，好生管待，他本是见周迪异乡落难，起这点矜怜之念，那写算原不过是个名色，这也不在话下。"（《石点头》第11回）可见汪朝奉原本就是救助之意，其厚道、侠义、又顾及他人脸面的思想行为实在令人感佩。

然而不幸的是，刚到扬州，又遇到高骈奉旨征剿黄巢，城郭纷纷，人们各自逃生。那汪朝奉也连忙收拾回家，又慷慨解囊，出白金二十两给周迪夫妇予以救助，说道："本意留贤夫妇相住几时，从容送归。谁料变生不测，满城百姓，都各逃生，我也只得回乡，势不能相顾了，白金二十两，聊作路费。即今一同出城，速还洪州，日后太平，再图相会。"

与汪朝奉等儒商义贾相比，小商贩周迪的妻子宗二娘则更不简单。小说写她是儒家之女，自幼读书知礼。夫妻两人十分和睦，奉侍老娘，无不尽心竭力。在那兵连祸结的当儿，接受汪朝奉资助的二十两银子去逃生。不幸的是他们刚到达城门，就被军中的禁令阻在城里，未能逃脱。困了八个多月，军中杀马来食，到后来马吃尽了，不仅死下的人被拖来吃了，而且连伤残没用的士卒也拉来杀了吃。因战争而使得田土抛荒，粒米不登，草根树皮，也剥个干净。

在这样的背景下，用汪朝奉所赠银两预备下的口粮早已罄尽，宗二娘两口腹中饥馁，手内空虚，欲待回家，怎能走动！在这万般无奈之际，宗二娘选择了屠身救周迪母子。宗二娘这种屠身救姑、杀身成仁的孝烈行为，不仅感动了当时所闻所见者，而且还感动了爱国诗人屈原的在天之灵。在屈原英灵的救护下，周迪神速回到洪州家中，拜见母亲。小说通过对宗二娘屠身救姑的英勇无畏、慷慨就勠的壮烈行为的细致描写，让读者深深感到，这不仅是一曲英雄的赞歌，同时也是一篇申讨无情战争造成百姓灾难的檄文。宗二娘的大义凛然、杀身成仁的英雄形象，在读者的心中留下了无限的激越与悲凉。

由此可见，疏财仗义、乐善好施的儒商特点已经成为优良的社会风习并跻身于奸商恶习泛滥成灾的明代，这说明邪不干正，优良风尚一旦形成，它就不会随意让步于恶习，而是坚毅地无条件地发挥着积极的社会作用。

二、情义兼具、精诚合作的儒商特点与社会风习

古代小说中商人的"合作"，不同于今人的"合作"概念，因为封建社会是私有制社会，私有制决定了他们的各式各类的营生皆为私人单干的模式，即使有"合作"，也是临时性的合伙，准确地说是临时性的结伴

互助而已。本文所及的"精诚合作"事例，是指在民间患难之交中的偶然机会进行的合作现象，是小商贩之间的合作或合伙行动，即"患难见真情"的古朴民风的呈现。也正是这古朴民风而逐渐成为正义商贾的生活行为习惯，并进一步形成良善的社会风习，又反过来规范着商贾们的商贸行为。虽然此类现象相比于奸商恶行恶习来颇为少见，但正是这少见的古朴民风的传扬，成为黑暗社会的一束亮光。如冯梦龙笔下的黄善聪与李英（《喻世明言》卷二十八《李秀卿义结黄贞女》）、刘方与刘奇（《醒世恒言》卷十《刘小官雌雄兄弟》），凌濛初笔下的文若虚等人以及李渔笔下的秦世良与秦世芳（《连城璧》卷六）等人，即为此类典型。他们患难相交、彼此忠诚、勠力同心、共创儒商大业，留下了美名，成为千古佳话，感染着世人。

如《李秀卿义结黄贞女》的主旨，在于称赞小买卖者黄老实的幼女黄善聪（后化名张胜）女扮男装的贞节孝义，但作品中的具体描写客观上反映了善聪（张胜）与李英精诚合作、毫厘不欺，以仁义为本、公平交易、敦诚守信的儒商义行。作者在开篇就交代说，这是大明弘治年间（1487—1505）的故事。可见在明中叶以前，社会民风还是不错的。这个故事后来被编成说唱文学《贩香记》，这说明儒商之间的合作经营，造福乡里，受到了民间百姓的称赞和推崇。而发生在比此要早数十年的明宣德年间（1426—1435）的故事"刘小官雌雄兄弟"则更加奇特。

故事中的主角刘方、刘奇皆为刘德收养的义子，他们的遭遇颇为相似。年幼的刘方（女扮男装的假小子）是在风雪交加之时陪伴年迈的父亲方老军前去远离家乡的山东讨薪，父亲死于风寒，自己被刘德收养。时隔两年，又值深秋，"大风大雨，下了半月有余，那运河内的水，暴涨有十来丈高下，犹如白沸汤一般，又紧又急。往来的船只，坏了无数。……船上之人，飘溺已去大半"。刘方在店中帮助义父打理，闻知此事，前来观看。只见：

> 有一个少年，年纪不上二十，身上被挽钩摘伤几处，行走
> 不动，倒在地下，气息将绝，尚紧紧抱住一只竹箱，不肯

古代小说研究论丛

放舍①。

此时的刘方睹景伤情，触动了自己往年冬间之事。惺惺惜惺惺，怜悯之情、救助之意油然而生。于是急急转家，把上项事情报知刘德夫妇。刘德与刘方急速前往，将刘奇接到家中。刘奇在刘德夫妇的精心疗养和百般呵护下，身体渐渐健旺起来。刘方与刘奇年貌相仿，情投契合，二人因念出处相同，遂结拜为兄弟，友爱如嫡亲一般，这便为日后的美好姻缘播下了精良的种子。

刘德夫妇死后，刘方、刘奇怆地呼天，号啕痛哭，恨不得以身替代。二人以人子之谊厚葬刘德夫妇，随后又商议将各自父母骸骨迁徙过来，与刘德夫妇合葬一处。殡葬之日"那合镇的人，一来慕刘公向日忠厚之德，二来敬他弟兄之孝，尽来相送"。殡葬过后，二人尽快"把酒店收了，开起一个布店来。四方往来客商来买货的，见二人少年志诚，物价公道，传播开去，慕名来买者，挨挤不开。一二年间，挣下一个老大家业，比刘公时已多数倍。讨了两房家人，两个小厮，动用家伙器皿，甚是次第"。②二人情投意合精诚合作，创儒商发展史上之奇迹；结义兄弟终成美眷良缘，传天下三义村之奇闻。此事便"哄动了河西务一镇，无不称为异事。赞叹刘家一门孝义贞烈"。③

与上述两则以女扮男装、终成眷属的儒商合作故事相比，凌濛初笔下的文若虚与张大、李二、赵甲、钱乙一班四十余人结伴同行去海外经商，给读者留下了许多难忘的记忆。

小说的主人公文若虚可以算得上真正的儒商。作品写他"生来心思慧巧，做着便能，学着便会。琴棋书画，吹弹歌舞，件件精通"。从品质上说，他本分厚道，知恩图报；买卖公平，从不想占别人丝毫的便宜，且知足常乐。如张大等人出海做生意，朋友们喜欢他说笑有趣要带他出海，他自己也正想跟着去耍耍。当他把张大凑给他一两银子买成百来斤

---

① [明]冯梦龙：《醒世恒言》卷十，中华书局2009年版，第134页。

② [明]冯梦龙：《醒世恒言》卷十，中华书局2009年版，第138页。

③ [明]冯梦龙：《醒世恒言》卷十，中华书局2009年版，第140页。

洞庭红（橘子）时，他首先想到的是可在船上解渴，"又可分送一二，答众人助我之意"。到达吉零国，张大等都上岸交易去了，文若虚因没有本钱和货物，独留舱里看船。幸运的是原本为自己消渴的橘子却吸引了不少当地游客，很快被抢购一空，且卖了个好价钱。在买卖过程中，虽然物以稀为贵，但总体上仍然体现的是他精明之处显厚道的高尚人品。

作为儒商的文若虚，作者并不刻意描写他的精明，而是用心刻画他的厚道、大器、知足和懂得感恩。这在他侥幸拾得稀有珍品鼍龙壳之后的一些情节、细节里得以充分的体现。

如波斯胡主人马宝哈得知鼍龙壳是宴席上居末座的新客人文若虚的宝货时，他非常惭愧歉疚，便专门为文若虚设宴赔礼，并借机提出要买这个稀有珍品的愿望。当买方问及鼍龙壳的价格，文若虚也不知这玩意儿到底该值多少钱，正为难之时，张大竖起三个指头暗示他报价三万两银子，他却摇头，只竖起一个指头；当买主以为报价太低是不诚心交易，众人叫他开个大口，他却"终是碍口说羞，待说又止"，足以证明文若虚本分厚道的品性。最终以五万两银子成交时，双方都以为得了天大的便宜，这个情节充分体现了买卖双方的公平、正义，可谓我国古代对外商贸史上的奇闻佳话。

经商贸易合作讲究共赢，这无论是在古代还是在当今，也无论是国内的合作还是国际的合作，当被视为经商之道而各自遵守。而文若虚那存心忠厚、知足常乐，不乘机敲诈、哄抬物价的善行义举，也给同伴朋友以积极的引导：

> 内中一人道："只是便宜了这回回，文先生还该起个风，要他些不敷才是。"文若虚道："不要不知足，看我一个倒运汉，做着便折本的，造化到来，平空地有此一主财爻。可见人生分定，不必强求。我们若非这主人识货，也只当得废物罢了。还亏他指点晓得，如何还好昧心争论？"众人都道："文先生说得是。存心忠厚，所以该有此富贵。"[1]

---

① [明]凌濛初:《初刻》卷一,中华书局2009年版,第14页。

古代小说研究论丛

显然，文若虚的一席肺腑之言，感化了同行的朋友，这对弘扬正气，树立良善的社会风气，已产生着积极的影响。

与冯梦龙、凌濛初笔下的儒商合作的故事相比，清初的李渔则又创造了另一种奇闻趣事。李渔笔下的秦世良与秦世芳的合作，既不像冯梦龙笔下由女扮男装的兄弟变成夫妇的模式，也不像凌濛初笔下对数十人结伴同行、出海经商过程的直接描写，而是让两个合作者先历经磨难和误会之后，意外还原真相，解除误会，使得小说主人公从"冤家"变成兄弟的合作伙伴。小说人物的命运沉浮不定，故事情节曲折离奇，读到终篇才让读者疑虑释然，豁然开朗。

这个故事的主旨是在讲"义"，讲"道德"，以"相命"为由，终在劝善。小说写了众多的人物，人物的活动过程皆为商贾活动的奇闻，而杨百万和秦世良、秦世芳三人算是其中最有趣的奇人。

杨百万是广州南海县一个有名的财主，他以放贷为业，家资达百万，故有是名。说他是个奇人，因为他放债的规矩有三桩异样：一是起息视借贷的数额来定，借贷越多，起息越高。所以人人都说他"不是生财，分明是行仁政，所以再没有一个赖他的"。二是收放固定日期，定为规矩。人们有了规矩，不是收放日期不去缠绕。三是以相貌好坏定借贷数额。

这三桩规矩，第二种颇类现代银行制度中的值班安排，其余两桩的核心意义，当在于突出杨百万自己行仁政的儒商品德和以相术放贷的奇特方式，目的是以此体现作者企图弘扬儒家仁爱思想和倡导社会诚信风尚。小说把杨百万作为秦世良和秦世芳不做亏心事、不取昧心财、居仁由义、重义重情而发迹的见证人。表面上看，似乎在印证杨百万相术的精准和灵验，而实际上是在印证作者所坚信的祸福虽由命，但命也可以改、可以造的思想，其改命和造命的关键在于你是否以仁义为要。如果说秦世良的发财命主要取决于他先天的命相好，那么秦世芳的发财命则主要取决于他后天的不昧心、不贪财，以及得知自己一本万利的本钱是误取了秦世良的本钱时而将本利全部奉还的义举。这种行善积德可以使坏命变好，作恶多端也可以使好命变坏的思想，很能深入人心，并有望形成优良的社会风尚。

作为小说主人公的人物秦世良和秦世芳，他们的经商奇遇也颇为罕见。秦世良原本海南县一个儒家之子，"少年也读书赴考，后因家事萧条，不能糊口，直到开个极小的铺子，卖些草纸灯心之类。"就这样家境之人，杨百万却一眼就认定他将是个不费力的大财主，故此三番两次鼓励他借钱，而且是借大笔的钱钞；而事实上是秦世良两次三番遭难折本。

世良无可奈何，回到南海靠教几个蒙童度日。正在世良穷困潦倒、心情十分沮丧之时，而世芳的生意却做得顺风顺水，大发特发。先是将二百两银子买了几百担稻子乘便船发到瓜州，被淮扬一带的人们以五两一担的高价买去做种子，赚了个一本十利，二百两变成了二千两。又在扬州买了茶叶，发到京师去卖，而正值京师时疫发作，急需茶止渴，世芳的茶便当了药卖，不上数月，又是一本十利。又在京师搭了便船，置了些货物带到扬州发卖。此时连本带利，将有三万之数。再往苏州买绸缎，带回广东。

当回到家中，得知自己发财的本钱是秦世良的，还以此让人担负起偷盗的罪名时，世芳心里十分愧疚，因此首先想到的就是连本带利送还世良，并真心诚意地去认罪道歉。当世芳讲明来意之后，世良虽然庆幸自己洗脱了"贼名"，但心想：尽管本钱是自己的，而利钱却是人家自己辛苦挣来的，因此他坚辞不受世芳的货物钱财。于是，一个坚决要全部奉还，不要做"贪财负义"之人；而另一个则坚辞不受，以为哪有无功受禄之理。这就足见作为儒商双方的义气和敦友重情。就在双方争持不下之际，杨百万出面给他们调停，除二百两银子的本息由世良全付之外，其他财物两人均分。这可算作世良、世芳两人无意中的成功合作。

可见，秦世良、秦世芳二人第一次的合作，是由起初的误会不快到如今的冰释前嫌而宣告结束，但万万没有想到的是，在世芳把货物退还世良的当夜，家中却遭遇强盗的打劫。所幸的是货物已经运走，劫贼空手而回，而其妻却被劫贼自晚吊到天明。也正是这次遭劫，便扩大了世

古代小说研究论丛

芳妻子为人处事的心胸，也以此启动了世良、世芳第二次成功愉快的合作，当然也是长远的合作。

第二次合作不是一般性的成功，而简直就是一而再、再而三的奇迹般的幸运屡屡降临到这两位仁兄义弟身上。细说来，又是两桩奇闻。

第一桩，南海新知县的到任，使得世良不仅曾经被盗的三百两银子一本数十利的取回，而且还受到时任知县的反复礼遇，因而当地百姓赐他一个"白衣乡绅"的徽号。这可算做一桩奇闻吧。

第二桩，世良曾经出洋生理，遭遇强盗打劫的钱财不仅又一本十利的取回，而且还受到异国驸马的特别关照，做成更大更长久的对外合作。这应是我国古人对外商贸史上又一个奇闻佳话。

上述两桩奇闻，合着前述秦世芳获得大利后，主动将财富送到秦世良家与之分享而避免了强盗打劫的幸运，便构成三个惊世骇俗的奇闻集锦了。作者不惜笔墨，浓墨重彩写这三个奇闻，目的是要突出儒家的仁义道德的深入人心及其对商人所产生的积极影响，以此在全社会营造风清气正的良好环境。事实上，小说中的商贾活动告诉读者，良善的社会风气已经在明代弘治年间的南海县一带悄然形成。对此，小说中的主人公之一的秦世良就曾经不解地自问自笑道："不信我这等一个相貌，就有这许多奇福。奇福又都从祸里得来，所以更不可解。银子被人冒认了去，加上百倍送还，这也勾得紧了。谁想遇着的拐子，又是个孝顺拐子，撞着的强盗，又是个忠厚强盗，个个都肯还起冷帐来，那里有这样便宜失主！"表面上看，似乎作者是在肯定杨百万的相术灵验，鼓吹命由相生的封建宿命论；实际上是在倡导儒家的仁义道德，说明人的命运的好坏是掌握在自己的手里，人不仅可以改命，而且还可以造命。若向善之人，丑相坏命可以变好；造恶者，好相好命也可以变化。所以作者在本篇小说的最后明确指出：

　　照秦世良看起来，相貌生得好的，只要不做歹事，后来毕竟发积，粪土也会变做黄金；照秦世芳看起来，就是相貌生得不好的，只要肯做好事，一般也会发积，饿莩可以做得财主①。

（《无声戏》第4回）

还有经商途中因某些机缘而进行临时性的合作，也是商人常见的合作现象。因为他们皆为儒商，所以其合作常常是非常愉快的，体现了合作双方的精诚守信，有情有义。这类例子比较典型的有《警世通言》卷五"吕大郎还金完骨肉"中的大布商与吕玉的临时性合作。故事中的吕玉，本来是出身于江南常州府无锡县东门外的一个小户人家，因六岁的儿子喜儿跟邻舍家儿童出去看神会，被拐子拐走了。街坊上找了几日，全无影响。吕玉为了寻找儿子，"向大户家借了几两本钱，往太仓嘉定一路收些棉花布匹，各处贩卖，……每年正二月出门，到八九月回家，又收新货，"就这样经商了四年，获利不小。到第五个年头上，吕玉于途中遇了个大本钱的布商。谈论之间，布商知道吕玉"买卖中通透"，就拉他同往山西脱货，顺便带绒货转来发卖，并许诺从中抽取份额作为工钱以表谢意。吕玉接受了那个大布商的邀请，就跟着去了。后因遇着连岁荒歉，在山西所发之货，赊账拖延了三年才收起来。那布商也因为稽迟了吕玉的归期，便加倍酬谢。这是儒商之间临时性合作且愉快成功的典型例子。

透过这些成功合作的例子，我们可以更深层地发现其弦外之音，即信任与诚信已经成为正派的商贾之间一种优良的风尚在全社会悄然普及，即使那些出于无奈之际做出"损人利己"乃至"伤天害理"的事情来，随后他们会深度反省、改过自新，像秦世良曾经遇到的强盗竟是"忠厚的强盗"，遭遇的拐子又是"孝顺的拐子"，居然个个都要还起冷账来，就是典型的例子。这一切反常的现象，正是儒家文化的优良传统已经固化为一种良善的社会风习的见证。

---

① ［清］李渔：《李渔全集》卷八，浙江古籍出版社1992年版，第89页。

三、患难相助、巧得团圆的儒商奇遇与社会风习

患难见真情，这是广为人知的一个谚语，明清小说中有不少艺术形象诠释了这个谚语丰富的内涵。而造成小说人物遭遇"患难"的原因是多种多样，或社会的原因，或家庭的原因，或个人的原因，甚或是社会、家庭、个人等多方面原因的综合体现。但无论是何种原因，而作者的最终目的不在于追究造成"患难"的原因或"患难"本身的情形，而是要突出"患难"出现之后，其人、其社会是如何对待这个"患难"问题，诸如如何让小说中的人物、社会环境展示个人道德、群体公德、社会美德来促进优良世风的形成。商人在中国古代虽然地位低下，为"四民"之末，但其实际的社会作用又使之成为人们广泛关注的人物，尤其是作家笔下广泛关注的人物。以商人的生活为题材进行文学创作，这在明清小说中为数不少，既有对为非作歹、不仁不义奸商的揭露和批判，也有对于普通商贩为商的艰辛、生活的苦难给予深切的同情，特别是对一些患难相助、生死与共而巧得团圆的幸运者报以真诚的赞赏和热情的歌颂。这在"三言""二拍"、《醉醒石》以及李渔短篇小说中有大量的描写。

我们先来看看李渔《十二楼》之《生我楼》这则千古奇话。小说中的主人公姚继，幼被拐卖，长大后，在外经营小本生意，一次在集市上遇到一位"卖身为父"的老汉在受到众无赖的欺侮时，他道见不平拔刀相助，结果是花十两银子买下了老爹而幸遇亲爹，后又因买妻而幸遇亲娘，再后来在亲娘的指引下买得原配女友而喜结良缘，最终是阖家团聚，皆大欢喜。这个故事是通过一个家庭所遭遇的悲欢离合的典型事例，在一个比较大的社会背景下突出人物的道德品质和胸襟情怀，同时也通过他们的遭际展示了当时的人情世态和社会风习。

《生我楼》故事的起因是尹小楼外出卖身为父。他卖身为父这一反常的行为不仅引起剧中人们的不解，同时也带给读者诸多的疑虑。无子立嗣是自古至今常见的社会现象，尹小楼家的悲欢离合故事要从其"立嗣"

说起。

立嗣，在民间是一件非常严肃而慎重的事情。因为倘若选人得当，即可传宗接代，兴家旺业，老来有靠；万一选错了人，不仅老来无靠，还要惹出许多闲气来受，破家败业、打爷骂娘的情形也在所难免。所以对于立嗣谨慎，尹小楼是如此，前述刘德夫妇又何尝不是这样呢？只是尹小楼选人考验人的方法不同凡响而已。

功夫不负有心人，尹小楼果然幸运，遇着一个乐意出十两银子买自己为父、又心甘情愿且心安理得地接受自己带刁难性考验的姚继。作为小本生意人的姚继，实乃世风日坏形势下的一朵奇葩，从他的生活经历以及对尹小楼的言行举止态度上，读者不难发现他勤奋上进、乐善好施、有情有义的品性。

但由于各人的人生观、世界观、价值观以及道德趋尚不同，还有思维方式、理解角度有异，因而对于同样一句话或同样一件事，在不同的人听起来或看起来所引起的反应和产生的效果也就明显有别。小说中的尹小楼故意刁难考验姚继的情形，众人的反应是替买主担心；而善良厚道、真心诚意要买尹小楼为父的姚继，反倒把这个"刁难"和"故意"看成是"父亲"对自己体谅和爱心的体现。

姚继不仅经历了父亲试探性刁难的考验，同时也经历了心灵希望破灭的考验。例如元兵南下时，地方无赖化装成元兵肆意掳掠妇女，然后用布袋装好在仙桃镇出售，买家只能在付款之后才能开看。而姚继原本是要从中寻找自己的女友，不料买来的却是个白发苍苍的老太，顿时心里感到失落与无奈。但他立即又转念一想，不久前买了个父亲，也算机缘凑巧，刚好又买来个母亲，一时又高兴了起来。读者读到此处，便为这位老太提起的那颗紧张的心一下子放了下来，若是换了个歹人，她的性命恐怕难保，更不用说有什么好的礼遇，就因为她碰上的是善良的姚继，才有被作为母亲而留下来的幸运。而姚继也正因为留下了这位母亲，又得到母亲的指点而找到了他日思夜想的女友，最终一家团圆。

前面提及冯梦龙笔下的布商吕玉，因他拾金不昧，如数奉还；不惜钱财，救人危难，得以父子兄弟团聚，这与尹小楼一家历经患难而巧得团圆的故事颇为相似，是儒商疏财仗义、乐善好施优良品德的又一典型。

与吕玉、吕珍兄弟患难相助、巧得团圆情形相反，蒲松龄笔下的二商是在经历软弱哥哥和不贤惠嫂嫂的冷漠之后，面对哥嫂经历劫匪之难、幼侄孤孀无以为计之时，他不计前嫌，以德报怨，体现了他的仁义之心和宽厚的胸襟与情怀，也是一位典型的儒商。小说是通过正反对比的手法，叙写弟弟二商与哥哥大商在家境悬殊、条件反差极大的情形下，一方对待另一方的不同态度，所表现出来的善恶，作者的创作倾向和思想感情也无须一言半辞的解释，自寓于这鲜明的善恶对比之中。小说更为感人之处不仅在于二商帮扶了幼侄恶嫂，而且更在于他不瞒侄不昧心，把哥哥的窖藏金发家之后析产一半与侄儿。然而可喜的是，在二商的影响下，侄儿的为人为商也非常厚道志诚，又敦孝道。小说写他"颇慧，记算无讹，又诚悫，凡出入一锱铢必告"，所以"二商益爱之"。可见叔侄之间的合作是成功的，也是愉快的，当然也算得上是个团圆的结局吧。

与吕玉、二商等兄弟历经患难的情形绝然不同，心远主人笔下的尚质、尚文兄弟成功发迹的故事就显得简单、直截而幸运得多，简直就是个兄弟之间团结和睦以致黄土变成金的美丽神话。作者在小说开篇就议论道：

> 大凡人家难做，皆因乖戾之气，骨肉伤残。父母分遗家产，也有会营运的，也有不会营运的；娶个妻子，也有贤慧的，也有不贤慧的。就致兄弟同心不能永久，家财所以无成，外人便要欺侮。故此说人家中，和气致祥，自然兴旺；若要和气，先要同心。（《二刻醒世恒言》第4回）

这里说的虽然是在歌颂兄弟同心其利断金的好处，但我们通读小说后也清楚地意识到：当尚质辛苦赚来价值六十多两银子的潞绸，在途中被一个假举子以购买潞绸作为礼品，用六十两假银骗去，发觉后在那儿放声痛哭之际，路旁来了一个过客，见他如此光景，便动了恻隐之心；得知假银之事，便有相助之意。于是就帮助尚质周旋，竟选了苏州府太仓州同知。作为同一时代同一社会条件中的同一个人，不幸与所幸正聚集在尚质一人身上，正说明坑蒙拐骗之与助人为乐这两种绝然不同的风习，始终并行较量于任何时代任何社会环境中，其结果总是邪不干正，尚质在危难之时，终遇李世修如此好人，与其说是天有怜才惜贤之意，不如说是助人为乐社会风尚浸润的结果。

四、结语

综上所述，古代小说中虽然没有一部以儒商人物形象贯穿作品始终的长篇小说，也没有专集商贾人物形象为一编的短篇小说集，但商贾形象包括儒商或奸商在内的单篇小说或小说片段，在明清小说中尤其在明清话本小说中倒是随处可见。这说明商贾形象到明清时期备受人们关注，商贾的社会地位事实上也在悄然提高。此期的人们为何如此关注商贾群体？这有着多方面的原因，其中商贾的活动与广大群众日常生活息息相关，因此，商贾的活动对人们日常生活所发挥的作用、所产生的影响，恐怕是其中最主要的原因。

既然商贾活动及其对人们日常生活所发挥的作用和所产生的影响，成为人们和社会的关注点，那么儒商与奸商就成了社会关注和讨论的重要话题。人们对于奸商与儒商的褒贬态度非常鲜明：喜欢而拥戴儒商，痛恨且打击奸商。但从历时性上看，儒商与奸商始终是并存的，只不过在某个具体的时代和具体的社会环境中各自存在的隐与显、多与少的不同而已。这两种绝然不同的商贾群体并存共生的原因也很多，其中社会风习的影响当为重要的原因之一。事实上，社会风习不断影响着商贾的行为表现，而商贾自身的特点又反过来影响社会风习的形成与变化，这里皆包括儒商与奸商在内。

以儒家伦理道德观念来指导自己商业活动的儒商群体，其特点表现为：以义取利、诚信为本的道德追求，童叟无欺、和气生财的行为准则，精打细算、刻苦勤俭的执业操守，以及与人为善、乐善好施的人文精神。

勤奋、坚毅、诚信、仗义是儒商群体的核心关键词。可见，儒商的概念、特点以及关键词，都与儒家仁爱思想、道德观念和价值取向密切相关，所以具有儒家思想观念和价值取向的商贾群体才被称为儒商。那么儒商与历代社会风习有何关系呢？而风习本身又存在着优劣之分，而儒商就理所当然是与良善的社会风习发生着关系。换言之，当儒商的精神风貌、思想情怀外化成一种文化符号，成为一代又一代商贾群体追求的一种职业境界或商贸行为习惯，成为商贾以外其他职业的人们所认同和景仰的一种社会生活范式，这时，儒商的一切思想和行为特点就演化成了一种社会风习。随着这种风习的形成，又反过来影响和促进着儒商精神、儒家文化的发展与传扬，并进一步对商贾及其活动产生正能量的影响。明清小说之儒商人物群像正充分体现了二者之间的相互影响关系。

　　本文所及明清小说中儒商的三种类型也皆与社会风习有关。如《儒林外史》中跟随金有余前来省城做买卖的同伴，得知周进头撞贡院痛哭流涕的原因时所说的那番话，就较好地体现了儒家思想与社会风习相互渗透的关系。

　　　　那客人道："这也不难。现放着我这几个兄弟在此，每人拿出几两银子借与周相公纳监进场。若中了做官，那在我们这几两银子。就是周相公不还，我们走江湖的人，那里不破掉了几两银子！何况这是好事。你众位意下如何？"众人一齐道："'君子成人之美。'又道：'见义不为，是为无勇。'俺们有甚么不肯？"（《儒林外史》第3回）①

这百十来个字的一段对话，却有着许多正能量信息传导出来：一是某客见周进头撞贡院痛哭流涕之状，一时生起怜悯之心，顿起相助之意，首倡借钱给周进纳监进场；二是首倡者推想周进中举得官后会还大家的钱，这涉及到"诚信"问题，是对周进的信任，也是对此类社会现实的肯定；三是在退一步说，即使周进不还，也要借钱给周进纳监，见其助人是意诚心坚，其中"我们走江湖的人，那里不破掉了几两银子"的说话，饱

---

①　陈美林批点：《儒林外史》，江苏古籍出版社1989年版，第26页。

含了经商不易的心酸；四是助人为乐做好事已成社会风尚，所以有"何况这是好事"的得意表达；五是众伙伴欣然同意借钱给周进，使得周进和倡导者非常感动。这里又有两层意思：一层是众人引用格言化了的语言表态，证明了这几位商贩正是乐于助人、成人之美的"君子"，同时也以此反映了儒商群体助人为乐、成人之美已经成为美德风尚在社会传扬；另一层是众商客把儒家见义勇为的格言内化为思想、外化为行动的体现。"见义不为，是为无勇"是化用儒家创始人孔子的话语，原文是："子曰：'非其鬼而祭之，谄也。见义不为，无勇也。'"（《论语·为政》）①这一百四十字共七层意思，已经将儒家文化里的仁义、诚信、君子人格与社会生活的重要组成部分的商贾以做好事为荣、意诚心坚地助人为乐交融在一起，相互作用，相互影响，使得儒家文化的精髓随着儒商的活动而常态化、习惯化，形成一种社会风习；而这种社会风习的形成又进一步扩大了儒家经典文化的传扬。

再如儒商刘德自述苦衷的一段话：

> 刘公说："我身没有子嗣，多因前生不曾修得善果，所以今世罚做个无祀之鬼。岂可又为怎样欺心的事！倘然命里不该时，错得一分到手，或是变出些事端，或是染患些疾病，反用去几钱，却不倒折便宜。不若退还了，何等安逸。"因他做人公平，一镇的人无不敬服，都称为刘长者。②

刘德的自述也就百来个字，反映他行善积德的思想动机，在于弥补他前生未有善果而致使今生无嗣的缺憾，目的是在教育世人多行善积德做好事；所体现的不是儒家思想而是佛道思想，但丝毫不影响称他为儒商。其实"修身"已融汇了儒释道三家思想，难以分辨，其中"子嗣"问题是民间非常看重的社会问题。而正因为这种融会多家思想的观念对世人的影响大而久远，慢慢成为一种惯性的社会现象，与其要把它条分缕析到某家某派，还不如将它作为一种社会整体现象来看待，那就是笔者所

---

① 《四部要籍注疏丛刊·论语上》，中华书局1998年版，第8页。

② ［明］冯梦龙：《醒世恒言》卷十，中华书局2009年版，第129—130页。

谓社会风习的影响问题了。作者以正面称扬刘德积德行善，做人公平的优良品德，除了教育无嗣之人的目的之外，也是希冀良善的社会风尚能传扬久远。事实上，刘德的善心善行也获得了应有的回报：刘方刘奇这两个义子，不仅对他是生养死葬，使得他无嗣而有嗣，不是亲生却胜似亲生；而且还扩大了他生前的经营规模，发展了他的善业，他经商的诚信、公道、不取昧心钱的优良品德在他两个义子身上得以充分体现，以致"四方过往客商来买货的，见二人少年志诚，物价公道，传播开去，慕名来买者，挨挤不开。一二年间，挣下一个老大家业，比刘公时已多数倍"。①

　　儒商拾金不昧作为良善的社会风尚，已在明清小说中得到作者的极力称赏。冯梦龙笔下的金孝、吕玉最为典型。我们可以从这两个典型人物拾到他人钱财时的心理感受，来探寻这个社会的时代因素和这个时代的社会风尚。如《喻世明言》卷二中的《陈御史巧勘金钗钿》入话写做卖油生意的小商贩金孝，一日挑油出门，半路中因去茅厕而"拾得一个布裹肚，内有一包银子，约莫有三十两。金孝不胜欢喜，便转担回家，对母亲说道：'我今日造化，拾得许多银子'"。金孝作为一个老实本分之人，日日靠赊别人的油卖来养活自己和老母，在拾得三十两银子时，非常高兴，以为是自己造化，可以用来做贩油的本钱，本也无可厚非。但他七十岁的母亲知悉原委后说道：

　　　　我儿，常言道：贫富皆由命。你若命该享用，不生在挑油担的人家，你辛苦挣来的，只怕无功受禄，反受其殃。这银子，不知是本地人的，远方客人的？又不知是自家的，或是借贷来的？一时间失脱了，抓寻不见，这一场烦恼非小，连性命都失图了，也不可知。曾闻古人裴度还带积德，你今日原到拾银之处，看有甚人来寻，便引来还他原物，也是一番阴德，皇天必不负你。②

---

　　① [明]冯梦龙：《醒世恒言》卷十，中华书局2009年版，第138页。

　　② [明]冯梦龙：《喻世明言》卷二，中华书局2009年版，第24页。

这是母亲对儿子的一番肺腑之言，没有豪言壮语，也没有呵责训斥，而是从知命认命，急人之所急，要效古人裴度还带把银子交还失主以图善报三个层面告诫儿子，却说得入情入理，沁人心脾，真可谓循循善诱，以致儿子听了，便连忙称道"娘说的是，说的是"。其中替失主着想的那几句推度之词更加感人。如说"这银子，不知是本地人的，远方客人的？又不知是自家的，或是借贷来的？一时间失脱了，抓寻不见，这一场烦恼非小，连性命都失图了，也不可知"。这又有三个层面的意思：即失主是本地人还是远方人？银子是失主自己的还是借贷来的？银子丢失了，失主是否会烦恼致死？这一连三个问题的提出，体现了老太太处处为他人着想，因此也就处处体现着她的仁道和善心。无独有偶，冯氏笔下的另一个拾金不昧的典型人物吕玉，与金孝拾银及其母亲的想法极为相似，当他拾到二百两银子的时候，作者如此描写了他的心理活动：

> 吕玉想道："这不意之财虽则取之无碍，倘或失主追寻不见，好大一场气闷。古人见金不取，拾带重还。我今年过三旬，尚无子嗣，要这横财何用？"忙到坑厕左近伺候，只等有人来抓寻，就将原物还他。等了一日，不见人来。次日只得起身。①

吕玉像金孝老娘一样，面对拾得的银子，首先想到的是"倘若失主追寻不见，好大一场气闷"，又想到古人"见金不取，拾带重还"，于是决计"将原物还他"，结果是等了一日，不见人来，后来在数百里之外的地方偶遇失主提及此事，心里晓然，并主动如数奉还。

　　这两段文字，两个善良好心人的拾金不昧情形，除了他们自身的优良品德起着决定性作用外，读者不难发现还有一个惊人相似的社会因素："裴度还带"的社会影响。吕玉与金孝母亲对于拾得他人钱财的想法和认识，可谓不谋而合、异体同心地想到"裴度还带"的义举。这种拾金不昧现象，笔者称之为"裴度还带"现象，而此时的"裴度还带"已经不是单纯的裴度个人拾金不昧情形，而是一个凝成了代表良好社会风尚的专有名词、文化名词，是延续了一千多年而继续传扬发展着的良善社会

---

① [明]冯梦龙:《警世通言》卷五，中华书局2009年版，第37页。

风习的体现。由此可见，社会虽然复杂，人心各异有如其面，作为商贾群体，既有儒商，亦有奸商，但作为儒商一脉相承的诚信、重义轻利、乐善好施、拾金不昧等优良品德和行为特征，没有被复杂的社会环境所挤兑，而是按其自身路径发展成为一种良善社会风习影响至今。可以毫不夸饰地说，中国古代的儒商是靠着自己的智慧和汗水发家致富，靠着自己的善心和诚意赢得人们的赞赏，靠着自己给国家、社会贡献的物质和精神双重财富而赢得后世人们的充分肯定和深情怀念。

明清小说之文士群像与社会风习

秦　川

所谓"文士"，泛指读书人，通称知识分子，包括通过科举进入官场的各级官吏。明清小说中的文士，从主流意义上说，无论是从纵向来看整个通代小说史，还是横向来看某朝不同类型的小说作品，都存在着恶习与良好风习并存的现象，且这两种绝然不同的风习皆通过这两类绝然不同的人物群像及其行为表征反映出来。为论述的方便起见，本文分别从这两类文学形象的表征入手，重点分析形成这两类绝然不同的社会风习及其并存现象的社会历史根源。

一、明清小说中八股士子群像及其恶习之表征

知识分子在中国古代的社会地位极高，为"四民"之首，被称为"士"。再从这头等公民的"士"中选拔优秀者出来做官，则被称为"仕"，因而有"学而优则仕"之谓。可见，"士"与"仕"的概念明显不同，但又关系密切。读书人即知识分子在古代社会受人钦敬，而由读书做官者则更加令人艳羡。然而在不同的具体历史时期，由读书而为士（知识分子）、再由士而为仕（官）者，其情形亦明显不同。像《儒林外史》和《聊斋志异》中的文士，绝大部分成为传统知识分子的另类，受到作者甚至时人的冷嘲热讽和深刻批判。即使是不走八股科举"正途"

的知识分子，即所谓"名士"，也就是书中极力批判的那些假名士，他们亦成为传统知识分子的另类而同样受到作者和时人的嘲讽。而正是由于那些另类，又使得文人恶习在明清两朝极为普遍。

《儒林外史》的书名已经告诉读者，书中的"读书人"不当居于儒林正史之列，故称"外史"。换言之，书中的儒林中人已经远离传统知识分子的气节、特点，自然不应归于"儒林正史"之中，只能戏谑于"外史"之间。因为传统的知识分子讲求的是忠孝仁勇、礼义廉耻，注重文行兼备、出处清明，追求的是修齐治平的社会担当；而明清八股士子和在八股科举制度影响下的假名士恰恰相反，他们追逐的是功名利禄，其行为表现则为凶狠残忍、横征暴敛、无文无行、欺世盗名。因而明清小说人物形象的社会意义集中体现在其对社会人心的烛照和行为的检点，正如闲斋老人《儒林外史序》云："其书以功名富贵为一篇之骨，有心艳功名富贵而媚人下人者；有倚仗功名富贵而骄人傲人者；有假托无意功名富贵自以为高，被人看破耻笑者；终乃以辞却功名富贵、品地最上一层为中流砥柱。篇中所载之人，不可枚举；而其人之性情心术，一一活现纸上。读之者，无论是何人品，无不可取以自镜。"①这里虽然说的是《儒林外史》，其实它概括了所有明清小说的形象意义及其社会功能。

像《儒林外史》中的王惠，是由八股科举入仕而成为南昌太守的，但他上任的第一件事就是打听地方上有什么出产、词讼里有什么通融。他与南昌前任蘧太守公子的一段对话就非常露骨：

> 王太守慢慢问道："地方人情，可还有甚么出产？词讼里可也略有些甚么通融？"蘧公子道："南昌人情，鄙野有余，巧诈不足。若说地方出产及词讼之事，家君在此，准的词讼甚少；若非纲常伦纪大事，其余户婚田土，都批到县里去，务在安辑，与民休息。至于处处利薮，也绝不耐烦去搜剔他；或者有，也不可知！但只问着晚生，便是'问道于盲'了。"王太守笑道："可见'三年清知府，十万雪花银'的话，而今也不甚确了。"

---

① ［清］吴敬梓：《儒林外史》，浙江古籍出版社1991年版。

像王惠那样贪赃枉法的官吏还有卢龙令赵某，小说写他凶狠贪暴，人民共苦之。有一范生被他杖毙，同学为其鸣冤，约张鸿渐主笔行状。结果是"赵以巨金纳大僚，诸生坐结党被收，又追捉刀人"，以致张鸿渐恐惧逃亡在外，历尽艰辛（《聊斋志异》卷九之《张鸿渐》）。再如长山县令杨某，也是一个"性奇贪"的贪官：

　　　　康熙乙亥间，西塞用兵，市民间骡马运粮。杨假此搜括，地方头畜一空。周村为商贾所集，趁墟者车马辐辏。杨率健丁悉篡夺之，不下数百余头。四方估客，无处控告。（《聊斋志异》卷十二《鸮鸟》）

　　考选过程中的徇私舞弊、荐拔私人也形成一种风气。《儒林外史》中如此写道：

　　　　会试已毕，范进果然中了进士。授职部属，考选御史。数年之后，钦点山东学道，命下之日，范学道即来叩见周司业。周司业道："山东虽是我故乡，我却也没有甚事相烦；只心里记得训蒙的时候，乡下有个学生，叫做荀玫，那时才得七岁，这又过了十多年，想也长成人了。他是个务农的人家，不知可读得成书，若是还在应考，贤契留意看看。果有一线之明，推情拔了他，也了我一番心愿。"范进听了，专记在心，去往山东到任。考事行了大半年，才按临兖州府，生童共是三棚，就把这件事忘断了。直到第二日要发童生案，头一晚才想起来，说道："你看我办的是甚么事！老师托我汶上县荀玫，我怎么并不照应？大意极了！"慌忙先在生员等第卷子内一查，全然没有。随即在各幕客房里把童生落卷取来，对着名字、坐号，一个一个的细查。查遍了六百多卷子，并不见有个荀玫的卷子。学道心里烦闷道："难道他不曾考？"又虑着："若是有在里面，我查不到，将来怎样见老师？还要细查，就是明日不出案也罢。"一会同幕客们吃酒，心里只将这件事委决不下。

　　可见，荐拔私人已成为科场常态。范进为了老师周进要特别关照的一个童生，竟查遍了六百多份试卷，几乎所有生员、童生的卷子皆查个遍。这种恶习所造成的社会现状是"试卷还未判，结果已先知"。难怪像吴敬梓、蒲松龄、李渔等一大批才情横溢的读书人总是累试不第！

卖官鬻爵、贿赂公行的恶习，在明清亦成为一种时尚，《考弊司》《公孙夏》虽然写的是阴间，实则影射阳世。请看《公孙夏》的一段描写：

> 保定有国学生某，将入都纳资，谋得县尹。方趣装而病，月余不起。忽有僮入曰："客至。"某亦忘其疾，趋出迎客。客华服类贵者。三揖入舍，叩所自来。客曰："仆，公孙夏，十一皇子坐客也。闻治装将图县秩，既有是志，太守不更佳耶？"某逊谢，但言："资薄，不敢有奢愿。"客请效力，俾出半资，约于任所取盈。某喜求策，客曰："督抚皆某昆季之交，暂得五千缗，其事济矣。目前真定缺员，便可急图。"某讶其本省，客笑曰："君迂矣！但有孔方在，何问吴、越桑梓耶？"……帝君视之，怒曰："此市侩耳，何足以任民社！"（《聊斋志异》卷十二）

在这样的社会风习影响下的读书人，其种种丑态毕露，蒲松龄做了很好的归纳，如说：

> 市井人作文语，富贵态状；秀才装名士，旁观诏态。信口谎言不倦，揖坐苦让上下，歪诗文强人观听。财奴哭穷，醉人歪缠。作满洲调，体气若逼人语；市井恶谑，任憨儿登筵抓肴果。假人余威装模样。歪科甲谈诗文，语次频称贵戚。（《聊斋志异》卷七《沂水秀才》）

追求功名利禄让读书人变态，可谓屡见不鲜。如《儒林外史》中的周进见到贡院痛哭，范进中举发疯；而《聊斋志异》卷九的王子安的醉后妄言，与周进、范进无异。请看王子安醉后的一个情节：

> 王子安，东昌名士，困于场屋。入闱后期望甚切。近放榜时，痛饮大醉，归卧内室。忽有人白："报马来。"王踉跄起曰："赏钱十千！"家人因其醉，诳而安之曰："但请睡，已赏矣。"王乃眠。俄又有入者曰："汝中进士矣！"王自言："尚未赴都，

何得及第?"其人曰:"汝忘之耶?三场毕矣。"王大喜,起而呼曰:"赏钱十千!"家人又诳之如前。又移时,一人急入曰:"汝殿试翰林,长班在此。"果见二人拜床下,衣冠修洁。王呼赐酒食,家人又给之,暗笑其醉而已。久之,王自念不可不出耀乡里,大呼长班,凡数十呼无应者。家人笑曰:"暂卧侯,寻他去。"又久之,长班果复来。王捶床顿足,大骂:"钝奴焉往!"长班怒曰:"措大无赖!向与尔戏耳,尔真骂耶?"王怒,骤起扑之,落其帽。王亦倾跌。妻入,扶之曰:"何醉至此!"王曰:"长班可恶,我故惩之,何醉也?"妻笑曰:"家中止有一媪,昼为汝炊,夜为汝温足耳。何处长班,伺汝穷骨?"子女皆笑。王醉亦稍解,忽如梦醒,始知前此之妄。

八股科举考试,是以儒家经典为考试内容,即从朱注《四书》《五经》中出题,要求考生模拟圣人声口,代圣人立言。而儒家讲求的文行出处,在出仕的王惠、周进、范进的行事中已经不见踪影;而那些在野的文士又如何呢?这仍可从《儒林外史》中获取答案。如严监生,在地方作恶多端,还满口仁义道德。作者极尽冷嘲热讽之能事,让这位监生正在得意地吹嘘自己如何如何清廉之时,他的家人来说刚刚关的人家那头猪的主人来讨了。其弟严贡生,因立嗣兴讼,府、县都告输了,司里又不理,便来到京师冒认周学台的亲戚,到部里告状,竟大着胆写一个"眷姻晚生"的帖门上去投。梅玖,儒学生员,为人极为势利,在对待周进遇与不遇前后的不同态度中,显露出典型的小人嘴脸。如薛家集请周进坐馆教授蒙童,众人凑分子备酒饭管待周进,同时请了新进学的梅玖作陪。既然周进为主客,梅玖为陪客,那上座理所当然该周进坐,然而周进再三不肯。当众人说"周先生不要客气,论年龄也是周先生长"时,梅玖却抢着解释道:

"你众位是不知道我们学校规矩,老友是从来不同小友序齿的。只是今日不同,还是周长兄请上。"原来明朝士大夫称儒学生员叫做"朋友",称童生是"小友"。比如童生进了学,哪怕十几岁，也称为"老友"；若是不进学，就到八十岁，也还称"小友"。就如女儿嫁人的：嫁时称为"新娘"，后来称呼"奶奶""太太"，就不叫"新娘"了；若是嫁与人家做妾，就到头发白了，还要唤做"新娘"。

梅玖也才刚刚进学，便瞧不起童生周进。这番话显然是在贬低周进来抬高自己，语极尖酸刻薄，全无传统读书人的谦逊。然而，周进发科荣显后，梅玖在范进主持的生童考试中考了第四等，按例要受责打时，梅玖竟然冒充周进的学生求范学道格外开恩。范进听信他是周进的学生就饶了他。当荀玫问他何时从过周进读书时，梅玖却寡廉鲜耻地回复道：

> 你后生家那里知道？想着我从先生时，你还不曾出世！先生那日在城里教书，教的都是县门口房科家的馆。后来下乡来，你们上学，我已是进过了，所以你不晓得。先生最喜欢我的，说是我的文章有才气，就是有些不合规矩。方才学台批我的卷子上也是这话，可见会看文章的都是这个讲究，一丝也不得差。你可知道，学台何难把俺考在三等中间，只是不得发落，不能见面了；特地把我考在这名次，以便当堂发落，说出周先生的话，明卖个情。所以把你进个案首，也是为此。俺们做文章的人，凡事要看出人的细心，不可忽略过了。

术数在古代，无论是官场人物还是民间百姓都非常崇尚、信奉，而真正的术数大师为人决计是有规矩和原则的，即有"三不占"之说（不疑不占、不诚不占、不义不占）。而小说中的安丘某生，作为知识分子的一员，其所为也完全背离了传统知识分子的操守规范，竟将所学知识作为为非作歹、获取不义之财的技能和本领，当然他最终也遭到了恶报。小说如此写道：

> 安丘某生通卜筮之术，其为人邪荡不检，每有钻穴逾隙之行，则卜之。一日忽病，药之不愈，曰："吾实有所见。冥中怒我狎亵天数，将重谴矣，药何能为！"亡何，目暴瞽，两手无故自折。（《聊斋志异》卷十二之《果报》）

文人的宴乐吟诗联句也常常显出酸腐气息，并成为一种恶习而令人厌恶。如《苗生》写靳生等三四个应试的读书人在科考完后邀登华山，藉地作筵，宴笑联句，语涉鄙俚，后又互诵闱中之作，迭相赞赏，引起武士苗生的厌恶。作者于此议论道：

> 得意津津者，捉衿袖，强人听闻；闻者欠伸屡作，欲睡欲逋，而诵者足蹈手舞，茫不自觉。知交者亦当从旁肘之踅之，恐座中有不耐事之苗生在也。（《聊斋志异》卷十二《苗生》）

弄虚作假、请人代考也是明清时期文士的一大恶习，华阳散人的《鸳鸯针》（又名《觉世棒》）第三卷《真文章从来波折 假面具占尽风流》对此做了很好的讽刺。此回写世家子弟卜亨为了混迹文社，竟把表兄的诗作写在扇子上，作为自己的东西向才子宋连玉炫耀，是一典型的假名士。他后来又请人代考，混迹科场，虽然曾弄乖出丑，终归以副榜第一而混进了官场。可见，明清小说中有不少这样的假名士兼昏官或贪官、庸官于一身的丑恶形象。清代思想家顾炎武、颜元以及小说家吴敬梓等人皆把造成文士恶习泛滥的原因归之于"八股取士"制度，认为"这个法定的不好"，以致此期文人"不讲操守，不讲学问，惟功名富贵是图，其结果是居庙堂之高则为贪官污吏，处江湖之远则为劣绅迂儒，造成士风浇薄，世道沉沦"。[1]

二、正统儒士形象与有识之士的社会担当

中国传统的知识分子惯称儒士，他们注重修齐治平的社会担当。明清小说的题材广泛，有现实题材的书写，亦有历史题材的演绎，还有超越现实与历史之外的神话想象空间的铺张，都不同程度地写到传统知识分子的生活情状；其中历史题材的小说则更加突出正统儒士身上的正能量元素。即使像前述《儒林外史》那样充分反映现实、揭批八股士子恶习的小说，亦有几个闪光的传统儒士的身影在。

首先看儒学宗师孔子的故事。明刻本《孔圣宗师出身全传》，记述了

---

[1] 傅水郎：《从〈儒林外史〉中的正面人物看作者的社会理想》，江西教师网，2011-11-08。

孔子一生经历，涉及孔子生活的多方面内容，诸如处世态度、政治见解、道德修养、论学训徒、言志居官，阐述《诗》《书》等是其重要内容。虽说小说的"文字不很高明"（胡适跋语），但儒学宗师孔子的形象已深深刻入世人心中并影响后人于万世，后代修齐治平的有识之士无不以之为立身行事之典范。近人林语堂说"孔子是东方的太阳，《论语》是亚洲的圣经"。中国孔子基金会会长韩喜凯对孔子及其思想有一段精辟的评述，他说："孔子思想启迪了中华民族的精神世界，从古至今，中国人无论在立身处世还是在政治社会方面，皆深受孔子的影响。而《论语》，既是孔子智慧的集大成，又为修身齐家治国的法宝。"这些评语主要源于《论语》以及其他典籍对孔子思想的认同，同时与小说《孔圣宗师出身全传》对孔子思想的形象化传播也不无关系。孔子不仅是一位圣人，同时也是一位现实生活中的凡人，该小说客观形象再现了孔子集圣人与凡人于一身的艺术典型。后世小说中的儒士基本上是将孔圣先贤的思想加以具体化、加以发展而形成琳琅满目的艺术群像。

于谦是个真实的历史人物，永乐十九年进士，为明代名臣和民族英雄，官至兵部尚书，是个典型的儒士、清官。他忠君爱国、孝义清廉，诗也写得很好，其咏物言志的《石灰吟》感人至深，激励无数后人励志奋进。其为政为人以及志向正如诗中所言："千锤万击出深山，烈火焚烧若等闲；粉骨碎身全不怕，要留清白在人间。"《明史》称赞他"忠心义烈，与日月争光"。孙高亮《于少保萃忠全传》是根据正史敷衍而成的人物传记。小说写他永乐十八年八月与同馆高德旸同中高科。两家宾客盈门，亲疏拥户。于谦甘守廉洁，一应贺礼，坚却不受。他为监察史时，奉旨往广东犒察官军功过，军称廉明；巡按江西，彻查冤狱，全省皆称神明。他不畏强暴，敢黜宗王宁府强横不法者，于是奸吏巨族强梁者皆缩手，不敢妄肆于民。数十年间，他昼谋夜划，兴利除害，百姓受其恩者无数。景帝时，讹言万端、奸盗四起、民心浮动、京师虚空。谦令人巡视，多方晓谕。后敌兵突至，谦亲督将士，挫敌于德胜门。又择京军精锐进行操练，遣兵出关屯守，边境以安。谦忧国忘身，口不言功，自奉俭约，所居仅蔽风雨，但性固刚直，不惧权贵，终遭忌恨而被冤杀。

明清小说有大量的公案题材，如《警世通言》中的《三现身包龙图断案》《况太守断死孩儿》，《醒世恒言》中的《十五贯戏言成巧祸》《一文钱小隙造奇冤》《汪大尹火焚宝莲寺》，《喻世名言》中的《陈御史巧勘金钗钿》《沈小官一鸟害七命》，《初刻拍案惊奇》中的《李公佐巧解梦中言 谢小娥智擒船上盗》《张员外义抚螟蛉子 包龙图智赚合同文》，《二刻拍案惊奇》中的《程朝奉单遇无头妇 王通判双雪不明冤》，以及长篇章回小说诸如《包龙图判百家公案》《海刚峰先生居官公案传》《施公案》《彭公案》等，皆涉及复杂案情，糊涂官吏误判而造成冤狱，终有断案如神的能臣干吏出来为民白冤，突出一批清官群像，其中以包公形象最为典型，"包青天"之名几乎家喻户晓、有口皆碑。

有关公案类小说在蒲松龄的文言小说集《聊斋志异》里也有不少描述，如《于中丞》中的于中丞成龙、《新郑公》中的新郑令石宗玉、《太原狱》中的临晋县令孙柳等皆为社会推崇、百姓拥戴的好官吏。在盗贼横行、冤案频发的社会环境中，他们凭借着自己的聪明智慧和细致的观察分析，明断案情，白冤执贼，屡立奇功。有关于中丞的两则捕盗故事，看似有奇招，实则是善察、心细而已。其善察心细的前提在于他强烈的责任心和爱民如子的情怀。

中国历史上的"士"，不光指文士，还应包括武士。武举考试始于唐代武则天朝，主要考举重、骑射、步射、马枪等技术，但对考生相貌有要求，要"躯干雄伟、可以为将帅者"。宋代虽重文轻武，文治为国家方略，但亦有武举，因此宋代在武举策问考试中外加孙吴兵法。到了明朝则改为"先之以谋略，次之以武艺"的武考规则，如果笔试不及格则不能参考武试。清代武举一仍明代之旧。因此在明清小说中，具有文韬武略的"死士"形象充斥书卷，如薛家将、杨家将、岳家将、呼家将是我国古代小说中的四大英雄家族，他们在中国民间文学领域有着广泛的群众基础。在人物形象的塑造上，突出他们建功立业的志向和忠君爱国情怀。他们个个身怀绝技，武艺高强，皆为忠孝两全的英雄。以薛家将为例，有关薛仁贵的故事就有明人熊大木的《唐书志传通俗演义》，林瀚根据署名罗贯中原著改编的《隋唐两朝志传》，清代无名氏的《说唐后传》《说唐三传》《混唐后传》，以及如莲居士的《武则天改唐演义》等。这些作品大多把薛仁贵封帅荣耀门庭之前历经磨难、屡立战功、终遭奸人陷害的悲苦生活刻画得淋漓尽致，反映出在八股取士的重压下，文人雅士在走上官场途中屡次受挫、怀才不遇的现实。而作为文士的薛仁贵，新旧《唐书》皆著录他的"《周易新注本义》十四卷"，可见，薛仁贵是文武兼备的英雄人物。

以岳飞为主要人物形象的小说有《大宋中兴通俗演义》《武穆精忠传》《岳家将》《说岳全传》。其中影响较大的是钱采、金丰的《说岳全传》。作为历史上的真实人物，岳飞是宋代一名政治家、军事家、抗金名将，同时他的诗词也写得好。他的《满江红·怒发冲冠》是一首充满英雄豪气、脍炙人口的名篇。《说岳全传》是根据正史以及前代小说扩写而成。小说中的岳飞自幼在母亲的严教下长大，少年时就显露出文武兼善的才艺，后来作为抗金将领在朱仙镇大破金兵"连环马""铁浮陀"，最后大破金龙绞尾阵，金兵溃不成军。当岳飞正准备直捣黄龙府之时，被十二道金牌立即召回，竟以"莫须有"的罪名而屈杀于风波亭。小说通过这一系列情节的描写，使得岳飞英勇善战、精忠报国的英雄形象凸显在读者面前，感人至深。

此外，诸如《警世通言》之《俞伯牙摔琴谢知音》中的俞伯牙和钟子期，《喻世名言》之《羊角哀舍命全交》中的左伯桃、羊角哀，《吴保安弃家赎友》中的吴保安和郭仲翔，《醒世恒言》之《两县令竞义婚孤女》中的知县石璧、高原及《三孝廉让产立高名》中的许武、许晏、许普三兄弟，皆为守"信"讲"义"的楷模，充分体现了儒家文化诚信友善、助人为乐的传统美德和舍生取义的牺牲精神。而《老门生三世报恩》（《警世通言》）中的鲜于同，三番知遇，却三世报恩，这在明代社会风气恶变的环境下实属难能。

真正集中写文士生活情状的作品首推《儒林外史》，然而书中的大量笔墨是在刻画描摹八股士子的种种丑态，只有少数几个正面人物作为作者的社会理想出现在小说中，其中虞育德、庄绍光、迟衡山、萧云仙等人堪称真正意义上的儒士和儒官。作品通过这些真儒的言行、思想，体现了作者吴敬梓所崇尚的传统儒家的道德规范和文化精神。书中第一位"真儒"是虞育德，他襟怀淡泊，宽厚待人，注重儒家的礼义廉耻且育人有方，曾以合适的方式感化了一位有舞弊动机的考生，收到了良好的教育效果。迟衡山作为儒士，以教书为生，并把儒家的礼、乐、兵、农作为社会理想而付诸实践。小说不避冗赘，大段铺叙他牵头修建祭祀泰伯祠，其目的是"借此大家习学礼乐，成就出些人才，也可以助一助政教"。而作者想"以礼化俗""以德化人"的思想，在祭泰伯祠的具体细节描写中得以充分体现。庄绍光"闭户著书，不妄交一人"，不肯屈节俯就于权臣门下讨生活、伺机会，体现了传统儒士"达则兼济天下，穷则独善其身"的为士为人原则。

能称得上真儒的还有萧云仙。他一介儒官，对儒家"出、处"两字践行得极好。他武艺高强，善于用兵，且有忠肝义胆、大勇大孝以及救困扶危的侠义心肠。在郭孝子一番话的激励和其父的鞭策督导下，他毅然出来为朝廷做事且立下文治武功，充分展示了他的济世之才和报国的热情。如松潘卫边告急，他别亲从戎，一举收复清枫城；又修筑城墙，戍守边关，招纳流民，开垦荒地，亲自指点百姓开沟渠、修水利、种柳树，将兵灾之后的清枫城开垦得像江南一样。成功之日，又到各处犒劳百姓，还修筑先农坛，率领百姓祭拜。边地既已安定富足，萧云仙又欲使民知书识礼，广开学堂，把百姓家的孩子养在学堂里，亲自请沈先生教人读书识字，正所谓"仓廪实而知礼节"也。萧云仙在清枫边城建立的文治武功，用见证者沈琼枝父亲的话来说"便是当今的班定远"！

由此可见，《儒林外史》里这有限的几位真儒，确实达到了儒家理想的境界，即达到了"性情的真、行为的善和道德的美三者的统一"。[①]另

① 黄凯：《〈儒林外史〉中正面人物形象人格美的美学意义》，《黄冈师院学报》(社会科学版)，2008年第1期。

外，如杜少卿、沈琼枝，虽然不是普通意义上的儒者，但却是作者理想的正面典型，是八股科举制度的叛逆，有作者自己的影子在。如吴敬梓曾经也向慕官场，参加过几次科考，是在他屡试屡败后才放弃考试的。然而吴敬梓对科考的放弃，不是一般灰心失望后的放弃，而是通过深思熟虑并深刻认识到八股科举考试的弊端和败坏人才的罪恶后才放弃的。他也不是简单地放弃，而是转向极端的厌恶和反感。他这种反感的理由借小说中王冕之口指出："这个法却定的不好，将来读书人既有此一条荣身之路，把文行出处看得轻了。"（《儒林外史》第一回）

杜少卿是作者花费笔墨较多且精心刻画的正面典型。他出身于声势煊赫的科举世家，祖父考过状元，做了几十年大官，门生故旧遍天下；父亲是个进士，做过江西赣州知府。但他却鄙弃举业，视功名富贵如粪土。当臧蓼斋在他面前大谈举业时，他大骂："你这匪类，下流无耻极矣！"（《儒林外史》第三十四回）当安徽巡抚举荐他去京城参加"博学鸿词"考试时，他竟装病拒绝，"从此乡试也不应，科岁也不考，逍遥自在，做些自己的事"。（同上）他因乐善好施而耗尽家产后，被迫客居南京，被高老先生骂为"杜家第一败类"，并以此告诫子孙"不可学天长杜仪"（同上）。

而作者吴敬梓也是个官宦世家子弟，有"家声科第从来美"，"一时名公巨卿皆出其门"的显赫。他13岁丧母，14岁随父至赣榆任所，目睹了父亲为官清廉、正直，鞠躬尽瘁，为赣榆所做的贡献，以及因不善于巴结上司，终遭到罢官回乡的不公待遇，使他对官场的腐败有了切身的体会，因而他厌恶官场，反感八股科举。当穷到"白门三日雨，灶冷囊无钱"的地步，他仍拒不参加博学鸿词科考试。其父曾留下了两万多两银钱的巨额遗产，可是他因"素不习治生""生性豁达，急朋友之急"，被族人视之为败家子，"乡里传为子弟戒"。"在他四十岁的时候为倡捐修复泰伯祠，甚至卖掉了最后的一点财产——全椒老屋"。可见杜少卿的形象是根据作者自己的经历来塑造的。

三、绝然不同社会风习形成及并存的社会历史根源

上述两种绝然不同类型的人物群像及其行为表征，并形成两种绝然不同社会风习的现象，散见各历史时期，以明清两朝为盛。形成这种现象的原因很多，但根本原因不外乎民族精神的延续性和时代精神的凸显性并存，且程度不同地出现此消彼长或彼消此长的情况。即使是民族精神或时代精神，也同样存在着良性与劣性并存互动，以及良性与劣性此消彼长或彼消此长的情况。也正因为如此，文学作品中的人物形象才会有丰富多姿的个性特征和类型化、脸谱化特征并存的情况出现。这就是两类绝然不同的社会风习及其并存现象的逻辑关联。其实，小说中的具体情节、细节比此处概括的情况要复杂得多，需要进一步深入细致地探讨。

（一）民族精神的延续性与时代精神的凸显性并存、互动及消长

明清小说无论是何种题材、类型，皆不同程度地存在着民族精神与时代精神交织互动、彼此消长现象，而这无一不是依托人物形象体现出来的；而人物形象所体现出来的性格特点，我们常常称之为民族特征。民族特征是指一个民族历数千百年所形成的一种依附于人物形象的心理行为习惯、习气、风格、风尚、风貌的综合与凝练，诸如小说人物形象所体现出来的仁义礼智信、温良恭俭让、忠孝勇恭廉的儒家传统，侠肝义胆、古道柔肠、超然洒脱、物我两忘的道家情怀，以及包容宽厚、大爱无边的佛家境界，在现实生活中交织与兼容。而时代精神是指特定历史时期，在特定的政治、经济以及社会道德风尚影响下，人们思想行为趣尚与传统道德相抗衡的突出表现。在文学作品中，民族精神与时代精神始终并存，但不是平衡、和谐地共存，而是存在着相互较量、抗衡和彼此消长的情状。这具体表现在时而为民族精神占上风，时而又为时代精神占上风，但最终结局总是正面大于负面、正义战胜邪恶，体现了中

华民族喜乐厌悲的欣赏习惯。

以明清话本小说为例。如《喻世名言》之《蒋兴哥重会珍珠衫》把商人生活作为小说的重要内容加以关注，这是明代社会商品经济发展、商人地位明显提高的结果所致，当然也是时代精神的充分体现。就小说主人公蒋兴哥对其出轨之妻王三巧前后不同的态度来看，又交织着传统的贞节观与当时反传统贞节观的双重内容，体现了传统与现代的抗衡与妥协的情状，最终是时代精神占上风，使得蒋兴哥与失贞的王三巧重归于好，再度团圆。类似的贞节观矛盾还有《醉醒石》之《假淑女忆夫失节 兽同袍冒姓诓妻》，作品中的钱岩是一穷书生，有幸娶了富裕人家的女儿冯淑娘为妻，新婚才几天，其妻竟被朋友诓骗诱拐至他处。淑娘虽然通过官府被找了回来，而书生钱岩已不能再接受失贞失节的妻子了，宁愿送还她所钟情的人。这一方面体现了钱岩的通达，重视男女之间的真情；另一方面，也反映了钱岩骨子里存在着对妻子失节的极度反感和厌恶，是传统贞节观占上风的影响所致。就冯淑娘来说，她对一个未曾下聘且未曾会面的"未婚夫"汤小春竟如此钟情，在新婚时节竟敢背夫失节与假冒的汤小春私奔，体现了她坚守宋明理学倡导的"从一而终"的腐朽思想与明代资本主义萌芽影响下的反传统思想之间的矛盾及抗衡、较量的情形。而《陈御史巧勘金钗钿》（《喻世名言》卷二）"入话"写金孝在其母亲训导下拾金不昧、终获好报的故事，所体现和弘扬的是民族的优良传统美德；而诬赖金孝藏匿了一半钱的那个丢失钱包的客人，以及"正话"中的流氓无赖梁尚斌，最终落得损财失妻、丢人现眼、遭人耻笑的下场。这正反两方面的人物形象，同样体现的是传统与现代的抗衡及消长，最终都是传统战胜了现代、正义战胜了邪恶，弘扬的是优良的传统道德和民族精神。但无论如何，不管是民族精神占上风还是时代精神占上风，总是优胜劣汰、正义战胜邪恶，并成为不易之定律。即使像以暴露、批判为主的《儒林外史》，书中的正面人物为数不多，在与邪恶势力较量、抗衡的过程中显得有些力不从心，但作为黑暗夜幕中的一束亮光，那不多的几个正面人物形象依然体现了这个不易之定律。

（二）民族精神之良性与劣性并存、互动及消长

所谓精神，是指天地万物之精气；而民族精神就是一个民族的精气。因此，从自然界来说，没有精气，就不能支撑天地和养育万物；从民族来讲，没有精气，就不可能形成一个民族。事实上，精气、精神更多地体现为民族性格的凝聚体。正因为民族精神是由民族性格所凝聚，而性格中又有值得扬弃的部分，所以民族精神中自然也就有值得扬弃的部分。中华民族形成过程中所产生的民族精神是文学作品的核心支柱，而文学作品中描写的中华民族的优良传统又对民族精神起到了传播和弘扬的作用。

通常人们所说的民族精神，似乎都是优点而没有涉及其缺点或不足的方面。然而，无论是优点还是缺点，却通过文学作品中的人物形象性格表现出来。作品中，人物性格的优点有乐善好施，知恩图报；路见不平，拔刀相助；嫉恶如仇，从善如流；谦恭礼让，虚怀若谷；勤劳俭朴，诚实守信；等等。缺点则如贪残凶暴，恩将仇报；背信弃义，损人利己；骄奢淫逸，寡廉鲜耻；嫉贤妒能，不择手段；等等。其中最致命的劣根性特点是嫉妒，现实生活中人性的"诸恶"皆源于"妒"，往往是由妒而生恨，由恨而结仇，由仇恨而生报复之心，再由报复之心而生杀生之念。文学作品客观真实地反映了这些优缺点。

明清小说中，民族精神的良性与劣性的互动及消长，更多的是通过以忠奸的抗衡与较量、清官与贪官的抗衡和较量、正义与邪恶的抗衡和较量体现出来。诸如前述的说唐、说岳、说呼、说薛、说杨和《包公案》《海公案》《施公案》以及"三言""二拍"和李渔系列白话短篇小说中大量公案题材的小说，均不同程度地描写了忠臣与奸臣、清官与贪官、正义与邪恶的较量情况，且最终为正义战胜邪恶的必然趋势。

就历史上真实人物而言，吴敬梓的父亲吴霖起的官职为教喻。他为官清廉、正直，鞠躬尽瘁，为赣榆县的文化教育事业做了很多贡献。到任之初，见到教舍凋零倒塌之状，他先捐出自己一年的俸钱40两，随后

又变卖祖田3000亩及祖传当铺、布庄、银楼等，筹银近万两，修建文庙、尊经阁，新建敬一亭。吴敬梓幼年随父在任上目睹其功绩深受影响，且这种影响在《儒林外史》的人物塑造中得以充分体现。如《儒林外史》中的萧云仙及其父亲的形象就有吴敬梓及其父亲的影子。萧云仙被同僚开罪后，要追赔银7500多两的情况下，他回乡见父，长跪不起："儿子不能挣得一丝半粟孝敬父亲，倒要破费了父亲的产业，实在不可自比于人，心里愧恨之极！"而卧病在床的萧老先生一番话可为天下父亲表率："这是朝廷功令，又不是你不肖花消掉了，何必气恼？我的产业攒凑拢来，大约还有七千金，你一总呈出，归公便了。"

还有一种突出现象即"贤母教子"亦可为天下母亲之表率，并由现实生活中的典型发展到文学作品中的形象，继而凝练成一种民族精神被历代传扬。如在儿子背上刺"精忠报国"的岳母、三迁住址的孟母、责子退还多领俸禄及车脚钱的李畲母，以及《喻世名言》中教儿拾金不昧、送还失主钱袋的金孝母，如此等等，不一而足。

即便如八股士子中人，也未必彻底丧失传统道德，其中偶尔闪现出的正义感亦为民族精神战胜现实生活中恶习的充分体现。请看《儒林外史》第三回《周学道校士拔真才 胡屠户行凶闹捷报》中的一个情节：这周学道虽也请了几个看文章的相公，却自心里想道："我在这里面吃苦久了，如今自己当权，须要把卷子都要细细看过，不可听着幕客，屈了真才。"……又取过范进卷子来看。看罢，不觉叹息道："这样文字，连我看一两遍也不能解，直到三遍之后，才晓得是天地间之至文！真乃一字一珠！可见世上胡涂试官，不知屈煞了多少英才！"忙取笔细细圈点，卷面上加了三圈，即填了第一名。又把魏好古的卷子取过来，填了第二十名。

（三）时代精神之良性与劣性并存、互动及消长

明清时期的社会是复杂的，时代特征也是鲜明的，而时代精神又是通过时代特征体现出来的。明清时期的社会时代特征，概言之不外乎这

么几个方面：一是程朱理学作为统治思想，日益严酷；二是在资本主义萌芽因素的影响下，思想文化方面出现了反传统的异端思想；三是科举制度由唐宋时期的考诗赋一变为此时期的考"八股文"。这些社会时代特征亦如前述的民族特征一样，也存在着良性与劣性并存、互动及消长的情况，通过文学作品的渲染、传播及凝练，成为一种时代精神体现出来。譬如作为统治思想的程朱理学对人性、人欲的约束超过极限时就必然走向反动，也就必然引起人们的异常反感和无情批判；当人性、人欲的满足程度超过极限时，家庭及社会道德问题也就自然会随之产生。这些在特定社会时代背景下产生的矛盾便一直以抗衡、较量并转化的规律运动着，其性质也基本上表现为由落后到进步、由劣性转良性，再由新的落后到新的进步、由新的劣性转向新的良性发展，充分体现着辩证唯物主义关于矛盾运动的规律。对于这些社会问题，无论是思想家还是文学家都在做理性思考，只不过文学家是通过文学形象来反映他们的理性思考。

就明清小说比较集中反映社会生活的作品极为丰富，长篇章回体小说自不必说，仅就话本小说而言，典型的就有"三言""二拍"、《醉醒石》《无声戏》《十二楼》等。小说中的各类文学形象皆充满了上述诸多矛盾，作者在对那些矛盾做客观描述的同时，又千方百计进行调和，去实现其折中的社会理想。

就明清话本小说所产生的各类家庭或社会道德问题来看，所有问题的产生都与"贪"字有关。从人性角度讲，人的贪欲主要表现为贪财、贪色、贪权。而实际上"弄权"只不过是作为利欲、色欲达成的条件或手段。《醉醒石》第十一回《惟内惟货两存私 削禄削年双结证》的"入话"，对贪利的情形做了极精辟的概括："人最打不破是贪利。一贪利，便只顾自己手底肥，囊中饱。便不顾体面，不顾亲知，不顾羞耻，因而不顾王法，不顾天理。在仕宦为尤甚。"当时的事实诚如其所言。为什么说"贪利"在仕宦尤甚？因为"到了仕宦，打骂得人，驱使得人，势做得开，露了一点贪心，便有一干来承迎勾诱，不可底止。借名巧剥，加耗增征"，可以明里鞭敲，暗中染指，"节礼，生辰礼，犀杯金爵、彩轴锦屏、古画古瓶、名帖名玩，他岂甘心馈遗，毕竟名送暗取"。（《醉醒石》第十一回"入话"）在中国古代，自唐以至明清，要到得仕宦，必须通过科举考试。但明清的风气变了，考不取功名也没有关系，只要有钱，举人、进士也可以买到。如《醉醒石》第七回《失燕翼作法于贪 堕箕裘不肖惟后》，作者借吕主事之口揭露时弊道："读什么书，读什么书！只要有银子，凭着我的银子，三百两就买个秀才，四百是个监生，三千是个举人，一万是个进士。"一旦获得举人、进士的名分，就会有许多人来奉承："有送田产的；有人送店房的；还有那些破落户，两口子来投身为仆，图荫庇的。""奴仆、丫鬟都有了，钱、米是不消说了。"（《儒林外史》第三回）由此可见，有钱可以买功名，有功名又可以得官，有了官衔就自然来钱，当然钱也可以直接买官，这在明清时期似乎是个公开的交易，怪不得明清科举中人多半不仅无行，而且也无文。像《儒林外史》中的举人进士，竟空疏到连苏轼为谁都不知道。

至于贪色，明清话本小说中也有大量描写。那些有权有势之徒恃财傲物，仗势欺人，强逼民女，以致戕害了多少人命，当然也由此产生了众多"节烈"妇人的楷模。《醉醒石》第九回《逞小忿毒谋双命 思淫占祸起一时》和第四回《秉松筠烈女流芳 图丽质痴儿受祸》"正话"，是此类的典型篇章。如第四回"正话"，一方面讲述富户徐翁仗着家里有钱以及与官府衙门的厚交，欲娶浙中程家女儿程菊英做儿媳，说媒不成，便设局栽赃陷害告官，以致弄出人命；另一方面讲述程家父子不畏强暴，菊英以身殉节，恶人徐翁及其痴儿也受到应有的惩治。对此现象，《醉醒石》第六回《高才生做世失原形 义气友念孤分半俸》"入话"亦做了精辟概括："大凡人不可恃。有所恃，必败于所恃。善游者溺，善骑者堕，理所必然。是以恃势者死于势，恃力者死于力，恃谋者死于谋，恃诈者死于诈，恃才者死于才，恃智者死于智。"徐翁及其痴儿就是栽在恃富恃势上。

然而，对于烈女、守节的现象，东鲁古狂生做了进一步的探讨。作者在"正话"里极力宣扬程菊英守有夫之节的同时，在"入话"里又揭露了一个女子夫死不肯改嫁的真相："一女子夫死不嫁，常图亡夫之像，置之枕旁，日夕观玩。便有人看破，道此非恋夫，恋其容貌，有容貌出他上的，毕竟移得他的心。"而这个真相在前述钱秀才的妻子冯淑娘那里亦能得到印证。

由此可见，明清话本小说所体现的带有时代特性的家庭和社会矛盾的对立和转化情况，实际上皆源于人性与政治思想、文化传统、社会道德、世态人心之间的多重矛盾及其调和的结果。

综上所述，明清小说中的文士群像，反映了两种绝然不同的社会风习，而那绝然不同的社会风习通过小说中的人物群像的传播，进一步凝练成为一种民族精神或时代精神。无论是民族精神还是时代精神，也有好坏优劣之别。正面人物形象体现更多的是优良的文化传统，传播的是正能量的社会内容；相反，反面人物形象体现更多的是劣根性的文化特征，传播的是负能量的社会内容。由于社会的复杂、文化的多元，因而小说中的人物形象性格也是丰富多彩的，体现了文学形象的个性化特征；但文学反映生活，毕竟要受到官方和时代主流意识的影响，人物形象性格倾向正反两个方面的集合体再现出来，体现了文学形象的类型化特征。明清小说，无论是长篇章回体还是短篇话本体，也无论是文言还是白话，都不同程度地反映了多元文化和主流文化、民族精神与时代精神、正面与负面、优与劣的并存和互动的客观实际，最终体现的总是以正面大于负面、正义战胜邪恶的运动规律而走向近现代，给人以振奋和鼓舞。

明清话本小说的民族特征与社会风习

秦　川

从哲学意义上讲，世间没有完全相同的两个人，即使是双胞胎，无论是从外貌特征还是从性格特点方面，都能辨认出"这一个"而非"那一个"。民族亦然。我们中华民族自然有着不同于世界其他任何民族的民族特点；而在中华民族这块土壤上孕育成长起来的中国文学，无疑要烙上本民族的印记，这是毋须解释的事实。中国古代文学有两个最突出的特点，如在审美习惯上的喜乐厌悲的喜剧精神和在文学功能上劝惩教化的教育思想，带有鲜明的民族性，笔者称之为民族特征。由于中国文学史跨越时间之长，文学文献浩如烟海，兹从明清话本小说中选取其颇具代表性的几部试做分析，以期管中窥豹。

一、审美习惯上表现出"喜乐厌悲"的乐天精神

中国人在审美习惯上是喜乐厌悲，亦即现代国学大师王国维所说的"乐天精神"①。这种喜乐厌悲的心理特点和审美习惯，在历代各体文学作品中皆有体现，其中戏曲小说尤为突出。换言之，中国文学所体现的喜剧特征或喜剧色彩，是文学民族特征最突出的表现之一，是全体国民共通的心理特点和审美习惯在文学作品中的集中体现。作为文学样式之

---

① 王国维：《红楼梦评论》，转引傅杰编校《王国维论学集》，中国社会科学出版社1997年版。下同，仅在正文中夹注。

一的戏曲或小说，由于其文体的综合优势，它们对中华民族性格和精神的传扬起到了其他形式无法替代的重要作用。现以明清话本小说为例，对这一民族特征作进一步的梳理。

（一）善恶终有报的"现世报"让读者快心

作为贯穿中国文学史的乐天精神，在文学创作和鉴赏过程中，具体表现为作者和读者对作品喜剧结局的一种愉悦的心理感受。由于作者和读者的这种心理感受异常强烈，希望好人好报、恶人受惩的情绪高涨，因此描写"现世报"的喜剧作品，不仅使作者快意，而且也让读者快心。请看《陈御史巧勘金钗钿》（《喻世明言》）中的"入话"。小说写品性憨朴的农村青年金孝在其母亲训导下，将拾得的三十两银子主动送还失主而终得好报的故事。而作者写金孝的善是在与那位心术不正的失主进行强烈对比的描写过程中进一步凸显的。故事这样写道：金孝因登东而拾得一包银子，拿回家来却被老娘教训了一顿，便马上跑回原处以备奉还。金孝一到，见那失主正要到茅厕里掏摸，他就主动上前询问。而那失主初听得金孝说及，就连声应承，并表示愿出赏钱；当他取回银包时，却又想反悔，反赖金孝藏匿了一半。两人闹将起来，"引得金孝七十岁的老娘，也奔出门前叫屈"，"恰好县尹相公在这街上过去，听得喧嚷，歇了轿，分付做公的拿来审问"。当这清明正直的县尹查明真相后，不仅给金孝洗刷了冤屈，还将他拾得的三十两银子断还作为养母之资。而那无赖的失主"只得含羞噙泪而去"[①]。一场闹剧在众人拍手称快的气氛中结束。读者也由此感到快慰。

《吕大郎还金完骨肉》（《警世通言》）中的吕玉也是金孝一类的人物，就因他曾将拾得的二百两银子原封不动奉还失主陈朝奉，才得以在陈朝奉处重逢他丢失七年的儿子喜儿；后又因花二十两银子雇人救起那翻船落水之人，得以与小弟吕珍相会，一家团圆。

李渔《无声戏》第三回《改八字苦尽甘来》写"现世报"则更为奇

古代小说研究论丛

244

---

① [明]冯梦龙：《三言》，春风文艺出版社1994年版，下同，仅在正文中夹注。

特。小说中的皂隶蒋成，未达之前算是倒霉透顶。别人办案挣钱，他"不仅赔钱，而且赔棒"。同行见了，不叫他名字，只叫他"教化奴才"，没有谁愿意与他同班办案，他受欺受屈，甚是可怜。何以至此？就因他是个"慈心人"，"恤刑皂隶"，审案行杖，他下不得毒手，打着犯人就如同打在自己身上一般，"打到五板，眼泪直流，心上还说太重了，恐伤阴德"。所以总是赔钱受屈，丧尽人格尊严。也正因为他的善心善行，心慈手软，所以苍天老爷竟鬼使神差，教华阳山人替他改了八字，让他发达起来。小说这样写他的幸运：

> 不上月余刑厅任满，钦取进京。……蒋成一路随行，到了京中，刑厅考选吏部，蒋成替他内外纠察，不许衙门作弊，尽心竭力，又扶持他做了一任好官。主人鉴他数载勤劳，没有什么赏犒……主人替他做个吏员脚色，拣个绝好县份，选个主簿出来，做得三年，又升了经历；两任官满还乡，宦囊竟以万计。……①

难道真是八字改出来的好命？作者于此议论道：看官，要晓得蒋成的命原是不好的，只因为他在衙门中做了许多好事，感动天心，所以神差鬼使，教那华阳山人替他改了八字，凑着这段机缘。这就是《孟子》上"修身所以立命"的道理。（《无声戏》第三回）

可见，只要行善积德做好事，就不怕上苍不会眷顾你！《无声戏》第四回《失千金福因祸至》中的秦世芳，系好心善德改变命运的又一奇人。依当时名相师杨百万的相理看他，世芳定是个穷苦之命，哪里还有大财主做得到他的头上？但世芳毕竟实实在在地做了回大财主，而且是个无本生利的大财主！这是什么原因呢？用杨百万的话说，就因世芳他"毕竟做了天大一件好事"！以致气色已变，骨相全改。世芳不仅躲过了强盗的抢劫，而且随后又做了几次一本万利的生意，还为义兄秦世良讨回了从前的凤账，从此彻底改变了命运，真正做起实实在在的财主来。与之相

① ［清］李渔：《无声戏》第三回，见《李渔全集》第八卷，浙江古籍出版社1992年版，第65页。下同，仅在正文中夹注。

反，《陈御史巧勘金钗钿》（《喻世明言》）中的梁尚宾，就因他坏了阴骘，做了那些歹事，结果丧名辱节，断子绝孙。如此之类，不一而足，其报也速，皆在当世，无不叫人快心快意。

（二）善恶终有报的"隔世报"给读者以慰藉

"隔世报"虽没有现世速报让人快心，但作者毕竟没有让读者失望，而是千方百计给读者以心理安慰。《闲云庵阮三偿冤债》（《喻世明言》）写的是陈太尉女儿陈小姐与阮员外儿子阮三郎的爱情悲剧。但作者采用浪漫的笔法，用佛家生死轮回的理论冲淡了陈、阮二人的悲剧色彩。作者通过陈小姐梦中所见阮三郎的告白，不仅使陈小姐的负疚甚至负罪感得以消释，而且还让她转悲为喜，看到了未来生活前景的美好。如阮三郎云："小姐，你晓得夙因么？前世你是个扬州名妓，我是金陵人，到彼访亲，与你相处情厚，许定一年之后再来，必然娶你为妻。及至归家，惧怕父亲，不敢禀知，别成姻眷，害你终朝悬望，郁郁而死。因是夙缘未断，今生乍会之时，两情牵恋。闲云庵相会，是你来索冤债，我登时身死，偿了你前生之命。多感你诚心追荐，今已得往好处托生。你前世抱志节而亡，今世合享荣华。所生孩儿，他日必大贵，烦你好好抚养教训。"兹系故事中男女主人公的前世今生，亦为隔世报的例子。至此，读者也从中获得如释重负般的心理快慰。

再如《月明和尚度柳翠》（《喻世明言》）中的歌妓红莲，她受柳府尹宣教的唆使，去引诱古佛出世的高僧玉通禅师，破了他色戒，坏了他德行。所以玉通禅师随即转世投胎成为柳宣教的女儿翠翠，并让柳翠堕为妓女去坏了宣教家的门风，报了他被诱破戒堕地之仇。还有《明悟禅师赶五戒》（《喻世明言》）中的五戒禅师，书中说他即为苏轼的前身，也因一念之差，私了清一的养女红莲，被明悟和尚点破。而明悟禅师的后身则是四川谢原的儿子谢端卿，即有名的佛印（佛印即为仁宗皇帝御赐之名）。像此类隔世报在明清话本小说中可谓举不胜举，仅《闹阴司司马貌断狱》（《喻世明言》）一篇就列了十数人。小说写他们都是恩将恩报、仇将仇报，分毫不爽。如韩信，小说写他尽忠报国，替汉家夺下大半江山，可惜衔冤而死，故阎君将他发在曹嵩家托生，是为曹操。再让曹操先为汉相，后为魏王，坐镇许都，享有汉家山河之半，威权盖世。这对曹操前身的韩信而言，几乎是个大大的补偿。汉高祖刘邦，因负其臣，便将他来生仍投汉家，立为献帝，一生被曹操欺侮，胆战魂惊，坐卧不安，度日如年。而彭越是个正直之人，因此被发在涿郡楼桑村刘弘家为男，是为刘备。千人称仁，万人称义。后为蜀帝，拥有蜀中之地，与曹操、孙权三分鼎足。还有萧何之于杨修，英布之于孙权，蒯通之于孔明，许复之于凤雏，樊哙之于张飞，项羽之于关羽，纪信之于赵云，丁公之于周瑜，项伯、雍齿之于颜良、文丑，司马貌之于司马懿等等，或补偿，或惩罚，皆为前世今生之报也。为进一步证明果报不爽，冯梦龙还在《游酆都胡母迪吟诗》中借胡母迪游酆都所见，用诗歌记录了冥司所有善恶之报故事以警醒世人。其诗云：

王法昭昭犹有漏，冥司隐隐更无私。不须亲见酆都景，但请时吟胡母诗。

可见，"天道报应，或在生前，或在死后"（《游酆都胡母迪吟诗》）；"或迟或早，若明若暗；或食报于前生，或留报于后代。……此乃一定之理"（《闹阴司司马貌断狱》）。

然而，体现在小说戏曲中这种善恶终有报的喜剧精神，向来多为学界所诟病，但诟病者却忽略了一个非常重要的现象，即文学的民族性。因为中华民族几千年来所形成的乐天性格、喜乐厌悲的民族精神，已成为本民族的心理习惯、审美习惯，甚至可说是一种民族的气质，同时也是本民族的社会心理需要，它就像影子随形一样，挥之不去。正如王国维所概述的那样："吾国人之精神，世间的也，乐天的也，故代表其精神之戏曲小说，无往而不着此乐天之色彩。始于悲者终于欢，始于离者终于合，始于困者终于亨，非是而欲餍阅者之心难矣。"（王国维《红楼梦评论》）既然喜剧结局、乐观精神已成为民族的秉性而难以改变，且能满足人们的心理需求和有益于身心发展，批评家又何必去非难呢？

二、创作动机上体现出"劝善惩恶"的教育思想

"劝善惩恶"的创作动机或目的，在中国文学史上已是一个非常突出的现象，且已成为鲜明的民族特征。其民族特征的典型性并不亚于中国国民在心理气质上的喜乐厌悲和审美习惯上的喜剧精神，甚至被上升到"天道"的表现形式，如说"天道以爱人为心，以劝善惩恶为公"（《闹阴司司马貌断狱》）。而劝惩的目的是教化万民多行善，勿作恶。

作为中国传统文化重要组成部分的古代文学，其社会作用主要体现在教育功能上，这无论是儒家、道家还是佛家，抑或是民间文化，无一不在劝勉世人行善积德，而"善恶到头终有报"的果报思想也是各派学理所共通的，只不过其具体的表达方式不同而已。像代表明清话本小说最高成就的"三言""二拍"以及李渔短篇小说，书中所写不外乎忠孝节义故事，始终贯穿"三教一理"之说，且三教经典皆教人为善。如"三言"之《沈小霞相会出师表》突出一个忠字，小说写沈炼为官清正严明，不畏权贵，死后为神，且其子孙皆登科甲，世代书香不绝，故后人做诗赞曰："生前忠义骨犹香，魂魄为神万古扬。料得奸魂沉地狱，皇天果报自昭彰。"像"三言"中的徐阿寄、《无声戏》中的单百顺、碧莲等对主人的忠心也可算在"忠义"之列。《裴晋公义还原配》《羊角哀舍命全交》等则表一个"义"字，后人对其义举亦有诗赞云："官居极品富千金，享用无多白发侵。惟有存仁并积善，千秋不朽在人心。"而《陈多寿生死夫妻》则讲一个"节"字。其节是指男女双方的互守，体现患难夫妻在彼此理解的基础上彼此忠诚、互相体贴，终得美满幸福。亦有诗赞云："从来美眷说朱陈，一局棋枰缔好姻。只为二人多节义，死生不解赖神明。"《李秀卿义结黄贞女》《刘小官雌雄兄弟》两篇是既写义又写节，其节义故事在当时皆传为美谈。

也正因为这些作品多写忠孝节义的内容，以致后世对此批评颇多，曾被冠以"封建""俗套"加以挞伐；殊不知这忠、孝、节、义却是中国

人不可否认也无可回避的天理人伦的秩序问题，因为中国古代的家庭关系、社会秩序都是靠这忠孝节义来维系的。这种维系家庭和社会秩序的忠孝节义，已由家庭和社会抑或政治的需要逐渐变成人们心理和行为的习惯，继而形成一种社会风习、时代风习，乃至民族风习，最终形成中华民族的一个显著特征。所以古代的中国人开口、闭口都是忠孝节义、仁义道德，事实上已是习惯使然，风习使然。

上文所及明清话本小说的作者大率如此，尤其是冯梦龙、李渔，他们在小说中常常自觉充当社会教育家、人生导师，这可从其书名、篇名便能知其大概。书名有冯梦龙"三言"中的"喻世""警世""醒世"，以及李渔的"觉世"（其小说集《无声戏》又名《觉世名言》），所谓"喻世""警世""醒世"抑或"觉世"，其目的都在于唤醒人心，导引人性，进而达到教育的目的。篇名如"三言"中的《裴晋公义还原配》《李公子救蛇获称心》《两县令竞义婚孤女》《三孝廉让产得高名》《崔衙内白鹞招妖》《计押番金鳗产祸》；《连城璧》中的《乞儿行好事 皇帝做媒人》《遭风遇盗致奇赢 让本还财成巨富》以及《重义奔丧奴仆好 贪财殒命子孙愚》等，都不同程度地关合了人与事的善恶因果，给读者以警戒和教育。为让广大百姓相信"善恶到头终有报"的信条不虚妄，明清话本小说的作者多用实证法从正反两个方面进行描写，体现作者善人善报以劝善、恶人恶报以止恶的社会教育理想。

（一）善人善报以劝善

"劝"是鼓励的意思。劝善，在古代中国的国民心目中被视为全社会衡量是否好人的标准和法则，所谓"有善必劝者，固国家之典；有恩必酬者，亦匹夫之义"（《三言·吴保安弃家赎友》）是也。其具体内容则包括施恩者和受恩者两个方面。一方面鼓励人们多行善积德，多做好事，因为做好事一定有好报；另一方面则告诫接受别人帮助和恩典者，应懂得知恩图报。其教育的目的显而易见。

"三言""二拍"以及《无声戏》《十二楼》等小说集，其正面人物都始终贯穿着"天道何曾负善人"的天理。从文学形象来说，涉及的人群非常广泛，诸如官吏、文士、商人、农民以及江湖术士、青楼歌妓等，有男有女，有老有少，都在施恩和受恩的范围。无论是上层官吏还是下层百姓，甚至包括偷儿、拐子在内，只要他们有善心，肯做好事，都会得到好报，这就给行善积德、乐于助人者以信心和鼓励。如《蒋兴哥重会珍珠衫》中的吴知县，书中说他向来艰子，就因他为政清廉，德厚刑清，又善于为民排忧解纷，积了许多阴德，后来不仅官做到吏部，而且还连生三子，皆科第不绝。可见皇天没有负他。再如《两县令竞义婚孤女》中那位江州德化县知县石璧，即孤女月香的先父，小说写他"为官清廉，单吃德化县中一口水"，且听讼明决，雪冤理滞，政简刑清，民安盗息。虽然他自己因粮仓失火而屈死在狱中，但他的阴德已播及他的女儿月香身上。古人所谓"但留方寸地，传与子孙耕"的训诫，已在石璧及其孤女月香的故事中得以充分体现，同时义嫁义娶的钟离义和高大尹的善心善举也获得相应的回报，故后人有诗叹云："人家嫁娶择高门，谁肯周全孤女婚？试看两公阴德报，皇天不负好心人。"（《两县令竞义婚孤女》）

为善不只是对为官者的要求，作为社会教育，应包括全体国民在内。只要自上而下、自下而上都大力为善，社会就会安定和谐。明清话本小说除了上述好官有好报的故事外，普通百姓行善积德做好事获好报的也不少。除上文所及的秦世芳、蒋成、金孝、吕玉一班人外，还有"三言"里《刘小官雌雄兄弟》中的刘德夫妇，《徐老仆义愤成家》中的阿寄，"二拍"里《张员外义抚螟蛉子 包龙图智赚合同文》中的张员外、《神偷寄兴一枝梅 侠盗惯行三昧戏》中的义偷懒龙，《十二楼》里《归正楼》中的拐子贝去戎，《连城璧》里《乞儿行好事 皇帝做媒人》中的乞儿穷不怕等，都系普通百姓行善获好报留芳名的例子。可见，无论以文学形象还是以理性概括，都在劝善，也都能使人们从善德义举好报中获得向善行善的信心和力量，劝善已成为中华民族的习尚，甚至成为人们生活和心理的需要。

古代小说研究论丛

（二）恶人恶报以止恶

明清话本小说在大量描写善人善报的同时，也记录了不少恶人恶报的故事，目的是以此警示世人以达到止恶的教育效果。所谓"劝君莫作亏心事，古往今来放过谁"（《沈小官一鸟害七命》），这在告诫人们亏心事做不得，若作恶多端者，皇天是不会轻易放过的。明清话本小说中的恶人形象亦遍布世间各类人群，诸如官宦财主、和尚道士、市井细民皆有作恶的现象。所以清代郑板桥曾严厉批评和尚道士和读书人违背其先师、败坏圣人声誉。郑板桥说："和尚，释迦之罪人；道士，老子之罪人；秀才，孔子之罪人也。"像和尚为非作歹、败坏山门的，如《郝大卿遗恨鸳鸯绦》，写非空庵的空照和静真与浪荡好色之徒郝大卿的淫欲苟且故事，且弄出人命；而极乐庵的了缘又勾搭万法寺的小和尚去做了光头夫妻，最后闹到公堂出丑。再如《汪大尹火烧宝莲寺》，写宝莲寺里一批佛门弟子，不守清规、淫欲无度，为诱奸民间女子，他们利用当地信巫不信医恶俗，以及人们求子心切的心理，竟在佛门圣地"子孙堂"里私设暗室，淫人妻女，欺世盗名，结果弄出一场大事，不仅带累佛面无光，山门失色；而且还败坏了民风。

然而，人们"善恶到头终有报，只争来早与来迟"的说话一点不虚，尽管宝莲寺的恶俗浸淫年代久远，但毕竟邪不胜正，他们的罪恶终被聪明精察的官吏汪大尹所察觉，后不仅寺院被毁，而且罪徒们也被绳之以法，民风自此始正。像这类故事，李渔小说也有类似描写，限于篇幅，不一一列举。其实民间百姓各行各业的人们，实际上也存在着败坏其自身形象的事实。总之，各类人等所作诸恶，实际上是败坏了作为区别于动物的普通"人"的形象，有的甚至禽兽不如。

像"三言"里《滕大尹鬼断家私》中倪太守长子倪善继，为独占遗产，对庶母梅氏和同父异母弟倪善述无端算计，百般欺压，但不知其父《行乐图》中藏着哑谜机关，后在公堂上被高明的滕大尹揭开谜底，将其父所留金银钱财尽断与其弟善述，而善继只落个不孝不悌之名。"二拍"

里《恶船家计赚假尸银 狠仆人误投真命状》中的船家为讹诈王生家的银子，竟弄来无名尸假冒曾与王生发生冲突的姜客吕某，害得王生屈坐冤狱，最后因姜客吕某的出现，王生才得以白冤，恶船家也因此受到应有的惩罚。此可谓天网恢恢，疏而不漏。所以小说告诫人们"非理之财莫取，非理之事莫为；明有刑法相系，暗有鬼神相随。"（《沈小官一鸟害七命》）

由此可见，明清话本小说几乎篇篇贯穿着"劝善止恶"的教育思想。其教育的目的，是要净化社会环境，构建和谐人文。正如笑花主人所云："仁义礼智，谓之常心；忠孝节烈，谓之常行；善恶果报，谓之常理；圣贤豪杰，谓之常人。然常心不多葆，常行不多修，常理不多显，常人不多见，则相与惊而道之，闻者或悲或叹，或喜或愕。其善者知劝，而不善者亦有所惭恶悚惕，以共成风化之美。"①

三、民族特征与社会风习之关系

显然，作为民族特征核心指标的民族性格，绝不是到明清时代才有的，而是自古至今随着时代的步伐一步步向前推进的，只不过民族性格在明清小说戏曲中反映得更为集中、更为突出，这应该归结于此期小说戏曲兴盛的结果。从心理气质、审美习惯等方面看人们对喜剧结局的乐于接受，这应被视为本民族"遗传基因"的影响所致，实为民族的天性使然，姑且称之为"文学的民族遗传基因"。而这种先天的心理气质和审美习惯又经全社会的共同作用，便带有明显的社会性，进而成为一种社会风习，且这种社会性和风习又被一代代传承下去，于是在文学作品中形成既是民族的又是社会的民族特征。换言之，"文学的民族遗传基因"中的喜乐厌悲心理气质和审美习惯，一方面体现为社会整体现象；另一方面则体现为时代的连贯性，这就是笔者所谓明清话本小说中所体现的民族特征与社会风习的密切关系。

---

① ［明］笑花主人：《今古奇观序》，《古本小说集成》，上海古籍出版社1994年版，第6—7页。

再从劝惩教化的角度论，前述内容涉及忠孝节义的情节和故事，笔者从善恶果报故事中对其民族特征问题已粗略论及，而涉及民族性格的具体内容较少触及。其实人的秉性中既有善的也有恶的，所以存在着孟、荀之间性善性恶之争。但无论人性本善或本恶，去恶向善、修德好善是各家学说所共通的，且直达民间。诸如爱国、仁勇、忠孝、侠义、勤劳、俭朴、诚信、廉洁等优良品性，在先秦诸子中曾广泛倡扬，且后世不绝于书，在民间亦广泛传播和接受，并形成鲜明的民族性格。而至于"恶"的负面影响在理性的文化书籍中却不及小说戏曲揭示得广泛和深刻，诸如贪财好色、见利忘义、唯利是图、恩将仇报、野蛮残忍、嫉妒、诽谤等等，在小说戏曲中有大量描写。小说是通过"恶"的负面影响——"恶报"来惩戒世人，震慑人心，迫使人们去恶向善。可见，善恶果报的信念经古代小说、戏曲反复辗转传扬，于是将个人的心理、行为习惯逐渐变成民族的社会心理和社会行为习惯，继而成为民族社会风习；而民族社会风习的形成又进一步强化了文学的民族性特征。虽然文学作品中所描写的艺术形象是一个个具体的人物，但他所代表的是社会人群乃至人类全体的性质，正如王国维所概括的那样："夫美术（指文学艺术，下同。笔者注）之所写者非个人之性质，而人类全体之性质也。惟美术之特质，贵具体而不贵抽象，于是举人类全体之性质，置诸个人之名字之下。"（王国维《红楼梦评论》）即使这样，笔者仍须指出，中国古代小说涉及上述善恶诸特点，不一定都能代表人类全体之性质，但至少可以代表中华民族全体之性质。这就是小说的民族特征与社会风习相互作用之结果。

至于小说作为社会教育的手段之一，它是通过艺术形象来感化人的，其效果显然要比其他任何理性形式好得多。兹引冯梦龙在《警世通言·序》里的一段话来佐证：

　　里中儿代庖而创其指，不呼痛，或怪之。曰："吾顷从玄妙观听说《三国演义》来，关云长刮骨疗毒，且谈笑自若，我何痛为！"夫能使里中儿有刮骨疗毒之勇，推此说孝而孝，说忠而忠，说节义而节义，触性性通，导情情出。

这就是文学的力量，形象的力量。

从小说形象的民族个性和民族社会性角度论，均存在着观念的延续性和时代的连贯性特点。最突出的有"三世因果"的果报思想；命皆前定，但行善积德可以改变既定命运的思想。而所有关于这两类思想的故事，皆不同程度或多或少从《太平广记》和《夷坚志》中一直延续到明清话本小说中，诸如"三言""二拍"乃至李渔短篇小说中皆有为数不少的劝善惩恶、果报不爽的故事，其素材皆直接或间接地来源于《太平广记》和《夷坚志》，精神也是一贯的，这在学界已被广泛论及，此处毋须赘述。

可见，明清话本小说所体现的民族特征，是自先秦以来直达清末的时代连贯，尤其是《太平广记》《夷坚志》的直接和间接影响，使得小说的民族性由《太平广记》《夷坚志》直到明清话本小说一脉相承，喜乐厌悲的喜剧精神和劝善惩恶的教育思想也随着时代的前进而不断深化，并形成鲜明的民族特征。这个民族特征作为文学形象，既是个体的，也是社会的；作为文化形态，既是社会的，也是人文的。而明清话本小说是以文学形象艺术地再现中华民族的人文精神，其中乡土故国情怀，忠孝两全愿望，节义共守原则，以及廉俭同倡风气是中华文化之精华，至今仍然有着积极的社会意义。而这些有着积极社会意义的精神或风习，皆寓诸明清小说戏曲之中，且通过民族特征的反复强化而得以实现。

肆／《红楼梦》传播及其相关研究

《红楼梦》在日本的传播及其经典化

王子成　秦　川

　　《红楼梦》最早走向世界，是从日本开始的。1793年《红楼梦》乘船来到日本的长崎，从此开始了《红楼梦》传播史上的新纪元。而时隔100年后的1892年（明治25年）11月25日，森槐南在《早稻田文学》上发表《红楼梦论评》一文，则开启了"红学史"上的新篇章。这两个"时间节点"所发生的事情，标志着被公认为伟大而经典的文学名著《红楼梦》，它的经典性不仅仅受到国人的关注和重视，而且也受到国外读者和研究者的关注和重视。《红楼梦》能在18世纪末走向日本，并得到日本众多著名学者的关注和研究，这足以证明它的经典性；而日本红学的兴起，更助推了经典《红楼梦》在日本走向经典化的进程。本文所用文献是在孙玉明2006年发表于《红楼梦学刊》中的《日本〈红楼梦〉研究略史》[①]以及伊藤漱平《〈红楼梦〉在日本的流传——幕府末年至现代的书志式素描》[②]的基础上，又补充了一些相关的文献资料，旨在对"《红楼梦》在日本的传播与《红楼梦》的经典化"这一论题进行探讨。

257

---

　　① 孙玉明：《红楼梦学刊》2006年第5辑。
　　② 伊藤漱平：《中国文学的比较文学研究》，汲古书院，1983年。

一、读者的爱好接受是经典《红楼梦》在日本传播的基础

中日交流，历史悠久；中国文化影响日本，源远流长。而明清时期，随着中日文化交流不断加深，大量通俗文学书籍流传到日本，深受日本人的喜爱和重视。像《三国演义》《水浒》《西游记》《金瓶梅》"三言二拍"以及《儒林外史》《西湖佳话》《十二楼》等，都在此期传到了日本并被译成日文。而部分小说按照日本文化习俗重新改编，这种现象在日文中称为"翻案"。其中有些短篇小说因为广受欢迎，甚至还被改编成了歌舞伎的剧本，如"三言"中的"卖油郎独占花魁"被改编为"绀屋高尾"上演。

关于《红楼梦》在日本的传播情况，红学家胡文彬在其专著《〈红楼梦〉在国外》①的"红楼梦在日本"这一节里，已讲得很清楚，故此不赘。而《红楼梦》虽然比上述作品传入日本的时间要晚数十年，但它一旦传入，很快就受到日本读者特别是文化功底深厚的专家学者们的喜爱和重视，而日本天理大学图书馆所藏龙泽马琴向桂窗苑书翰借阅《红楼梦》的一些信札，即能证明当时日本学者喜爱《红楼梦》的真实情况。如天保七年（1836）三月二十八日，龙泽马琴向桂窗苑书翰借阅《红楼梦》的信上写道：

> 近期，我忽然要读《红楼梦》，便到四方书店购买。不巧，均已售空。无奈，只好借您珍藏的《红楼梦》暂读，实为抱歉。二函都寄来更好，一函一函地借阅亦可。眼下正值暑期，很想借机一读，望在六月中旬，您方便的时候寄来为好。多有叨扰，致歉。②

这封书信不仅体现了龙泽马琴想阅读到《红楼梦》的迫切心情，同时也体现了日本读者喜爱《红楼梦》的程度。《红楼梦》一到日本，就成了畅

---

① 胡文彬：《红楼梦》在国外，中华书局1993年版，第14页
② 胡文彬：《红楼梦》在国外，中华书局1993年版，第17页

销书，所谓"四方书店""均已售空"，其读者之广，爱此书之盛，以及龙泽马琴欲购之切，皆可想见。正因为《红楼梦》是如此的热卖、热读之书，而急不可待地想得到《红楼梦》的龙泽马琴又无处购买，于是他不得不向桂窗苑书翰借阅。果然，桂窗苑书翰没有让龙泽马琴失望，而是在龙泽马琴希望的时间里将书借给了他，这只要看看龙泽马琴于六月二十一日给桂窗苑书翰的答谢信便可得知。其复信云：

    先谢谢！珍藏的《红楼梦》四函于前天（十九日）午后寄来，现已完全收到。我急不可待的开卷拜读，发现有的装帧开裂，书套亦有破损。不过尚不甚严重，敬请放心。打扰您的工作，非常抱歉。言犹未尽，不胜感激之至！

可见，作为"红迷"的桂窗苑书翰，是非常理解另一位"红迷"龙泽马琴急切借阅《红楼梦》的心情的，而龙泽马琴收到桂窗苑书翰借给他《红楼梦》时的喜悦和感激之情也溢于字里行间。龙泽马琴和桂窗苑书翰不失为一对"红迷"知音！也正因为是同好和知音，所以龙泽马琴一借就是三年而未还，仍想细细品读和研究。但借阅时间确实有点长，于是便想向桂窗苑书翰委婉地陈述续借和细读之意。这可从他天保十年（1839）八月八日再次给桂窗苑书翰的信札得知。其信中写道：

    恩借《红楼梦》一事，不胜感激之至。我力争年内奉还。筱斋翁江的书信中亦有此项的记载：这不是一本须臾不得离开的书，很早就搁置在那里。不久，择一适当时机，敬请收执。我十分敬佩您的热心诚恳。怎奈老眼昏花，小字唐本读起来十分吃力。

    前几天晾书时，偶翻《二度梅》，虽说读来十分吃力，却爱不释手。《红楼梦》亦如此，都是些我爱读的书。待来年春暖花开时，抽暇——细读。以前曾用一年的时间读过，今已遗忘大半，不再读实在遗憾。只要您不催还，我是一定要从容读下去的。谢谢，再叙①。

---

① 胡文彬：《红楼梦》在国外，中华书局1993年版，第18页

信中一方面答应"力争年内奉还"，而另一方面又表达了"待来年春暖花开时，抽暇一一细读"的希望之意。可见，龙泽马琴对《红楼梦》这部伟大的经典名著是爱不释手，所以尽管须还而不想还，并表示"只要您不催还"，而"我是一定要从容读下去的"。这封书信虽说是表达感激之情和计划还书的时间，但核心意义还是想达到续借细研之目的。其言辞诚恳而委婉，感情复杂而执着，一个"红迷"的真实形象跃然纸上，感人至深。

这封信札也透露了另一个信息，即《红楼梦》刚传到日本的时候，能阅读到的都是中文原著，至少桂窗苑书翰所藏并借给龙泽马琴阅读的《红楼梦》仍是中文原版，所以他们读起来很吃力，以致借来三年仍未归还。尽管读起来吃力，但龙泽马琴还是爱不释手，还想细细品读，希望该书的拥有者桂窗苑书翰不要催还。由此亦可想见《红楼梦》的经典性及其文学魅力，以及对日本文人学者所产生的影响。换言之，非伟大而经典的巨著，是不能产生如此的艺术效果的，而《红楼梦》作为一部伟大而经典的文学名著，是当之无愧的。

从龙泽马琴的三封信札可以推知《红楼梦》在日本的传播以及被接受且受欢迎的情况，但在《红楼梦》被翻译成日文之前，所有阅读和研究《红楼梦》的读者，其中文基础都比较好，甚至可以说他们皆为中国文化功底深厚的汉学家，且日本汉学家的人数还不在少数；否则，中文《红楼梦》原著一传到日本，也不至于四方书店被抢购一空。鲁迅曾经议论《儒林外史》未被受到应有的重视时感叹道："伟大也要人懂。"这说明《儒林外史》之不幸；而《红楼梦》传播到日本，应该说是传到了它该传入的地方，因为它如此地受到日本读者的关注和喜爱。这不仅是《红楼梦》的经典和幸运，也是曹雪芹的伟大和幸运，更是中华文化的伟大和幸运！我们为有这样伟大的作者和伟大的经典名著受到日本读者如此重视而感到无比的骄傲和自豪！

二、翻译出版是《红楼梦》在日传播并走向经典化的重要一环

尽管日本汉学家能通读和理解中文原版《红楼梦》，但毕竟不像阅读和研究母语的文本，读起来还是吃力的，更何况还有许多不懂中文的读者，所以翻译成日文出版发行以飨日本读者就迫在眉睫。

然而自《红楼梦》传入日本的1793年至森槐南于1892年的日译片段，已是长达百年之久了，而真正的全译本更是20世纪40年代之后的事情了。可见，日本学者对《红楼梦》的深层研究，当在20世纪40年代之后，而日译版的晚出，直接影响了《红楼梦》在日本的经典化进程。正因为如此，所以森槐南所译片段在《红楼梦》的翻译史上便有着特殊的意义。

森槐南所译片段的具体内容是《红楼梦》第一回楔子（从回目开始，到"满纸荒唐言"为止），曾发表在《城南评论》1892年第2号第68至72页上。随后又有岛崎藤村（名春树：1872—1943）翻译了《红楼梦》第二十一回末尾一节，题名为"《红楼梦的一节》—风月宝鉴"辞，发表在《女学生杂志》第321号上。译文即贾瑞正照"风月鉴"终致丧生的故事①。这些摘译内容虽然不能满足读者的阅读希望，但它毕竟开启了日译《红楼梦》的新时代，此后就有节译本、全译本陆续面世。例如岸春风楼译本：《新译红楼梦》1916年文教社版上卷第39回；幸田露伴和平冈龙城合译本《国译红楼梦》（1920—1922）国民文库刊行会"国译汉文大成本"3卷80回。特别是幸田露伴和平冈龙城的合译本，除译注外，还附有幸田露伴的《红楼梦解题》、凡例、插图12幅②。这就为《红楼梦》在日本的进一步传播提供了极好的文本支撑，也让我们遥想到当年《红楼梦》在日本经典化的前头曙光了。

距节译本出现约20年后，由松枝茂夫译本《红楼梦》（1940—1951

---

① 胡文彬：《红楼梦》在国外，中华书局1993年版，第9页。

② 胡文彬：《红楼梦》在国外，中华书局1993年版，第10页。

岩波书店"岩波文库"本11册120回）^①即最早的全译本问世了。随后又有多种全译本陆续面世，著名的如石原严彻译本《新编红楼梦》（1960年后春堂版）、伊藤漱平译本《红楼梦》（1958—1960东京平凡社版"中国古代文学全集"三卷本上中下；1969—1970又有三卷本上中下出版，其中1963年另有平凡社出版的《奇书系列〈红楼梦〉（上）（中）（下）》）、饭冢朗译本《私版红楼梦》（昭和五十四至五十五年即公元1979—1980年作为"世界文学全集"之一由集英社出版）等。这些全译本如雨后春笋般地问世，不仅使《红楼梦》在日本的广泛传播迎来了阳光灿烂、繁花似锦的春天，而且也使得广大日本读者真正了解《红楼梦》的深刻内容并有兴趣深层研究成为可能，同时也加速了《红楼梦》在日本经典化的进程。其中最值得一提的人是"红迷"加红学家的伊藤漱平。伊藤漱平不仅在20世纪50—60年代就翻译了《红楼梦》，而且他在20世纪末又再次翻译出版了该著，如1996—1997的译本《红楼梦（全十二卷）》（东京平凡社出版）就是日本当代最权威的《红楼梦》译本了，这当为《红楼梦》在日本将走向经典化的标志性图书，也是21世纪日本红学研究者倚凭的重要原典文献。21世纪初，即2005年10月至2008年9月，伊藤漱平又陆续翻译出版了《红楼梦》（上中下），由汲古书院出版发行，这是伊藤漱平贡献给21世纪日本红学研究者的《红楼梦》原典文献。

在日本，提起经典《红楼梦》的传播及其在日本的经典化这一话题，除了一些"红迷"读者和研究者外，还值得一提的就是一些出版单位，其中最突出的是东京平凡社，它不仅翻译出版了《红楼梦》的各种本子，而且还翻译出版了大量中国通俗文学书籍，为中国古代文学在日本的传播做出了极大的贡献。另外日本汲古书院、岩波书店、"汇报"等也为红学的发展搭建了平台，如2011年，"汇报"刊行伊藤漱平的《红楼梦》旧译，此后汲古书院又刊行了伊藤漱平的旧藏程甲本、程乙本的影印本；2014年，岩波书店刊行了井波陵一的新译《红楼梦》第七册。至此，日本《红楼梦》研究的平台构建已经基本完备。就《红楼梦》而言，不仅

① 胡文彬：《红楼梦》在国外，中华书局1993年版，第10页。

出版了其原著及其译本，而且还出版相关研究著作，如王国维的红学名著《红楼梦评论》早在1963年就由平凡社翻译出版了，见于日本平凡社《中国现代文学选集》中的《清末五四前夜集》（1963年8月），这可能是最早被翻译传播到日本的红学著作。2015年，"汇报"又转载了由广濑铃子翻译的《石的故事：读中国的石头传说——〈红楼梦〉〈水浒传〉〈西游记〉》（该书由法政大学出版局刊行，系作者王瑾曾于1992年出版于杜克大学的学术著作）。2018日本中国古典小说研究会编《中国古典小说研究》第21辑上又转载了合山究著、陈翀译《〈红楼梦〉新解（台北联经出版事业公司2017年4月版）——一部'性别认同障碍者'的乌托邦小說》的文章，对合山究《〈红楼梦〉新解》的译著进行推介。

可见，经典《红楼梦》在日本的广泛传播以及日本红学的发展及其经典化，伊藤漱平等红学专家、译者以及平凡社等出版机构，功不可没。

三、日本红学的勃兴是《红楼梦》在日经典化的重要体现

从《红楼梦》研究起始时间的角度看，日本虽然明显要晚于我们中国数十年，这是把中国的早期评点算在研究范围内说的，但如果从今人真正"研究"意义的角度讲，日本的红学并不比中国晚多少，而随后关注和影响的程度也不逊色于我们中国红学。在日本最早研究《红楼梦》的人仍是森槐南，他发表于明治二十五年（1892）11月25日《早稻田文学》上的《红楼梦论评》当为日本红学最早的文章，比我们中国权威红学家即红学祖师胡适的《红楼梦考证》（1921）要早30年，森槐南发表《红楼梦论评》的时候，胡适还只有2岁。而20世纪50年代，日本的红学在世界红学史上也可算是遥遥领先的，其研究的面涉及曹学，比较学，小说及其人物形象与写作技巧等艺术学，小说的版本、人物以及相关情况的考证以及对中国红学的研究与考证等。一句话，所有红学可能涉及的范围和内容，日本红学皆有研究，皆有颇具影响的成果。这不仅体现了《红楼梦》自身的经典性，同时也体现了经典《红楼梦》在日本走向

经典化的客观事实。下面将分类列举一些日本学人及其红学研究成果作为例证。

（一）学者云集，成果丰硕

自20世纪至2018年日本学术刊物（包括论文集）中所刊载红学论文的署名，达121人之多，形成一个庞大的研红阵势。他们是：森槐南、笹川临风、狩野直喜、依田学海、青木正儿、大高岩、吉村永吉、井上红梅、目加田诚、猪俣庄八、博定、神田喜一郎、饭塚朗、村松暎、松枝茂夫、杉浦明平、太田辰夫、伊藤漱平、宫田一郎、横田辉俊、小山澄夫、丸尾常喜、小野四平、池间里代子、井波陵一、小川阳一、合山究、金文京、森中美树、船越达志、富江寿雄、桥川时雄、神谷衡平、桑山龙平、吉田とよ子、吉田幸夫、大原信一、谷田阅次、金子二郎、今村与志雄、仓石卯平、武田泰淳、本乡贺一、小野忍、竹内实、村上哲见、益田胜实、君岛久子、立间祥介、桧山久雄、加藤知彦、小川寿一、山口明子、镰田利弘、野崎俊平他、浅原六郎、须川照一、渡边尚子、吉村尚子、加藤丰藏、吴世昌、塚本照和、绪方一男、齐藤喜代子、细川晴子、甫藤吾代子、山澄夫、渡边浩司、古屋二夫、小野理子、上野惠司、野口宗亲、内田庆市、小滨陵一、驹林麻理子、平野典男、铃木达也、高增良、地藏堂贞二、竹村则行、今井敬子、神田千冬、大岛吉郎、大岛伸尚、王三庆、杨显义、杨冬龄、山崎直树、张华南、张竞、濑谷さより、塚本嘉寿、加藤昌弘、韩棣、郑天刚、平山祐世、吴丽艳、神户辉夫、朱颖、上田望、涩井君也、山路龙天、室谷顺子、秋山志保、持田志保、山田忠司、山路天龙、前富里英工、垣见美树香、吴佩珍、池田梦、王敏、王琳、蔡和璧、高桥正雄、石桥信光、平山佑世、浅原六郎、谷田阅次、稻田尹、依田学海、仁井田升等。

在如此众多的研红学者中，成果最多的要算伊藤漱平，其论文数量要排在日本红学家之首（论文63篇，专著3部，译著若干部）。其他拥有4篇以上的学者及其文章数量由多至少依次是：大高岩13篇（著作1部）、塚本照和9篇，船越达志和齐藤喜代子各8篇，井波陵一7篇，太田辰夫5篇，松枝茂夫、神田千冬、村松暎、吉田とよ子等人各4篇。1—3篇不等的学者，就不一一列出了。

本文所收集到的红学著作包括工具书、资料集在内有10部，论文296篇。论文的涉及面非常之广，几乎涵盖了红学可能涉及的全部内容和范围。限于篇幅，仅列著作，论文只列举4篇以上的作者和成果名称。

按时间先后，著作依次是：1965年，由大阪市立大学中国文学研究室编、东京平凡社出版的五部《红楼梦》论著：饭塚朗的《〈红楼梦〉概要》、村松暎的《〈红楼梦〉的作者与时代》、松枝茂夫的《〈红楼梦〉的文学性》、太田辰夫的《〈红楼梦〉的言语》以及伊藤漱平的《〈红楼梦〉的研究与资料》。1973年，有宫田一郎编、采华书林出版的工具书《红楼梦语汇索引》。1997年，又有合山究著、汲古书院出版的《〈红楼梦〉新论》。2005—2008年，还有伊藤漱平著、汲古书院出版的《红楼梦编（上中下）》三部。而4篇及以上作者和成果名称，由多到少依次是：

1. 大高岩的成果

（1）《小说红楼梦与清朝文化》（1930年3月《满蒙》119）。

（2）《红楼梦的新研究》（1930年6月《满蒙》122）。

（3）《近代中国文学史上的先驱——论〈红楼梦〉的作者及其识见》（1931年1月《满蒙》129）。

（4）《红楼梦中出现的近代女性》（1932年4月《满蒙》144）。

（5）《关于红楼梦的补充性考察》（1933年2月《满蒙》154）。

（6）《黛玉葬花》（1933年10月《同仁》7）。

（7）《贾宝玉研究》（1934年4月《满蒙》168）。

（8）《红楼杂感——关于贾宝玉的性爱及其生活》（1934年5月《满蒙》169）。

（9）《红楼梦中的金陵十二钗》（1938年2月《满蒙》214）。

（10）《红楼梦的构成》（1938年10月《满蒙》222）。

（11）《红楼梦的版本》（1959年12月《文献》2）。

（12）《红楼梦研究》（专著，1962年8月自费刊行）。

（13）《红迷》（1964年6月《中国》7）。

（14）《海外的〈红楼梦〉文献》（1964年7月《大安》5-6、7）。

2. 塚本照和的成果

（1）《抄本〈红楼梦〉词汇和抄写时期》（1965年3月《中国语学》149）。

（2）《〈红楼梦〉研究——备忘录》（1966年《天理大学学报》48）。

（3）《关于〈红楼梦〉中的"骂词"（一）》（1966年10月《集刊东洋学》16）。

（4）《关于〈红楼梦〉中的"骂词"（二）》（1967年1月天理大学的《中文研究》7）。

（5）《红楼梦管见——通过登场人物"死"的描写》（1969年1月天理大学的《中文研究》9）。

（6）《〈红楼梦〉中的年中活动习俗笔记》（1972年3月《天理大学学报》78）。

（7）《红楼梦》读后笔记——贾宝玉与林黛玉的"爱"与"死"（1975年《天理大学学报》96）。

（8）《〈红楼梦〉的言语》（1995年《中国语文论集语学（汲古选书10）》）。

（9）《〈红楼梦〉新探—言语 作者 成立》（1995年《中国语文论集语学（汲古选书11）》）。

3. 船越达志的成果

（1）《〈红楼梦〉贵族生活崩溃谈论的展开——以梨香院的女演员描写为中心》（见溪水社编辑出版的《藤原尚贤教授广岛大学退休祝贺记念〈中国学论集〉》1997年）。

（2）《王熙凤的形象》（1999年白帝社出版《冈村贞雄博士古稀记念中国学论集》）。

（3）《〈红楼梦〉成书试论——以〈风月宝鉴〉为中心》（1995年6

古代小说研究论丛

月《中国》10）。

（4）《夏金桂与贾迎春——从〈红楼梦〉成书过程看到的一面》（1995年11月中国文史哲研究会编的《集刊东洋学》74）。

（5）《红楼梦恋爱谈考》（1996年日本中国学会编的《日本中国学会报》48）。

（6）《红楼梦成书问题研究史》（1998年4月《中国学研究论集》1）。

（7）《薛宝琴论》（1998年10月《中国学研究论集》2）。

（8）《〈红楼梦〉女性描写的两个世界——以晴雯之死的问题为中心（2000年《日本中国学会报》）。

4. 齐藤喜代子的成果

（1）《关于〈红楼梦〉中的诗》（1968年6月《二松学舍大学人文论丛》1）。

（2）《〈红楼梦〉研究——谁解其中味考》（1975年3月《二松学舍大学论集》）。

（3）《中国〈红楼梦〉研究现状》（1977年《近代中国》2）。

（4）《林黛玉的骂语》（1978年10月《二松学舍大学人文论丛》14）。

（5）《关于〈红楼梦〉中的"情"字》（1987年《二松学舍创立百十周年记念论集》）。

（6）《关于〈红楼梦〉中的宴会》（1998年《二松学舍大学东洋学研究所集刊》28）。

（7）《关于〈红楼梦〉与〈源氏物语〉的色彩表现》（1990年3月《二松》4）。

（8）《关于李卓吾思想对〈红楼梦〉的影响》（2000年《阳明学》12）

5. 井波陵一的成果

（1）《红学界的现状简介》（1982年10月《中国文学报》34）。

（2）《〈红楼梦〉在白话小说史上的地位》（1983年3月《东方学》55）。

（3）《〈红楼梦〉的意义与王国维的评价》（1987年《滋贺大学教育

学部纪要》37）。

（4）《关于曹寅》（1987年3月《东方学》59）。

（5）《薛宝钗的妆饰物》（1993年6月《滋贺大国文》31）。

（6）《家庭秩序—〈红楼梦〉中的人际关系》（1994年荒井健编 平凡社出版的《中华文人の生活》）。

（7）《梦的延续——红楼梦》续篇的世界（2000年汲古书院出版的《兴膳教授退官记念中国文学论集》）。

6. 太田辰夫的成果

（1）《红楼梦 儿女英雄传辞典》（1948年6月《中国研究所所报》14）。

（2）关于《红楼梦》的言语（试稿）（1964年《明清文学言语研究会》5）。

（3）《〈红楼梦〉新探（I）》（1965年8月神户市立外国语大学研究所编的《神户外大论丛》16-3）。

（4）《〈红楼梦〉新探（II）》（1965年10月神户市立外国语大学研究所《神户外大论丛》16-4）。

7. 松枝茂夫的成果

（1）《红楼梦译后》（1950年11月《图书》13）。

（2）《红楼梦与源氏物语》（1954年6月《东方文艺会报》11）。

（3）《〈红楼梦〉的魅力》（1977年5月《文学》45（5））。

（4）《岩波文库与〈红楼梦〉与我》（1977年9月《图书》）。

8. 村松暎的成果

（1）《对〈红楼梦〉论争的批判》（1955年11月《艺文研究》5）。

（2）《红楼梦的小说性——围绕周汝昌〈红楼梦新证〉》（1956年2月《艺文研究》4）。

（3）《〈红楼梦〉后四十回评价》（1958年11月《庆应义塾创立百年记念论文集》）。

（4）《通过贾宝玉来看红楼梦的思想》（1969年3月庆应大学《艺文

9. 神田千冬的成果

（1）《红楼梦》中的亲属称呼和身份称呼——贾宝玉对父母经常使用"老爷"、"太太"（上）》（1987年《中国语研究》27）。

（2）《红楼梦》中的亲属称呼和身份称呼——贾宝玉对父母经常使用"老爷"、"太太"（下）》（1987年《中国语研究》28）。

（3）《〈红楼梦〉中的亲族称呼（续）——对没有亲族关系的佣人使用亲族称呼的情况》（1988年《中国语研究》29）。

（4）《〈红楼梦〉中亲族称呼的派生用法》（1989年《中国语研究》31）。

10. 吉田とよ子的成果

（1）《〈红楼梦〉之谜》（1995年6月《问题与研究》24-9）。

（2）《〈红楼梦〉之谜（2）不可思议的石头》（1995年7月《问题与研究》24-10）。

（3）《〈红楼梦〉之谜（3）三僧》（1995年8月《问题与研究》第24-11页）。

（4）《日中比较文学的难度和趣味——〈源氏物语〉与〈红楼梦〉的情况比较》（2000年5月上智大学编的《索菲亚》4-1）。

另外见于2017日本东方学会编《东方学》杂志（134辑）转载的红学文章如下：

（1）船越达志《〈红楼梦〉后四十回中的〈五儿"复活"〉与太虚幻境》，（2016年中国古典小说研究会编《中国古典小说研究》第19辑。

（2）宋丹《〈红楼梦〉日本传来时期的重新验证——关于村上文书《寄出帐》的《寅二号船南京》（中国古典小说研究会编《中国古典小说研究》2014年第18辑）。

又见于日本中国古典小说研究会编《中国古典小说研究》2018年第21辑上推介的文章如下：

（1）涩井君也《清代〈红楼梦〉续书中的"婚姻"框架——〈红楼

梦〉与戏曲的比较》。

（2）合山究著、陈翔译《〈红楼梦〉新解（台北联经出版事业公司2017年4月版）——一部'性别认同障碍者'的乌托邦小说》。

从列出的成果来看，大高岩的研究基本集中在20世纪30年代（10篇）和50—60年代）（5篇）；冢本昭和的研究集中在60—70年代和90年代；船越达志集中在90年代至当下；齐藤喜代子的研究贯穿了60—90年代；井波陵一的研究集中在80—90年代；太田辰夫的研究在40—60年代；松枝茂夫的研究在50—70年代；村松暎的研究在50—60年代；神田千冬的研究在80—90年代；吉田とよ子的研究在90年代。而贯穿至今进行红学研究的学者仅见2人，即船越达志和伊藤漱平（下文将专述）。由此可以发现，日本的红学研究在20世纪是非常热闹的，其势不亚于我们中国的红学，这说明经典《红楼梦》及其研究在日本已经经典化了。但到了21世纪，红学研究大不如前，从所搜集到的情况看，明显处于冷寂的状态，有关《红楼梦》的传播及其研究已成明日黄花。而伊藤漱平的《红楼梦编》三部（2005—2008）可算是对《红楼梦》研究的总结了。

（二）伊藤漱平：日本《红楼梦》及其研究经典化的领军人物

前面说过，日本红学的涉及面非常之广，所有红学可能涉及的内容和范围皆有研究，而作为日本红学领军人物的伊藤漱平更是如此。现将伊藤漱平的研究情况按类别进行简要的分析。

伊藤漱平像其他日本友人一样，对中国以及中国历史文化非常热爱，对中国古典文学尤其是经典《红楼梦》可谓情有独钟。他曾在1959年11月的《图书》第115辑上发表《〈红楼梦〉与我》一文，讲述了他与《红楼梦》的情缘。从他红学成果的数量和学术水平来看，他确实领先于其他日本红学家，是日本红学功底最深、付出最多、成就最高的学者。现择其要列举于下：

（1）关于小说作者及其相关问题的研究，基本上是一个个的系列研究，体现了伊藤漱平对《红楼梦》作者及其著作的浓厚兴趣。

其"质疑"的系列如：《关于红楼梦第一回开篇部分的作者质疑（备忘录）》（1958年6月《东京中国学报》4），《关于红楼梦第一回开篇部分的作者质疑》（1961年6月《东京中国学报》4），《关于红楼梦第一回开篇部分的作者质疑（续）》（1962年6月《东京中国学报》5），《关于红楼梦第一回开篇部分的作者质疑（续）备忘录补订——兼答吴世昌氏的反驳》（1964年6月《东京中国学报》10）等。

与"作者论争"等相关系列如：《曹雪芹卒年论争与句读（上）——仲春〈红楼梦〉索隐谈义》（1982年2月大修馆书店出版的《中国语》265），《曹雪芹卒年论争与句读（下）——暮春〈红楼梦〉索隐谈义》（1982年3月大修馆书店出版的《中国语》266），《曹沾与高鹗试论》（1954年10月《北海道大学外国语外国文学研究》2），《李渔与曹霑——其作品所表现出的一个方面（上）》（1956年2月《岛根大学论集》6），《李渔与曹霑——其作品所表现出的一个方面（下）》（1957年3月《岛根大学论集》7），《关于晚年曹霑"佚著"——围绕〈废艺斋集稿〉等真伪问题备忘录》（1979年3月讲谈社《加贺博士退官纪念中国文史哲学论集》）。

（2）关于《红楼梦》版本和评点本等相关问题的研究，亦集中在一个个的系列研究里，体现了伊藤漱平严谨质朴、重考据的风格，当今学界将他划归为"新红学考证派"。其代表性成果如：

版本考证系列：《关于〈红楼梦〉八十回校本》（1958年7月大安书店出版的《大安》4-7），《程伟元刊〈新镌全部绣像红楼梦〉小考》（1973年3月岛居久靖先生华甲纪念会《中国的言语与文学》），《程伟元刊〈新镌全部绣像红楼梦〉小考补说》（1977年1月《东方学》53辑），《程伟元刊〈新镌全部绣像红楼梦〉小考余说》（1978年3月东京大学东洋文化研究所《东洋文化》58辑），《程伟元刊〈新镌全部绣像红楼梦〉小考余说补记》（1978年8月《东洋文化》）。

脂评系列：《关于脂砚斋与脂砚斋评本备忘录（一）》（1961年10月大阪市立大学文学会《人文研究》12-9），《关于脂砚斋与脂砚斋评本备忘录（二）》（1962年9月大阪市立大学文学会《人文研究》13-8），《关于脂砚斋与脂砚斋评本备忘录（三）》（1963年8月大阪市立大学文学会《人文研究》14-7），《关于脂砚斋与脂砚斋评本备忘录（四）》（1964年7月大阪市立大学文学会《人文研究》15-6），《关于脂砚斋与脂砚斋评本备忘录（五）》（1966年5月大阪市立大学文学会《人文研究》17-4），《得到列宁格勒本〈石头记〉之后》（1987年《东方学》72）以及《〈红楼梦〉成立史臆说——70回稿本存在的可能性》（1992年1月《东方学》83辑）等。

（3）关于《红楼梦》以及中日红学方面的介绍及其相关研究，也是一个个的系列研究，体现了伊藤漱平追求扎实完美的研究风格。其代表性成果如：

《红楼梦》介绍系列：《亟想补正〈红楼梦〉》（1961年2月《中国古典文学全集月报》33），《红楼梦》（1961年10月劲草书房《中国的名著》），《世界文学中的〈红楼梦〉》（1987年3月岩波书店《文学》55-3）等。

王国维系列：《关于王国维的〈红楼梦评论〉与杂志〈教育世界〉（上）》（1962年9月《清末文学言语研究会会报》1），《关于王国维的〈红楼梦评论〉与杂志〈教育世界〉（中）》（1962年10月《清末文学言语研究会会报》2），《关于王国维的〈红楼梦评论〉与杂志〈教育世界〉（下）》（1963年10月《明清文学言语研究会会报》4）等。

关于中国刊行版本系列：《近十五年中国刊行〈红楼梦〉版本、研究著作简介（上）》（1964年12月极东书店《书报》62），《近十五年中国刊行〈红楼梦〉版本、研究著作简介（中）》（1965年3月极东书店《书报》63），《近十五年中国刊行〈红楼梦〉版本、研究著作简介（下）》（1965年4月极东书店《书报》64）等。

关于《红楼梦》在日本流行系列：《〈红楼梦〉在日本的流行（上）》（1965年1月大安书店《大安》11-1），《〈红楼梦〉在日本的流行（中）》（1965年3月大安书店《大安》11-3），《〈红楼梦〉在日本的流行（下）》（1965年5月大安书店《大安》11-5），《〈红楼梦〉在日本的流行——幕府末期至现代的书志性素描》（1986年3月汲古书院《中国文学の比较文学的研究》）等。

（4）关于中国红学家之间的关系及其相关研究，体现了伊藤漱平穷根刨底、追根溯源的探究精神。其代表性的成果如：

《〈世界文库〉备忘录——郑振铎与鲁迅》（1942年1月《明清文学言语研究会》8），《王国维与俞平伯的一面（备忘录）—「皇帝」距离其他》（1967年7月大安书店《近代思想与文学》），《胡适与古典——旧小说，尤其是以《红楼梦》场景与核心的备忘录（上）》（1978年6月大修馆书店《汉文教室》126），《胡适与古典——旧小说，尤其是以《红楼梦》的场景与核心的备忘录（中）》（1978年10月大修馆书店《汉文教室》127），《胡适与古典——旧小说，尤其是以《红楼梦》的场景与核心的备忘录（下）》（1979年2月大修馆书店《汉文教室》128），《胡适与古典——旧小说，尤其是以《红楼梦》的场景与核心的备忘录（补）》（1979年5月大修馆书店《汉文教室》129）等。

（5）关于小说人物形象方面的研究，做到具体、深入、细致，体现伊藤漱平对小说文本及其人物、意象的浓厚兴趣。其代表性的成果有：

《金陵十二钗与〈红楼梦〉十二支曲（备忘录）》（1968年3月大阪市立大学《人文研究》19-10），《〈红楼梦〉的配角们——王熙凤的女儿和其他人物的备忘录》（1969年2月大阪市立大学《人文研究》20-10），《〈红楼梦〉中的女性形象与女性观——以金陵十二钗为中心》（1982年3月石川忠久编、汲古书院出版的《中国文学的女性像》），《〈红楼梦〉中的甄（真）、贾（假）问题——以两个宝玉的设定为中心》（1979年6月东大中哲文学会《中哲文学会报》4），《〈红楼梦〉中的甄（真）、贾（假）问题（续）——以林黛玉和薛宝钗的设定为中心》（1981年6月东大中哲文学会《中哲文学会报》6），《〈红楼梦〉中带有象征性的芙蓉与莲——以林黛玉、晴雯和香菱的场合为例》（1998年汲古书院出版的《日本中国学会创立五十年记念论集》），《关键是贾元春的"元"字—— 新春红楼梦索隐谈义》（1982年1月大修馆书店出版的《中国语》264）。

（6）关于红学研究动态以及资料性的介绍：

研究动态介绍的如：《（漫谈）近年来在中国〈红楼梦〉研究的动向》（1979年10月东方书店《东方》9），《漫谈〈红楼梦〉研究小史》（1983年《首届国际红楼梦研讨会论文集》），《二十一世纪红学展望（中国文）》（1997年8月北京国际《红楼梦》学术研讨会）等。

资料性介绍的如：《红楼梦书录》（1958年12月极东书店出版的《书报》1（9）），《〈红楼梦〉研究日文文献资料目录（附索引）》（1964年12月《明清文学言语研究会会报》（单刊）6），《〈红楼梦〉的研究与资料》（1965年平凡社《中国的八大小说》），《近年发现的〈红楼梦〉研究资料——关于南京靖氏所藏旧钞本及其他》（1966年5月《大安》12-5）等。

（7）有关《红楼梦》中的民俗、图像和文化以及民俗等方面的研究，基本上也形成系列，其成果如下：

图像系列：《曹霑的肖像画》（1958年12月平凡社出版的《中国古典文学全集月报》10），《关于曹霑的画技》（1959年10月《中国古典文学全集月报》19），《关于曹霑的画技补记》（1959年11月《中国古典文学全集月报》20）以及《红楼梦图画——以改琦〈红楼梦图咏〉为中心》（1995年《二松学舍大学东洋学研究集刊》26）等。

民俗系列：《〈红楼梦〉中的斗草游戏》（1982年10月节令社编的《节令》4），《〈红楼梦〉中的斗草游戏（补）》（1984年6月节令社编的《节令》5）以及《近世食文化管窥——以〈金瓶梅〉〈红楼梦〉中的材料为例》（1992年5月《饮食与近世食文化管窥——日本 中国 法国》）等。

（8）最后是专著系列，即见于汲古书院2005—2008陆续出版的红学专著《红楼梦编（上中下）》，属综合性的系统研究了。

由此可见，伊藤漱平作为日本红学的领军人物当之无愧，一点不虚。

综上所述：中国古代经典名著《红楼梦》及其研究的经典化，已经由国内发展到了国外，而最早走向世界的第一站是日本国。《红楼梦》能在日本的广泛传播及其经典化，还包括红学经典化，广义地说，是中日文化交流的结果，是日本《红楼梦》全体读者和研究者辛勤努力的结果，当然更是《红楼梦》自身广为世界各国读者所公认为经典性在日本的突出体现；具体地说，上述提及的无数热心读者和百数十的研究者，是经典《红楼梦》在日本走向经典化以及日本红学经典化的功臣，其中几个不同历史时期的开派人物、助推人物更加功不可没，特别是像最早的翻译者和最早的研究者森槐南，以及研究最给力、成果最丰硕、学术质量水平最高的人物伊藤漱平、大高岩等，是他们的推介和研究，使得《红楼梦》在日本的经典化并进一步带来红学在日本的经典化，以致《红楼梦》成为世界经典名著。他们的名字伴随着他们卓著的研红成果，已进入红学传播史册而备受人们的爱戴和重视，我们将永远怀念他们。

《红楼梦》在日本的传播及其经典化，可分为三个时间段。第一阶段即日本红学的初期阶段，是从森淮南的首次译介和首次发表研红文章的时间、事情算起。因为《红楼梦》自1793年传入日本后，经历百年才有他1892年的第二个"首次"突破，便带动了日本译红、研红的热潮。从研究情况来看，自森槐南于1892年11月15日在《早稻田文学》发表《红楼梦评论》之时起，随后有笹川临风的《金陵十二钗》发表于1896年11月的《江湖文学》，又有狩野直喜在1909年1月10日和17日的《大阪朝日新闻》上发表《关于中国小说红楼梦》（上、下），同年9月，又有依田学海的《〈源氏物语〉与〈红楼梦〉》见刊于《心花》4上，至1921年7月，青木正儿在《中国学》1-11上发表《读胡适著〈红楼梦考证〉》。这算是日本红学初期阶段的基本情况，而森槐南的大名将永远为中日学者所记忆所怀念。

第二阶段是自20世纪30—60年代，开派且有成就的人物是大高岩。这期以大高岩为中心，形成此期研究旺势的还有太田辰夫、松枝茂夫、村松暎等一大批红学家的研究活动，产出一批有影响的研究成果，助推了《红楼梦》在20世纪日本经典化的进程。

第三阶段是自20世纪60年代至20世纪末，研红代表人物有冢本昭和、船越达志、齐藤喜代子、井波陵一、神田千冬、吉田とよ子等一大批研红学者，他们亦留下大量有影响的研红成果，与前述各阶段的专家及其研究一起实现了《红楼梦》及其红学在日本的经典化，其中跨越两个世纪的研红学者是伊藤漱平与船越达志，而伊藤漱平的贡献尤为突出。

由此可见，《红楼梦》在日本的传播及其研究的经典化，基本集中在20世纪，而21世纪以来，《红楼梦》在日本的传播及其研究，相对于其他几部中国名著来说显得冷寂多了，其原因何在？后面已另文论述，此处不赘。

"日本红学"由热到冷原因探析

秦　川　王子成

经典《红楼梦》在日本颇受读者和研究者的重视和关注，那已经是20世纪的事情了。时至今日，中国古代经典名著在日本的传播及其研究，依然呈现盛况，但对于《红楼梦》的传播和研究已是今非昔比了。相对于明清"四大名著"的小说甚或其他古代小说戏曲来看，在日本的《红楼梦》阅读和研究正呈冷寂状态。至于其原因，则是多方面的。本文拟就日本"红学"研究现状，进行一些客观的分析和深入的探讨。

一、日本红学研究现状概述

《红楼梦》自1793年被传到日本，到日本学者森槐南于1892年的翻译和发表在《早稻田文学》上的《红楼梦论评》一文，再到自20世纪30年代至20世纪末，《红楼梦》在日本的传播及其研究实况，可谓一路走高，形成了读红热和研红热。所谓读红热，如《红楼梦》这部小说一传到日本，就被读者抢购一空，四方书店无以为售①，这是读红热的体现。至于研红热，也就是笔者所谓的"日本红学"，它是自20世纪20年代始，直到20世纪末，几达八十年的历程，可谓盛世空前。如百数十人的研究队伍，数百篇的研究论文以及为数不少的高质量红学专著，足以证明日

277

---

① 胡文彬：《〈红楼梦〉在国外》，中华书局1993年版，第17页。

本红学的盛况。这"双热"现象，不仅使得《红楼梦》在日本曾走向了经典化，而且也促进了日本红学自身的经典化。至于经典《红楼梦》在日本的经典化以及日本红学自身的经典化现象，笔者已有专论如前一篇，故此不赘。

然而进入21世纪之后，对于《红楼梦》的阅读和研究已是明显冷静了下来，几乎呈现冷寂状态。从《日本中国学会报》《东方学》《集刊 东洋学》《中国古典小说研究》等权威学术刊物，以及多家大学学术杂志如东京大学的《中国语中国文学研究室纪要》，东京大学《东洋文化研究所纪要》，神奈川大学的《人文研究》，《庆应义塾大学日吉纪要中国研究》，《埼玉大学纪要（教养学部）》以及九州大学《中国文学论集》所登载或转载的学术成果来看，其冷寂状态十分明显。下面将分列上述10家期刊自2015至2018年（少数刊物的时间范围略大一些）所登载或转载的论文，及其"学术动态"栏目介绍的学术信息进行分析。

（一）《日本中国学会报》

该刊一年一集，2015年为第67集至2018第70集，四集共刊载中国古代文学研究论文17篇，分别为2015年2篇，2016年4篇，2017年7篇，2018年4篇，但没有一篇属"红学"论文。该报所设"汇报"专栏，是对头一年学术专著包括译著情况的介绍。而该专栏介绍的四年共计24部，其中2部是有关《红楼梦》研究的专著信息，如2015年"汇报"报道了2014年井波陵一新译《红楼梦》（第七册由岩波书店发行）的信息，而2016年"汇报"又介绍了2015年由广濑玲子翻译的《石の物語：中国の石伝説と〈红楼梦〉〈水浒传〉〈西遊记〉を読む》的信息，而该书由法政大学出版局刊行，其原著系杜克大学王瑾出版于1992年的著作（因英文名称太长，故略）。

其他论文论著译著皆涉及《太平广记》《夷坚志》《三国志演义》《三国志平话》《西游记》《西游补》《水浒传》《封神演义》《杨家将演义》《扬州梦》《梧桐雨》《西厢记》"元杂剧"以及其他小说戏曲等方面的综

合研究。

（二）《东方学》

该刊系由日本东方学会主办，为半年刊，一年两集，分别为1月和7月出刊。2015年两集仅刊登古代文学的论文1篇，即7月第130集里的竹村则行《弘治本〈西厢記〉に付載する明·張楷〈蒲東崔張珠玉詩集〉について》（第53—67页）。另有个"学术动态"栏目，提供了2014年静永健在"第五十九回国际东方学者会议·第六回日中学者中国古代史论坛"上，所做的题为"洪邁《夷堅志》の世界"主题报告的信息。

2016年1月份即第131辑有中国古代文学的论文2篇，但内容皆与《红楼梦》无关。而"学术动态"栏目所介绍的是有关《三国志演义》版本研究方面的信息，而7月份即第132辑没有刊登古代文学方面的论文，却有关于《红楼梦》的研究信息，如田仲一成为已故日本红学家伊藤漱平撰写的纪念文章《"先学を語る—伊藤漱平先生—"》，此外杂志还对日本红学大家伊藤漱平的生平著述进行了整理汇总推介，如专著或主编书籍10部，翻译著作12部，论文61篇，基本上是有关中国古代小说方面的成果，而"红学"方面的占主流地位。

2017年1月没有相关研究论文，而"学术动态"也与《红楼梦》无关；7月即第134辑有一篇"红学"论文，如船越达志《〈紅樓夢〉后四十回における〈五兒"復活"〉と太虚幻境》（第80—110页）。"学术动态"则无任何相关信息。

2018年1月份亦无相关论文，而6条"学术动态"皆与《红楼梦》无关。而7月有两篇古代文学方面的论文和众多学术信息，但都与"红学"无关。

（三）《集刊 东洋学》

该刊系由日本中国文史研究会主办，也属半年刊，一年两期。2015至2016年自112号至115号4集各刊论文1篇，皆与"红学"无关，而

"学术动态"提供的信息也与红学无关。2017年116—117号皆无古代文学方面的相关内容。2018年118号和119号各收论文1篇，与"红学"无关，而学术动态"汇报"栏目的信息亦与"红学"无关。

（四）《中国研究》

该刊系由日本庆应义塾大学主办，属该校《日吉纪要》里的组成部分，系年刊，即一年一期。该刊创刊于2008年，第1期为创刊号，发表了渡边良惠《森槐南の中国小说史研究について—唐代以前を中心に》（第33—68页）。2009—2011年即第2—4期无古代文学的相关内容，而2012年第5期发表了渡边良惠《顧况〈戴氏広異記序〉について》（第65—112页）。2013—2016年即第6至第9期皆无古代文学的相关内容。2017年第10期发表了渡边良惠《明治期の日本における中国小说史研究について—文学史における記述を中心に》（第109—140页），2018年第11期亦无相关内容。2019年第12期发表了渡边良惠《家族の元へ戻る鬼の話—〈広異記〉〈薛万石〉と〈李覇〉を中心に》（第1—24）页。可见，该刊所刊论文皆与"红学"无关。

（五）《埼玉大学纪要（教养学部）》

该刊系由埼玉大学主办，亦系半年刊，即一年一卷两号，发表少量文学类论文，但自2013年第48卷第2号至2019年第54卷第2号，内容皆与"红学"无关。

（六）《东京大学中国语中国文学研究室纪要》

该刊显然系由东京大学主办，为年刊，即一年一期。自2015年第18号至2018年第21号，发表少量有关古典文学的论文，但都与"红学"无关。

（七）东京大学《东洋文化研究所纪要》

该刊显系东京大学主办，一年一册或二册不定，但大多是一年一册。自2015年第167册至2019年第175册，共发表古代文学方面的论文5篇，皆与"红学"无关。

（八）神奈川大学《人文研究》

该刊显系神奈川大学主办，半年刊，即一年二期。自2015年NO.186号至2019年197号共发表相关论文3篇，如2015年NO.186号有王子成《〈三言〉と江西省の地域文化——水神信仰に注目して》（第111—142页）；2017年NO.190日高昭二教授退职纪念号上有铃木阳一《〈白蛇伝〉の解読補遺（一）》（第95—116页）；2018年NO.194马兴国先生追悼号上有铃木阳一《〈白蛇伝〉の解読補遺（二）》（第1—20页）等，皆与"红学"无关。

（九）《中国古典小说研究》

该刊系中国古典小说研究会编的年刊，即一年一期，但2015年停刊1年。自2014年第18号至2018年第21号，共发表相关论文包括学术会议论文27篇，仅2篇"红学"论文，即2016年第19号上所刊宋丹《〈紅楼夢〉日本伝来時期の再検証—村上文書「差出帳」の「寅弐番船南京」について—》，和2018年第21号上所刊涩井君也《清代の〈紅楼夢〉続書における「姻縁」の枠組み—〈紅楼夢〉戯曲との比較から—》。

（十）《中国文学论集》

该刊系由九州大学主编，系年刊，即一年一期。除论文外，也有"学术动态"和"学术著作"的信息栏目。自2015年第44号至2018年第47号，发表少量相关论文，但皆与"红学"无关，仅2017年第46号"会员著书介绍"栏目里推介了合山究著、陈翀译《〈红楼梦〉新解——一部'性別認同障礙者'的烏托邦小說》的书评信息，而该译著系台北联经出版社于2017年4月出版的图书。

由此可见，有关《红楼梦》研究的成果在这十家期刊或报刊所刊载的比例是非常低的。说日本"红学"在21世纪以来处于冷寂状态，并非臆测。

二、21世纪以来，日本"红学"处于冷寂状态的原因探析

由上可知，21世纪以来，《红楼梦》在日本的接受及其研究，相对于中国其他几部小说名著乃至其他古典小说戏曲的研究情况，显得冷静多了。究其主要原因，大概存在以下两个方面的情况。

（一）接受的冷寂在于观念的转变与兴趣的转移

21世纪以来，日本读者对于我国经典文学名著《红楼梦》的喜爱程度，相比于20世纪初的情况来看，热情明显减退，远不如对中国其他小说戏曲的兴致浓厚。虽然我们无法统计到日本今人阅读《红楼梦》的具体情况，但我们可以通过日本学者的研究来反观其阅读信息。本文以日本学界刊发的相关研究论文为例，分析其阅读的兴趣和范围。如下文将及的十家学术期刊所刊载的文章，有关《红楼梦》研究的文章非常少，而大多数是关于《三国演义》《水浒传》《西游记》《金瓶梅》《封神演义》《杨家将演义》"三言二拍"《太平广记》《夷坚志》《西厢记》《梧桐雨》等一大批中国古典小说戏曲的研究成果。这已充分说明被公认为世界文学名著的《红楼梦》在当代日本，确实不及20世纪那样受欢迎，尽管在20世纪也存在着阶段性的冷热之分①。那么作为曾经受到世界瞩目、日本读者喜爱的《红楼梦》，如今却受到日本读者的如此冷落，也是有其原因的。

---

① 孙玉明：《日本〈红楼梦〉研究略史》，《红楼梦学刊》2006年第5辑。

1. 紫式部《源氏物语》与其爱情观民族化的冲击

以爱情为内容的小说，在日本已有其古典名著《源氏物语》的流播。所谓日本民族的特点之一，是以欲望的达成为其目的的心理满足。《源氏物语》是日本作家紫式部创作的经典名著，其爱情观带有明显的日本民族特征，而作为日本的读者自然更加习惯其本民族风格特征的文学作品。虽然《红楼梦》与《源氏物语》二书中皆具对爱情的理想追求，皆为爱情悲剧，皆属"梦幻"；但《红楼梦》中的"梦幻爱情"在现实中体现为梦幻的破灭，而《源氏物语》中的"梦幻爱情"则体现为"梦幻"的实现（即以"替身"来满足愿望）。因此，紫式部的《源氏物语》，比起中国曹雪芹的《红楼梦》来，更能满足人的心理欲求。所以说，《红楼梦》如今受到冷落的原因之一，是紫式部《源氏物语》与爱情观民族化的冲击所致。而当代日本学者对中国古典戏曲《西厢记》《梧桐雨》产生浓厚兴趣并致力研究，正是因为二剧皆能满足其欲望的达成。如《西厢记》"愿天下有情人皆成眷属"的主题，以及莺莺张生爱情的喜剧结局，符合日本读者的心理欲求和阅读满足；即使像颇带悲剧色彩的《梧桐雨》同样受到日本今人的重视和关注，也是因为该剧通过梦幻实现了主人公的心理愿望。

2. 日益扩大的日中交流与大量中国古典名著在日本传播所产生的影响

中日交流历史悠久，中国文化包括古典文学在日本的传播日益广泛。日本读者或学者接触到更多的中国其他经典名著后，其原来的阅读兴趣自然转移到更多更为广阔的领域，诸如对战争描写的《三国演义》《杨家将演义》之类的小说、对神魔描写的《西游记》《封神演义》之类的小说、对神怪描写的《太平广记》《夷坚志》之类小说、对社会世情做现实描写的《金瓶梅》"三言二拍"之类的小说，都具有浓厚的兴趣。因而《红楼梦》不再热的现象，也就不难理解了。

（二）研究的冷寂在于"日本红学"已达顶峰，超越顶峰既无可能亦无必要

"日本红学"在20世纪已达顶峰，《红楼梦》在日本的传播及其经典化以及"日本红学"的经典化已经完成，再要超越顶峰的研究既无可能也无必要。限于篇幅，仅以《东方学》平成二十八年（2016年）七月第132辑，对20世纪"日本红学大家"伊藤漱平生平著述整理的情况为例进行分析。

从其著述、主编的情况来看，20世纪"日本红学"已经达到一个高峰，而且从研究《红楼梦》的学者和论著来看，日本红学研究完全属于少数学者的个人兴趣。日本学者因为日本人的"匠人精神"，往往一个领域牛角尖钻到底，这个领域某个学者占据了，研究出了很多成果，别人也自觉地不会去和他争，那是他的地盘，有话语权。可见，伊藤漱平的个人著述对日本红学研究具有总结性意义。如伊藤漱平主编的《中国の八大小说》（于1965年6月由平凡社出版）的，其中五部就是研究《红楼梦》的内容。伊藤漱平于2005年至2008年出版的《红楼梦编》（上中下），皆由汲古书院出版，分别是《红楼梦编（上）》于2005年10月出版，《红楼梦编（中）》于2008年6月出版，《红楼梦编（下）》于2008年9月出版，这对日本"红学"来说，显系总结性的研究成果。

从其翻译的角度看，《红楼梦》研究的平台也已完备。如日本平凡社分别于1958年12月、1959年10月、1960年10月在《中国古典文学全集》二四、二五、二六里出版了伊藤漱平翻译的《红楼梦》（上中下），又分别于1969年1月、1969年7月、1970年2月在《中国古典文学大系》四四、四五、四六里出版了伊藤漱平翻译的《红楼梦》（上中下），又由平凡社于1996年9月至1997年12月陆续出版的伊藤漱平译著《红楼梦（全十二卷）》，另外，还有1963年8月由平凡社出版的伊藤漱平的译著《奇書系列〈红楼梦〉（上中下）》、1963年7月由平凡社出版的《中国现代文学选集（一）》里所收伊藤漱平翻译的徐怀中的《我们播种爱情》以及1963年8月由平凡社于《中国现代文学选集（一）》里所收《清末五

四前夜集》之《王国维〈红楼梦评论〉》等，再加上由汲古书院自2011年刊行伊藤漱平著作集中所收录的《红楼梦》旧译，伊藤漱平旧藏的程甲本、程乙本影印本，还有井波陵一新译《红楼梦》第七册（由岩波书店出版发行），以及2017年4月由台北联络出版社出版的合山究著、陈翀译《〈红楼梦〉新解》等，至此《红楼梦》日译本已全部出版完毕。可见，日本《红楼梦》研究的平台构建已基本完备。

从其对《红楼梦》的相关研究来看，可谓深入细致，面面俱到，颇具总结性特征。如伊藤漱平61篇关于中国古典文学研究的论文中，就有45篇"红学"论文，内容涉及版本研究、作者研究、思想内容以及艺术成就研究、文学形象研究、中日"红学"研究、中国红学家及其相关研究以及相关的考证等。另外还有大量"红学"研究资料的整理出版。现分列于下：

有关《红楼梦》的介绍和传播的成果如《紅楼夢》（劲草书房《中国の名著》，1961年10月），《世界文学における〈紅楼夢〉》（岩波书店《文学》五五卷三号，1987年3月）等。

有关作者研究的成果如《曹沾と高鶚に関する試論》（《北海道大学外国語外国文学研究》二号，1954年10月），《李漁と曹沾——その作品に表はれたる一面（上）——》（《島根大学論集》六号，1956年2月），《李漁と曹沾——その作品に表はれたる一面（下）——》（《島根大学論集》七号，1957年3月）以及《晚年の曹沾の（佚著）について——〈廃芸斎集稿〉等の真贋をめぐる覚書——》（講談社《加賀博士退官記念中国文史哲学論集》，1979年3月）等；《曲亭馬琴と曹雪芹と——和漢の二大小説家を対比して論ず——》（二松学舎大学大学院《二松》八集，1994年3月）。

有关版本研究的成果如《脂硯齋脂と脂硯齋評本に関する覚書（一）》（大阪市立大学文学会《人文研究》一二卷九号，1961年10月），《脂硯齋脂と脂硯齋評本に関する覚書（二）》（大阪市立大学文学会《人文研究》一三卷八号，1962年9月），《脂硯齋脂と脂硯齋評本に関す

る覚書（三）》（大阪市立大学文学会《人文研究》一四巻七号，1963年8月），《脂硯齋脂と脂硯齋評本に関する覚書（四）》（大阪市立大学文学会《人文研究》一五巻六号，1964年7月），以及《脂硯齋脂と脂硯齋評本に関する覚書（五）》（大阪市立大学文学会《人文研究》一七巻四号，1966年5月）等。

有关中国“红学”带总结性的研究成果如《王国維の〈紅楼夢評論〉と雑誌『教育世界』について（上）》（《清末文学言語研究会会報》一号，1962年9月），《王国維の〈紅楼夢評論〉と雑誌〈教育世界〉について（中）》（《清末文学言語研究会会報》二号，1962年10月），《王国維の〈紅楼夢評論〉と雑誌『教育世界』について（下）》（《明清文学言語研究会会報》四号，1963年10月），《胡適と古典——旧小説、特に〈紅楼夢〉の場合を中心とした覚書（上）》（大修館書店《漢文教室》一二六号，1978年6月），《胡適と古典——旧小説、特に〈紅楼夢〉の場合を中心とした覚書（中）》（大修館書店《漢文教室》一二七号，1978年10月），《胡適と古典——旧小説、特に〈紅楼夢〉の場合を中心とした覚書（下）》（大修館書店《漢文教室》一二八号，1979年2月），以及《胡適と古典——旧小説、特に〈紅楼夢〉の場合を中心とした覚書（補）》（大修館書店《漢文教室》一二九号，1979年5月）和《王国維と俞平伯の一面（覚書）——「皇帝」との距離、その他——》（大安書店《近代の思想と文学》，1967年7月）等；《〈世界文庫〉覚書——鄭振鐸と魯迅——》（《明清文学言語研究会》八号，1942年1月）。

有关日本“红学”带总结性的研究成果如《日本における〈紅楼夢〉の流行（上）》（大安書店《大安》——巻一号，1965年1月），《日本における〈紅楼夢〉の流行（中）》（大安書店《大安》——巻三号，1965年3月），《日本における〈紅楼夢〉の流行（下）》（大安書店《大安》——巻五号，1965年5月），《日本における〈紅楼夢〉の流行——幕末から現代までの書誌的素描——》（汲古書院《中国文学の比較文学的研究》，1986年3月）。

有关考证方面带总结性的成果如《程偉元刊〈新鐫全部繡像紅楼夢〉小考》（鳥居久靖先生華甲記念会《中国の言語と文学》，1973年3月），《程偉元刊〈新鐫全部繡像紅楼夢〉小考　補説》（《東方学》五十三輯，1977年1月），《程偉元刊〈新鐫全部繡像紅楼夢〉小考　餘説》（東京大学東洋文化研究所『東洋文化』五八号，1978年3月）等；《〈紅楼夢〉的甄（真）賈（假）の問題——二人寶玉の設定を中心として——》（東京大学中哲文学会《中哲文学会報》四号，1979年6月），《〈紅楼夢〉的甄（真）賈（假）の問題——林黛玉と薛寶釵の設定を中心として——》（東京大学中哲文学会《中哲文学会報》六号，1981年6月）等。《〈紅楼夢〉成立史臆説——七十回稿本存在の可能性をめぐって——》（《東方学》八三輯，1992年1月）。

　　有关内容方面的研究成果如《〈紅楼夢〉首回、冒頭部分の筆者についての疑問》（《東京シナ学報》四号，1961年6月），《〈紅楼夢〉首回、冒頭部分の筆者についての疑問（続）》（《東京シナ学報》五号，1962年6月），以及《〈紅楼夢〉首回、冒頭部分の筆者についての疑問（続）訂補》（《東京シナ学報》一〇号，1964年6月）等。

　　有关小说中人物形象的研究成果如《〈紅楼夢〉に見る女人像および女人観（序説）——金陵十二釵を中心として——》（汲古書院《中国文学の女性像》，1982年3月），《金陵十二釵と〈紅楼夢〉十二支曲》（大阪市立大学文学部《人文研究》一九巻一〇号，1968年3月），《〈紅楼夢〉の脇役たち——王熙鳳の娘およびその他の諸人物に就いての覚書——》（大阪市立大学文学部《人文研究》二〇巻一〇号，1969年2月），以及《〈紅楼夢〉に於ける象徴としての芙蓉と蓮と——林黛玉、晴雯并び香菱の場合——》，（汲古書院《日本中国学会創立五十周年記念論文集》，1998年10月）等。

　　有关带总结性的研究资料如《〈紅楼夢〉研究日本語文献資料目録（付索引）》（《明清文学言語研究会会報》（単刊）六，1964年12月），《近十五年中国刊行〈紅楼夢〉版本研究書略解（上）》（極東書店《書報》六二号，1964年12月），《近十五年中国刊行〈紅楼夢〉版本研究書略解（中）》（極東書店《書報》六三号，1965年3月），以及《近十五年中国刊行〈紅楼夢〉版本研究書略解（下）》（極東書店《書報》六四号，1965年4月）等。

其他方面的研究成果如《近世食文化管窺——〈金瓶梅〉〈紅楼夢〉を材料として——》（《食と近世食文化管窺——日本中国法国》，1992年5月），《紅楼夢図画——改埼〈紅楼夢図咏〉を中心に——》（《二松学舎大学東洋学研究所集刊》二六集，1995年3月），《二十一世紀紅学展望（中国文）》（一九九七年北京国際《紅楼夢》学術討会，1997年8月）等。

可见，伊藤漱平的"红学"成果，已成为"日本红学"顶峰中的顶峰，系20世纪带总结性的成果。作为日本学者研究中国文学达到如此境地，再要超越它实属不易。然而作为新时代的日本学者，转向去领略甚至挖掘中国古典文学宝藏中的其他珍宝，因而也就没有必要再在"红学"顶峰上去做无效的努力，于是在日本出现"红学"的冷寂状态也就是非常正常不过的事情了。

总之，我国古典文学名著《红楼梦》在日本的接受传播以及"日本红学"已今非昔比，明显处于冷寂状态，已是无须回避的客观事实。形成此种现象的原因是多方面的，但最主要的原因当为：一是观念的转变和兴趣的转移；另一是以伊藤漱平为代表的"日本红学"已经达到顶峰的境地，要想超越其顶峰，既无可能亦无必要。

经典《红楼梦》与《红楼梦》的经典化

秦　川　王子成

　　"经典"和"经典化"是两个不同的概念。对于"经典"的解释，目前学界虽然各自的表述不同，没有个确切的定义，但其基本要素大致差不多，不外乎典范性、权威性、恒久性、普及性之类；而对于"经典化"一词，大多没有明确提及，或把"经典化"与"经典"的概念混为一谈。或许是笔者所见局限，目前只有两位学者对"经典化"有明确的界定。如杨洪承在《中国当代文学的经典》一文中说文学经典化是"对经典文学作品的延伸"；张元珂在《"经典"与"经典化"小议》一文中说：经典化是"持续的、接受各种力量考验的保值、增值或者减值的动态过程。"这两种解释，都道出了"化"的状态和过程，而后一种解释则把"经典化"的动态变化过程讲得更加具体详细而客观。

　　由此可以推知，具有典范性、权威性、恒久性、普及性的"经典"，自然就能保值，若不能"保值"的所谓"经典"，那是肯定不能恒久的。所以"经典"只有在不断保持其"保值"的属性，才有可能确保其"恒久"的特征，但"人为的减值"应当除外。而"经典化"则不同，它"化"的对象首先必须是"经典"；然而，即使是"经典"，它"化"的过程，也就是在其"延伸"的过程中，经典有可能实现"保值"或"增值"，也有可能是在"减值"（而"减值"现象既有其自身的原因，也有人为的因素）。作为古典名著《红楼梦》这部公认的小说经典，它在面世以后就逐步"经典化"，而其"化"的动态过程客观上经历了保值、增值的历史延伸，也不同程度地经历过"减值"的历史境遇。下面就《红楼梦》这部经典小说的"经典化"过程及其社会文化意义做一些探讨。

一、《红楼梦》的传播及其经典化

《红楼梦》一出，传统的写法就都被打破了。这当为该著最权威最经典的标志之一，仅此一条就足以证明它即为经典，更何况还有它那深邃的思想、历二百多年至今却无有超越它的艺术成就，以及众多各具特色而性格鲜明的人物形象，使得这部经典历久而弥新，并得到广泛的传播。可以毫不夸饰地说，自其面世之后，不同类型的读者和文化人运用各种方式手段来传播该著，其传播的历程、内容，就可以编成一部《红楼梦》的传播史，而各自传播的途径和过程也就是该著逐步"经典化"的过程。兹就其传播的基础性平台的搭建谈起。

（一）序跋、评点、刊刻与《红楼梦》的经典化

自古至今能够传世的书籍，除其自身的"经典性"发挥着重要作用之外，也都离不开学者特别是名人的推荐。而作为"小道"身份的小说，更需要名人的推荐，其最初最突出的推荐方式就是给某著写序跋或做评点。所以阅读古籍，人们习惯上首先阅读该著的序跋，以掌握其大概；再通过进一步的细读，包括细读名人学者评点的具体内容，就能更具体更深入地感受其"经典"广泛而深刻的意义。可见，小说的序跋、评点可以帮助读者理解书中的深刻思想、品味经典的艺术魅力以及丰富的文化内涵。

《红楼梦》作为古典小说名著中的经典，这已经是名副其实也是众所周知的事情了。对于《红楼梦》这部经典的评点，最早的评点者是署名"脂砚斋"和"畸笏叟"的人，而经脂砚斋等人评点的本子就是当时最权威的评点本了，其全称为《脂砚斋重评石头记》（这名称是概括了带脂批

的所有《石头记》传抄本的总和）。而为《脂砚斋重评石头记》这部小说作序跋的就有戚蓼生、舒元炜、梦觉主人、程伟元、高鹗等十数人。脂评本及其序跋所评点、评价的全部内容，是当时以及后世对《红楼梦》进行深入研究的重要资料，也可视作有关《红楼梦》研究的最初的理论体系，其评点评论研究的过程，是《红楼梦》走向经典化的重要过程。笔者把这个过程确定为《红楼梦》经典化平台建设的最初阶段或叫第一阶段。

而脂评之后，陆续出现了众多有价值的评点本及其研究活动，并形成了"红学"，被学界称之为"旧红学"。而"旧红学"时代有影响的评点本就有：（王德化）东观阁本《新增批评绣像红楼梦》，王希廉（护花主人）《新评绣像红楼梦全传》，姚燮（大某山民）《增评补图石头记》，张新之（太平闲人）《妙复轩评石头记》，黄小田、刘履芬的手批本，陈其泰（桐花凤阁主）《桐花凤阁评红楼梦》，哈斯宝《新译红楼梦》，涂瀛（读花人）《红楼梦论赞》、诸联（明斋主人）《红楼评梦》、蔡家琬（二知道人）《红楼梦说梦》等，而如此众多评点本里同样附有许多名家的序跋，形成《红楼梦》评点的热潮。笔者把此期称之为《红楼梦》经典化平台建设的发展兴盛期或叫第二阶段。

再接下来就是各大出版社纷纷出版合评文献的热潮，出版了多家合评本。但在这种热潮出现之前，不得不提到的是清朝乾隆五十六年（1791）程甲本《红楼梦》的出版。因为此前的《红楼梦》是以抄本的形式流传，且只有前八十回，而程甲本《红楼梦》是以木活字印刷，结束了《红楼梦》以抄本形式流传的时代，具有里程碑的意义。此后，各种刻本、评点本便不断涌现，如除上述各种评点本外，又有光绪十年（1884）由上海同文书局出版的石印本：三家合评本《金玉缘》，由王希廉、张新之和姚燮三人合评，是清代著名的《红楼梦》评本。后又有光绪十五年（1889）上海石印本《增评补像全图金玉缘》的出版面世。这可看做是《红楼梦》研究平台建设的巩固期或叫第三阶段。至此，"红学"研究的基础平台建设已基本完成。

20世纪以降，《红楼梦》汇评汇注经历了很长一段时间的冷寂之后，在改革开放的80年代又开始迎来出版推进的热潮。如《红楼梦：三家评本》以光绪十五年上海石印本《增评补像全图金玉缘》为底本整理、由上海古籍出版社于1988年2月出版（即王希廉、姚燮、张新之三家合评本），是学界认为的清代批评版《红楼梦》最佳者。2002年北京图书馆（国家图书馆前身）出版社又出版了《增评补像全图金玉缘》，还有浙江古籍出版社2004年版《增评补像全图金玉缘》。而海燕出版社2004年出版了周汝昌的《石头记会真》，2005年长江文艺出版社出版了由陈文新、王炜辑刊的"百家汇评本《红楼梦》"；2008年4月北京图书馆出版社出版了冯其庸《脂砚斋重评石头记汇校汇评》以及2016崇文书局又出版了由陈文新、王炜辑刊的"《红楼梦》名家汇评本"。如今"国学导航"网又推出网络版《汇评金玉红楼梦》，其正文是以程甲本为底本。这些本子资料丰富，为《红楼梦》的研究提供了极大的方便，也使得经典《红楼梦》在学界甚至在更为广阔的层面再度热起来。这可视为《红楼梦》平台建设的再生期，当然也是《红楼梦》经典化甚至包括"红学"经典化进入再度辉煌的时代。

可见，由脂批到旧红学评点、序跋的推荐到汇评系列的出版，再到今人的汇评汇校、网络版汇评的上线，辗转推荐传播，使得《红楼梦》逐步走向经典化，而像上述那一大批为之序评、辑刊、汇评汇校者以及刊刻出版单位，也随着经典名著《红楼梦》的经典化而留名青史、名扬宇内。

（二）改编、影视与《红楼梦》的经典化

所谓"改编"，专指把《红楼梦》改编成"影视"或"通俗读物"诸如电影、电视连续剧、连环画以及电子游戏等文艺形式，使得经典得到广泛普及的文艺现象。而改编的过程，就是一个为经典普及搭建平台的过程，也是经典走向经典化的过程。自《红楼梦》问世以来，以不同文艺形式改编的作品非常多，影视、戏曲、绘画都有力作，其中越剧《红

楼梦》和87版电视连续剧，以及由竺少华改编、丁世弼绘画的《红楼梦》连环画，皆可称作"经典的改编和改编的经典"。可见，经典《红楼梦》改编热潮的涌现，使得经典《红楼梦》得到了广泛普及并进一步走向经典化。兹将《红楼梦》改编的历史轨迹条列于下。

1. 影视的传播与《红楼梦》的经典化

有关《红楼梦》最大也是最具影响力的影视改编，要数王扶林导演的87版36集电视连续剧《红楼梦》了，而最早搬上银幕的是1962年由上海海燕电影制片厂出品的越剧《红楼梦》的上映。后来又有谢铁骊指挥拍摄、北京电影制片厂摄制的89版6部8集电影《红楼梦》。而改编成剧目演出最早的是曹克英改编、于1956年演出的评剧《红楼梦》。

评剧中由韩少云扮演黛玉，其情节基本与越剧同。其众多而完整的情节仅仅用了两个小时，就把一部洋洋巨著浓缩其中，实属不易。尽管它没有像越剧继续传播开来，但它在戏曲发展史上，甚至在《红楼梦》的传播史上，都会重重地记上一笔，决不会被艺术发展的洪流所淹没。

在越剧《红楼梦》电影中，艺术大师徐玉兰、王文娟把书本上的贾宝玉、林黛玉生动地展现在广大观众面前，不仅深受广大观众的喜爱，而且对后来的《红楼梦》影视作品改编产生了很大的影响，堪称《红楼梦》的再传经典，至今在网络上仍盛传不衰。而徐玉兰、王文娟所创作的艺术形象，都具有强烈的艺术感染力和永恒的审美价值。

89版电影《红楼梦》虽然其影响不及87版，但事实上也有它可圈可点之处。从导演到主要演员都是名家名角，如担任总导演的是大名鼎鼎的艺术家谢铁骊，而饰演刘姥姥的赵丽蓉、饰演贾母的林默予，都是有声望的老艺术家。而饰王熙凤的刘晓庆、饰林黛玉的陶慧敏、饰史湘云的马晓晴、饰尤三姐的李玲玉等人，都是当时正在走红的明星，他们高超的演技以及实际所产生的艺术效果并不逊色于87版电视连续剧，给观众留下了深刻的印象。再者，87版以及评剧、越剧，都是改编自80回本的《红楼梦》，而89版是改编自120回本的《红楼梦》，其难度自然不小。正是因为这些客观的原因，所以尽管它所产生的影响不能与87版相比，但在对经典《红楼梦》走向经典化的旅程中仍然起到了推波助澜的作用。

2. 连环画《红楼梦》一版再版现象与《红楼梦》的经典化

经典《红楼梦》强度最大的普及方式以及通过这种方式助推经典走向经典化，莫过于将原著改编成小人书即连环画的形式进行出版。从纸质媒介的角度说，一部古典名著能让小孩子看懂，在电子技术还不发达的当时，而连环画便自然成为首选，因为它直观，文字简洁朴素而直白，可谓图文并茂，能熔画面美、趣味性、故事性等多种特点于一炉，深受孩子们的欢迎。最早将《红楼梦》改编成连环画的是20世纪50年代，由竺少华改编、丁世弼绘画，上海人民美术出版社出版的十六册版《红楼梦》，而参与绘画的都是当时上海连坛的高手，像董天野、张令涛、胡若佛、刘锡永等著名画家，在他们的笔下，各色人物形象都被刻画得惟妙惟肖，不失为一部改编的经典之作。

到80年代便出现了将《红楼梦》改编成连环画的热潮，自1981年起，直至21世纪初，先后有钱志清改编、杨秋宝绘画的十六册版（有1981年版、1984年版、1991年版和1996年版），和由潘勤孟改编、胡若佛绘画的19册版（2005年版），皆由上海人民美术出版社出版。

由此可见，这种改编的小人书是一版再版，而改编、绘画涉及众多知名人士的参与，不失为再传经典。这对于经典《红楼梦》的传播普及以及经典化起到了重要的推进作用。

3. 电子游戏版《红楼梦》与《红楼梦》的经典化

新时代的少年儿童对电子游戏（习惯此称，其实包括单机电脑版和大型网络版在内）都非常热衷，而像《红楼梦》那样的谈情说爱题材的古典小说，对于少年儿童来说，他们既没有兴趣，也看不懂。但改编成游戏，便一定程度上能吸引少儿玩家，特别是带有冒险爱情剧形式的改编，更能吸引大量男性儿童，于是适合儿童玩耍的《红楼梦》电子游戏（包括单机版和大型网络版）便应运而生。其中影响最大的是2009年1月15日正式上市、游戏天堂总经销的古装恋爱AVG游戏《红楼梦》，这部游戏版《红楼梦》，是由北京娱乐通自主研发、松岗科技发行的。它将曹雪芹笔下栩栩如生的众多人物，逐一制作到游戏版《红楼梦》中，为小玩家展现一段前世注定姻缘的爱情故事，引起小玩家的浓厚兴趣。另外还有游侠专题版《林黛玉与北静王》的游戏，盛行于网络，吸引更为广泛的玩家。电子游戏完全不同于书本和影视剧，因为在游戏中，玩家是亲身扮演作品中的人物，并身临其境地去经历和体验，与作品中的人物角色同呼吸共命运；而阅读书本的读者和观赏影视的观众，是作品之外的人物，虽然投入其中亦能产生身临其境的感受，但毕竟与扮演的角色相比就隔着一层。也正因为玩家在游戏时能直接与作品中人物等同起来，融为一体，感同身受，所以才能吸引小玩家。像恋爱冒险游戏《红楼梦》中，首先进入角色的是玩家扮演神瑛侍者，在遭遇妖魔攻击后，其魂魄被打散，转世成为贾宝玉。而贾宝玉在大观园内与林黛玉、薛宝钗等众姐妹们一起生活，一起成长，但他脑海中总有着神瑛侍者的模糊印象，于是他不断追寻着自己作为神瑛侍者的记忆，而玩家则完全进入此种状态。

"金陵十二钗"是《红楼梦》人物中最动人的艺术形象，她们或风流婉转，或妩媚多姿，或至情至性，皆活灵活现地展现在游戏中，深受玩家的喜爱。而作为贾宝玉身份的玩家，在游戏过程中，亲临大观园现场，与众奇女子亲密接触，一起嬉笑玩耍，一起赏花作诗，亲身体验古典名著《红楼梦》的诗意生活，并与林黛玉展开一段纯洁的爱恋之旅，也是玩家在虚拟世界中的一次荡气回肠而又凄美苦涩的情感体验。

（三）网络、手机等信息技术的运用与《红楼梦》的传播及其经典化

如今的信息化技术将历代经典作品制作成网络版、手机版，给读者和研究者提供了极大的方便。从普及的层面讲，只要一机在手，无论何时何地，都可以通过网络阅读到各自喜爱的作品，而《红楼梦》这部经典也就这样进入各个层面读者群的眼帘。从研究者的层面讲，各大出版社出版的各种版本的《红楼梦》原著及其相关研究资料，通过电子化、数字化然后制成网络版、手机版，亦为研究者选择、比对提供电子文本

文献的支持。比如说原来要存放一个书库的文献资料，如今只要一台电脑或一个硬盘就可以了；原本要若干天还查不完的文献目录，如今只要动动手指，一键便能搞定。

即如《红楼梦》，既有光盘版，也有网络版，还有手机版。研究者如需找到不同版本的《红楼梦》原著或相关研究资料，只要从百度里打上《红楼梦》书名，即刻便可见到该著及其相关研究资料的"在线阅读"铺天盖地呈现出来。可以说，只要纸质文献还在的话，就能找到相应的电子书及其相关文献资料，这应该看做是当代信息技术对《红楼梦》传播乃至经典化所做的贡献。换言之，经典《红楼梦》通过现代信息技术这个平台，不断广泛传播，并逐渐走向经典化，而现代信息技术的平台建设功不可没。

二、《红楼梦》的研究及其经典化

有关经典名著《红楼梦》所进行的学术研究，可谓是随着原著的诞生、面世便开始了，因为该著一出，就有叫"脂砚斋""畸笏叟"的人出来为之点评、作序跋，于是抄本《红楼梦》（当时叫《石头记》）就一直伴随着"脂砚斋""畸笏叟"的名字在流传着。正如顾颉刚所说的："说起《红楼梦》的研究工作，也可以说，从《红楼梦》创作之初就开始了。'甲戌本'（一七五四年）之前就开始了的'脂砚斋评语'，不就是研究成果吗？其评语已涉及了作者生平、故事背景、文学评论等等，可以认为这就是最早的 '红学'。"①这可看作是《红楼梦》最初也是最原始的研究形态，为《红楼梦》走向经典化迈开了第一步。因为它不仅为《红楼梦》的进一步研究提供了诸多重要的资料，而且也为后世"红学"的深层研究提供了诸多思维和方法上的开启。

随着《红楼梦》传播及其影响的扩大，该著在20世纪初便越来越受到学者们的关注和重视，曾流传着"开谈不说《红楼梦》，尽读诗书也枉

---

① 顾颉刚：《红楼梦辨·序》，见俞平伯《红楼梦辨》，人民文学出版社1973年版。

然"（清.得舆《京都竹枝词》）的"新红学热"现象。从研究的层面说，无论是以评点派著称的王希廉、张新之、姚燮等人和以索隐派著称的王梦阮、蔡元培等人为代表的"旧红学"，还是以考证著名的以胡适、俞平伯、周汝昌等人为代表的"新红学"，抑或是王国维为代表的美学派，都产生了一批重要的研究著作。如旧红学里有"三家评本"对程伟元、高鹗120回本《红楼梦》所进行的评点，还有王梦阮、沈瓶庵的《红楼梦索隐》，有蔡元培的《石头记索隐》以及邓狂言的《红楼梦释真》等；而新红学里有胡适的《红楼梦考证》，俞平伯的《红楼梦辨》，周汝昌的《红楼梦新证》以及王国维的美学派代表作《红楼梦评论》等。这些著作也无论后人是褒是贬，但对于《红楼梦》的传播及其经典化客观上都产生过重大影响。

《红楼梦》的研究作为一门"显学"，尽管也曾经历过寂寥的时期，但总体上来说，可算是非常幸运的。自20世纪初直到如今，出现了一批又一批"红学"研究专家，并都取得了非常显著的研究成果。除上述那些"新旧红学"的开派人物之外，特别是20世纪50年代以降，还有相当多的专家学者为经典《红楼梦》的传播及其经典化做出了巨大的贡献。

（一）考证、研究与《红楼梦》的经典化

自新中国成立至今，有关《红楼梦》的传播和研究经历了三个兴盛期。第一个兴盛期即20世纪50—70年代；第二个兴盛期是自20世纪70年代至21世纪初；第三个兴盛期即21世纪以来直至当下。而作为每位红学研究者而言，说他在某个兴盛期，其实也不尽然，因为他的研究实际可能跨越两个甚至三个时期，这里仅仅为表述的方便起见而大多是从起始时期说的。

第一兴盛期除了像具有"红学泰斗""专业红学大师"称谓的周汝昌之外，还涌现了众多重量级的"红学"研究专家，如冯其庸、李希凡、周绍良、启功、吴世昌、蒋和森、吕启祥、周思源、蔡义江、张锦池、胡文彬、孙逊等一大批都是著名的红学家。他们的"红学"研究不仅数

量多、面广，而且都非常扎实有见地，他们的研究成果皆成为权威的论断。从研究内容上说，第一兴盛期基本上承接新红学考证的思路进行的，一些名家主要集中从《红楼梦》的版本考证、人物源流探佚与考辨、故事内容考溯、研究现状及其思路方法考述等方面，进行新的探讨。不仅为经典《红楼梦》的广泛传播和深入研究发挥了巨大的推动作用，而且也为该著的经典化做出了巨大的贡献。譬如周汝昌，他不仅是继胡适等人之后新中国红学研究的第一人，是考证派的主力和集大成者；而且也是跨越三个兴盛期并一直耕耘在红学研究园地的重量级人物。他1953年出版的红学史上一部具有开创性和划时代意义的重要著作——《红楼梦新证》分别在1976年和1998年由人民文学出版和华艺出版社再版，为现当代"红学"研究奠定了坚实的基础。自改革开放之后直到他临终之时，周汝昌的红学研究著作达数十种之多，内容涉及版本学、评点学、曹学、探佚学、人物论、艺术论、文化论等方面，无疑对经典《红楼梦》的经典化起到了至关重要的推动作用。

再如著名红学家冯其庸，他对于《红楼梦》的研究亦可谓用心用力勤矣极矣。他著有数十种研究《红楼梦》的著作，从普及推广到深层研究，无不为经典《红楼梦》走向经典化做出了他杰出的贡献。如他的《论庚辰本》与《脂砚斋重评石头记》是对红学版本研究的重新审定；其《曹雪芹家世新考》和《曹雪芹家世·红楼梦文物图录》，是对作者曹雪芹家世研究的专著；其《新校注本红楼梦》系《红楼梦》的优质读本，为爱好者和研究者提供极好的范本；而《梦边集》和《漱石集》以及《曹雪芹墓石论争集》，皆为《红楼梦》研究论文集；20世纪90年代初期，又从"红学理论"方面进行探索，其研究成果有《八家评批红楼梦》《曹学叙论》，前者系《红楼梦》评点派研究的专著，而后者为"曹学"研究的专著。还有数以百计的"红学"研究论文以及与他人合作的多种"红学"研究专著，难以一一罗列。总之，冯其庸先生作为改革开放之初研究《红楼梦》有突出贡献的专家学者，他是当之无愧的。

学界曾有着"谈红学研究，绕不过李希凡这个名字"的说法，因为李希凡在"红学界"闻名于世，是曾得到了毛泽东对他的首肯，并赋予他"小人物"的称谓而倍加重视的。他"红学"研究的成果有《红楼梦评论集》《红楼梦艺术世界》等学术专著，还主编了《红楼梦大辞典》和《红楼梦选萃》等，曾与冯其庸一起主编《红楼梦学刊》。可见，他对于《红楼梦》的传播及其经典化，无疑是起了很重要的作用的。其他众多知名学者的研究特色以及贡献，限于篇幅，就不一一列举了。

第二个兴盛期又出现了众多研红的专家学者，他们大多也是跨越两个时期的红学研究者，其研究成果皆已载入史册，像欧阳健、周岭、张庆善、邓遂夫、梅新林、孙玉明等一大批著名红学研究专家的名字，皆伴随着经典《红楼梦》的经典化而走向新时代。

与同时代出生的研红专家相比，欧阳健起步较晚，是20世纪90年代才开始的，但他自从进入《红楼梦》的研究，就全身心地投入。欧阳健从《红楼梦》的版本入手，细读原典，辨真去伪，考其流变，开创了红学辨伪派，并著有三大红学辨伪名著：《红楼新辨》《红学辨伪论》《还原脂砚斋：二十世纪红学最大公案的全面清点》；另外还著有《曹雪芹》《红学百年风云录》等。其辨别真伪的探索精神非常可贵，其研究的思路方法也为《红楼梦》的深层研究提供了诸多的借鉴。

作为《红楼梦》的研究者和捍卫者，周岭的声名几乎与《红楼梦》融为一体。他20世纪70年代就撰写红学论文并崭露头角，80年代曾参与了电视连续剧《红楼梦》的编剧，先后出版研红著作，如《红楼梦》校注、主编《红楼梦中人——红楼小百科》、2007年登上《百家讲坛》主讲《曹雪芹》《〈红楼梦〉中的端午节、春节》等，为《红楼梦》的传播普及乃至经典化亦起到了重要的促进作用。

曾任中国艺术研究院《红楼梦》研究所所长、中国《红楼梦》学会会长、《红楼梦学刊》主编的张庆善，长期从事中国古典小说研究，特别是《红楼梦》研究，出版了许多有影响的学术著作，如《红楼梦中人》《话说红楼梦中人》《燕园话红楼——红楼梦中人》《漫说红楼》等。还有邓遂夫、梅新林、孙玉明等一批当代著名红学家，不仅在红学会担任要职，而且在红学研究上也有独到的见解，公开出版和发表了有价值的红学研究成果，产生了重大影响，如邓遂夫的《红学论稿》《草根红学杂俎》《脂砚斋重评石头记甲戌校本》《脂砚斋重评石头记庚辰校本》，孙玉明的《日本红学史稿》《红学1954》等。都为《红楼梦》及其研究的经典化做出了重要贡献。

21世纪以来，"红学"研究仍为热门，即迎来了红学研究的第三个兴盛期。一批又一批中青年"红学"研究专家投入各自的精力和热情，为经典《红楼梦》的传播及其经典化付出了极大的努力，取得了可喜的成绩。如天津师范大学的赵建忠、辽宁师范大学的梁归智、南京大学的苗怀明、北京语言文化大学的段江丽、中央民族大学文学院的曹立波、上海师范大学的詹丹、安徽师范大学文学院的俞晓红、台湾大学中文系的欧丽娟等，从他们各自的研究角度出发，产出了一大批有影响的研究成果，为《红楼梦》的经典化做出了各自的贡献。

（二）整理出版、综述反思与《红楼梦》的经典化

1.《红楼梦》的整理出版

有关《红楼梦》的整理、校点出版的本子还真不少，一时难以罗列出来，现将几种影响较大的整理本条列于兹。

一是由俞平伯校订、王惜时参校的《红楼梦八十回校本》，首先由人民文学出版社于1958年2月出版，1963年6月稍作增订后二印，1993年11月三印，中华书局于1981年又重印。人民文学出版社和中华书局都是权威的出版单位，而他们的反复印制出版，这不仅反映了他们对经典《红楼梦》的高度重视，而且也体现了他们对该校本质量的充分肯定。可见，经典《红楼梦》的广泛传播及其经典化，是原著作者和整理点校者以及出版单位共同作用的结果。

二是由俞平伯、华粹深、李鼎芳、启功共同注释，沈尹默题写书名的一百二十回整理本。这个百二十回《红楼梦》整理本是1953年由作家出版社出版的，也是新中国第一个《红楼梦》的普及读本。全书以程乙

本［程伟元乾隆五十七年（1792）活字本］为底本标点、注释，繁体竖排，分上中下三册，署名曹雪芹著。

三是由周汝昌、周绍良、李易校订标点，启功重新注释而成的百二十回《红楼梦》整理本。但这个本子是在1953年的基础上整理而成、于1957年由人民文学出版社出版的。该本附有一百二十回校字记，并增加"曹雪芹小像"及清代画家改琦《红楼梦图咏》作为插图。全书繁体横排，仍分上中下三册（平装），而精装本分上下两册，署名曹雪芹、高鹗著。

四是1959年第二版《红楼梦》整理本，在1957年版本的基础上，选用了时任中国科学院文学研究所所长何其芳《论〈红楼梦〉》一文作为序言。全书繁体竖排，分四册。

1964年印次的《红楼梦》是1959年的整理本，并选用了当代画家程十发的作品作为插图。同年第三版《红楼梦》删去了插图，署名曹雪芹、高鹗著，启功注释。时隔十年，到1974年又由繁体竖排改成简体横排，校字记由全书附录改为附于每回正文结束之后，"前言"由红学家李希凡撰写。

五是1982年出版的《红楼梦》全新整理本，前八十回以庚辰本《脂砚斋重评石头记》为底本，后四十回以程甲本［程伟元乾隆五十六年（1791）活字本］为底本，署名曹雪芹、高鹗著，中国艺术研究院红楼梦研究所校注。又被称为"新校注本""红研所"校注本。这一版本的整理工作由冯其庸主持，李希凡、林冠夫、刘梦溪、张锦池、蔡义江、胡文彬、吕启祥等二十余位红学家共同完成。其后这一版本不断修订完善，延续至今，成为目前发行量最大的《红楼梦》普及读本。2008年出版的"新校注本"《红楼梦》第三次修订本，除了吸纳红学研究最新成果，改订校点、注释的讹误，还将署名改为：（前八十回）曹雪芹著，（后四十回）无名氏续，程伟元、高鹗整理，中国艺术研究院红楼梦研究所校注。

六是人民文学出版社2010—2011年先后出版的《红楼梦》古抄本蒙古王府本《石头记》和戚蓼生序本《石头记》（南图本）。

七是由商务印书馆2013年出版的"新批校注"《红楼梦》

八是"中国古代小说名著插图典藏系列"丛书中的"四大名著"，其中《红楼梦》不同于红研所校注本，该书以戚蓼生序本《红楼梦》为底本，俞平伯校、启功注释，并配有精美的古代绣像插图。2017年，人民文学出版社推出"四大名著珍藏版"。内容沿用了"中国古典文学读本丛书"的"四大名著"文本。

从资料所显示的时间可以得知，不仅作为"经典"的《红楼梦》确实是经典，而且作为精品的点校整理，也确实是精品的精品。否则，《红楼梦》何以有如此多的名人名社为之点校整理出版？像1953年的《红楼梦》整理本、红研所的整理本以及"四大名著"整理本何以辗转若许年而反复修订出版？可见，经典《红楼梦》是经过数百年时间考验而证明了的经典名著，而它的经典化则是由众多知音辗转解读、出版单位传播的结果。

2. "红学"研究成果的整理出版

各大名家的"红学"研究成果得以流传下来并能继续传播，这得力于各类出版社的整理出版和大力推介。如俞平伯的研究成果《俞平伯论红楼梦》（上下），上海古籍出版社于1988年整理出版，使得俞平伯及其研究成果的影响更加深远。再如王昆仑的《红楼梦人物论》是写于20世纪40年代的一部红学研究名著，而北京出版社于2004年整理出版，这不仅是对红学研究成果的传播，也是对《红楼梦》的经典化所做的贡献，特别是将此书在20世纪60年代再版时删掉的章节如《贾宝玉的直感生活》《宝玉的逃亡》《林黛玉的恋爱》以及《黛玉之死》等全文刊出，恢复了王著的原貌，有着很好的学术文献价值。

张宝坤选编的《名家解读红楼梦（上下）》，1998年由山东人民出版社出版。本书共编选名家论文37篇，大致按总论、主题思想、人物形象、语言结构、评论鉴赏、版本和作者，以及红学史论等八个方面分类编排。每类冠以提示性的标题。如上卷有《始将真事隐 后世解梦难》（选胡适、鲁迅、俞平伯、何其芳等人论文）、《都云作者痴 谁解其中味》（选刘世德、邓绍基、章培恒、郭预衡、郭豫适等人论文）、《开辟鸿蒙　谁为情种》（选吴组缃、蒋和森、王昆仑、张锦池、李希凡、魏同贤等人论文）。下卷有《蕴藉含蓄　词句警人》（选周中明、蔡义江、冰心、张毕来等人论文）、《有隐有显　奇中见真》（选胡经之、陈毓罴、陆树仑、宋淇论、杨绛、启功、周立波等人论文）、《持有据　言有理　同难求　且存异》（选赵齐年、周绍良、吴世昌、孙逊、周汝昌等人论文）、《读其书　考其人　红学当知曹雪芹》（选冯其庸、吴恩裕、端木蕻良等人论文）、《斩不断　理还乱　旧证新考一百年》（选刘世德、潘重规、刘梦溪、胡文彬等人论文）。名家名作得以流传，有很好的学术文献价值。

3. 对《红楼梦》研究的研究及其综述

近些年来，"红学"研究出现了再研究现象，即对"红学"研究的重新审视和再认定。也就是说，新一代《红楼梦》爱好者和红学研究专家，出于对经典《红楼梦》的喜爱，于是开始了对该名著进行重新解读，并进一步对"红学"研究历程进行梳理和客观的反思，这就是笔者所谓"研究的研究"。要对红学研究史进行再研究，得首先对其研究历程进行全面的梳理和概括，于是从各个不同的角度和侧面的研究综述便应运而生。如吴玉霞的20世纪《红楼梦》语言研究综述和《红楼梦》人物形象描写成就研究综述；赵静娴的20世纪《红楼梦》主题研究综述；李萍的20世纪《红楼梦》结构主线研究综述和《红楼梦》诗词研究综述；胥惠民的20世纪《红楼梦》研究综述；尤海燕的20世纪贾宝玉研究综述、20世纪《红楼梦》比较研究综述；李明茹的《红楼梦》预示艺术比较研究综述；沙婷婷的《红楼梦》结构艺术比较研究述评；饶道庆的《源氏物语》与《红楼梦》比较研究综述与思考等。其中由沈阳出版社2008年10月出版的《20世纪〈红楼梦〉研究综述》，此乃红学研究综述的集大成之作，有此一部大书在手，20世纪红学研究的各个方面就基本上掌握了。例如它首先从"20世纪红学研究的历史"来阐述人们是"怎样读懂《红楼梦》的发展史"，宏观梳理了有关《红楼梦》研究的历史。随后的31个专题，从曹雪芹家世到曹雪芹其人，从甲戌本到程高本（共七个版本的综述），从结构到主题，从艺术到人物形象描写再到语言研究，从比较研究到探佚研究再到诗词研究，从宝黛钗到其他重要人物（共12人）的研究，从后四十回研究到脂砚斋研究等方面的综述，可谓无所不及无所不备。这不仅是对31个研究方向的综述和总结，而且还使得此后的红学研究者避免了诸多不必要的重复，为保证未来红学研究的学术质量及其正确的发展方向，无疑是有裨益的。

综述之外，真正出于对前人研究成果的再研究，值得一提的有俞晓红的《王国维〈红楼梦评论〉笺说》和朱洪的《胡适与红楼梦》以及苗怀明的《红楼梦研究史论集》等。俞著系中华书局2004年出版的学术著作。该著在给《红楼梦评论》重新标点、校勘的同时，还对《红楼梦评论》中的诸多文史典故进行了注释和辨析，并对以往学界的一些看法提出了质疑，书后又附录了20世纪王国维研究论文论著索引。既有学术意义，又有资料性价值，是当代文论研究者、《红楼梦》研究者、高校中文系教师和相关专业的研究生极好的参考书。朱著系当代中国出版社2007年出版的学术著作。该著是以胡适考证《红楼梦》为主线，用十二章的篇幅对胡适推倒旧红学、创立新红学的过程，以及在此过程中胡适与其他文化名人的交往进行了叙述，并就胡适对曹雪芹的家世、对《红楼梦》故事发生的时间和地点、对《红楼梦》本子、对《红楼梦》后四十回的作者等一系列的考证为叙述的对象，以及新红学在大陆的命运的介绍等内容，充分肯定了胡适及其《红楼梦》研究的成就和贡献。该著是一部全面而公允评价胡适及其《红楼梦》研究的力作，其学术史意义及其经典性也是非常明显的。而苗著系辽宁人民出版社2019年出版的有关红学史方面的最新成果。该著利用丰富可信的史料一方面对《红楼梦》的研究情况进行纵向的梳理和关照，另一方面又对诸多名家进行了独到的分析和全面的论述。说它是研究红学家及其红学研究的集大成者，亦不为过。

此外，由国家图书馆于2012年出版的《〈红楼梦〉研究资料分类索引》（1630—2009），是一部大型的学术资料性图书，也是对数百年红学

古代小说研究论丛

发展轨迹的规律性总结，更是我国古代传统经典文献整理传播的重要成果。该书的出版，不仅给相关领域的研究带来极大的方便，而且也充分证明了经典《红楼梦》的经典性与《红楼梦》经典化过程中该索引和学术资料所发挥的积极作用。

（三）会议、争鸣与《红楼梦》的经典化

随着经典名著的日益经典化，相关"学会"也随之成立，而"学会"是要开展一系列与之相关的活动的，举办会议则是最常见的活动之一。就会议而言，既有国际的，也有全国的；有专题的，也有综合的；还有"高层论坛"或"高峰论坛""青年论坛"等形式，其中"年会"是各学会比较固定的活动形式。与经典《红楼梦》有关的学会比较多，既有全国性的学会组织，如中国红楼梦学会；也有各地方的红楼梦学会，如上海市红楼梦学会、江苏省红楼梦学会、贵州省《红楼梦》研究学会、云南省《红楼梦》研究学会等。可以说，是经典名著带来了与之相关的学会发展，而学会的成立及其积极多样的活动又反过来扩大了经典名著的影响，同时也促进了学术交流和经典名著走向经典化道路的进程。各类会议的召开，会上学者云集，各种见解、观点的交流与碰撞，也促使经典名著的研究更加深入。兹举几例与《红楼梦》相关的学术会议，来看看会议及其争鸣是如何体现经典《红楼梦》的传播、研究及其经典化的。

如 2017 年 11 月由中国红楼梦学会主办、《红楼梦学刊》杂志社、深圳韩江文化研究会承办的全国《红楼梦》学术研讨会，来自全国各地的研红学者 120 余人参加了会议，参会代表发言的主题涉及四个方面的内容：《红楼梦》版本研究；《红楼梦》文本研究；《红楼梦》传播研究；红学学术史研究。从这四方面的内容便可推知，会上讨论的热烈和争鸣的激烈也是在所难免的。也正是有了热烈的讨论和激烈的争鸣，所以红学研究的深度和广度会得到更大的推进。

再如专题性的国际学术会议——2018 年 10 月的"《红楼梦》在东亚的传播"国际学术研讨会。此会是由教育部人文社科重点研究基地北京

大学东方文学研究中心主办、中国红楼梦学会、韩国红楼梦研究会协办的，来自国内外红学研究专家学者以及博士生共同参加了研讨。会议内容可分成几个版块，如"《红楼梦》在韩国的传播与影响""《红楼梦》在日本的传播与影响""《红楼梦》在蒙古的传播与影响"等。会议的成效正如中国红学会会长张庆善所指出的：《红楼梦》在东亚的传播是个很好的研究课题。文本如何传播到海外、海外又是如何接受文本，这些都是现今值得研究的地方。文化共同性是对人类共同生活的认知，《红楼梦》不仅是中国的经典文学，更是世界意义上的文学经典。此次研讨会聚集了中韩两国的专家学者，可见《红楼梦》是沟通中外文化交流的桥梁。

还有地方性的红学会议也为数不少，如2018年首届中国黄冈顾景星与《红楼梦》学术研讨会。这次会议是由蕲春市政府和黄冈师范学院联合主办的，参会的学者也有业余红学爱好者。此会是讨论顾景星和《红楼梦》的关系，主要内容是讨论黄冈蕲春当地红学爱好者王巧林提出的观点：《红楼梦》作者不是曹雪芹，而是顾景星。王巧林的《红楼梦作者顾景星》，有700多页75万字，欧阳健先生在封底为此书的介绍推介辞中写道：我完全赞同王巧林先生的观点，……《红楼梦》作者首选是顾景星。可见《红楼梦》的作者问题又有新的探索和发现了。

三、《红楼梦》的普及性及其经典化

《红楼梦》的普及已经由大众化的传播，发展变化成为由专业人士以教材、课堂、网络等方式有计划地对青少年进行推普（推荐普及），这样做的效果无疑加速了经典名著《红楼梦》进一步走向经典化的进程。

（一）《红楼梦》及其研究进教材

随着国家对优秀传统文化和经典文学名著的高度重视，经典《红楼梦》从中小学教材的节选，到大学教师专题讲义以及相关辅助参考书的出版，《红楼梦》的传播及经典化正处于方兴未艾的势头。如中小学教材在曾经节选的基础上发生了量的变化，而大学的专题讲义更是五花八门、各领风骚。兹以大学专题教学参考书的出版为例，进一步了解《红楼梦》及其研究的经典化情况。

较早出版此类书籍的有蔡义江的《红楼梦诗词曲赋评注》（北京出版社1979年版），其修订版更名为《红楼梦诗词曲赋鉴赏》（中华书局2001年版），后来又有曾扬华的《红楼梦引论》（中山大学出版社2001年版），林冠夫的《红楼梦纵横谈》（文化艺术出版社2004年版），刘耕路的《红楼梦诗词解析》（吉林文史出版社2005年版），周汝昌的《红楼梦赏析丛话》（中华书局2006年版），刘梦溪等编著的《红楼梦十五讲》（北京大学出版社2007年版），曹立波的《红楼十二钗评传》（清华大学出版社2007版），以及苗怀明选编的《红楼二十讲》（华夏出版社2009年版）。而随后各类专论等学习参考书更可谓汗牛充栋，难以遍举。而2019年又有多种新著出版，如苗怀明的《红楼梦研究史论集》、段江丽的《红楼梦文本与传播影响》《红学研究论辩》（皆由辽宁人民出版社出版）以及陈嘉许著的《禅解红楼梦》（上海古籍出版社2019年版），这些著作既是学术研究的最新成果，也是大学中文系师生讲读《红楼梦》的重要参考书。

（二）《红楼梦》及其研究进讲堂

《红楼梦》进讲堂包括央视及地方讲坛、传统课堂以及网络课堂等。央视讲坛是指"央视百家讲坛"中的《红楼梦》专题，在这个讲坛中主讲的有马瑞芳、刘心武以及蔡义江、吕启祥、曹立波联合主讲的"新解红楼梦"；而地方性讲堂有2018年正定红楼梦讲堂的开播，它是由正定荣国府、正定广播电视台联合中国红楼梦学会举办的，每月一期，免费开讲，延续至今，由中国红楼梦学会会长张庆善首讲，都产生了积极的影响。但由于这种演讲形式不在本文的论述范围，故此不赘。而《红楼梦》作为高校的一门课程，无论是在传统课堂上还是在网络课堂上，都很热门，既有中文专业的专修课或选修课，也有其他专业学生的通识课。本文将重点介绍这两类课堂的活跃情况及其特点。

1. 授课内容、方法的变化，是《红楼梦》传统课堂教改创新的重要体现

囿于本人见闻，所知传统课堂上颇具特色的，要数复旦大学文学院的罗书华教授和南京大学文学院的苗怀明教授所开设的《红楼梦》课程。他们的特点是师生圆桌互动式、文本内容风趣化和不断花样翻新的作业形式。这些特点在传统课堂上的运用，充分调动学生们对《红楼梦》阅读、研究的兴趣，达到预想的教学效果，并在高校中产生着积极而广泛的影响。据悉，苗怀明有关《红楼梦》讲稿《大嘴说红学》和《南京大学的红学课》等即将公开出版。

2. 立体直观、线上线下的交流是《红楼梦》在网络课堂上的主要特点

近10年来随着慕课（MOOC-国家精品课程在线平台）在全国高校的大力推广，《红楼梦》走进网络课堂，成为中文专业学生选修课以及其他专业学生自由学习的极好平台。

较早的网络课程当推北京大学艺术学院联合智慧树网于2007年3月始开设《伟大的〈红楼梦〉》网络共享课程。该课程旨在引导全国大学生重读经典《红楼梦》，并介绍红学研究的最新成果。由于汇聚了北京大学、复旦大学、南京大学等高校的专家教授，以及王蒙、张庆善、孙逊、白先勇等海内外著名学者、作家，集合了当代红学研究的骨干力量，以跨校直播互动的方式，打破地域限制和学校围墙，所以该课程的影响大、效果好，使教育公平和提高教育质量在政府、学校、教师和网络平台的共同协作下成为可能。

继北大艺术学院与智慧树网合作的网络共享课程之后，2010年，华东师范大学又开设了《红楼梦》全22讲网络共享课程，由李桂奎（4讲）、詹丹（5讲）、陈大康（5讲）、罗书华（4讲）、陈维昭（4讲）等教授主讲，进一步扩大了《红楼梦》及其课程的社会影响。

时隔七年，中国作家网北京十月文学院于2017年开办"名家讲经典"

古代小说研究论丛

系列活动的第一讲，就是经典《红楼梦》，即由作协副主席李敬泽开讲题为"《红楼梦》的几个读者"，进一步扩大了网络课程所面向的对象，使得经典《红楼梦》走向更大的社会范围。

近些年来，中央民族大学文学院的曹立波教授所开设的"红楼十二钗评讲"（公开课视频），和在学习强国平台上所主讲的"走进大观园"十二讲，以及中国人民大学张国风主讲《红楼梦》研究全36讲、首都师范大学段启明主讲的《红楼梦》全33讲、天津师范大学赵建忠主讲的《红楼梦》与明清小说研究全48讲等网络视频课程，面向所有网络观众，皆产生了积极的影响。特别是翻转课堂的教学实践，使得师生能在线上线下的互动，教学模式更加灵活，教学效果也更好，如曹立波的慕课《红楼梦艺术导论》就是如此。

（三）《红楼梦》及其研究进微信公众号

随着现代信息技术的高速发展，微信已成为人们日常生活、朋友同事交往交流以及传播各类信息的重要方式和手段；而微信公众号则已成为众多群体相互交流、发表观点见解以及学术论文的公共平台。目前有关学术类微信平台就有：古代小说网微信公众号、聊斋学会群以及西游记研究中心的微信群等。而苗怀明首创的古代小说微信公众号当为目前最大也是最权威的古代小说戏曲研究成果发表的公共平台，它凝聚了中国古代小说戏曲的专家学者数百人在这个平台上，并吸引了数万人订阅。该公众号里有关《红楼梦》研究的信息占相当的比例，即自2016年9月创办始至2017年12月底，共发表有关《红楼梦》的学术论文66篇①。而笔者对该微信公众号自2018年1月至2019年9月10日止有关《红楼梦》的文章进行了统计，发现此类文章多达218篇，与此前的一年半时间里所发表的红学论文数量相比，增加了三倍多。据创办人的总结，该学术类微信公众号的特点有三：一是开放性特征，提供给学人以其他媒体上见

---

① 宋璨璨：《当红学遭遇新媒体：古代小说网微信公众号所刊〈红楼梦〉文章问卷分析报告》，《宿州教育学院学报》，2018年第2期。

不到的首发文章，且图文并茂，弥补了传统纸媒的缺陷；二是推送频率高，每日一更新；三是互动性强的特点，体现在作者、编者、读者之间的随时互动。这些特点，皆弥补了传统纸媒之不足。可见，古代小说网微信公众号对经典《红楼梦》的传播以及红学研究的普及，无疑发挥了巨大的促进作用，加速了《红楼梦》及其研究的经典化进程。

综上所述，经典《红楼梦》与《红楼梦》的经典化，是通过基础性平台建设、专门性研究以及现代性传播来实现的。它既涉及原著的作者、最初的评者，也涉及广泛的读者和传播者以及专门的研究者，他们共同参与推进了《红楼梦》及其研究的经典化进程，其中各类出版社、现代信息技术、网络等平台对它的传播功不可没。

《红楼梦》的经典性是通过该著在后世的广泛阅读和传播、不断深入研究和反思的过程得以证明，而不断证明其经典性的过程，也就是其经典化的过程。实际上，无论是经典原著本身还是对它的学术研究（即所谓"红学"），都随着时代的前进，随着广泛的传播和深入的研究，而不断走向经典化。换言之，就是经典《红楼梦》及其研究的经典化，是没有终点的，它们永远在路上，永远是进行时。而本文是通过《红楼梦》的传播及其经典化、《红楼梦》的研究及其经典化、《红楼梦》的普及及其经典化三个层面，梳理和论述这一观点的，其中涉及不同历史阶段的红学研究者难免挂一漏万，还请学界诸君见谅。

《痴女子》: 较早的一篇评论
《红楼梦》的力作

秦　川

　　《痴女子》是清代著名学者俞樾笔记小说集《耳邮》中的一篇，是作者闻说一痴女子因读《红楼梦》而死所发表的评论。《痴女子》虽说是一篇精彩、传神的笔记小说，但从文章的体例来看，它可算是一篇小说评论，因为该篇中是先叙后议，"叙"后用"非非子曰"引出作者所要评述、议论的内容，"叙"的篇幅小，"议"的篇幅大，而重点是在议论。故笔者把它视为小说评论的篇章。

　　作者俞樾（1821—1907），字荫甫，号曲园，浙江德清人；道光间进士，曾官翰林院编修、河南学政。咸丰间被贬，晚年专心著述，治经、子、小学，特喜作笔记，搜罗甚富；所有著述都编在《春在堂全集》中。其笔记包含大量学术史、文学史的资料，其中一些具有小说性质的笔记，多为婚姻爱情故事，或对包办婚姻制度下青年男女惨剧的同情，或对敢于追求自由的青年男女的歌颂，都表现了作者进步的思想。像《耳邮》每篇后所用的"非非子"的署名实为作者化名，含有作者对时弊的非议和针砭，或表达作者不同于他人的文艺、学术思想。《痴女子》中的"非非子曰"则阐发了作者对《红楼梦》思想和艺术的观点和见解，是一篇研究和评论《红楼梦》的力作，值得重视。

一、悟书、幻书、情书之辨

《红楼梦》是悟书，幻书，还是情书？这在《红楼梦》研究达到相当深度且获得丰硕成果的今天来看，似乎是一个颇为幼稚、不值一提的问题；但这一问题，是在旧红学刚刚兴起的时期，人们对《红楼梦》还缺乏充分的认识，更谈不上什么深入研究的时候提出来的，它涉及对《红楼梦》其主旨的理解问题，特别是在当时一些学者对《红楼梦》是悟书，幻书，还是情书，各持己见，莫衷一是的时候，而《痴女子》的作者俞樾却认定《红楼梦》的主旨乃一"情"字，即《红楼梦》实为"情书"，是一部真情、至情之书，这是相当难能可贵的，特别是作者对《红楼梦》中的情，尤其是对宝黛之情予以充分的肯定和颂扬，这在当时也是非常了不起的。尽管俞樾在文中也使用了悟书、幻书的概念，但他所说的"悟""幻"已赋予了新的涵义。

悟，本为觉醒、理解之意。佛教特别讲究"悟"，故有"悟门""悟入""顿悟""渐悟"之说。佛教里所谓的"悟"，通俗地说，是指通彻佛理而入"佛"，即证佛果或达无我正觉之境界，它既是过程，又是结果。以往有的学者把《红楼梦》看成是"悟书"，用的就是佛教"悟"的概念。《痴女子》的作者俞樾认为《红楼梦》不是悟书，而是情书，这是因为《红楼梦》中的主人公宝玉黛玉是"情"的化身，他们或生或死，或疯或癫，或离或合，……无一不是为了一个"情"字。宝玉虽然最终出家，但他不是悟佛、入佛，而是"情"到了无以复加、无可奈何的程度时的一种行为表现或形态；若要把这种"情"硬称之为"悟"的话，俞樾却又有新的理解，他说："其悟也，乃情之穷极而无所复之，至于死而犹不可已。无可奈何，而姑托于悟。"换句话说，俞樾所说的"悟"是"情"到了极点而无法形容时，姑且以"悟"称之；实际上，在俞樾那里，"悟"已成了"真情""至情"的代名词。如果其他红学专家所说的"悟书"指的就是这样的真情、至情之书，那用"悟"，不仅是贴切，而且简直是绝妙！所以俞樾又说：其情达到了无可奈何的境地，便"姑托于悟，而愈见其情之真而至。故言其情，乃妙绝古今。"

幻，其本义是指假而似真，虚而不实之意。佛教徒及宿命论者把现世（或人间）称之为虚幻的世界（或虚幻的尘世），故有"幻世""幻尘"之语。过去有的学者认为《红楼梦》是幻书，宝玉黛玉乃子虚乌有，如说："《红楼梦》，幻书也。宝玉，子虚也，非真有也。"所以那个痴女子为书中的宝玉而死，是不值得的，故而慨叹曰："女子乃为之而死，其痴之甚矣！"（引文见俞樾《痴女子》）这不仅是对那个"痴女子"的彻底否定，而且也是对《红楼梦》的彻底否定，说白了，是对人间真情、至情的否定。俞樾不同于那些学者，他以子之矛，攻子之盾，借用佛教理论驳斥那些虚无主义者，他说："嗟乎！天下谁非子虚？谁为真有哉？痴者死矣，不痴者其长存乎？"并充分肯定了那个女子为情而死的壮举，曰："况女子之死，为情也，非为宝玉也。"与此同时，俞樾还对真与幻作了进一步阐释，他说："且情之所结，无真不幻，亦无幻不真"，"真"到极致，便给人以虚幻的感觉，也正是这种虚幻的感觉，则更说明了它的真，即同《红楼梦》的批点者脂砚斋所说的那样："假做真时真亦假，无为有处有还无"；更何况宝玉是真情的化身，所以俞樾继续申辩说："安知书中之宝玉、梦中之宝玉，不真成眼中之宝玉耶？"从这个意义上说，既然宝玉为幻中之真，是真情的化身，那么那个痴女子为宝玉（即"情"）而死，又有何不可？故曰："则虽谓女子真为宝玉死，可也！"（引文见俞樾《痴女子》）

二、宾主、正变、虚实之别

俞樾不仅对《红楼梦》中的"情"（指男女间的爱情）做了充分的肯定，而且还进一步分别了"情"的类型，并提出了宾主、正变、虚实的概念。俞樾所分别出不同的情、不同的概念，是把宝玉黛玉之情与其他世之男女夫妇之情进行比较来说的。如说："两人（指宝玉黛玉，下同）

为情之主，而他人（指世之男女，下同）皆为情之宾"；"两人者情之正也，而他人皆情之变"；"两人者情之实也，而他人皆情之虚"。"情"何而有宾主、正变、虚实呢？俞樾认为：

所谓宾主之别，是指《红楼梦》里所写之"情之人"，惟"宝玉黛玉而已，余不得与焉"；也就是说，宝玉黛玉之情代表了人间真正的爱情，是为情之主；而世之男女之情仅仅代表的是男女间的性爱，是为情之宾。

所谓正变之别，是指宝玉黛玉之"情之穷极而无所复之，至于死而犹不可已"，而他人之情是可以止、可以变的，如说世之男女所谓情，仅"男女夫妇房帷床笫而已"；也就是说，宝玉黛玉生死不渝的爱情为"情"之正体，而只知"男女夫妇房帷床笫"之事的"世之男女之情"（即性爱）是为情之变体。

所谓虚实之别，是指宝玉黛玉之情代表了男女间的真情至情，其情之所结，"一成而不变，百折而不回，历千万结而不灭。无惬心之日，无释念之期。……即有灵心妙舌、千笔万墨，而皆不能写其难言之故之万一。"这种情，是为情之"实"；而世之男女夫妇所言之情，仅男女夫妇房帷床笫而已，所以男之悦女，犹女之悦男，惟男女（指男女性爱）而已，并不关涉"情"，更谈不上"真情""至情"，这样的"情"是随时都可以变的，所以俞樾又说："苟别异一男女，而与其所悦者品相若，吾知其情之移矣。"既然这种情是可以移的，那么它当然就是"虚"的。

由此可见，俞樾对情所作的分别，实际上是在强调纯情、真情、至情，也就是我们今天所说的"真正的爱情"，《红楼梦》中的宝玉黛玉之情，正是纯情、真情、至情的典型代表，《红楼梦》即可称作"爱情"之书。

三、情、真情、至情之说

显而易见，俞樾是个"惟情"论者。何谓情（爱情）？俞樾说："夫情者，大抵有所为而实无所为者也，无所不可而终无所可者也，无所不至，而终无所至者也。"这里所说的"有所为而实无所为者""无所不可而终无所可者""无所不至，而终无所至者"是说男女双方对爱情（即理想的境界）的努力追求是实实在在的行为，"是有所为"，"无所不可"，"无所不至"的；而最终却没有获得爱情（实为性爱）之实，也就是"实无所为者"，"终无所可者"，"终无所至者"也。俞樾生怕人们不理解他所说的"情"的意义，他又进一步比方道："宝玉黛玉之情未尝不系乎男女夫妇房帷床第之间，而绝不关乎男女夫妇房帷床第之事，就像明月有光有魄，月固不能离魄而生其光；花有香色、有根蒂，花固不能离根蒂而成其香色之妙且丽。然花月之所以为花月者，乃惟其光也，惟其香色也，而初不在其魄与根蒂。至于凡天下至痴至慧、爱月爱花之人之心，则并月之光、花之香色而忘之，此所谓情也。"这里所说的"情"是一种境界，"光"和"香色"比方男女生死不渝的爱情，而魄与根蒂是比方男女夫妇房帷床第之事，所以宝玉黛玉之情能感人至深，他们开始并不在于房帷床第之事，甚至连"爱情"二字也已"忘之"，而是达到了某种境界。那宝黛两人之情的境界是怎样的呢？用俞樾的话来说，就是"移之不可，夺之不可，离之不可，合之犹不可。未见其人，固思其人。既见其人，仍思其人。不知斯人之外更有何人，亦并不知斯人即是斯人，乃至身之所当、心之所触、时之所值、境之所呈，一春一秋，一朝一暮，一山一水，一亭一池，一花一草，一虫一鸟，皆有凄然欲绝、悄然难言、如病如狂、如醉如梦、欲生不得，欲死不能之境，莫不由斯人而生，而要反不知为斯人而起也。虽至山崩海涸，金消石烂，曾不足减其毫末而间其须臾，必且致憾于天地，归咎于阴阳：何故生彼，并何故生我，以致形朽骨枯、神泯气化，而情不与之俱尽。"这正是宝玉黛玉两人之情不同于世之男女之情的地方，"不然者，男女夫妇，天下皆是也；房帷床第之事，天下皆然也；奚必两人哉？"宝黛两人之情即为真情、至情的体现。

由此可见，俞樾对宝黛爱情是极为称赏的，俞樾所说的情即为真情、至情，也就是我们今天所说的理想爱情，它们实为同一个概念。俞樾对宝黛爱情的肯定有三个层面。第一层，宝黛所追求的是爱情之实，而不是性爱之实。第二层，"世之男女夫妇莫不言情，而或不能言情之所以为情"；宝玉黛玉却能言"情之所以为情"。第三层，宝黛之情所以为"情"，是他们的"情"已达到了理想的境界，实为人间真情、至情的体现；而世之男女之情只不过停留在男女夫妇房帷床笫之事，故其情是可以移、可以变、可以穷、可以夺的。既然宝黛爱情为人间真情、至情的体现，那么那个"痴女子"为宝玉而死也是可以理解的，甚至是值得肯定的。

附俞樾《耳邮·痴女子》原文于后：

昔有读汤临川《牡丹亭》死者。近闻一痴女子，以读《红楼梦》而死。

初，女子从其兄案头，搜得《红楼梦》，废寝食读之。读至佳处，往往辍卷冥想，继之以泪。复自前读之。反复数十百遍，卒未尝终卷，乃病矣。父母觉之，急取书付火。女子乃呼曰："奈何焚宝玉、黛玉！"自是笑啼失常，言语无伦次，梦寐之间，未尝不呼宝玉也。延巫医杂治，百弗效。一夕，瞠视床头灯，连语曰："宝玉宝玉，在此耶！"遂饮泣而瞑。

侠君曰：《红楼梦》，悟书也？非也，而实情书。其悟也，乃情之穷极而无所复之，至于死而犹不可已。无可奈何，而姑托于悟，而愈见其情之真而至。故其言情，乃妙绝今古。彼其所言之情之人，宝玉黛玉而已，馀不得与焉。两人者情之实也，而他人皆情之虚。两人者情之正也，而他人皆情之变。故两人为情之主，而他人皆为情之宾。盖两人之情，未尝不系乎男女夫妇房帷床笫之间，而绝不关乎男女夫妇房帷床笫之事，何也？譬诸明月有光有魄，月固不能离魄而生其光也。譬诸花有香色、有根蒂，花固不能离根蒂，而成其香色之妙且丽也。然花月之所以为花月者，乃惟其光也，惟其香色也，而初不在其魄与根蒂。至于凡天下至痴至慧，爱月爱花之人之心，则并月之光、花之香色而忘之，此所谓情也。

夫世之男女夫妇莫不言情，而或不能言情之所以为情。盖其所谓情，男女夫妇房帷床笫而已矣。今试立男女于此，男之悦女，徒以其女也悦之；女之悦男，亦徒以其男也而悦之。则苟别易一男女，而与其所悦者品相若。吾知其情之移矣。情也，而可以移乎？又苟别易一男女，而更出其所悦者之品之上，吾知其情之夺矣。情也，而可以夺乎？又使男女之相悦，终不遂其媾，则亦抱恨守缺，因循苟且于其后，而情于是乎穷矣。情也，而可以穷乎？即使男女之相悦，竟得如其愿，则亦安常处顺，以老以没，而情于是乎止矣。情也，而强可止乎？

故情之所以为情，移之不可，夺之不可，离之不可，舍之犹不可。未见其人，固思其人。既见其人，仍思其人。不知斯人之外更有何人，亦并不知斯之即是新人，乃至身之所当、心之所触、时之所值、境之所呈，一春一秋，一朝一暮，一山一水，一亭一池，一花一草，一虫一鸟，皆有凄然欲绝，悄然难言，如病如狂，如醉如梦，欲生不得，欲死不能之境，莫不由斯人而生，而要反不知为斯人而起也。虽至山崩海涸，金销石烂，曾不足减其毫末，而间其须臾，必且至憾于天地，归咎于阴阳；何故生彼？并何故生我？以至形朽骨枯，神泯气化，而情不与之俱尽。是故情之所结，一成而不变，百折而不回，历千万劫而不灭。无惬心之日，无释念之期。由穷而变，变而通，通而久，至有填海崩城，化火为石，一切神奇怪幻，出于寻常思虑之外者，斯即有灵心妙舌、千笔万墨，而皆不能写其难言之故之万一：此所谓情也！夫情者，大抵有所为而实无所为者也；无所不可，而终无所可者也；无所不至，而终无所至者也。两人之情，如是而已。不然者，男女夫妇，天下皆是也；房帷床笫之事，天下皆然也。奚必两人哉？知此乃可以言情，言情至此，乃真可以悟。

或曰："《红楼梦》，幻书也，宝玉，子虚也，非真有也。女子乃为之而死，其痴之甚矣！"嗟乎！天下谁非子虚？谁为真有哉？痴者死矣，不痴者其长存乎？况女子之死，为情也，非为宝玉也！且情之所结，无真不幻，亦无幻不真，安知书中之宝玉，梦中之宝玉，不真成眼中之宝玉耶？则虽谓女子真为宝玉死，可也。

《红楼梦》中的教育问题探析

——重读经典《红楼梦》

秦　川

　　《红楼梦》成为世界经典名著，不仅仅在于它反映社会生活的深度，同时也在于它所反映的广度。对于其深度的认识，红学界已有定论，至于其广度的研究，仍有一定的空间。从小说的主题来说，正像鲁迅先生曾说过的那样："经学家看见《易》，道学家看见淫，才子看见缠绵，革命家看见排满，流言家看见宫闱秘事……"[①]真乃见仁见智，难穷其底。所以对于《红楼梦》中教育问题的研究仍未触及也就不足为怪了。当然，其中的教育问题不能说是《红楼梦》中的主题，但作为书中反映的一个侧面，倒是没有问题的。本文拟对《红楼梦》中的教育环境进行探讨。

　　高素质人才的成功培养应具备三个不可或缺的条件，即天赋、优良的环境、恰当的方法。所谓"天赋"，顾名思义，是指自然赋予的素质（素养），与生俱来，有优劣之分；但在现代，"天赋"这个词，往往成了"高素质""大聪明"的代名词，如说"某某很有天赋""某某在某方面很有天赋"等。既然天赋是与生俱来的，强求不得，而环境和方法是可以讲究、可以改善的。如环境可以优化，方法可以改良。小孩子家无论何等聪明，如果没有一个极好的教育（学习）环境，没有恰当的教育方法，终归难以成器。当然，即使环境再好，方法如何恰当，若将一个弱智者或白痴给你教，恐怕也难如所愿。《红楼梦》里的贾宝玉，其天赋不可谓

---

　　① 鲁迅：《鲁迅全集·集外集拾遗补编·绛洞花主小引》，人民文学出版社1987年版，第145页。

不高，其终归未能成器，甚至于疯癫。笔者以为，这样的结局，问题出在其所处的教育（学习）环境不好，教育方法也成问题。可以说，优良的环境，恰当的方法，是宝玉成长过程的严重缺失。

一

《红楼梦》中的贾宝玉，书中说他"天分高，才情远"（第十七回），"虽然淘气异常，但聪明乖觉，百个不及他一个。"[1]北静王第一次见到他，就喜他"言语清朗，谈吐有致。"便向贾政笑道："令郎真乃龙驹凤雏，非小王在世翁前唐突，将来'雏凤清于老凤声'未可量也。"[2]这些评价并非溢美之词，就是对他非常失望了的贾政也曾肯定他"有些歪才"[3]。宝玉的才情，可从第十七回《大观园试才题对额，荣国府归省庆元宵》粗略识得。书中写道：

> （贾政）说毕，命贾珍前导，自己扶了宝玉，逶迤走进山口。抬头忽见山上有镜面白石一块，正是迎面留题处。贾政回头笑道："诸公请看，此处题以何名方妙？"众人听说，也有说该题"叠翠"二字的，也有说该题"锦嶂"的，也有说"赛萧炉"，又有说"小终南"的，种种名色，不止几十个。原来众客心中，早知贾政要识宝玉才情，故此只将些俗套敷衍。宝玉也知此意。贾政听了，便后头命宝玉拟来。宝玉道："尝听见古人说：'编新不如述旧，刻古终胜雕今。'况这里非主山正景，原无可题，不过是探景的一进步耳。莫如直书'曲径通幽'这旧句在上，倒也大方。"

可见宝玉的识见不凡，概括也准确精炼，颇富文学素养，所以贾政一时无话可说。经宝玉所题匾额，如"有凤来仪""蘅芷清芬""怡红快绿""杏帘在望"四处，除"怡红快绿"是元妃改定外，其余三处都未曾

---

[1]［清］曹雪芹：《红楼梦》，上海古籍出版社2001年版，第2回。

[2]［清］曹雪芹：《红楼梦》，上海古籍出版社2001年版，第15回。

[3]［清］曹雪芹：《红楼梦》，上海古籍出版社2001年版，第17回。

改动一字。宝玉所作对联、诗歌，也颇见其文学天赋。

如他们来到"沁芳亭"，这一带景色极佳，仰视则"佳木茏葱，奇花烂漫"，清流飞泻于石隙之下。"渐向北边，平坦宽豁，两边飞楼插空，雕甍绣槛，皆隐于山坳树杪之间"；俯视则"清溪泻玉，石磴穿云，白石为栏，环抱池沼，石桥三港，兽面衔吐。桥上有亭"。[①]宝玉不假思索，脱口而出，"绕堤柳借三篙翠，隔岸花分一脉香。"赢得了众人的称赞，贾政也只得"拈须点头不语"或"点头微笑"。

宝玉的诗才，虽不及黛玉和宝钗，但仍可见他具有一定的文学素养，他写的"有凤来仪""蘅芷清芬""怡红快绿"几首诗，元妃看了竟"喜之不尽"，说"果然进益了"[②]。

宝玉不仅"天分高，才情远"，而且也好学，只不过他不好那"仕途经济"之学。宝玉的好学可从他那宽广的知识面来反观。书中写众人来到一处，只见许多姿态各异的奇花仙草，芬芳馥郁，沁人心脾。

> 贾政不禁道："有趣，只是不大认识。"有的说是"霹雳藤萝。"贾政道："霹雳藤萝哪得有此异香？"宝玉道："果然不是。这众草中也有藤萝霹雳。那香的是杜若蘅芜，那一种大若是茝兰，这一种大若是金葛，那一种是金簦草，这一种是玉蕗藤，红的自然是紫芸，绿的定是青芷。"想来那《离骚》《文选》所有的那些异草，有叫做霍纳姜汇的，也有叫做什么纶组紫绛的。还有什么石帆、清松、扶留等样的，见于左太冲《吴都赋》。又有叫做什么绿荑的，还有什么丹椒、蘼芜、凤莲，见于《蜀都赋》。如今年深岁改，人不能识，故皆象形夺名，渐渐的唤差了也是有的[③]。

这里连贾政和众清客都未能名状的花草，宝玉都一一识得；不仅识得，而且还能说明出处，可见宝玉饱读诗书，博学多识。

后来，他们来到一个游廊，内中五间清厦，四面出廊，绿窗油壁，

---

①［清］曹雪芹：《红楼梦》，上海古籍出版社2001年版，第17回。

②［清］曹雪芹：《红楼梦》，上海古籍出版社2001年版，第18回。

③［清］曹雪芹：《红楼梦》，上海古籍出版社2001年版，第17回。

异常清雅。贾政建议诸公题诸新作以颜其额。

众人笑道："莫若'兰风蕙露'贴切了。"贾政道："也只好用这四个字。其联云何？"①

有的道："麝兰芳霭斜阳院，杜若香飘明月洲"，有的道："三径香风飘玉蕙，一轮明月照金兰。"②

宝玉听了回道："此处并没有什么'兰麝''明月''洲渚'之类，若要这样着说来，就题二百联也不能完。"贾政道："谁按着你的头，教你必定说这些字样呢？"宝玉道："如此说，则扁上莫若'蘅芷清芬'四字。对联则是'吟成豆蔻诗犹艳，睡足荼蘼梦亦香。'"贾政笑道："这是套的'书成蕉叶文犹绿'，不足为奇。"众人说"李太白'凤凰台'之作，全套'黄鹤楼'。只要套得妙。"③

可见，宝玉读书多，理解透，又思维敏捷且善于联想，因而在临景吟咏时，就能信手拈来，即使是套用，也十分贴切！众人将他的才情识见来比附李白，也不算虚夸。

宝玉不仅聪明绝顶，才华横溢，而且见解独到，新见迭出，常常想他人未曾想，道他人未能道者。如说"女儿是水做的骨肉，男子是泥做的骨肉。我见了女儿便清爽，见了男子便觉恶臭逼人"。④几乎成了《红楼梦》中的经典。把那些热衷于仕途经济的人称之为"禄蠹"，还说"明明德外就没书了"。骂得很新奇，否定得也很大胆。

请听他对于"新奇"二字的评论。小说写贾政一行来到人工开凿的田庄，并赞赏不已，以为富于"自然"之趣。宝玉于此评道：

此处置一田庄，分明是人力造作的：远无邻村，近不附郭，背山无脉，临水无源，高无隐寺之塔，下无通市之桥，峭然孤出，似非大观，那及前数处有自然之理，自然之趣呢？虽种竹

322

---

① [清]曹雪芹：《红楼梦》，上海古籍出版社2001年版，第17回。

② [清]曹雪芹：《红楼梦》，上海古籍出版社2001年版，第17回。

③ [清]曹雪芹：《红楼梦》，上海古籍出版社2001年版，第17回。

④ [清]曹雪芹：《红楼梦》，上海古籍出版社2001年版，第2回。

引泉，亦不伤穿凿。古人云："天然图画"四字，正恐非其地而强为其地，非其山而强为其山，即百般精巧而终不相宜①。

虽然有些诡辩，但他不读死书，不人云亦云，敢于质疑古圣先贤的思维方式是值得肯定的。

从上述的情况可见，宝玉的天赋不差，读书又多，但就是难上"正途"，问题的关键在于他所处的环境。

二

环境有大小之分。大环境是指某人生活的整个社会时代背景，小环境则指某人生活的具体场景，如家庭、学校以及周遭的人等。以世俗的眼光看，宝玉似乎是个成天价在女儿国里厮混的"混世魔王"，其实宝玉也是个可塑性很强的少年，这就看你如何去教育他，诱导他。若用历史唯物主义的观点看，宝玉人生的失败，不能完全归咎于他本人，而关键的在于他没个好的教育环境。事实上，无论是大环境还是小环境，都不利于宝玉的成长。从大环境来看，他所生活的清代，选拔人才的方式，是沿用明代的"八股"取士，而"八股"科举制度下的教育，无论是在形式上还是在内容上都不利于创造性人才的培养。在明清时期，有多少文人学士在今人看来，都是些大才子大文人，但在那个时候，他们就是考不上一个举人、进士！吴敬梓、蒲松龄、李渔等人就是典型的例子。生活在钟鸣鼎食之家的贾宝玉，也反感这种教育制度和选拔人才的方式而"不求上进"，这首先是大环境使然，无可厚非。从小环境来说，宝玉生活的贾府，除了门前一对狮子是干净的外，其他就没有多少值得称道的了。《红楼梦》里写宝玉直接受教育的地方——"学堂"，只有第九回《训劣子李贵承申饬，嗔顽童茗烟闹书房》。

我们先来看一看宝玉读书的环境：

原来这学中虽是本族子弟与一些亲戚家的子侄，俗语说得好："一龙

---

① ［清］曹雪芹：《红楼梦》，上海古籍出版社2001年版，第17回。

九种，种种各别。"未免人多了就有龙蛇混杂、下流人物在内。

正因为这学堂里如此"龙蛇混杂"，下流人物充斥在内，当宝玉与秦钟入学后，由于他俩"都生的花朵儿一般模样"，又"性情体贴""话语缠绵"，于是生出许多是非来，终致学堂内狼烟四起，干戈相向。

所谓下流人物，第一要数薛蟠。薛蟠来这学堂，本不为学习而来，而是"偶动了龙阳之兴"，"假说来上学"，不过是"白送些束修礼与贾代儒，却不曾有一点儿进益，只图交结些契友"。于是将图他银两的小学生一一哄上了手。宝玉、秦钟对香怜、玉爱（薛蟠的相知）也"不免缱绻羡爱"，"每日一入学中，四处各坐，却八目勾连，或设言托意，或咏桑寓柳，遥以心照"。正所谓"近朱者赤，近墨者黑"。

俗语道得好："自古富贵多纨绔。"贾宅族中，也多是些纨绔习气者。"今日会酒，明日观花，甚至聚赌嫖娼，无所不至。"如宁国府正派之玄孙贾蔷，虽则"应名来上学，亦不过虚掩眼目而已，仍是斗鸡走狗，赏花阅柳为事。上有贾珍溺爱，下有贾蓉匡助，因此族中人谁敢触逆于他"。再说贾蓉，也是一味横行霸道，"把那宁国府竟翻过来了，也没有敢来管他的人"。主人如此，奴仆亦然，如宝玉第一个"得用的"仆人茗烟，也是无故就要欺压人的，他竟仗着主子的势，听凭贾蔷的调唆，将这次学堂闹剧引向高潮。

再看看他们的老师。按照族中延师的标准，应是"年高德望"之人。而这个学堂里的老师贾代儒，年高倒是名副其实，德望如何书中没有交代，但从学里的情形大致可推知一二。当然，这次学堂闹事，与贾代儒倒没有什么直接关系。小说写他因为家中有事，便叫长孙贾瑞前来代管。贾瑞何等人品，作品写他"最是个图便宜没行止的人，每在学中以公报私，勒索子弟们请他；后又附助着薛蟠图些银钱酒肉，一任薛蟠横行霸道。他不但不去管约，反助纣为虐讨好儿"。贾蔷暗示茗烟去打金荣，自己提前告退，而"贾瑞不敢止他，只得随他去了"。作为培养人才的专门场所，教育的神圣殿堂——学堂，就是如此景况，你还能指望宝玉怎样！

宝玉除了直接受到学校如此恶劣环境影响外，贾府里溺爱、放纵的生活环境也非常不利于他的健康成长。特别是贾母这顶保护伞更使得他有恃无恐。对此，北静王曾经善意地提醒过贾政：

北静王又道："只是一件：令郎如此资质，想老太夫人自然钟爱。但吾辈后生，甚不宜溺爱，溺爱则未免荒失了学业。昔小王曾蹈此辙，想令郎亦未必不如是也。若令郎在家难以用功，不妨常到寒邸，小王虽不才，却多蒙海内众名士凡至都者，未有不垂青目的。是以寒邸高人颇聚，令郎常去谈谈会会，则学问可以日进矣。"

北静王的话可谓一针见血，指出不利于宝玉成长的家庭环境。建议宝玉常去他家走走，好多与海内名士接触，好耳濡目染，好学上进。虽说贾政望子成龙心切，口头答应"是"，但没有实际行动。原因是"一则族大人多，照管不到；二则现在房长乃是贾珍，彼乃宁府长孙，又现袭职，凡族中事都是他掌管；三则公私冗杂，且素性潇洒，不以俗事为要，每公暇之时，不过看书着棋而已"。哪里还有心力来管束宝玉！即使就是偶一顾问，就非打即骂，宝玉哪里还愿与他接触，每天的请安也只是为完成任务而已。所以在宝玉看来，只有那些女孩子家才能让他的神经感到放松[①]。

三

虽说贾政一向重视对宝玉的管教，希望他能好好读书，将来中个举人、进士什么的，也好光宗耀祖。这本是人情之常，无可厚非。但他对宝玉的态度过于严厉，方法也过于死板教条，没有一点亲和力，终致事与愿违。《红楼梦》里写贾政与宝玉接触比较多的只有三回，第九回《训劣子李贵承申饬，嗔顽童茗烟闹书房》、第十七回《大观园试才题对额，荣国府归省庆元宵》、第八十四回《试文字宝玉始提亲，探惊风贾环重结怨》。除了第八十四回的气氛还算可以外，另两回都让宝玉感到紧张不自在。许多场合不管宝玉说得正确与否，受到的都是呵斥、辱骂。

① ［清］曹雪芹：《红楼梦》，上海古籍出版社2001年版，第15回。

中国最早的教育家孔子曾经提出过许多至今仍被视为优良的教育教学原则，其中，因材施教、循序渐进就是广为运用的原则。所谓因材施教，就是根据你所教育的对象来选择最适合他的教育方法，包括对他学科方向的恰当导向。宝玉天性酷爱文学，擅长吟诗作对，文学天赋极好，思辨能力又强，若能顺其自然，因材施教，那定会成为优秀的作家或文学评论家。

宝玉具有作家的才情，上文已及，此处不赘。再说他善于思辨，长于析理，乐于评说，口才又好，完全可望成为一个优秀的文学评论家。书中有不少地方表现了他文学评论的水平，其中第十七回就有几个情节。

请看"杏帘在望"的地方：山腰中数间稻径泥墙的茅屋前后有几百枝杏花，如喷火蒸霞般地开着，各色树稚新条，随其曲折，编就两溜青篱。篱外山坡之下，有一土井，旁有橘槔辘轳之属；下面分畦列亩，佳蔬菜花，一望无际。篱门外路旁有一石，亦为留题之所。

> 贾政道："诸公请题。"众人云："方才世兄云：'编新不如述旧'，此处古人已说尽矣，莫若直书'杏花村'为妙。"贾政又向众人道："杏花村固佳，只是犯了正村名，直待请名方可。"……宝玉却等不得了，也不等贾政的话，便说道："旧诗云：'红杏枝头挂酒旗。'如今莫若题以'杏帘在望'四字。"众人都道"好个'在望'，又暗合'杏花村'意思。"宝玉冷笑道："村名若用'杏花'二字，便俗陋不堪了。唐人诗里，还有'柴门临水稻花香'，何不用'稻花村'的妙？"众人听了，越发同声拍手道妙①。

再如后来称之为"沁芳亭"的地方，有人题"翼然亭"，典出欧阳公《醉翁亭记》（有亭翼然）；贾政则题"泻玉"二字，典亦出欧阳公《醉翁亭记》（泻于两峰之间）。然后叫宝玉题。宝玉未题先评道：

> 宝玉回道："老爷方才所说已是。但如今追究了去，似乎当日欧阳公题酿泉当用一'泻'字则妥，今日此泉也用'泻'字，

---

① ［清］曹雪芹：《红楼梦》，上海古籍出版社2001年版，第17回。

似乎不妥。况此处既为省亲别墅，亦当依应制之体，用此等字亦似粗陋不雅。求再拟蕴藉含蓄者。"贾政笑道："诸公听此论何如？方才众人编新，你说'不如述旧'，如今我们述古，你又说粗陋不妥。"①

此处宝玉的变而能化，活学活用，与贾政等人的生搬硬套、墨守成规形成鲜明对照，作者的褒贬之意甚明。

再如"有凤来仪"的所在，前园是粉垣一带，数楹修合，翠竹遮荫映。后园则有打株梨花，阔叶芭蕉。后院墙下泉隙沟壑灌于墙内，绕街缘屋盘竹而出。一客题"淇水遗风"，另一客题"睢园遗迹"。贾政都不满意。贾珍建议宝玉拟一个。

> 贾政道："他未曾做，先要议论人家的好歹，可见是个轻薄东西。"众客道："议论的是，也无奈他何。"贾政忙道："休如此纵了他。"因说道："今日任你狂为乱道，等说出议论来，方可你做。方才众人说的，可有使得的没有？"宝玉见问，便答道："似都不妥"。……"这是第一处行幸之所，必须颂胜方可。若用四字的匾，又有古人现成的，何必再做？"贾政道："难道'淇水''睢园'不是古人的？"宝玉道："这太板了。莫若'有凤来仪'四字。"众人都哄然叫妙。②

像宝玉如此才华，若能因势利导，那绝对是一个极为优秀的文学评论家！但是贾政一定要他去学"八股"，走仕途，强为其难，则贻误了终生。请看贾政向宝玉奶姆儿子李贵说的一番话：哪怕再念三十本《诗经》，也是掩耳盗铃，哄人而已。你去请学里太爷的安，就说我说的：什么《诗经》、古文，一概不用虚应故事，只是先把《四书》一齐讲明背熟是最要紧的。因为"八股"科举是在《四书》《五经》里出题。

当然，这个社会大环境贾政无可改变，但若能退而求其次，在教育方法上改革一下，也是完全可以改变面貌的。从心理学的角度来说，一个学生成天总在紧张、恐惧的气氛中学习，不仅会影响他的学习效果，

① ［清］曹雪芹:《红楼梦》,上海古籍出版社2001年版,第17回。
② ［清］曹雪芹:《红楼梦》,上海古籍出版社2001年版,第17回。

而且还会影响到他的身心健康。宝玉见到贾政，总是诚惶诚恐，避之唯恐不及，从来没有真正的思想或心灵的沟通，他哪里还会去悉心领会你老子的"良苦用心"！加上贾母这顶保护伞，他就越发淘气不上进。且看贾政对于宝玉的态度：

> （贾政）忽见宝玉进来请安，回说上学去。贾政冷笑道："你要再提'上学'两个字，连我也羞死了。依我的话，你径玩你的去是正经。看仔细站腌臜了我这个门。"①

像这样的态度，叫宝玉如何接受。贾政在教育宝玉的方法上还远不及袭人，袭人都懂得学习要循序渐进。如宝玉上学的那天，袭人对宝玉笑道："（你）念书的时候想着书，不念的时候想着家。总别和他们玩闹，碰见老爷不是玩的。虽说是奋志要强，那功课定可少些，一则贪多嚼不烂，二则身子也要保重。"所以袭人的教导，他基本上一一接受了；尽管他未能坚持多久，但至少在当时是有所领悟。请看第十九回《情切切良宵花解语，意绵绵尽日玉生香》中，宝玉与袭人的一段对话。

> 袭人道："第二件，你真爱读书也罢，假爱也罢，只在老爷跟前，或在别人跟前，你别只管嘴里混批……老爷心里想着：我家代代念书，只从有了你，不承望不但不爱念书，——已经他心里又气又恼了，而且背前背后混批评。凡读书上进的人，你就起个外号儿，叫人家'禄蠹'；又说只除了什么'明明德'外就没书了，都是前人混编纂出来的。这些话你怎么怨得老爷不气，不时时刻刻要打你呢？"宝玉笑道："再不说了。那是我小时候儿不知天多高地多厚信口胡说的，如今再不敢说了。"

事实上，宝玉不仅从观念上接受了，而且还为之付出了行动，八股文也终能成篇了。第八十四回《识文字宝玉始提亲，探惊风贾环重结怨》里，贾政对宝玉的三篇"制艺"逐一评点，看到第三艺"则归墨"时，书中这样写道：

> 贾政因看这个破承，倒没大改。破题云："言于舍杨之外，若别无所归者焉。"贾政道："第二句倒难为你。""夫墨，非欲归者也，而墨之言

---

① ［清］曹雪芹：《红楼梦》，上海古籍出版社2001年版，第9回。

已遍天下矣，则舍杨之外，欲不归墨，得乎？"贾政道："这是你做的么？"宝玉答应道："是。"贾政点点头儿，因说道："这也并没有什么出色处，但初试笔能如此，还算不离。"后来，尽管宝玉没有接受圣朝的爵位，但他毕竟获得了"第七名举人"的好成绩，就连圣上也称道他文章"清奇"，可以进用。这一切，不仅说明了宝玉是一个极富才情和创造性的年轻人，而且也是一个可塑性极强的年轻人。至于最终的疯癫，虽然有其他种种原因，但无可讳言，宝玉自幼以至成年，由于怯于贾政的威慑，精神长期处于过度紧张、异常恐惧的状态中，也是不可回避的一个原因。他成长过程的失败，实际上是教育的失败。

四

对于贾府教育的失败，作者曾借书中人物之口进行过探讨。贾雨村道："这样诗礼之家，岂有不喜教育之理？别门不知，只说这宁荣两宅，是最教子有方的，何至如此？"①俗话说："知子莫如父。"然而宝玉的父亲贾政却对儿子浑然不知，还错以"淫魔色鬼看待了"。要知道千里驹仍须伯乐去发现，像宝玉这样的奇才，"若非多读书识事，加以致知格物之功，悟道参玄之力者，不能知也"②。而贾政虽说整天"政事"缠身，没空与宝玉沟通，实则因为读书不多，识见浅薄，致使奇才当面错过。

说贾政读书不多，倒不是说贾政不爱读书，而事实上他也是当时八股科举制度的牺牲品。作为工部郎中的贾政，其家"自国朝定鼎以来，功名奕世，富贵流传，已历百年"③。无论是袭职，还是考选，自然经历过科举考试。而明清"八股"科举，只在朱注《四书》《五经》里出题，应试者大多只读此"二书"，专攻"八股文"，所以通过科举"正途"晋升的官吏也多半读书不多，没有多少学问。再说"八股文"在形式上又

肆
《红楼梦》传播及其相关研究

329

---

① [清]曹雪芹：《红楼梦》，上海古籍出版社2001年版，第2回。
② [清]曹雪芹：《红楼梦》，上海古籍出版社2001年版，第2回。
③ [清]曹雪芹：《红楼梦》，上海古籍出版社2001年版，第5回。

很死板，全文八股，两两相对；内容上要求代圣贤立言，不允许有自己的发挥，致使读书人多半不是浅薄空疏，就是迂腐可笑。

说贾政学问空疏，见解迂腐，并非凭空捏造，除上文所及外，还可从他批点宝玉的三篇"制艺"进一步得到证明。限于篇幅，仅举一例，如《吾十有五而志于学》。现将贾政肯定代儒修改宝玉的文字与宝玉的原文作一对比：

圣人有志于学，幼而已然矣。夫不志于学，人之常也。圣人十五而志之，不亦难乎？（宝玉原文）

圣人有志于学，十五而已然矣。夫人孰不学？而志于学者卒鲜。此圣人所为自信于十五时与？（代儒改后文字）

宝玉用的是逆向思维，强调立志要早，等到十五岁才开始立志向学，未免太迟了。至于"夫不志于学，人之常也"云云，不仅符合宝玉的天性，而且也道出了孩子们的共性，作者曹雪芹也毫不避讳地借宝钗之口承认这一点，如说"姊妹兄弟都在一处，都怕看正经书"。而代儒所改的文字虽然中款，但显得死板，缺乏新意。两相比较，优劣互见。而贾政则批道：

贾政道："你原本'幼'字，便扣不清题目了。幼字是从小起，到十六岁以前都是'幼'。这章书是圣人自言学问功夫与年俱进的话，所以十五、三十、四十、五十、六十、七十，俱要明点出来，才见得到了几时有这么个光景。师父把你幼字改了十五，便明白了好些。"①

贾政的迂腐与泥古不化于此可见一斑。"八股"科举制度严重束缚了读书人的思维，扼杀了创新人才的灵性，不仅贾政、代儒成为这种制度的牺牲品，而且绝大多数读书人也都成为这种制度的牺牲品。通过八股科举获取功名富贵者，大多不仅空疏迂腐，而且品行低劣，这在吴敬梓《儒林外史》、蒲松龄《聊斋志异》中有大量描写，笔者曾有专论②。《红

---

① [清]曹雪芹：《红楼梦》，上海古籍出版社2001年版，第84回。

② 秦川：《〈儒林外史〉对八股取士制度的批判》，《重庆师范学院学报》1992年第1期。

楼梦》的主旨虽不在于批判八股科举制度，但它从一个侧面反映了这种制度的腐朽。对此，宝钗有一段精辟的议论：

> 宝钗告诉黛玉道："我们家也算是一个读书人家，祖父手里也爱藏书，先时人口多，姊妹兄弟都在一处，都怕看正经书。兄弟们也有爱诗的，也有爱词的，诸如这些《西厢》《琵琶》以及《元人百种》，无所不有。他们是偷背着我们看。后来大人知道了，打的打，骂的骂，烧的烧，才丢开了。所以咱们女孩儿家不认得字的倒好。男人们读书不明理，尚且不如不读书的好。男人们读书明理，辅国治民，这便好了。只是如今并不听见有这样的人，读了书倒更坏了。这是书误了他，可惜他也把书糟蹋了，所以竟不如耕种买卖，倒没有什么大害处。"①

所谓"男人们读书不明理，尚且不如不读书的好""读了书倒更坏了""这是书误了他，可惜他也把书糟蹋了"之类的话，尖锐地批判了"八股取士"制度败坏人才，败坏吏治，也败坏了文化；与《儒林外史》达到异曲同工之妙。最后写宝玉获取功名，不受官职，遁入空门，深寓作者对"八股取士"制度的彻底否定。

---

① [清]曹雪芹：《红楼梦》，上海古籍出版社2001年版，第42回。

后　记

　　《古代小说研究论丛》自2022年初筹划出版到如今顺利付梓，已一年有余。在国家大力弘扬中华优秀传统文化、坚定文化自信的今天，作为一名传统文化的研究者，能用自己的专长做出一份努力，感到十分的荣幸。

　　本书虽以"古代小说研究论丛"作为著作的名称，但四个板块的内容皆是着眼于古代小说中的传统文化，包括但不限于社会学、民俗学、政治学、比较文学、地域文化史等。这些内容中的大部分篇幅系本人博士论文的重要部分，也有部分篇幅为本人博士后出站报告及相关课题研究中的内容。

　　本书能顺利出版，首先特别感谢我的博士生导师，日本当代著名汉学家铃木阳一教授。铃木教授十分喜爱中国传统文化，在担任日本神奈川大学校长期间身体力行地为中日文化交流和两国友好做出了许多努力和贡献。铃木教授在指导本人撰写博士论文时已年近古稀，却有超人的精力和精益求精的工匠精神，不仅认真负责地为我传道授业，还事无巨细地为我的学位论文提出了诸多建设性的修改意见。本书主要内容是铃木教授谆谆教导下形成的成果。

　　其次，还要感谢我的博士后合作导师，南京大学文学院的苗怀明教授。苗教授对通俗说唱文学的研究，以及对古今中外文献的整理和研究，为本人出站报告的撰写提供了很多启发。苗教授为人爽朗真诚，在本人于南京大学从事科研的两年间，给了我很多鼓励和关心，这无疑是我顺利完成博士后期间科研工作的强大助力。

与此同时，还要感谢本书的另一位作者秦川教授。若没有秦教授的积极提议，也没有本书的出版。秦教授在阅读本人博士论文后，提议拿出部分与本人研究范围相近的文章，与本人的研究组成系统性的研究专题。在经过多次磋商与文章内容的修改以及再三校对后，最终形成了本书的完整框架内容。

　　最后，还要感谢安徽师范大学出版社以及本书的责编胡志恒老师。没有他们认真负责的工作，本书也不会如此迅速地呈现在读者面前。

　　愿本书的出版能为更多传统文化研究者以及通俗文学爱好者提供一些参考和借鉴，不足之处敬请学界方家和读者不吝批评指正。

王子成

癸卯年三月廿九日于金陵寓所

后
记